纵横三国论英雄

第一部

乱世英雄

孙正宇 著

時代文藝出版社

图书在版编目（CIP）数据

纵横三国论英雄　乱世英雄 / 孙正宇著．—长春：时代文艺出版社，2018.3

ISBN 978-7-5387-5626-5

Ⅰ．①纵… Ⅱ．①孙… Ⅲ．①《三国演义》研究 Ⅳ．①I207.413

中国版本图书馆CIP数据核字（2017）第316886号

出 品 人　陈　琛
产品总监　郭力家
责任编辑　焦　瑛
装帧设计　孙　利
排版制作　隋淑凤

纵横三国论英雄　乱世英雄

孙正宇 著

出版发行 / 时代文艺出版社
地址 / 长春市泰来街1825号　时代文艺出版社　邮编 / 130011
总编办 / 0431-86012927　发行部 / 0431-86012957　北京开发部 / 010-63108163
官方微博 / weibo.com / tlapress　天猫旗舰店 / sdwycbsgf.tmall.com
印刷 / 长春第二新华印刷有限责任公司
开本 / 710mm × 1000mm　1 / 16　字数 / 320千字　印张 / 23
版次 / 2018年3月第1版　印次 / 2018年3月第1次印刷　定价 / 35.00元

图书如有印装错误　请寄回印厂调换

目 录

前言

1. 这是一本什么样的书?

本书是一本分析三国的书，不是单纯的三国故事书，而是以一问一答的形式简略描述故事要点，侧重于分析三国故事、探析人物性格，点评成败得失，总结经验教训，探讨治乱兴衰的历史往事。

2. 这本书讲的是《三国演义》还是《三国志》?

本书以分析《三国演义》为主，兼顾探讨《三国志》《后汉书》等史书。同时采用比较分析的方法，将三国中的故事人物与其他时期的历史片段进行穿越时空的比对分析，力求多角度、全方位地读懂三国，提升自我。历史不会简单地重复，但历史总是惊人的相似。

3. 为什么要分析《三国演义》，《三国志》不是更接近历史吗?

《三国志》是正史，《三国演义》是小说，《三国志》确实比《三国演义》更接近历史，但是古往今来看《三国志》的人很少，看《三国演义》的人很多。那是因为《三国演义》更通俗易懂，具有很高的军事价值、政治价值和艺术价值。

努尔哈赤和皇太极都非常喜欢读《三国演义》，满洲八旗研读《三国演义》打败了明朝的精锐和李自成的农民军。《三国演义》不仅是一部“兵书”，也是一部“政经”，这部“兵书”加“政经”并非枯燥的理论，而是典型的“案例教学”。

《三国演义》虽非正史，但是此书成书于三国时期之后一千多年，可谓取材广泛，作者罗贯中生活在元末明初，经历过元末农民战争，可以说把其他朝代的经验、教训提炼到此书之中，让此书的艺术价值更胜一筹。

4. 如何看待这本书中笔者的观点?

本书中笔者的观点并不都是正确的，却是笔者通过独立的思考过程分析判断得出的。有道是“业精于勤荒于嬉，行成于思毁于随”，笔者并不希望自己所有的观点都得到大家的认同，只是希望通过阅读本书能够培养读者独立的分析和判断能力，切记“行成于思”，勿“毁于随”。

第一集
三国前夜

讲秦朝就不能不研究春秋战国，讲西汉就不能不研究秦始皇，讲三国就不能不研究东汉。汉初统治者总结秦亡教训，采取休养生息等治国方略，开创了“文景之治”；唐太宗吸取隋亡教训，认识到“水能载舟，亦能覆舟”，开创了大唐盛世。一句话，前朝的历史很重要。

1. 东汉是一个什么样的朝代？

东汉是建立在豪强地主阶级基础上的政权，开国皇帝刘秀就是出身于南阳的地方豪强。东汉时期，豪强发展成为士族阶层。比如董卓、袁绍、袁术、杨彪、曹操、崔钧都属于士族出身。

政治上，士族按照出身的高低贵贱分享特权，可以世代在中央或地方为官，比如袁绍家族四世三公。曹操的父亲曹嵩、杨修的父亲杨彪、崔钧的父亲崔烈都当过太尉。崔钧，字州平，是诸葛亮的好友。这些士族之间互相通婚，形成了从中央到地方盘根错节、枝繁叶茂的士族政治体系。所以，像卖草鞋的刘备、卖酒屠狗的张飞、曾为逃犯的关羽是很难被当时的上流社会，也就是士族阶层所接受和尊重的。

有人会问，四世三公是什么意思？

东汉时三公指的是太尉、司徒、司空。太尉管军事；司徒管民政；司空管工程。四世指的是袁氏家族四代人。第一代，东汉名臣袁安，官居司徒。袁安是袁绍的高祖父。第二代，袁绍的曾祖父袁京，官居蜀郡太守。当然袁京没有官居三公，但是袁京的弟弟袁敞官居司空。第三代，袁绍的爷爷袁汤，官居太尉。第四代，袁绍的父亲袁逢，官居司空。袁绍的叔叔袁隗，官居司徒。所以说袁绍家族是四世三公。有人会问，那袁绍呢？袁绍官居大将军，位在三公之上。

经济上，士族的经济基础是自给自足的庄园经济。士族庄园主有自己的庄园，庄园中有私人武装部队和大量的奴婢，庄园附近有为庄园主种地的农民，庄园本身成了自给自足的独立经济体。

文化上，崇尚清谈，以名流自诩。《英雄记》记载，袁绍年轻时为官，有清正的美名。后来袁绍“隐居洛阳”，如果不是“海内知名”的人士，袁绍不见。

刘表乃汉室宗亲，与名士陈翔、范滂、孔昱、范康、檀敷、张俭、岑晊为友，时号“江夏八俊”。虽然刘表被郭嘉称为“坐谈客”，但是“江夏八俊”确实都是当时的名流。举两个例子：孔昱是孔融的亲兄弟。提到张俭，许多人会想到一首诗：“望门投止思张俭，忍死须臾待杜根。我自横刀向天笑，去留肝胆两昆仑。”这首诗中的张俭就是江夏八俊中的张俭，刘表的好友。

豪强地主的势力在东汉的影响非常之大，大到什么程度？举个例子。

东汉初年，开国皇帝刘秀鉴于土地和人口数量不清，影响到政府财政收入，颁布度田令。此举引发了豪强地主阶级的大规模叛乱，刘秀恩威并施，采取了胡萝卜加大棒的政策，才将叛乱镇压下去。尽管度田令成功与否史学界有很大争议，但是有一点是不容忽视的共识：这是东汉初年，刘秀是开国皇帝，士族阶层刚处于萌芽状态，豪强地主的势力就如此之大，那么一百多年以后的三国是什么样呢？我们拭目以待！

2. 黄巾起义为什么会爆发？

政治上，统治阶级的内斗为黄巾起义的准备工作提供了政治真空。东汉初期的几个皇帝还是相当不错的，先后出现了光武中兴、明章之治和永元之隆三个时期的盛世局面，特别是永元之隆时期，人口发展到五千多万。三国鼎立时期，人口也就几百万。

汉章帝之后，东汉开始太后称制，外戚专权，即位的皇帝年龄普遍偏低。所谓的外戚，简而言之，就是皇帝的外姓亲戚，一般指的是皇帝母亲家或皇后、妃子家的人，当然也有皇帝奶奶家的人，比如少帝的奶奶董太后及董太后的娘家人骠骑将军董重。皇帝长大之后，感到自己无权，权力掌握在自己舅舅（外戚）的手中，于是就想把权力夺回来。可是夺回权力得需要人帮忙，满朝文武往往分成两种人：一种是外戚的亲信，这样的人皇帝是不可能倚重的；第二种是所谓“名流”，可是名流属于外朝，不方便和皇帝接触。所以皇帝要夺权，只能依靠身边的人，这样一来就只能依靠宦官。于是就形成了东汉中后期的戚宦之争。

除了外戚和宦官之外，东汉中后期还有一股政治势力，就是士族，或者叫“名流”，其代表人物是李膺和陈蕃，这些人往往出身显赫，比较洁身自好，在社会上很有名气，以救国救民自诩，被宦官集团称为“党人”。“名流”不满宦官专权，联络一部分外戚向宦官发难失败，被宦官镇压，宦官对许多“党人”的惩罚是放归田里，这辈子不能再入仕为官，也就是“党锢”。后世的史学家称这起事件为“党锢之祸”。

总之，东汉中后期，外戚、宦官、士族三大势力争夺最高统治权，导致统治阶级忙于内斗，主要精力不在治理国家上，进而导致社会管理的松散，基层社会矛盾的激化，这为张角太平道的传播提供了社会土壤和政治真空。

人才选拔上，东汉时期的选官制度基本分为征辟制和察举制。举孝廉就是察举制的重要科目，可是关键是哪个人来当孝廉由谁决定？选取孝廉的标准由谁掌握？自然由掌权者来掌握，也就是外戚、士族和宦官集团。曹操二十岁举孝廉，可是曹操年轻时的德行并不被当时主流社会认可，为什么举孝廉了呢？那是因为曹操的父亲曹嵩位高权重。还有四世三公的袁术也是孝廉。东汉桓帝、灵帝时期，流传着一首童谣："举秀才（茂才），不知书。举孝廉，父别居。"也就是说朝廷选拔出来的茂才，不一定是真正有学问的人；向朝廷推荐的孝廉，也不一定是真正的孝子。虽然孝廉和茂才不一定都是歌谣上说的那样，比如说曹操还是很有才华的，但是这首童谣反映了时人对汉末当权者垄断官员选拔现象的不满，东汉的人才选拔制度存在着严重的不公平、不公正的现象，已经不能把许多真正的人才选拔出来了。比如卖草鞋的刘备是举不上孝廉的，因为他够不着上流社会。

所以曹操提出的唯才是举不但可以从上流社会选拔人才，也可以为社会中下层有才华的人提供进身的渠道。但是"唯才是举"也遭到了反对，为什么？因为其破坏了封建等级秩序，挤压了上流社会的政治空间。

吏治腐败。诸葛亮在《出师表》中曾提到："先帝在时，每与臣论此事，未尝不叹息痛恨于桓、灵也。"汉灵帝时期，朝廷公开卖官，官位被明码标价，朝廷官员和地方官员价位不等。有的官员即使功劳不小，名声不错，但要想升官也得先交足了钱。曹操的父亲曹嵩在灵帝时官居大鸿胪，但是曹嵩想继续升官。当时朝廷有捐官的制度，曹嵩花了重金捐了太尉一职，得以位列三公。后来袁绍让陈琳撰写讨伐曹操的檄文，就将曹嵩捐官的事列为曹操的罪状之一。

经济上，到了东汉中后期，豪强地主阶级的庄园经济有了一百多年的发展，土地兼并进一步加剧。中国历史上的许多封建王朝之所以被推翻，一个很重要的因素就是没有解决好土地问题。在现代工业文明没有到来之前，在自给自足的封建经济居于主导地位的时代，经济发展会导致地主阶级财富增多；财富增多后，地主就会购买土地。有的人会问，为什么地主一有了钱就喜欢购买土地呢？因为很多地主都是读书人，我们说“秀才造反，三年不成”，“秀才”下海做买卖，不要说三年不成，能不能挺住三年都是个问题。而且在自给自足的封建社会里，统治者奉行重农抑商的政策，商人的社会地位很低，加上商场竞争太激烈，所以地主不愿意选择商场。相比之下购买土地出租给农民是财富保值增值的一条稳定而有效的途径。也正是由于我国古代大量的社会财富不愿意转入商业资本，不愿意用于技术革新，导致了我国封建社会过于漫长，商业文明发展滞后。地主大量购买土地后，就会导致土地兼并和集中；土地兼并和集中就会导致农民失地；农民失地后往往会有两种选择：一种是失业，沦为社会流民，成为不稳定因素。当时的农业社会不可能有庞大的工业和第三产业，也就解决不了大量失业农民的就业问题，当时的中国还没有发展到像英国圈地运动时期，所以不可能把失地农民转化成产业工人。另一种是沦为没有土地的雇农，没有土地以后，就只能租地主的地种，这就意味着农民负担的加重，剥削的加剧。综上所述，土地兼并的后果会导致阶级矛盾的激化，而东汉政府又走不出中国历史上循环往复的历史周期律，一场农民起义的政治风暴即将到来。

自然灾害频发。中国历史上多次大规模的农民起义都与自然灾害有关，比如东汉末年，自然灾害频发，加剧社会矛盾激化，爆发了黄巾起义。元朝末年，黄河泛滥，韩山童宣称“弥勒降生，明王出世”，并自称宋朝皇室的后代，聚集修河民工发动红巾军起义。明朝末年，陕西旱灾，农民起义首先爆发于陕北。总之，自然灾害导致农民收入减少，生活条件恶化，债务负担加剧，而统治阶级还像原先那样剥削和压迫人民，使原来农民多少能够承受的压迫和剥削变得难以承受，促使部分农民铤而走险，参加起义。

综上所述，东汉末年，统治阶级内部矛盾进一步激化了，地主阶级和农民阶级的矛盾进一步激化了，天灾人祸让农民的负担更加沉重了。这个时候，张角的太平道兴起了。

3．三国应该从哪一年开始算？

有人会说三国应该从曹丕建魏开始算，也就是公元220年到公元280年。这种算法不能说没有道理，可是我们分析三国要是从公元220年写起，那三国还有多少写头呢？所以历代写三国的人，包括陈寿写《三国志》、罗贯中写《三国演义》都是从东汉末年写起，基本上是从黄巾起义写起，因为只有这样才能把曹操、刘备、孙坚、孙策这些英雄人物写进去。所以本书中说的三国是从中平元年开始的，也就是公元184年（农历甲子年）。本书中说的三国时代是指公元184年到公元280年，将近一百年的时间。

4．张角发动的黄巾起义有什么特点？

《三国演义》中说张角是个不第秀才，这里面有几个问题。

其一，不第秀才是指在科举考试中没有中举的秀才。而东汉时期不实行科举制度，科举制是从隋朝开始的。

其二，在东汉时期也有秀才，不过东汉时期的秀才不叫秀才，叫茂才。为什么？要避东汉开国皇帝刘秀的讳。罗贯中是元末明初的人，不用讲究这个。

其三，东汉末年，察举制是选拔官吏的一种重要制度，察举的科目又分为岁科和特科。孝廉和茂才都是岁科中重要的一科。孝廉中的“孝”指的是孝子，“廉”指的是清正，这是当时选拔官吏的标准。孝廉由郡里举荐，茂才由州里举荐。如刘备举袁谭为茂才。州牧的级别高于郡守，茂才的人数要少于孝廉。被举荐为茂才的多为现职官吏。

既然如此，罗贯中为什么要说张角是不第秀才？

这是小说创作的时代性。罗贯中是元末明初的人，那个时代实行的是科举考试，其创作的《三国演义》包含了这一时代因素。罗贯中在小说中通过不第秀才一词，传达给读者两个信息，一是张角是个读书人；二是张角无缘功名。

张角也好，洪秀全也好，他们有许多共同的特点：都是读书人，洪秀全科举落第后得到一本书——《劝世良言》，于是有了拜上帝会，有了太平天国；张角无缘功名，也得到一本书——《太平要术》，于是有了太平道，有了黄巾起义。

为什么两个读书人会选择这样一条道路呢？那是因为当时朝廷的人才选拔制度变质了，许多真正有才华的人通过“正途”实现不了儒家所讲的修身、齐家、治国、平天下的愿望。东汉政府的举孝廉，摒弃了许多寒门子弟，刘备、关羽、张飞这样的人才进入不了东汉体制。清朝的科举制度是八股取士，洪秀全擅长写脍炙人口的诗篇，却与八股无缘。当时著名的文人龚自珍就预见到人才选拔问题可能带来的统治危机，题诗一首，警示清朝统治者：

> 九州生气恃风雷，万马齐喑究可哀。我劝天公重抖擞，不拘一格降人才。

张角得到《太平要术》后就开始所谓的传教活动，神化自己，行医治病，广收门徒，云游四方，广泛传播太平道，当时的太平道是很火的。张角在全国设立三十六方，形成组织体系。太平道是一个有着宗教色彩的严密组织，既是军事组织，又是社会组织。经过多年的准备工作，张角认为起义的时机已经成熟了。

东汉政府对太平道多年的活动为什么没有察觉？

当时的中央统治者忙于内斗，无心治理国家和管理社会，对太平道多年的发展缺乏防范。这从一个侧面反映了东汉末年基层社会管理体制的滞后，从中央到地方对太平道的活动缺乏应有的警觉性。

有人会问难道那么多地方官员都对太平道的活动没有察觉吗？太平道

影响太大，信徒众多，而且在朝廷有靠山，十常侍之一的封谞就是太平道在朝中的内应。太平道活动多年，当时的东汉中央政府对太平道没有一个明确的说法和定位，导致地方官员即使想管理也难以定性。更何况太平道的影响遍及大江南北、黄河两岸，不是一个太守、一个县令所能左右的。就这样，东汉政府失去了控制太平道活动的最佳时机。

有人会问为什么要限制太平道活动？东汉政府疏于对太平道的管理，这不是体现了宗教信仰自由吗？中国古代统治者一般实行以儒家思想为主导的治国思想，对其他学派和宗教思想往往采取兼容并蓄的政策。问题是太平道并不是单纯的宗教活动，其已经是农民起义的宣传和组织工具，是农民起义的思想政治纲领，已经远远超出了宗教活动的范畴。黄巾起义军不光是军队，军队里还有老人、小孩儿、妇女，更像是一个有宗教色彩的军事化社会组织。

封谞是十常侍之一，位高权重，为什么还要参加太平道？封谞是掌权的宦官不假，可是宦官之间也有矛盾，有句老话说得好："敌人中有我们的朋友。"封谞就是张角在京都的内应。话又说回来，封谞是一个不会算账的人，他在东汉政府内已经是位高权重了，如果张角真的起义成功，建立了另一个封建王朝，封谞在张角阵营中的地位不一定比原先在东汉那边高。

发动起义。张角创造了一个"政治谣言"，也就是起义的口号："苍天已死，黄天当立。岁在甲子，天下大吉。"可是在发动起义的时候有的人动摇了。为什么动摇？过去传播太平道时，没有想到要走上起义的道路，可是现在起义了，这在当时的社会可是危及身家性命的大事，有些人不敢跟着张角干了，于是到省中告变，东汉政府开始采取行动了。

请看下集：英雄出世·曹操篇。

第二集

英雄出世·曹操篇

我们常说乱世出英雄，黄巾起义也为曹操、孙坚、刘备、关羽、张飞这样的英雄创造了一个机会。如果不是身逢乱世，曹操可能是一个官场异类，曹嵩去世后不被排挤就被陷害；孙坚可能只是一个底层官吏，不会被载于史书；刘备可能永远也不会被举为孝廉，一辈子编凉席、卖草鞋，怀才不遇。可是他们赶上了东汉末年，一个英雄辈出的时代到来了。

1. 东汉政府采取哪些措施镇压黄巾起义？

东汉政府一面捉拿封谞等一干人入狱，一面派兵镇压起义，同时令各地方防备和征讨黄巾军，并且解除党禁。

为何解除党禁？被划为“党人”的人原则上一辈子不能当官，可万一“党人”与黄巾军联合起来对付东汉政府，局面就更不好收拾了。所以东汉政府解除党禁，联合士族和社会名流的力量共同对付黄巾起义，尽可能团结一切可以团结的势力，孤立张角的黄巾军。

为何让地方政府负责防备和讨伐黄巾军呢？因为太平道的影响太大，参加人数众多，而且一开始官军缺少防备，黄巾军势如破竹，单靠中央政府的军队难以在短期内稳定局面。所以不得不让地方政府派兵防备征讨。

这就像清朝末年太平天国运动，清朝的八旗、绿林打不过太平军，只能让各省兴办团练。问题是当曾国藩的湘军、李鸿章的淮军、左宗棠的楚军镇压了太平天国之后，南方各省的督抚权力过大，也为民国初年的军阀混战埋下了伏笔。

东汉末年的情况也是类似的，刺史（州牧）在东汉末年本是位于郡守之上、中央之下的州一级官员，但是各州负责征兵、防御、讨伐境内的黄巾军，导致的结果就是州一级掌握地方部队，州牧成为实际上的地方诸侯。比如袁绍、刘表、陶谦等地方州牧自己就可以决定把位置传给何人，上表朝廷只是走一个形式。这项为了平定黄巾起义的措施导致了东汉朝廷失去了对地方的实际控制。

2．曹操早年经历算得上能臣吗?

《三国志》中记载，曹操是“沛国谯人”，是西汉的开国功臣曹参之后。沛国谯县在今天的安徽亳州。王沈《魏书》上记载，曹操是曹参之后，其祖先“出于黄帝”。《曹瞒传》中说，曹嵩本姓夏侯，是夏侯惇的叔叔。《三国演义》中说，曹操的父亲曹嵩本姓夏侯氏，曹操和夏侯惇、夏侯渊是同族兄弟。有人会问，哪本书写得对？笔者不敢说哪本书就一定对。从体裁上讲，《三国志》是正史，《三国演义》是小说。《魏书》是曹魏时期魏国人撰写的书，有其特定的时代背景。《曹瞒传》是三国时期吴国人写的，东吴和曹魏是敌国，此书也有其特定的时代背景。

《三国志》中有几个地方值得注意：

其一，《三国志·魏书九》中，夏侯惇、夏侯渊的传记和曹仁、曹洪等人的传记是放在一起的，而且夏侯惇、夏侯渊的传记还放在曹仁、曹洪之前。曹仁、曹洪都是曹操的从弟。

其二，《三国志》中记载，曹操和夏侯惇都是沛国谯县人。但是曹操是开国功臣曹参之后，夏侯惇是西汉开国功臣夏侯婴之后。《三国志》

中记载，曹操的父亲曹嵩是宦官曹腾的养子，“莫能审其（曹嵩）生出本末。”什么意思？大意是没能搞清楚曹嵩的生父是谁，来自于什么样的家庭。

曹腾是宦官中常侍，侍奉过四朝皇帝，司马彪《续汉书》中记载：曹腾的父亲曹节一向以仁厚著称，曹腾“质性敦厚，所在忠孝”，名声还是不错的。曹操的父亲曹嵩位列三公，当过太尉，可以说曹操是出身于显赫的士族家庭。但是有一点，就是曹操的祖父是宦官，这在讲出身、论门第的社会里，是一件很不光彩的事，也就是说曹操即使出身士族，但是门第不好，也让人看不起。

在中国历史上名声很好的宦官不多，东汉的蔡伦算一位，蔡伦改进了造纸术，对于中华文明乃至世界文明的发展都做出了重要的贡献。明朝的航海家郑和也算一位，郑和是个文武双全的人，我们看到郑和的画像，他是身佩宝剑的。如果郑和不是太监，当一个将军是没有问题的。郑和博览群书，擅长航海，七次下西洋无论对当时的对外交往和以后的航海事业都具有深远的影响。

袁绍和曹操为什么从小就是好朋友？

其一，二人都是出身显赫。袁绍家族四世三公，其父袁逢官至司空。袁绍本人“有姿貌威容”，用句时髦的话“帅呆了”。曹操也是位列三公的曹嵩的儿子。

其二，二人的心灵深处都有着自卑的地方。袁术是嫡出，袁绍是庶出，也就是说袁绍的母亲地位低下，而曹操是宦官的孙子。袁绍只要走出家门跟别人比，哪怕是在朝堂之上，都是威风凛凛的，可是一回到家，地位就不行了，这在当时那个讲出身、论等级的社会里是难以逾越的门槛。

袁绍、曹操都来自于士族阶层，在王孙公子成群的圈子里，两个出身背景相似，又都有着某种自卑心理的年轻人容易产生共同话题。

曹操年轻时，机警，有权术，任侠放荡，不治行业。当时世人都没觉得曹操有什么了不起，只有桥玄和何颙认为曹操不是等闲之辈。

有一本书叫《曹瞒传》。一听这书名，就知道此书对曹操持否定态度。《曹瞒传》是三国时期吴国人写的一部书，对曹操有许多负面描写。比如《曹瞒传》中写道："太祖少好飞鹰走狗，游荡无度。""太祖为人佻易无威重，好音乐，倡优在侧，常以日达夕。"《曹瞒传》中为什么要这么写？

其一，三国鼎立时期，最强大的是魏国，其次是吴国。所以魏国是吴国最大的威胁。通过《曹瞒传》对魏国的太祖皇帝曹操进行负面宣传，是吴国的舆论战术。

其二，曹操年轻时任侠放荡，是有些不拘小节，但也不一定像《曹瞒传》中说的那样。

《曹瞒传》中记载了一个故事，曹操的叔叔本着"望侄成龙"的心态，对曹操的不检点非常着急，经常到曹嵩那里汇报曹操的所谓"不良行为"。曹操心生一计，装作中风，曹操的叔叔马上就把曹嵩找来，结果曹嵩一看曹操根本就没中风，从此不信他叔叔的汇报。罗贯中先生在《三国演义》中也记录了此故事。

这个故事我们听说过很多遍，但是我们的理解各不相同，有人说这是因为曹操奸诈，恐怕未必。首先我们要明确曹操的叔叔希望曹操成为什么样的人。孔融比曹操大两岁，其四岁让梨人人称赞。曹操的叔叔希望曹操也成为孔融那样人人称赞的孩子。四岁让梨使孔融名闻天下，但是从以后的发展来看，孔融这个人政治抱负很高，社会名气很大，可惜能力不行，政治、军事、文学等方面的才干都无法和曹操相比。孔融一生的其他作为所产生的名气都没有超越"让梨"，孔融留给后世最大的闪光点就是四岁让梨。东汉末年，政治腐败、宦官专权、黄巾起义、军阀混战、人口减少，这些问题孔融能解决吗？不能，但是曹操能解决。我们不能强求曹操的叔叔，曹操的叔叔也只是以孔融那样的人为标准来认识曹操，要求曹操，评价曹操。他没有一双伯乐的慧眼，看不出曹操是一匹千里马，想不到曹操将来会有着“魏武挥鞭”的作为。

装中风这件事也可以看出曹操非常机警，足智多谋，随机应变。曹操喜欢读兵法，他的性格与兵法中的三略六韬是契合的。善于随机应变好不好？关键在于能不能用到正地方。如果曹操没有机警的性格，没有随机应变的能力，他能够在三国那种复杂的社会环境中脱颖而出吗？能够扫平群雄，统一北方吗？能够解决三国时代的社会问题吗？一句话：时代需要曹操，曹操也具备在三国时代力挽狂澜的禀赋。

曹操的叔叔本意自然是为了曹操好，希望老曹家能多一位谦谦君子、文弱书生。可是曹操喜欢游猎错了吗？中国古代的六艺包含礼、乐、射、御、书、数。其中的射就是射箭。游猎可以练习骑马和射箭，强身健体，将来可以对国家有所贡献。中国历史上的开国帝王，有几个不是马上皇帝？可是当时的东汉是承平日久的年代，重文轻武，曹操的这种行为不符合社会主流的标准也是自然的。曹操的叔叔希望他成为上流社会的士族名流，没有想到曹操会统一北方。曹操当时的人生理想是成为一个可以解决社会实际问题的能臣，成为守卫边疆的汉征西大将军曹侯。所以这件事不能说曹操奸诈，也不能说他叔叔多管闲事，只能说曹操人生理想和他叔叔给他设定的人生规划不一样。

曹操到底是一个什么样的人呢？

首先是“文武双全”。

文，喜欢读书，尤其喜爱兵法和文学。有人会问，曹操喜欢读书，为什么当时上流社会不认可他？东汉时期，居于主导地位的是儒家思想，统治者提倡读的是儒家经典。曹操喜欢文学和兵法，这些书统治者并不禁止读，但是在当时的上流社会看来，文学可以陶冶情操，研究儒家经典属于主业。曹操是建安文学的开创者，著有《观沧海》《短歌行》等诗篇，我们熟悉的“东临碣石，以观沧海”“何以解忧？唯有杜康”等脍炙人口的诗句均出自曹操之手。

曹操生于公元155年，那时是和平年代，京都洛阳不属于边疆，兵法暂时用不上。许多士族子弟都想走一条研究儒家经典，举孝廉，入仕途，治国家，辅佐君王的道路。曹操喜欢读兵法，大家自然会觉得曹操很"特别"。曹操阅读文学、研读兵法，很大程度上出于爱好。可能曹操自己也没有想到这种阅读爱好会帮助自己成为文学家和军事家。

武，曹操擅长武艺。孙盛《异同杂语》记载，曹操曾经私自进入中常侍张让的屋子里，被张让发觉。曹操在院子里挥舞手戟，翻墙而出。曹操凭借自身的武艺让捉拿他的人没能伤害到他。这件事可以看出曹操的武艺很厉害，但也可以看出曹操的行为很出格，所以《三国志》中说曹操"任侠放荡，不治行业，故世人未之奇也。"

曹操不但文武双全，而且还爱好广泛。

其一，曹操是个书法家。张华《博物志》记载，崔瑗、崔寔、张芝、张昶这些人擅长草书，曹操的水平仅次于他们。顺便说一下，崔瑗是崔州平的从祖，崔寔是崔瑗之子，他们都属于博陵崔氏。崔州平是诸葛四友之一。

其二，曹操精通音乐和围棋。张华《博物志》记载，蔡邕等人擅长音乐，郭凯等人擅长围棋，曹操和他们的水平差不多。

年轻的曹操虽然文武双全、爱好广泛，可是任侠放荡，不修德行学业，不符合上流社会的认知标准，那么曹操能举上孝廉吗？能出仕为官吗？

曹操二十岁举孝廉，在司马防的保举下成为洛阳北部尉，相当于管理京都洛阳北部治安的地方长官。司马防就是司马懿的父亲。有人说为什么这么巧，偏偏是司马防保举曹操？

司马家族是东汉时期的士族大家。司马懿的高祖父司马钧官至征西将军，曾祖父司马量官至豫章太守，祖父司马儁官至颍川太守，父亲司马防官至京兆尹、骑都尉。司马懿也好，曹操也好，他们都是士族出身。东汉时期，从中央到地方的重要官职往往被士族把持。曹操举孝廉、当洛阳北部尉与其士族的身份有着密切的关系。但之后曹操用自己的实际行动证明了其是一个优秀的洛阳北部尉。怎么讲？

初入仕途，曹操确实具备能臣的潜质，但是曹操也被当时官场视为“异类”。东汉时期的京都洛阳，住着许多皇亲国戚、达官显贵。此地法度松弛，很难管理。曹操设五色大棒，规定“有犯禁者，皆棒杀之”。宦官蹇硕的叔叔犯禁，被曹操棒杀。一时间京师秩序井然，曹操威名大振。曹操管理洛阳北部，给当时的官场带来了一阵新风，权贵们觉得别扭，可是碍于曹嵩，不敢把曹操怎么样。于是有人想出了个主意，给曹操升官，升为顿丘令，把曹操调走了。但曹操的行为没有价值吗？恐怕未必。

有人说曹操是法家，从在洛阳北部尉和济南相的任上就执法必严，不避权贵，这个作风一直伴随了曹操的一生。以后的割发代首、军令严明就是从这个时候打下的基础。但是说曹操是法家未免有些偏颇，曹操是个善于学习的人，他博采众长，不但向法家学，也向兵家和儒家学，能够取其精华，为己所用。曹操特别喜欢看书，终生手不释卷，爱好研读兵法，著有兵书《孟德新书》。严格意义上说曹操是杂家。

3. 曹操到底是英雄还是奸雄？

《三国志》记载，桥玄对曹操讲：“天下将乱，非命世之才不能济也，能安之者，其在君乎！”《异同杂语》和《三国演义》中记述许劭评价曹操是“治世之能臣，乱世之奸雄。”《后汉书·许劭传》记载，许劭评价曹操：“君清平之奸贼，乱世之英雄。”《三国志》中并没有记载许劭评价曹操的这句话。《三国志》成书于何时？西晋时期，离曹操在世时只有几十年。《异同杂语》成书于何时？《异同杂语》的作者孙盛是东晋中期的史学家，离曹操在世有一百多年。《后汉书》成书于何时？南北朝中南朝的刘宋时期，离曹操在世大约二百年。相对来说，《三国志》的时间最近，可信性相对较高。《后汉书》中许劭的话不一定是许劭的意见，可能是《后汉书》作者范晔的个人观点，“乱世之英雄”指的是范晔肯定曹操在乱世中的历史功勋。“君清平之奸贼”指的是曹操统一北方后，范晔对曹魏代汉持否定态度。但是曹操到底是英雄，还是奸雄？这个争论一直持续下来。

从三国以后到北宋时期，对曹操的评价基本上是正面的。《三国志》将曹魏视为正统，因为后来三国归晋，晋是在曹魏的基础上统一了全国。在《三国志》中记录魏武帝曹操、魏文帝曹丕用的是“本纪”；而记录刘备、孙坚、孙权用的是“传”；本纪是用来写帝王的。北宋的司马光在《资治通鉴》中对诸葛亮北伐用了一个词“入寇”，司马光编写《资治通鉴》是北宋的政府行为，用曹魏纪年，以魏国为正统，以蜀汉为偏安。一方面是因为曹操统一北方、结束战乱的历史功勋，也是因为统一天下的晋朝是承接曹魏打下的基础。也就是后世常说的“不知有汉，无论魏晋”。

南宋以后，特别是明清两朝，曹操的形象为什么就变差了呢？这要从南宋著名的理学家朱熹先生说起，朱熹别名紫阳，其笔法被称为“紫阳书法”。朱熹等人根据司马光《资治通鉴》等书，撰写了《通鉴纲目》一书。朱熹想效法孔夫子那样用《春秋》笔法“辨名分，正纲常”。《资治通鉴》用曹魏纪年，朱熹的《通鉴纲目》改成了蜀汉纪年。朱熹改变了北宋司马光以曹魏为正统的观念，奉刘备的蜀汉为正统。明清两朝是封建君主专制发展的最高峰，朱熹的学说符合明太祖朱元璋、康熙皇帝等封建帝王加强君权、推崇皇权至高无上的口味，被明清两朝的统治者奉为儒学正宗。

儒学真正的正宗在哪里？应该是孟子，孟子主张“民为贵，社稷次之，君为轻”，这属于我国早期的民本思想，概括起来就是“民贵君轻”。“民贵君轻”不符合朱元璋等帝王的口味，也不符合加强封建君主专制的要求。

由此可见，曹操是奸雄还是英雄的标准出来了。即：如果我们按照封建正统观念，按照封建忠君思想，以“君本位”的世界观去看曹操，那么曹操就是奸雄。根据这一思路，即使东汉政府不得人心，即使宦官专权，即使东汉王朝已经被黄巾起义、被人民抛弃，你曹操作为一个臣子也必须忠于汉灵帝、忠于汉献帝，将来让刘阿斗当全国的皇帝。即使曹操统一北方、结束战乱、恢复生产，即使促进了历史发展，符合人民的愿望，但是这和汉灵帝有关系吗？和汉献帝有关系吗？和刘阿斗有关系吗？曹操做的这些事对老百姓有好处，可是对刘氏君王有什么好处？如果我们从刘氏君王的角度想问题，我们就明白为什么封建正统思想不喜欢曹操，要骂曹操是奸雄了。

罗贯中的《三国演义》、毛宗岗父子批三国都是秉承了朱熹的紫阳书法，那么有人要问了，罗贯中和毛宗岗父子为什么要秉承紫阳书法来写评三国？

其一，罗贯中生活在什么年代？元末明初。罗贯中早年当过张士诚的幕僚，后来张士诚失败了，罗贯中一身的才华无处施展，走上了著书立说的道路，撰写了《三国演义》。

《三国演义》成书于何时？基本上是朱元璋统治时期。朱元璋统治有什么特点？特务统治、锦衣卫横行、推崇朱熹理学、废除丞相、加强君权等等。罗贯中在这样一个历史背景下创作《三国演义》，他不可能不受时代因素的影响。

其二，毛宗岗生活在什么时代？主要是在清朝初年。可以说是康熙年间的文学评论家。康熙推崇什么思想？康熙大帝也推崇朱熹理学，力主加强君主专制。毛宗岗父子批三国也不可能不受时代因素的影响，而且还要为封建正统观念的树立与封建忠君思想的传播添砖加瓦，做一番“贡献”。

相反如果我们按照孟子的“民本思想”去评价曹操，那曹操就是一个英雄。为什么？

孟子讲：“民为贵，社稷次之，君为轻。”这是真正的儒家正宗。吕不韦的《吕氏春秋》中讲“天下，非一人之天下也，天下人之天下也。”明太祖朱元璋曾被孟子“民贵君轻”思想所激怒，删节《孟子》一书。封建帝王自然也不会喜欢吕不韦，原因就在这里。

为什么说从“民本位”的角度出发思考问题，曹操就是英雄呢？

三国时期是一个人口大减少时期，国家人口从东汉中期的五千多万减少到三国时期的几百万，曹操在《蒿里行》中有一句诗：“白骨露于野，千里无鸡鸣。”就是有感于人口危机和民族存亡而发出的感叹。曹操统一北方，让国家由战乱走向和平，让百姓由流离失所走向安定生活，实行屯田、发展生产、改革弊政、实行法治，建设了一个实干、相对廉洁、崇尚节俭、充满活力的政府，推动了历史发展，促进国家统一，这当然是一个英雄。

有人会问，曹操祖上世代拿汉朝的俸禄，为何曹操不思报效？

这个问题本身就是从“君本位”的角度提出的。我们想一想，汉朝的俸禄从何而来？是汉灵帝、汉献帝、刘阿斗创造的吗？不是。社会价值归根结底是劳动人民创造的。朝廷官员真正的衣食父母是劳动人民，是老百姓，所以当官要爱民。曹操统一北方，利国利民，他真正应该报效的是百姓。

鲁迅先生讲：“曹操是一个很有本事的人，至少是一个英雄。我虽不是曹操一党，但无论如何，总是非常佩服他。”

4. 为什么曹操的历史评价争议不断？

唐朝的天下从何而来？唐高祖李渊晋阳起兵，并于公元618年迫使隋恭帝禅位，建立唐朝。宋朝天下从何而来？公元960年，宋太祖赵匡胤发动陈桥兵变，胁迫周恭帝禅让，建立宋朝。那么问题来了，曹魏的建立与唐朝、北宋何其相似，曹操、李渊、赵匡胤都是前朝臣子，李渊和杨广还是亲戚。李渊和赵匡胤都是胁迫当时的皇帝禅位，曹操还自比了一回周文王，把接受禅位的机会留给了儿子曹丕，可谓父亲打下来的天下儿子接，为什么曹操的历史评价却比李渊和赵匡胤差很多呢？

笔者认为原因有二。其一，李渊统一天下了，建立了大唐帝国。赵匡胤和他的弟弟赵光义基本统一了中原和长江流域，和辽国、西夏形成三足鼎立局面。也就是说唐朝是大一统，北宋是基本统一，曹魏统一中国了吗？没有，只统一了北方，也就是说曹操开创的曹魏功绩不如唐宋。

其二，李渊开创的唐朝存在多少年？将近三百年。赵匡胤开创的宋朝多少年？北宋和南宋加起来三百多年。曹操开创的曹魏多少年？从公元220年曹丕建魏，到公元249年政归司马，曹魏政权的实际存在时间也就近三十年。所以我们一对比就明白了，人们想到唐朝会马上想到李渊接受禅位吗？不，人们想到的是大唐盛世。人们想到宋朝时会想到陈桥兵变，可是三百年的宋朝，陈桥兵变已经成为融入两宋风云的"革命历程"。唐宋两朝都存在三百年左右，这三百年中，历代的皇帝不可能不说开国皇帝好，历代的史官不可能不赞扬开国之君的丰功伟绩，在历代统治者的宣扬下，街头巷尾、茶余饭后谈论的都是开国君主的英明往事，三百年的历史足可以让李渊和赵匡胤神圣化，毕竟他们本身也是了不起的英雄。唐宋灭亡之后，后人即使想改变几百年来的定论，恐怕难如登天。可是曹操不一样，曹魏只存在了近三十年，基本也就算一代人，后世没有形成高度认同曹操的定论，所以对曹操的评价历来众说纷纭。

请看下集：英雄出世·孙刘篇。

第三集 英雄出世·孙刘篇

《三国志·蜀书》中有一个很有意思的现象。《蜀书》的第一部传记是《刘二牧传》，即割据益州的刘焉、刘璋父子的传记。然后才是刘备的《先主传》和刘禅的《后主传》。这说明在《三国志》的作者陈寿看来，刘备的蜀汉是刘焉父子割据益州的延续。陈寿是蜀人，他的这一观点不是孤立的，代表了魏晋时期，包括蜀国境内相当一部分人对蜀汉政权的看法。

1. 怎么看桃园三结义这套创业格局？

刘备是汉室宗亲还是草根创业者？

《三国志》记载，刘备是“汉景帝子中山靖王胜（刘胜）之后也”。可是刘备的皇亲身份一直都有一些可疑，从中山靖王到刘备大约经历了三百年，中山靖王有一百多个儿子。而且刘备所说的中山靖王在西汉，刘备所处的时代是东汉。

即使刘备是西汉皇室后裔，到了刘备这一代，已经是靠卖草鞋为生了，可见刘备在东汉末年汉灵帝时期属于被统治阶级，不属于袁绍、袁术、董卓等士族阶层的上流社会。

刘备虽然出身寒门，但是志向远大，从小就有当皇帝的“理想”，不甘久居人下。十五岁时游学四方，拜在当时名士郑玄、卢植的门下，并且和公孙瓒成了好朋友。有人会问刘备为什么要向名士求学？

刘备年少时，东汉处于和平年代。在中国古代的和平年代里，底层劳动人民一般要走读书做官这条路才能出人头地，读书才能与上流社会沟通，认识郑玄等上流社会的名人，才能交到公孙瓒这样对他将来事业有帮助的朋友，这是当时的社会现实。刘备是一个有远大志向的人，他自然要选择这条道路。《三国志》记载，刘备不喜欢读书，喜欢狗马、音乐和漂亮的衣服。从这个记载来看，刘备的学习成绩不见得有多好。我们在电视里可以经常看到曹操读书，你看过刘备读书吗？但读书不好的人不一定没有才华。特别是在乱世，读书少的人一样也有舞台。

张飞是个买卖人，以卖酒屠狗为业，善于经营，颇有家资，如果不是生逢乱世，他可能是个成功的小商人。

关羽是河东解良人，解良在现在的山西省运城市境内。关羽是一个逃犯，因不满豪强仗势欺人而杀人。

如果不是生逢乱世，关羽要么被缉拿归案，要么浪迹天涯。我们常说时势造英雄，如果没有时势可能英雄就是普通人，也许还不如普通人。

桃园三结义真的存在吗？

《三国志》中没有记载过桃园三结义，《三国演义》中有记述，那么应该信哪本书呢？还是应该信《三国志》，因为《三国志》成书于晋代，离三国时代很近，《三国演义》成书是距离三国一千多年以后的事了。那么为什么罗贯中先生要创造出桃园三结义这段故事？一个是增添小说的生动性，更重要的是作者的时代性。一部书的创造不可能离开其时代背景，罗贯中是什么时代的人？和《水浒传》作者施耐庵一样是元末明初的人，据说还是施耐庵的学生。《水浒传》写的是北宋的事，但是故事离不开元末明初的时代背景。我们看《水浒传》会发现梁山好汉中结拜兄弟特别多，梁山一百〇八将频繁结拜，桃园三结义自然也不能免俗，这是元末明初的时代特点。

有人又会问刘关张兄弟三人这种结义式的创业格局到底好还是不好？只能说有利有弊。

利在于：桃园三结义非常团结，能够有效地凝聚人心。

弊在于：桃园三结义不利于人才的引进和吸收，天下不是三兄弟就能打下来的，如果新的人才很难融入刘关张结构，很难排到关羽、张飞之前，这就是一种关系本位、情义本位，不是能力本位。这个团体中论资排辈的风气太重，格局太小，新的人才很容易被刘关张小集团排挤，容易靠边站。这就是刘备集团不如曹操集团的地方，刘关张没有海纳百川、唯才是举的创业胸怀。

总之，结义的方式不利于外来人才的引进，我们最好不要搞小集团，搞小集团就容易失去天下英雄，就容易排挤四海豪杰。为什么后来曹魏人才济济，蜀汉的人才青黄不接，到蜀汉后期，真正为蜀汉卖力的往往是关羽、张飞、诸葛亮、赵云的后代，与这种结义模式有很大关系。

刘关张三人是否应该同生共死？

桃园三结义时有句话叫"同生共死"，同生没有问题，共死大可不必，因为事业总要有人去做，如果干事业的人都去世了，那事业还怎么干了？

现代社会是否还要提倡桃园三结义？不应提倡。

其一，君子之交淡如水。结义就会产生小团体，小团体就会产生排他性。

其二，桃园三结义在格局上有一个问题，就是按照年岁排名，岁数大的当大哥，岁数小的当小弟。问题是岁数大的不一定有德才，岁数小的不一定没能力。一个有能力的人想在桃园三结义的格局里上升，空间是很狭窄的。所以在现代社会里，桃园三结义的模式不利于调动大批人才的积极性。

桃园三结义时，关羽、张飞就想扶保刘备当皇帝吗?

那是不可能的。

其一，结义时刘备是卖草鞋的，张飞是做小买卖的，关羽是逃犯，就算刘备胸怀大志，想当皇帝，关羽、张飞也不可能想得那么远。

其二，当时的皇帝是汉灵帝，尽管昏庸无道，可是关羽是熟读《春秋》之人，不至于在当时就有帮助刘备当皇帝的想法。

其三，最初结义是基于要投军去镇压黄巾起义。这时候刘关张之间顶多是带有大哥与小弟性质的上下级关系，不可能是君臣关系。那关羽和张飞是什么时候开始有扶保刘备当皇帝的想法了?是关羽身在曹营的那个阶段有了这个想法，更确切地说是古城聚义之时兄弟三人心照不宣地明确下来。

刘关张三人属于草根创业，如果单独投军，可能要从士卒开始干起，起点太低，晋升空间有限，所以他们打算先招募一批士卒再去投军，这是一个好主意。招兵买马需要钱，于是就有了商人资助他们。问题是商人为什么资助他们?

其一，黄巾军虽然是农民起义军，但是他们并没有科学的革命纲领，也没有严明的组织纪律，更没有切合实际的政策策略，这就导致了太平道缺乏社会基础，没有保护好商人的利益，所以一些受正统观念影响的商人支持镇压黄巾起义。

其二，在中国古代虽然实行重农抑商政策，但是商人也要通过一定方式来实现其政治影响力，维护其商业利益。

黄巾起义和太平天国都缺乏读书人的支持。有人会问读书人为什么不支持他们?在古代，读书人读的往往是儒家经典，如果太平道得了天下，读书人就不能通过读儒家经典步入仕途。太平天国信奉的是拜上帝会，八股取士的科举制度就行不通了，读书人就失去了进身之路。曾国藩镇压太平天国就打出了维护孔孟之道的旗号，在读书人中非常具有号召力。这也是张角和洪秀全领导的农民起义所面临的一个重要问题。

2．兴复汉室这个旗号到底怎么样？

在三国时期，封建正统观念居于思想上的主导地位，兴复汉室这个旗号嘴巴上讲得通，实际上号召力非常有限。为什么会这样？

东汉末年的东汉政府是一个什么样的政府？政治黑暗、吏治腐败，黄巾起义的爆发说明这个王朝已经失去了民心，而且封建士大夫阶层也对东汉政府没有什么好感，特别是东汉中后期宦官干政、外戚专权，桓帝、灵帝昏庸无道，匡扶汉室的提法很容易让人想起东汉末年那个黑暗的“旧社会”。所以刘备以及后来的诸葛亮打出兴复汉室的旗号，听起来很动听，响应者寥寥无几。而且刘阿斗时期又重新出现了宦官干政的现象，这才刚刚几十年啊。就连鲁肃都讲：“汉室不可复兴，曹操不可卒除”。

3．刘关张投军之后，情况如何？

刘备不是常败将军吗，为什么在镇压黄巾起义中屡立战功？

三国初期，战争刚刚开始，真正优秀的军事将领在战争中还没有脱颖而出，刘备打败的只是三国中的三流战将，还没有和曹操、吕布这样的战将交手。

刘关张在战场上浴血奋战，而且还救了朝廷高官董卓的命，可是当董卓知道他们是“白身”时，对他们非常轻视。为什么？

其一，从观念上来讲，董卓这些士族缺乏一种思想，就是“人是生而自由平等的”“公平竞争，机会均等”。他们要用封建等级秩序来规范社会阶层，来维护一种金字塔状的社会结构。

其二，《三国演义》中写道“人情势利古犹今，谁识英雄是白身”。白身指的是没有功名和官职的人。董卓是何出身？西凉豪强。如果说袁绍、袁术、曹操属于京都的士族阶层，董卓就属于边疆的士族阶层。所以在董卓为代表的士族阶层看来，刘关张不过是一颗棋子，即使他们救了董卓的命。这也说明当时的上流社会缺乏用基本的人权观念看待基层百姓。

其三，在东汉末年的上流社会里，人分三六九等的观念充斥着士族阶层和知识界。在当时的社会，缺少两个划破夜空的思想，一个是“人是生而自由平等的”“平等竞争，机会均等”的观念；一个是“唯才是举”“不拘一格降人才”的观念。当时的社会缺少一场思想启蒙运动。

有人会问老孙，不对啊，曹操怎么唯才是举呢，怎么那么敬重关公呢？

不要忘了，在那个年代曹操是官场中的“另类”，是上流社会中的“异类”。之后会讲到关羽要出战华雄，袁术不让关羽出战，因为关羽是个马弓手，怕让人耻笑。因为曹操力排众议，关羽才得以出战。这是当时的等级制度形成的社会风气。董卓轻视刘关张，他失去了三个人才。刘备在这件事中得到了什么“教训”呢？刘备从此以后再也不说自己是白身了，再也不提卖过草鞋那回事了，自我介绍时张口就讲：备乃中山靖王刘胜之后，汉景帝阁下玄孙，果然这招很灵。

张飞想离开董卓，走之前说刘备、关羽二人可以留下，自己要另投别处。刘备马上提出要走一起走，共同去投奔了朱儁。看来刘关张从结拜兄弟到肝胆相照是一个过程。

4. 孙坚是个什么样的人?

《三国志》的作者陈寿在谈到孙坚出身时用了四个字：“孤微发迹”。什么意思？就是说孙坚的起点比较低。但是笔者认为，说孙坚的起点低那要看和谁比。如果和袁绍、曹操比，孙坚的起点确实低了些。但是要和刘备比，孙坚的起点还算高的呢。

《吴书》中说“坚世仕吴”，就是说孙坚的祖上世代在吴地为官。不过《吴书》是东吴的史官写的。相比之下，《三国志》的记载更具有可信度。《三国志》记载，孙坚，字文台，吴郡富春人，孙武的后代。孙武是谁？东方兵家的鼻祖，《孙子兵法》的作者。孙武是春秋时期齐国人，后来到了吴国。孙坚是吴郡富春人，所以说孙坚是孙武的后人，应该具有一定的可信度。

有人会问，既然孙坚有孙武这样了不起的祖先。那孙坚的门第岂不是很高？不能这么说。为什么？

孙武是春秋时期的人，从孙武到孙坚，六百多年了，之间经历了战国时代、秦朝、西汉、王莽的新朝，再到东汉。孙坚引以为自豪的是祖先孙武的威名。有一点孙坚和孙武很像，就是能征善战。

孙坚是三国第一猛将吗？

三国之中谁的武功第一，一直都比较固定，一吕二赵三典韦流传了很多年，但是笔者不完全同意这个观点。

其一，笔者不知道这个排名有没有考虑到射箭，要是算上射箭，吕布的辕门射戟可见箭术高超，三国中没有孙坚神射的记录，所以算上射箭，吕布武功第一没有问题。

其二，不算射箭单算马下，那么就是典韦武功第一。典韦力大，被曹操称为古之恶来。恶来是商纣王手下的武将，是秦国国君的祖先。典韦还擅长飞戟。所以单论马下功夫，不算射箭，典韦武功第一。

其三，不算射箭的马上功夫，谁武功第一呢？很可能是孙坚。《后汉书》记载，孙坚带兵先是打败了董卓的部将胡轸、吕布。后来董卓亲自率兵出战，也被孙坚打败。孙坚进攻洛阳时，再次打败吕布。三国之中，孙坚出场就屡战屡胜，而且董卓、吕布都不是其对手，华雄实际上也是孙坚所杀。吕布虽然有赤兔马，但是如果不算射箭，孙坚和吕布打一对一，谁胜谁负很难讲，吕布不一定打得赢。

不算射箭，马上功夫，孙坚武功第一。

算射箭，马上功夫，吕布武功第一。

不算射箭，算飞戟，马下功夫，典韦武功第一。

5．黄巾军要投降，朱儁为何不同意？

中国战争史中有一个现象，就是对方失败了或打不过了就投降，将投降视为喘息之机，降了复叛，叛了复降，这成为一个不好处理的难题。加上当时的通讯手段不发达，有的时候是否准降要经过皇帝批准，长途传递信息要花费很多时间，比如明末农民起义领袖张献忠投降，在投降后囤积粮草、招兵买马，研究《孙子兵法》，时机一到，立即重新起兵反明。

所以，朱儁不同意接受黄巾军投降是因为朱儁想得比较深远，比较了解黄巾军的特点。刘备同意受降是因为他盲目地模仿汉高祖刘邦当年招降纳叛的故事，他没有领略招降纳叛的实质，刘备不是一个军事家，而是一个政治家，但是他不是刘邦那样的大政治家。

6．在平定黄巾起义中，刘备、孙坚都立了大功，为什么孙坚被封官，而刘备没有？

孙坚一出场就给人以武艺高强、能征善战、所向无敌的感觉，而且在镇压黄巾起义的过程中立有大功。刚开始孙坚的功劳很大，仅仅被授予下邳丞等小官，孙坚就开始反思为什么。孙坚反思的结果是当时的东汉政府政治黑暗、宦官专权，朝中无人莫做官。在一而再的“打击”面前孙坚开始变化了，开始在朝中寻找靠山了，于是很快就当上了大官。

而刘备则不然，刘备是草根创业，起点太低，加上朝中无人，没有靠山。十常侍为了安抚功臣的不满情绪，给了刘备一个安喜县尉的职位。

7．张飞怒打督邮有何启示？

督邮为何而来？

当时朝廷降诏，要淘汰因军功而获得县级官吏的干部，刘备担心自己就在其中。为什么？因为当时十常侍给刘备安喜县尉一职就是为了安抚军功人员，现在派督邮来巡查，也是排除异己。有人会问十常侍这么做有道理吗？完全没有道理，因为刘备立了赫赫战功，得到安喜县尉之职，完全当之无愧，而且还太小了。那么既然没有道理，十常侍为什么派督邮来巡查呢？这就是东汉末年汉灵帝统治时期的“黑暗逻辑”。汉灵帝时期的许多官位是明码标价的，有的官员即使当之无愧，没花钱也上不去。现在刘备虽然军功显赫，可是刘备没交钱啊，那十常侍能满意吗？汉灵帝能满意吗？更何况刘备朝中无人，又不是十常侍的亲信，刘备很可能在被淘汰之列。刘备打出的旗号是兴复汉室，汉室得人心吗？兴复汉室很容易让人想起东汉末年那个黑暗的社会，刘备自己也是那个黑暗社会的受害者。

刘备为官还算清廉，没有重敛于民，自然不可能给督邮贿赂，所以引出了张飞怒打督邮，刘备还印而去。几经辗转，刘备少年求学时的朋友公孙瓒帮了他，推荐他当上了平原县令。那么张飞怒打督邮说明什么问题？

说明刘备尽管是个政治家，但是在东汉末年的官场上是混不下去的，“太平本是将军定，不许将军见太平”。如果不是生逢乱世，刘关张就没有立军功的机会；没有立军功的机会，刘关张就没有出头之日，所以说刘备和曹操、孙坚一样，都是乱世英雄。

请看下集：朝廷内斗。

第四集

朝廷内斗

汉灵帝去世之后，权归大将军何进。何进本是屠户出身，因其妹是皇后，得以位居三公之上，以外戚掌握大权。何进与十常侍之间的斗争是持续百年的“戚宦之争”的继续。

1．汉灵帝去世时，朝廷是什么局面?

汉灵帝去世时，朝廷上分为两派，一派是以董太后为首，欲立皇子刘协为太子；一派是以何皇后为首，包括外戚大将军何进，欲立何皇后的儿子刘辩为太子。宦官蹇硕向病危中的灵帝进言：欲立刘协必须杀大将军何进，否则刘协就算当了皇帝也坐不住皇位。病重的灵帝听从了蹇硕的主张。可是何进耳目众多，很快得到信息，于是回府召集大臣，想杀光宦官。

曹操向何进进言：宦官专权问题由来已久，杀光是不现实的，倘若保密工作做得不好，会有灭族之祸。正在商议时，有人传来消息：灵帝去世，蹇硕与十常侍密不发丧，欲立刘协为帝。这时曹操出了一个主意：先正君位，然后讨贼。是何道理?

曹操这个时候只有三十四岁，位居典军校尉，在政治上已经相对成熟。曹操明白，如果这个时候只讨贼，不正君位，那么一旦蹇硕辅佐刘协登基，何进和曹操这就叫谋反，就会失去政治上的主动权。如果把正君位和讨贼一起进行，就会扩大打击面，增加正君位的难度。先正君位，皇帝如果是何进的外甥了，何进再去讨贼或打击政敌，那就名正言顺了。曹操不愧是喜读《孙子兵法》的人，政治韬略果然非同一般。

可问题是何进按照曹操的政治韬略正君位之后，刘辩登上了皇位，在讨贼上却犯了难。宦官蹇硕虽然被杀，但是十常侍里有一个政治经验老到的张让。张让先是劝说了何皇后，通过何皇后来压制何进，不让何进动手诛杀宦官，一面扶植董太后的势力。何进很快镇压了董太后的势力，并毒死了董太后。张让等十常侍通过贿赂何进母亲和弟弟何苗得以继续苟延残喘。这时袁绍向何进提出招外兵进京诛杀宦官的建议。

2．袁绍提出招外兵进京来诛杀宦官合适吗？

袁绍能够想出这个主意说明袁绍是一个好思考的人，很善于想主意，可是董卓进京的历史告诉我们袁绍的这个主意是一个馊主意。这说明袁绍虽然好思考，但是不善于做出正确的判断，袁绍的性格是好谋无断。好谋无断怎么理解？好谋指的是喜欢思考问题，这个好理解。关键是无断怎么理解？有人会说无断是胆子小，不敢做出判断。不对。无断不是不敢做出判断，也不是不能做出判断，而是不善于做出正确的判断。袁绍后来的失败很大程度上在于他判断力不行。

袁绍是出主意的人，何进是拿主意的人，何进非常同意袁绍的计策。那么当时朝廷里的反对意见有没有呢？有，一个是陈琳，另一个是曹操。

陈琳的意见是：

其一，招外兵诛杀宦官是用大炮打苍蝇。

其二，外兵一到，各怀异心，容易发生变乱。

曹操的意见是：

其一，宦官之所以得势是因为皇帝宠信他们，并给他们权力。如果皇帝不宠信宦官，也就没有宦官专权了。

其二，要治宦官的罪，处罚首恶就可以了，处罚首恶只要派狱吏就可以了，不用招外兵。

其三，如果杀尽宦官，打击面太大，一旦事情泄露，必败无疑。

可惜何进认为曹操的爷爷是宦官，可能对宦官存有私情，所以没有采纳曹操的建议。陈琳现在和袁绍意见相左，倒是和曹操观点相似，可是后来陈琳却投奔了袁绍，在官渡之战前写檄文骂了曹操的祖宗。陈琳虽颇有见识，可惜不善于择主。

3. 何进招董卓进京在朝廷内部产生了怎样的影响？

董卓是西凉的豪强，甘肃临洮人。因为征讨黄巾不利，本来朝廷要处罚他，结果他走了十常侍的门路，位居显官，手握重兵，控制的地区大致为现在的陕西、甘肃东部和宁夏一带。董卓有两个女婿，一个是武将牛辅，另一个是谋士李儒。董卓留下牛辅镇守后方，让谋士李儒跟随自己进京。有人会问董卓为什么要招李儒为女婿呢？

其实董卓并不是一无是处，他虽然有很多错误和缺点，但是董卓也有很多强项，第一个强项就是爱才，李儒是个人才，也是三国时期一个杰出的谋士，董卓为了笼络他，所以招他为女婿。董卓手下是有一帮人才的，虽然他们跟了董卓，历史评价并不好，但是董卓能干出许多事情来，是因为他手下也有一帮有才干的人。有人会问，董卓这么爱才，怎么会看轻刘关张呢？董卓爱才不假，但是董卓是西凉豪强，他看不起出身卑微的人。

那么董卓的军队来了，朝廷内部有什么反应呢？两个字：恐惧。为什么？

其一，何进虽然是屠户出身，但是何进执政代表的是京城士族的利益。东汉末年是一个由“枪杆子”说了算的时代，董卓带兵进京，必然会危及到京城老士族们的利益。了解董卓的大臣都知道这个人非常残忍，一旦董卓进京，恐怕京城就会大乱，所以许多朝廷大臣纷纷离职。

其二，不但朝廷大臣们恐惧，宦官集团也陷入了高度恐惧之中，谁都知道董卓是何进招来诛杀宦官的。基于高度的恐惧，宦官集团狗急跳墙，开始对何进动手了。十常侍欺骗何太后召何进入宫，准备动手，而何进的警觉性很低，总觉得自己掌握天下大权，十常侍不敢把他怎么样。何进这个人不适合在乱世之中掌握朝政，他不善于揣摩人心，不善于洞悉人性。对于董卓带兵进京，何进没有危机感；对于十常侍狗急跳墙，何进也没有警觉性。何进没有能力处理复杂的政治斗争，成为大将军是何进的幸运，也是何进的不幸。

何进坚持要入宫，这时有三个人提出了反对意见。

第一个是陈琳，陈琳说这是十常侍之谋。陈琳果然是一个很有智慧的谋士，而且是一心为公，也许这也是曹操最后不杀陈琳的一个原因。

第二个是曹操，曹操提出让十常侍先出来，然后何进再入宫。何进没有采纳，为什么？何进这个人非常自以为是，以为如果采纳了曹操的意见就显得自己不够英雄，有失大将军的身份。可是曹操的意见是正确的，更是相对安全的。如果十常侍出宫，宫内的伏兵就不敢轻易动手，更何况时间一长，十常侍的计划很可能就泄露了。

第三个是袁绍，袁绍认为招外兵进京诛杀宦官的计划已经公开化了，这个时候要入宫必须带兵，于是何进采纳了袁绍的意见。由此可见何进对袁绍是非常器重的，对曹操是很看不起的，在当时看不起曹操的不止何进一人，这是当时的一股小风气，因为曹操的作为并不符合士族主流的价值观，何进看不起他，袁绍虽然是曹操的好朋友，但是也看不起他。

何进单独入宫，军队被挡在门外，于是十常侍杀死了何进。张让在杀死何进前说的一段话很值得分析，“汝言我等甚浊，其清者谁？”大意是说十常侍是宦官，不干好事，那么别人就没有缺点吗？毛宗岗在评三国时还引用《左传》中的一句话：“惟无瑕者，可以戮人。”毛宗岗和十常侍的观点老孙是不敢认同的，请问三国中谁是没有缺点的人？历史上就不存在没有缺点的人。人都有优点，也都有缺点，所以看人要看主流。有的人优点是主流，缺点是支流；有的人缺点是主流，优点是支流。从主流上看，十常侍所起的历史作用是负面的。从历史发展的角度看，尽管何进、袁绍、曹操都有缺点，但其反对十常侍乱政，具有一定的历史进步性；只是何进、袁绍以招外兵进京的方式来对付十常侍，在策略上犯了错误。

4．陈留王刘协小时了了，大未必佳?

何进被杀后，袁绍等率兵诛杀宦官，不论大小，尽皆杀之。曹操主张惩处首恶，袁绍主张杀全部，可见袁绍眉毛胡子一把抓，做事抓不住重点，不是政治家。张让等带着少帝和陈留王逃往京都郊区，后张让畏罪自杀，少帝和陈留王被大臣救下。救驾的大臣中有司徒王允、太尉杨彪（杨修的父亲），还有校尉淳于琼、袁绍。

有人会问这个淳于琼可是后来丢失乌巢的淳于琼?

正是此人。这时淳于琼和袁绍、曹操平级，都是掌握京都兵马的校尉，淳于琼起点很高，可是后劲不足啊。

少帝、陈留王与众大臣在回去的路上碰到了董卓进京的兵马。董卓大呼：天子何在。少帝惊慌，年仅九岁的陈留王镇定自若，问董卓是来保驾还是劫驾？并且举止得体，应对得当，董卓暗奇，有了废立之心。陈留王刘协也就是后来的汉献帝，汉献帝是个不咋样的皇帝，总的来讲罗贯中对汉献帝的评价不高，甚至远不如刘备。可是汉献帝小的时候为什么聪明过人呢？这就应了一句话：小时了了，大未必佳。人生是一个漫长的奋斗历程，起步快不一定跑得远，淳于琼也好，陈留王也好，他们或大器早成，或聪明早慧，起步虽然快，然而毕竟能力有限，后劲不足，即使身居高位，有一天真正的历史考验摆在他们面前，要是不行还是不行。刘备现在还是个县令，淳于琼已经是校尉，刘协马上就要当皇帝。可是淳于琼、刘协的人生已经是百米冲刺，马上就要出结果了，而刘备的人生是马拉松比赛，路还长着呢。

请看下集：董卓进京。

第五集

董卓进京

经历了十常侍之乱，东汉中后期持续百年的戚宦之争结束了。董卓带兵马进京之后，京都洛阳的形势如何呢?

1. 董卓为什么要废立皇帝?

董卓进京做的第一件事就是抓兵权，收编何进的军队。我们不要轻视何进的部队，后来魏国的五子良将中居首的张辽当时就在何进的这支部队里，也被董卓收编了。

《英雄记》记载，董卓的父亲，担任过颍川纶氏尉。相比某些士族大家，这个官职并不显赫。董卓明白自己是西凉的士族，属于地方豪强，虽然掌握军队，但是初来京师，没有根基。而京师是京都本地士族的地盘，像袁绍家族在京师已经四世三公，根基牢固。董卓作为一个“外来户”，如何在短时间内迅速压制这些京城里的老士族呢?如何迅速地鹤立鸡群、独掌朝纲呢?于是董卓打起废立皇帝的主意。

董卓想要废立皇帝为什么要听取李儒的意见?

董卓很残暴，也很霸道，有一股子蛮劲，但是董卓有一个弱项。袁绍是分析能力有，但是判断能力不行；董卓是分析能力不行，判断能力也不行。可是袁绍判断能力不行，他自己并不愿意承认，所以不爱听谋士的正确意见。董卓不同于袁绍，董卓是知道自己分析判断的能力都不行，所以董卓在这方面非常倚重自己的女婿李儒，遇到这些事情的时候非常尊重李儒的意见，甚至经常听李儒的。李儒足智多谋不假，可是这个人没有魄力，领头干不行，所以只能当谋士，董卓和李儒就是这种关系。什么关系？有个成语叫狼狈为奸，我们刨去这个成语中的贬义成分，单从这个成语的本身含义看，董卓和李儒就很像这个成语中狼和狈的关系。这次董卓问李儒废立皇帝是否合适，李儒给了肯定答复：事不宜迟，不从者斩。

2．丁原为什么敢公开反对董卓废立皇帝?

董卓大宴群臣商谈要废立皇帝，他的废立理由也很简单，就是当今天子汉少帝懦弱，陈留王刘协聪明好学。董卓的主张立刻遭到了并州刺史丁原的反对。丁原为什么敢反对呢？那是因为丁原手里也有“枪杆子”，当时何进招外兵进京的时候，看来不止招董卓一人，丁原也是奉诏进京。而且丁原手下有大将吕布，此人是丁原的义子，号称三国第一猛将。

3．李肃如何说降吕布?

董卓和丁原在京城外大战，吕布将董卓打败，董卓有了招降吕布之心，于是董卓的部下李肃自告奋勇要去招降吕布。李肃是吕布的同乡，有人会问，吕布是哪儿的人啊？吕布是五原郡九原县人，在今天的内蒙古自治区包头市九原区。李肃是个什么样的人？李肃是一个文武兼备的人，也是一个文武都不出众的人；有智谋，可惜智谋不如李儒；能带兵，可惜又挑不了大梁。

李肃对吕布是个什么评价呢?

勇而无谋，见利忘义。笔者认为说吕布见利忘义不假，说吕布勇而无谋不准确，准确说吕布是勇而少谋。吕布也有很出彩的计谋，比如辕门射戟。所以吕布不是无谋是少谋，而且吕布没有发展的大战略，他头脑中没有统一天下的路线图，这是吕布后来只能是一方诸侯，不可能成为一个政治家的重要原因。针对吕布的特点，李肃出了哪些主意招降吕布呢？李肃是一个很会招降的人，他采取的策略都是针对吕布的特点。吕布是一员武将，有了方天画戟，还差一匹宝马。董卓这里有赤兔宝马，所以李肃建议将赤兔马送给吕布。

董卓是个自己拿不定主意的人，他在拿主意的时候对李儒有一定的依赖性，这也是董卓的自知之明。李儒说了一句话："主公欲取天下，何惜一马！"这件事可以看出董卓的两个特点，一是爱才，不但曹操爱才，董卓也是爱才之人，董卓的手下也有一批谋士和武将，比如华雄、张辽、贾诩、张绣这时候都是董卓手下不太知名的能人。只是董卓用人格局上不如曹操，曹操唯才是举，董卓受当时社会风气的影响，在用人上讲出身、论等级，轻视刘关张，错失了不少人才，估计曹操后来的唯才是举也是吸取了董卓失败的教训。二是野心大或者说"志向高远"，董卓的志向是要统一天下的，他并不甘心当一方诸侯。虽然董卓的目标很远大，可是他采取的政策和策略不对头，最终还是失败了，成了一个反面教材，供曹操反思借鉴。

李肃带着赤兔宝马和金银珠宝去见吕布，吕布见赤兔马大喜。那么赤兔马有哪些特点呢？《三国演义》记载，"日行千里，渡水登山，如履平地"。此言非虚，水淹下邳之时，吕布就说："吾有赤兔马，渡水如平地。"那么赤兔马的特点还有哪些？一个是速度快，斩颜良、诛文丑时就显现出来。二是载重能力强，关羽在曹营期间，曹操宴请关羽，关羽称："贱躯颇重，马不能载。"所以曹操将赤兔马送给关羽。三是服役时间长，从吕布得到赤兔马，到关羽去世，大约征战三十年。

那么李肃是如何一步步说降吕布的呢？

其一，自报官职，李肃任中郎将，中郎将的职位在校尉之上，比当时的曹操和袁绍要高。

其二，献赤兔马，前文已述。

其三，通过谈论丁原，让吕布感慨时运不济，无奈之下才拜丁原为义父。

其四，献上珠宝，引出董卓爱才。

其五，再次诉说李肃在董卓手下尚且为中郎将，吕布的武艺这么高，自然贵不可言。

李肃通过了这几步让吕布决心投奔董卓。但是李肃犯了个做人上的错误，就是劝吕布杀丁原，吕布是个见利忘义之人，为了给董卓送上一个“见面礼”，居然杀了义父丁原。

李肃建议吕布杀丁原，吕布感谢他吗？吕布不感谢李肃，反而对李肃的为人非常反感，为什么？

吕布杀了丁原之后难免会受舆论谴责，这让吕布背上了一个道德包袱，时间一长，吕布回想起来，对李肃难免有意见。后来吕布和王允等人要杀董卓，准备派李肃去请董卓。吕布说：“昔日劝吾杀丁建阳，亦此人也。今若不去，吾先斩之。”可见吕布对李肃意见很大。后来李傕等人兵犯长安，李肃还是被吕布所杀。

吕布杀了丁原后，丁原的部队只有少数跟着吕布，大部散去，可见吕布不得人心。吕布投奔董卓，马上拜董卓为义父，董卓居然欣然接纳，说明什么？

其一，刚刚杀了丁原这个义父，马上就拜董卓为义父，吕布这个人不把拜义父这件事当回事。

其二，董卓的警觉性太差，对于人品不好的人缺乏防范。董卓本身人品就不怎么样，吕布人品也差，吕布不会因为董卓人品差，将来就不算计董卓，虽然物以类聚，人以群分，但是两个人品差的人现在基于利益而勾结在一起，将来也可能基于利益而反目成仇，所以“拜义父”并不是董卓和吕布加强团结的催化剂，这是董卓所不理解的。

4. 袁绍为什么反对董卓?

招降吕布之后，李儒为什么劝董卓早定废立之计?

对于董卓集团来讲，废立皇帝一旦提出就是开弓没有回头箭了，现在董卓掌权，将来一旦皇帝掌权或者其他掌权者秋后算账，在封建社会里，这对于董卓集团的后果将是毁灭性的。

董卓为什么自称要学习伊尹、霍光的故事?

伊尹和霍光都是废立皇帝的正面典型。董卓最开始没想到要为废立皇帝寻找历史根据。卢植在反对董卓废帝时说："公乃外郡刺史，素未参与国政，又无伊、霍之大才，何可强主废立之事?"董卓是武将出身，不太通文墨，但是学习能力很强，马上就根据卢植的反对意见找到自己废立皇帝的历史借鉴。

董卓大宴公卿，提出要效仿伊尹、霍光的故事废立皇帝。袁绍提出了反对意见，理由有：其一，天子并无过失。其二，天子是嫡出，也就是皇后所生；而陈留王是庶出。在古代按名分来讲应该是汉少帝当皇帝。袁绍本身就是庶出，可是非常重视嫡庶之别，本身就是等级制度的受害者，又是等级制度的维护者，可见等级观念之深。

董卓听了袁绍的意见后，马上就讲：天下事在我，我的剑不锋利吗?袁绍紧跟着说：我的剑也不是不锋利。那么袁绍为什么要反对董卓废立皇帝呢?

其一，袁绍代表的是京都士族的利益，京都的士族是普遍反对董卓的，袁绍是公开反对，王允和曹操是暗中反对。

其二，袁绍反对立陈留王刘协为帝，其实还有一个不好说出口的理由，就是在汉灵帝晚年立嗣之争的过程中，袁绍是站在大将军何进一边的，是主张汉少帝接班的，如果汉少帝被废，刘协登基，袁绍也担心自己将来的政治前途。

董卓是如何处理袁绍的呢？

董卓本想杀掉袁绍，这时李儒提醒董卓："事未可定，不可妄杀。"也就是说要先废立皇帝，再处理反对势力。董卓问袁绍的叔叔太傅袁隗的意见，袁隗和袁绍不一样，袁绍年轻气盛、血气方刚，袁隗已经是老于世故，好汉不吃眼前亏啊，马上迎合董卓的意见。

袁绍逃出洛阳直奔冀州。董卓就如何处理袁绍问了周毖和伍琼这两位大臣的意见，这两位大臣提出：

其一，袁氏家族四世三公，门生故吏遍布天下，要是反对董卓，为祸不浅。

其二，袁绍好谋无断，成不了大事。

其三，封袁绍为郡守，袁绍会感激董卓，亦可收揽人心。

董卓采纳了周毖和伍琼的意见，封袁绍为渤海太守。那么他们的意见对吗？

前两点是对的，封袁绍为渤海太守是不对的。袁绍怎么可能因为董卓封他为渤海太守而感激董卓？袁绍当了渤海太守后，一方面操练兵马，一方面联合朝中大臣，积极准备讨伐董卓，后来还成了十八路诸侯的盟主。等于说董卓为袁绍提供了一块讨伐董卓自己的根据地。

那么董卓应该怎么处理袁绍？

袁绍反对董卓时，虽然不适合当时就杀袁绍，但是不能把袁绍放跑了，因为袁绍的政治影响很大。虽然董卓是袁绍提议请来的，足见其水平不行。但是袁绍反对董卓这一点很得人心，加上袁绍原先就有虚名，所以袁绍还是有号召力的。最好的办法就是把袁绍看管起来。如果袁绍跑了，那只能全国缉拿，同时严防其他重要大臣逃离京城。就像曹操放跑刘备一样，一日纵敌，数世之患。

其实董卓失败有一个重要的原因，就是提拔反对派，而且给予重权。

《三国志》记载，董卓当政时，信任周毖和伍琼等人。后来提拔周毖等人举荐的韩馥、刘岱、张邈等人出任地方长官，结果这些人都加入了讨伐董卓的阵营。

5. 董卓为什么要提拔蔡邕?

董卓废汉少帝，立陈留王刘协为帝，刘协就是汉献帝。董卓掌权之后，李儒劝董卓提拔名流，以收人望。也就是董卓要争取士族名流的支持。于是李儒向董卓推荐蔡邕。

董卓、李儒为什么看中了蔡邕呢?

蔡邕可是东汉末年的文化达人。他通晓经史、擅长文学、精通书法、熟悉音律、爱好古董，可以称得上学问大家。而且蔡邕还很有名望，最初朝廷征召蔡邕去当官，蔡邕不去。后来蔡邕被乔玄征辟为官，因直言被宦官放归田里。蔡邕名望很高，学问又很大，所以被董卓看上了。最开始蔡邕不想去，董卓的风格很专横："如不来，当灭汝族。"蔡邕害怕，前往就任。董卓本身文化水平不是很高，非常羡慕有文化的人，所以对蔡邕这样的文化人很好，一个月内三次晋升蔡邕的官职。

蔡邕和曹操可以说是忘年之交，因为曹操也是博览群书之人，还是建安文学的开创者，两个人很有共同语言。蔡邕有一个女儿叫蔡文姬，是中国古代四大才女之一。古代四大才女指的是蔡文姬、李清照（宋代女词人）、上官婉儿（唐代"巾帼宰相"）、卓文君（另有一说是班昭）。卓文君是司马相如的妻子，善于鼓琴；班昭是文学家和史学家，帮助班固撰写《汉书》。女史学家在古代可不多见。

我国历史上古琴名曲《胡笳十八拍》据传就是蔡文姬所作，反映的主题是"文姬归汉"的故事。有人会问，曹操和蔡文姬早年就认识，而且都那么有才，他俩谈过恋爱吗?

可以肯定地说没有。因为那不是一个自由恋爱的年代，而且蔡文姬嫁人嫁的也不是曹操。后来蔡文姬被掳到了匈奴，曹操统一北方后有感蔡文姬是一位才女，将其重金赎回，嫁给了董祀。这就是文姬归汉的简要故事。

6．董卓废立皇帝到底对他有利还是不利？

总的来讲是弊大于利。

利：董卓是外郡刺史，在京都没有根基，也没有参与过朝廷的国政，如何短时间内在朝廷上树威并掌握朝政是一大难题，而废立皇帝可以很快达到这个目的。

弊：当时的皇帝虽然是一个傀儡，但是在封建正统观念居于主导地位的年代里，在皇帝并没有大过错的情况下，废立皇帝必然遭到朝廷内外的一致反对，不利于团结人心，也为将来十八路诸侯讨伐董卓提供了借口。

从董卓进京以来的做法来看，董卓急于在朝堂上树威，反而对外郡掌握兵权的刺史、太守缺乏防范，对外郡诸侯缺乏关注度，没有及早采取措施。

董卓废立皇帝的教训也被后来的曹操所吸取，尽管发生了衣带诏事件，但是曹操始终没有敢废立皇帝，走了一条奉天以令不臣的道路。

7．董卓入洛阳和刘邦入咸阳有什么不同？

汉献帝登基之后，董卓杀了汉少帝等人，奸淫宫女，夜宿龙床。那么我们想一想当年沛公刘邦入咸阳之后是什么举动？财物无所取，妇女无所幸，其志不在小，很快就还军灞上。董卓的做法和刘邦正好相反，为什么？董卓有欲望，刘邦也有欲望，但是不同的是刘邦在关键时刻能够控制住自己的欲望，能够做到“克己复礼”，能够收揽人心。董卓和刘邦都想取得天下，可是刘邦能不被眼前的小利所诱惑，看到更长远的利益，看到将来更大的利益。董卓虽然也有远大的志向，但是董卓在相对小的利益诱惑面前控制不住自己，这就叫“见小利而忘命”。

董卓的军队在郊外烧杀抢掠，劫掠妇女和财物分给众军说明什么问题?

这说明董卓军队的纪律很差，也说明董卓在争夺天下时不注重收揽民心。有人会说董卓不是很爱才吗?没错，董卓爱才不假，也很重视收揽人心，但是董卓只注重收揽士族阶层的人心。眼睛只向上看，从来不向下看。董卓出身豪强，在充满优越感的环境中长大，跟基层的群众缺乏沟通，缺乏多年的感情，从骨子里看不起基层的老百姓，看不起劳动人民。董卓说过一句话：“吾为天下计，岂惜小民哉！”其思想上脱离群众可见一斑。

那么刘邦到咸阳后做了什么事呢?

废除秦法，约法三章，军纪严明，赢得关中父老的支持，关中父老担心刘邦不当关中王。刘邦会收揽民心，这和他出身亭长，多年在基层接触群众、了解群众有很大关系。曹操从董卓身上又得到了一个教训，那就是要军纪严明，争取民心，所以有了后来的割发代首。

刘邦进咸阳小心谨慎，就怕出错，那是因为他知道还有项羽等各路诸侯，天下还没有统一。董卓进洛阳，胡作非为，他并不知道自己正处在风口浪尖之上。刘邦进咸阳，萧何帮他找到各地的户籍人口资料，让刘邦有了全国的格局；董卓进洛阳，他的手下却没有人关心这些，错以为掌握了皇帝，天下就不难平定，以致没有扫平各路诸侯的具体规划。

董卓是幸运的，因为他是三国时期第一个掌握中央政权的地方军阀；之前何进不算，他是外戚。董卓又是不幸的，他虽然是第一个吃螃蟹的人，可是他能力不足，经验欠缺，最后成了失败的反面教材，成为供曹操总结的经验教训。

面对这种局面，曹操将何去何从呢?请看下集：孟德起兵。

第六集

孟德起兵

无论是当洛阳北部尉还是济南相，都是年轻的曹操向治世能臣目标迈进的人生历练。然而身处乱世，曹操的人生理想也做出了相应的调整，由力争成为治世能臣变成向汉征西大将军曹侯的方向前进。公元189年，曹操发出矫诏，首倡义兵，走上了讨伐董卓的道路。

1．曹操如何行刺董卓?

第一步：借刀。王允假借寿宴邀请旧臣聚会，饮宴中众人纷纷大哭。曹操大笑众人无计对付董卓。王允避席，遂向曹操问计。曹操跟王允讲其亲近董卓已获取董卓信任，要向王允借七宝刀一口刺杀董卓。王允应允。

借刀一事说明曹操是一个慷慨激昂之人，他跟在座的许多旧臣不一样，许多旧臣遇到困难痛哭流涕，完全不像个男子汉、大丈夫。后来的汉献帝也是如此，遇到困难就哭，有时候和伏皇后抱着头一起哭，完全不像个大老爷们儿。衣带诏事件中国舅董承也是如此。人不是不能哭，但是要哭在该哭的时候，比如说曹操祭奠典韦。遇到困难哭，不是英雄所为，毕竟男儿有泪不轻弹。

曹操不哭，曹操心里有主意。荆轲刺秦王的典故启发曹操：行刺首先要接近秦王，还要有锋利的匕首（图穷匕见）。曹操取得董卓信任，已经接近董卓了，于是就差向王允借刀了。

第二步：行刺。

其一，曹操来见董卓，董卓问他为什么来得这么晚，曹操借口马匹羸弱，于是董卓让吕布亲自挑选一匹西凉好马送给曹操。这说明什么？一是董卓爱才，董卓认为曹操是个人才，也想拉拢曹操，为其所用。二是曹操能够顺利逃走有一定的偶然性。吕布给他牵来一匹良马，曹操才借口试马，乘机逃走。

其二，董卓胖大，躺下休息，在镜子中看到曹操拔刀，忙问："孟德何为？"曹操说："操有宝刀一口，献上恩相。"这时吕布也牵马回来，董卓让吕布收下宝刀。曹操借口试马，骑马而去。本来是行刺，突然转成献刀。说明曹操善于随机应变。《三国演义》中讲"随机应变信如神"。曹操也好，刘备也好，如果没有随机应变的本事，很难在三国的舞台上成为英雄。

第三步：逃走。

曹操走后，吕布怀疑曹操似有行刺之状，也许行刺不成，推托献刀。董卓亦有所怀疑，这时李儒正好来了。李儒分析，曹操家小没在京城，现在我们再把曹操招来，他肯来，那就是献刀，不肯来就是行刺。董卓派人去叫曹操，发现曹操已逃。

其一，其实这里曹操还露出一个破绽，就是曹操来的时候自称骑的是一匹羸马，曹操走的时候跟董卓说的是试一试马，按理来说曹操还是应该回来的，因为他的那匹羸马还在董卓这儿呢，可是曹操没有回来，明显是急于脱身。

其二，李儒是三国之中一个很有智谋的谋士，如果不论阵营和人品，单纯论谋略的话，李儒的智谋应该略微次于荀彧、郭嘉、贾诩这些一流谋士，但是也属于上层的谋士。可是李儒的名声不是很好，名气不是很大，为什么？因为他在三国舞台上站错队了，他跟了董卓，董卓胡作非为，李儒也只好跟着他干。董卓失败了，李儒也跟着失败了。

李儒的失败很大程度上是择主的失败，这一点郭嘉就比李儒高明。为什么？

郭嘉年轻时曾去见过袁绍，当时袁绍的实力很强，资历很高。但是郭嘉发现袁绍不是个能成大事的人。于是郭嘉离袁绍而去。后来郭嘉见到了曹操，尽管当时曹操的实力和名气都不如袁绍，但是郭嘉认为曹操是个潜力股，跟随曹操有前途。

李儒就没有郭嘉这个本事，李儒在择主上不看潜力股，只看当时谁的实力强，用句贸易术语讲，就是：只要现货，不要期货。李儒为什么不去投奔曹操？曹操刚刚逃跑，正在被通缉。李儒为什么不去投奔孙坚和刘备？孙坚现在是长沙太守，刘备还是平原县令，级别太低，李儒跟着董卓已经是京城高级大员了，他不愿意和起点低的主公一起白手起家，太辛苦了。

正是因为李儒缺乏郭嘉的慧眼，有着“只要现货，不要期货”的心态，他看到董卓实力雄厚，有吃有喝，李儒等不及了，迫不及待地加入董卓集团，跟着董卓胡作非为，开弓没有回头箭了。三国之中，不仅能力很重要，站队也很重要，择主也很重要。如果李儒像郭嘉一样，慎重择主，晚点出山，投奔曹操、孙坚或刘备，可能结局会好一些。

2. 曹操为什么要行刺董卓，董卓不是对他很好吗?

其一，人生理想不同。董卓认为曹操是个人才，有爱才之心。可是董卓给曹操的定位是让曹操成为自己的手下，也就是李儒和吕布那样的人。曹操观察董卓进京后的所作所为，认为董卓成不了大事，跟着董卓干不会有出路。而且此时曹操的理想是想当能臣，成为汉征西大将军曹侯，这一点和董卓没有一致性。

其二，政治立场不同。董卓代表的是西凉士族集团的利益，曹操的祖父、父亲都是京城的高官，曹操自然和王允、袁绍一样，都属于京城士族集团的一分子，而且与京城士族集团有着千丝万缕的联系，让曹操脱离京城士族集团去投奔董卓集团，无论从感情上还是利益上都是很难的。

其三，正统观念的影响。在中国古代，尽管民本思想很早就出现了，比如“民贵君轻”“皇天无亲，惟德是辅。民心无常，惟惠之怀”。但是在君主专制下的封建社会里，表彰和否定一个人关键还是看这个人是否“忠君”，一旦一个人离开了“忠君”的轨迹，史书很难对这个人做出正面评价，因为在那个年代，史官是君主的臣子。所以曹操作为一个臣子，他是不敢轻易脱离忠君轨道的。

3. 陈宫为什么要弃官追随曹操?

董卓下令捉拿曹操，曹操途经中牟县被县令陈宫所获。

其一，陈宫问曹操为何行刺董卓。曹操说了一句话：“燕雀安知鸿鹄之志哉。”这是《史记》中陈涉的话，陈涉年轻时属于雇农，给人种地，他和周围的人说：“苟富贵，勿相忘。”别人说：陈涉你是个雇农，怎么可能谈得上富贵呢？陈涉说：“燕雀安知鸿鹄之志哉！”这句话让陈宫感到曹操现在虽然正处于人生的低谷，但是此人的志向非常远大。

其二，曹操跟陈宫解释为什么行刺董卓，让陈宫感觉到曹操是一位为国为民的天下义士。陈宫很有才干，据他自己介绍其早年曾前往洛阳求官，说明陈宫的志向也很远大，心也很高，陈宫并不甘心一辈子当县令，他也想在三国的历史舞台上有一番大作为，所以他把遇到曹操当成了自己的历史机遇。当然陈宫不会把他交给董卓请赏。陈宫明白，现在表面上看是董卓掌权，但是董卓的做法不是夺取天下的做法，许多方式和土匪相似，董卓是成不了大事的。如果把曹操献给董卓，自己只会暂时显贵，将来难免被清算。

其三，陈宫认为跟随曹操大有前途。陈宫问曹操要去哪里。曹操说他要回到家乡，发出矫诏，召集天下诸侯共同讨伐董卓。陈宫也是一个有远大志向的人，他听到曹操的远景规划，觉得自己跟着曹操干是有前途的，愿意弃官追随曹操。

曹操如何理解中牟县遇险事件？曹操是一个很重感情的人，也是个很讲“义”的人。陈宫放弃官职救了曹操，曹操一生都很感激陈宫。后来陈宫扶保吕布偷袭兖州，下邳城箭射曹操，但最后陈宫被曹操俘虏的时候，曹操还是劝陈宫投降。陈宫死后，曹操供养陈宫的老母、妻子和孩子。

4．怎么看《三国演义》中曹操杀吕伯奢全家这件事?

曹操与陈宫在逃亡过程中途经丛林深处的吕伯奢家，吕伯奢与曹操的父亲曹嵩是结义兄弟。交谈中曹操得知父亲曹嵩已去陈留，吕伯奢亦感谢陈宫对曹操的搭救之恩。吕伯奢出去良久，回来时吕伯奢声称要出去买酒。曹操与陈宫等时间久了，听到磨刀之声，并且听人说：“绑起来杀了，怎么样？”于是曹操和陈宫杀了吕伯奢一家八口，杀完之后发现杀错了，原来吕家人是要杀猪款待他们。曹操和陈宫逃跑时，遇到买酒回来的吕伯奢，曹操把吕伯奢也杀掉了。陈宫不解，说刚才杀人是因为误会而杀人，现在为什么杀人？曹操解释说要是吕伯奢回去看到家人被杀，带人来追赶，那他和陈宫都会被杀。陈宫看到曹操杀害无辜，本想杀曹操，后来想自己为了国家追随曹操，杀之不义，所以离开了曹操。

吕伯奢是一个什么样的人？

吕伯奢是一个隐居山林、与世无争之人，对人对事缺乏换位思考和应有的警觉性。吕伯奢认为自己不会害曹操和陈宫，所以没有必要和曹操、陈宫解释过多，也没有必要去打消曹操和陈宫对自己的怀疑。也就是说吕伯奢没有从曹操和陈宫的角度思考问题，没有揣摩曹操和陈宫现在是什么心理。

曹操和陈宫现在是被官府缉拿的逃犯，可以说是惊弓之鸟。吕伯奢和曹操、陈宫谈话时，出去了许久，也没有和曹操、陈宫解释一下出去干什么。我们之后推理可能是看自己家有没有酒，但是曹操和陈宫都是警觉性很高的人，他们会猜想吕伯奢是不是和家人商议到官府去报案。吕伯奢回来后说要出去买酒，就更可疑，出去可以买酒，也可以报案啊，这引起了曹操和陈宫的怀疑。

如何看陈宫离开曹操？

其一，杀害吕伯奢全家是曹操的一大污点，无论怎么解释都是说不过去的。陈宫离开曹操也是有道理的，尽管后来陈宫扶保了吕布，但是读三国的人对陈宫的评价还是不错的，也对陈宫的怀才不遇感到惋惜，一个很重要的原因是陈宫放弃官职追随曹操，又因为曹操做了不义之事离开曹操，可以说陈宫做的这两件事都是可圈可点的。

其二，陈宫最后扶保了吕布就有些耐人寻味了，曹操杀了吕伯奢一家是曹操的污点，可是吕布杀了丁原，丁原是吕布的义父，吕布这样的人所作所为也令人不齿。那陈宫为什么要扶保吕布呢？问题在于陈宫不是一个能把问题看得很全面的人。陈宫了解曹操吗？一知半解。中牟县弃官跟随曹操，是因为陈宫认为曹操为国为民，肯定曹操。现在曹操杀了吕伯奢及其家人，陈宫离开曹操，否定曹操。陈宫看人太感性，不全面。

除了《三国演义》之外，这个事情在历史上版本很多。

其一，陈寿编写的《三国志·武帝纪》并没有记载这个故事。

其二，曹魏的《魏书》上说，当时吕伯奢不在家，吕伯奢的儿子和宾客想劫夺曹操的财物和马匹，所以曹操“手刃击杀数人”。这个记载是否真实？不好说。

其三，《魏晋世语》上说，曹操路过吕伯奢家，吕伯奢不在家，五个儿子在家。曹操因为反对董卓，怀疑吕家人要害自己，“夜杀八人而去”。

其四，孙盛写的《杂记》上说，曹操听到食器的声音，以为吕家人要对自己下手，“遂夜杀之”。然后曹操凄怆曰：“宁我负人，毋人负我！”并不是《三国演义》中所讲的“宁教我负天下人，休教天下人负我！”

这些史料到底哪个说得准？答案是很难考证。但是有几点可以确定：

其一，曹操杀人时，陈宫并不在场。陈宫在场是《三国演义》的艺术创造。

其二，当时曹操因反对董卓而处于逃亡阶段。

其三，曹操怀疑吕家人要害自己。

曹操杀了吕伯奢一家，是否就应该把曹操完全否定？

其一，看历史人物要一分为二，在三国乃至整个古代史上，没有十全十美的政治家，也没有十全十美的封建帝王。唐太宗是中国封建社会最好的皇帝，也有玄武门之变的污点，甚至其残忍程度后世都不愿提及；秦始皇和汉武帝更不用说了，汉武帝误信李陵投降匈奴，夷其三族，又把司马迁处以宫刑；明成祖朱棣灭方孝孺十族。

其二，《三国演义》中刘备集团也干过这样的事，尽管很多人把刘备推为仁君的代表。比如，刘备占领徐州，关羽杀掉车胄，张飞杀掉车胄全家。张飞杀掉车胄全家没有向刘备请示，可是刘备也没有责怪张飞，更没有处分张飞，张飞还是刘备最信任的人。刘备和张飞相知多年，是有一定默契的。罗贯中先生在尊刘贬曹的大背景下能够记载这一段故事，是要告诉我们刘备也是很残忍的，只是这类事情张飞直接做了。

其三，无论是曹操，还是汉武帝、唐太宗、明成祖，这些封建地主阶级政治家们或开疆拓土，或开创盛世，或结束战乱，或扬威海外。他们也并非完人，也都有缺点和错误，我们作为后世子孙，重读历史之时，应该客观全面，一分为二看待古人，分清主次，看到主流。

曹操改革东汉时期的弊政，安顿百姓，统一北方，让经济恢复发展，为西晋统一打下基础，这是曹操的主流。从主流上讲，曹操是政治家、军事家、文学家，是推动历史发展的功臣。从支流来讲，曹操也有错误，我们既不能因为他有错误而全面否定其历史功绩，也不能因为其有历史功绩而无视其缺点和错误，总之，看古人要一分为二，功是功，过是过，不能只攻一点，不及其余。这才是正确的历史观。

5．曹操起兵都做了哪些工作？

其一，曹操到了陈留之后，散家产，招募义兵。《史记》中有一句话叫："为天下者不顾家！"散家产、合义兵正说明曹操是一个胸怀天下、干大事的人。

其二，有一个正义的旗号，制作了一面旗帜，上书"忠义"二字，正所谓"名不正则言不顺，言不顺则事不成"。

其三，向天下各路诸侯发出矫诏。有人会问，什么是矫诏？这里的矫诏指的是曹操假托皇帝的诏书。有人又会问，曹操反对董卓虽然是义举，但是曹操发出矫诏合适吗？当时是非常时期，东汉政府已经名存实亡，汉献帝是被董卓控制的傀儡皇帝，正所谓非常时期行非常之策，特事特办。不同年代有不同年代的特点，不能用现代的法治思维来衡量三国时代的某些事情。

在陈留起兵时期，曹操手下有六员战将，分别是李典、乐进、夏侯惇、夏侯渊、曹仁、曹洪。在早期的将领中最出名的是哪一员将领，有人可能会说夏侯惇，夏侯惇非常勇猛，有拔矢啖睛的故事，但是在真正的三国中还不是最出名的。最出名的是乐进，乐进是曹操手下五子良将之一。

6．五子良将和四虎上将比如何？

五子良将指的是张辽、乐进、于禁、张郃、徐晃。乐进排行第二。四虎上将指的是前将军关羽、右将军张飞、左将军马超、后将军黄忠，正史中刘备只封了四虎上将，赵云没有列入四虎上将之一。

有人会问，五子良将是根据什么评出来的？

历史上四虎上将很出名，好像没听过五子良将。确实，后世受《三国演义》的影响，四虎上将威名远扬，如果不常读正史，对五子良将可能闻所未闻。但是在三国那个时代五子良将肯定要比四虎上将出名，因为曹魏集团是统一北方，蜀汉政权是偏安一隅，作为三国最具实力的一方，五子良将的功勋自然要在四虎上将之上。陈寿先生在《三国志》中记载："太祖（曹操）建兹武功，而时之良将，五子为先。"

有人又会问，怎么感觉五子良将的武功都不是太高，为什么还被评上五子良将？

我们看五子良将有一个误解，以为五子良将是靠武功评出来的，错了。五子良将的评选方式主要是看战功。作为一员武将，要想青史留名，必须要有出色的战功。所以五子良将是根据战功评选出来的。

张辽的战功"代表作"是什么？合肥之战，打败东吴，差点儿活捉孙权。于禁的"代表作"是宛城之战中表现突出。张郃的"代表作"是街亭之战，打败马谡，间接打败诸葛亮。徐晃的"代表作"是襄樊之战中打败关羽，曹操称徐晃有周亚夫之风。周亚夫是西汉时期的一员著名将领，在汉景帝时期平定过"七国之乱"。

乐进有什么战功？《三国志》的作者陈寿对乐进的评价是"骁果"，意思是勇猛刚毅。可惜在陈寿写《三国志》的西晋时期，关于乐进的史料就已经不是很详备。史书中对乐进的记载往往是"从征"，就是跟随曹操等人出战。尽管这样，乐进的事迹还是不少的，比如在官渡之战中乐进表现突出，斩杀镇守乌巢的大将淳于琼。《三国志》记载刘备遣使告诉刘璋说："乐进在青泥与关羽相拒，今不往救关羽，进（乐进）必大克，转侵州界，其忧甚于鲁（张鲁）。"从刘备的话可以探看出被掩盖在历史尘埃之下一代名将乐进的威慑力。

曹操招兵买马之后，下一步要怎么做呢？请看下集：讨伐董卓。

第七集

讨伐董卓

曹操发出矫诏，各路诸侯云集响应，十八路诸侯会盟讨伐董卓。那么十八路诸侯是否都如曹操一心讨伐董卓，立志成为汉征西大将军呢？恐怕未必。十八路诸侯各怀心腹事，有的想乘机扩大地盘，有的想取董卓而代之。

1. 正史中有十八路诸侯吗?

十八路诸侯是《三国演义》中的称谓，并不见于《三国志》，十八路诸侯的整体构成与正史是差不多的，但个别有些出入。比如西凉太守马腾。马腾是不可能到曹操这来会盟的，因为马腾在西凉，曹操在现在的河南境内，马腾要是率兵会盟，必然要经过董卓控制的关中地区，董卓是不可能同意的，也就是真正讨伐董卓的诸侯不可能有十八路。但是小说《三国演义》创作来源于历史事实也高于历史事实，就好比现在的许多精品历史电视剧，如《雍正王朝》《康熙王朝》不可能与历史事实完全重合，但是不能否定其艺术价值。《三国演义》也是如此，大体脉络和历史一致即可，至于创作的部分也是有其艺术价值的，比如空城计、温酒斩华雄等，不能因为其不符合真实的历史而将其全面否定。

曹操是否是十八路诸侯之一？曹操是十八路诸侯的召集者，自然也是一路诸侯。曹操为什么推袁绍为盟主？

其一，袁绍年轻为官时，有清正的美名。袁绍家族四世三公，门生故吏遍布天下，这样的人号召力强。

其二，尽管董卓是袁绍出主意引来的，但是许多人看到的是袁绍反对董卓的英勇表现，其英勇表现掩盖了袁绍好谋无断的弱点。

其实论才干来讲，曹操是最佳人选，为什么盟主不是曹操？

我们作为后人看三国有一个便利，就是可以了解以后的历史，通过以后的历史往前看，觉得曹操是个了不起的英雄。问题是当时会盟的各路诸侯了解以后的历史吗？不可能。时人只能从前往后看，在时人看来袁绍出身好、名望高；没觉得曹操有什么本事啊。所以读三国的人往往有一个习惯，就是看了以后的历史，觉得当时的人不聪明。其实是当时的人不了解以后的历史，就像我们今天的人不了解将来的事情一样。

十八路诸侯中除了曹操、袁绍、袁术、孙坚之外，还有哪些英雄需要我们关注？

陶谦和孔融也是十八路诸侯之一。有一个人，起步非常早，人生的起点特别高，但是后劲不是很强，这个人就是孔融。孔融四岁让梨，名满天下，他一生的成就没有超越四岁时让梨，说明起步早、起点高不一定成就大，起步晚、起点低不代表就没有希望，比如说刘备。人在每一个阶段都要不断地提升自己，过去优秀不代表现在优秀，现在优秀不代表永远优秀。无论是否优秀，关键是要发现问题在哪里，把问题找出来。问题解决好了，自然会让自己更优秀。相反，如果认识不到自己的不足，不去发现问题、解决问题，优秀就可能会慢慢变得不再优秀。一句话：创新发展永无止境。

北平太守公孙瓒也是十八路诸侯之一，公孙瓒有一个部下就是平原县令刘备。这时关羽、张飞在刘备手下分别担任马弓手和步弓手之职。问题来了，刘备为什么愿意参加讨伐董卓呢？有人说是为了匡扶汉室。这话不假，问题是刘备对汉室有那么忠心吗？《三国志》记载刘备年轻时曾表达过想要当皇帝的志向，他的叔叔急忙制止他，意思是：刘备你不要乱说，那是要被灭族的。有人会问，刘备参加讨伐董卓的真实原因是什么？安喜县打督邮事件之后，刘备悟出个道理，在刘备所处的时代，出身社会底层的刘关张很难在东汉政权体制内顺风顺水，要想有发展、有前途只有走一条路——就是立战功，依靠战功出人头地。

2．孙坚当先锋的表现如何？

袁绍当了盟主之后，任命其弟袁术总督粮草，正所谓兵马未动，粮草先行。随后派孙坚为先锋，进攻汜水关。

此时孙坚手下有四员大将，分别是程普、黄盖、韩当、祖茂。我们不要轻视孙坚集团的武将，其实《三国演义》武功排行榜有个不足，就是把孙坚集团的武将排名过于靠后。比如程普的武艺就很厉害，曾经和太史慈大战三十回合不分胜负，后来成为东吴左都督的程普并非浪得虚名。黄盖这员武将更要格外重视，有人说黄盖是一员武将，其实黄盖更擅长谋略。黄盖一生最出彩的地方是赤壁之战给周瑜献了火烧赤壁之计。有人说火攻计不是周瑜、诸葛亮想出来的吗？那是《三国演义》中为了突出周瑜、诸葛亮，《三国志》中火攻计可是黄盖想出来的，并献计给周瑜。黄盖是出主意的，周瑜是拿主意的，之后才有了黄盖诈降、火烧赤壁。黄盖这员足智多谋的东吴老将险些就被掩盖在历史的尘埃之中。《三国演义》中，祖茂为救孙坚，被华雄所杀，过早地离开了三国舞台。

《三国演义》中说袁术听信部下谗言，不发粮草，导致孙坚败于董卓部将华雄之手。其实在正史中，孙坚打败了董卓的部将胡轸、吕布，杀了都督华雄，后来还打败了董卓。但是袁术听信谗言不给孙坚发粮草这件事，《三国志》中确实有记载。孙坚是三国前期的一员猛将，号称江东猛虎，一出场就所向披靡。《三国演义》中为了突出关羽的形象，创作出温酒斩华雄的情节，把孙坚贬低了。

孙坚因袁术不发粮草而败，袁绍为什么不提此事？

袁绍不是一个处事公平的人，袁术是他弟弟。袁术不发粮草，孙坚兵败，袁绍作为盟主干脆不提此事。袁绍看来，弟弟袁术是自己阵营的人，孙坚不过是一个外人，不在自己的圈子内。袁术更是如此，担心孙坚打败董卓，孙坚实力坐大，对自己不利。这两个人都是没有大局观的人，都是搞小圈子的人，搞小圈子会失去天下英雄。

袁绍不是一个法度严明的人。曹操部将夏侯惇统领的青州军在宛城战败后，违反军纪，于禁进行处罚。曹操重赏于禁，处罚夏侯惇。尽管夏侯惇是曹操的亲族，但是处罚不避权贵、不偏私，这就是曹操的风格，袁绍做不到这一点。

3．关公温酒斩华雄，精彩在哪里？

大帐之中，袁绍问公孙瓒背后所立者何人。公孙瓒说是平原县令刘备。曹操马上问：莫非是斩黄巾的刘玄德？问题是刘备是一个县令，曹操怎么会了解刘备？曹操之所以能够在乱世豪杰中脱颖而出，是因为曹操是一个放眼天下的人，他的眼光不仅仅局限在朝堂之内。他时刻都在关注哪些人有才能。刘备在镇压黄巾起义中屡立战功，尽管位卑言轻，但曹操还是关注到了他。关注刘备并不是曹操本职工作范围之内的事，但是从长远发展来讲是非常必要的。这就说明，一个有大格局的人不能不关心自己本职工作范围内的事，但是也不能只关心自己本职工作范围内的事。胸怀全局，放眼天下，这就是曹操的英雄本色。

袁绍知道刘备是汉室宗亲，给刘备赐座，并说自己敬重的是刘备的皇亲身份，不是刘备的名爵，是何道理？我们要分析刘备官职从何而来——战功得来。那么袁绍为什么不看重战功，只看重家世？因为袁绍是士族出身，自己家世就是四世三公。袁绍非常喜欢和上流社会的名流接触，喜欢跟人比家世。一比家世，除了皇家，没有人能比得过袁绍。在养尊处优的环境下，袁绍用比家世经常可以“秒杀”很多人，袁绍也很享受这个过程，并形成了习惯。并不是袁绍一个人这样，这是当时上流社会的一种风气。曹操不讲究这个，所以曹操是官场中的另类，士族中的异类，从小名声不好，周围的达官显贵对他评价不高，换句话说曹操在上流社会被看成“跑偏”的人。

“吾有上将潘凤，可斩华雄！”这句话作何理解？

华雄在寨前挑战，连斩俞涉、潘凤两员大将。不同的是俞涉是自告奋勇出战华雄，潘凤是他的领导韩馥推荐上阵，开头“吾有上将潘凤，可斩华雄！”就是韩馥说的。问题是韩馥为什么要推荐潘凤？两种可能，一种是明知道潘凤打不过华雄，借刀杀人，这种可能性不大。因为韩馥是个庸人，但还谈不上是坏人。那就是第二种可能，韩馥认为潘凤可以打败华雄，结果潘凤被华雄斩了。

从潘凤的角度讲有哪些教训？

其一，打铁还需自身硬，在大浪淘沙的三国时代，作为一员武将如果没有过硬的本领，战场上的淘汰率是很高的。

其二，要跟对主公。韩馥想让自己在各路诸侯面前露个脸，问题是他不了解潘凤有多大本事，也不了解华雄有多大本事，盲目地让自己的部下冲上去，这是没有识人之明，也是不负责任。

作为韩馥应该怎么办？最起码应该和自己的部下有一个沟通，问问潘凤到底行不行，不行那就别白白损失一员武将。

袁绍为什么急令潘凤出战呢？

有人会说那是袁绍作为盟主想尽快打败华雄。这种说法有一定道理，但是不全面。袁绍和袁术两个兄弟精于算计，袁术不给孙坚发粮草，是因为担心孙坚势力壮大取代董卓。二战中，丘吉尔说过一句话：“我们愿意看到德国葬身坟墓之中，更愿意看到俄国躺在手术台上。”袁绍急令潘凤出战也是这个道理，如果说袁绍是丘吉尔，那么董卓就好比德国，而其他诸侯就好比俄国。董卓和其他诸侯打得越激烈，无论谁胜谁负，袁绍认为对自己都是有利的。所以袁绍急令潘凤出战，还怕潘凤不愿意去。

关羽要求出战华雄，袁绍、曹操、袁术各是什么态度？

袁绍说他手下名将颜良、文丑要是有一个在，就不怕他华雄。这句话确实是实话。颜良二十回合打败徐晃，文丑五十回合与赵云不分胜负，打一个华雄不在话下。但是这句话刺激了一个人，这个人就是关羽。你袁绍说可惜颜良、文丑不在？什么意思，就是说在场的人都不行呗。我关羽难道不行吗？关羽是个很高傲的人，于是挺身而出，要大战华雄。袁绍一看马上问公孙瓒这是谁啊。有人会问，关羽是刘备的小弟，袁绍怎么不问刘备反问公孙瓒呢？

提出这样问题的朋友应该是涉世未深，刘备当时是一个县令，袁绍是诸侯盟主，刘备在当时的场合是没有说话的份儿的。公孙瓒是一路诸侯，又是刘备的领导，袁绍自然要问公孙瓒。刘备是个懂规矩的人，明白自己的身份，自然也不会在那种场合“乱说话”。

袁绍问公孙瓒此人现居何职。公孙瓒介绍关羽是刘玄德手下的马弓手。听到这句话，袁术首先坐不住了，大怒：难道我们手下没有大将了吗？要一个马弓手出战？这件事说明什么问题？

大家回想一下之前我们讲的一个故事，刘关张三人在战场上救了董卓，董卓听说刘备等三人是白身，非常轻视。现在袁绍问关羽官职，袁术听说要让马弓手出战勃然大怒。这说明在当时的社会，人们缺乏一个普遍的观念，这个观念就是“人是生而自由平等的”“平等竞争，机会均等”。马弓手和大将明显不属于一个级别。在袁术等人看来，要是关羽出战华雄，就会乱了上下尊卑的封建等级秩序。这就是他们的思维逻辑。可是马弓手就一定打不过大将吗？社会底层就一定没有人才吗？人才不仅来自上流社会，底层社会一样有人才，但是在上流社会里，只有曹操唯才是举。

这时诸侯中一个不同寻常的声音出现了，曹操发言了。曹操说了一句话：公路（袁术）息怒。此人既出大言，必有勇略，打不赢，你再处罚他不迟啊。袁绍说：要是派一个马弓手出战，会让华雄笑话的。曹操讲，关羽仪表不凡，华雄看不出来他是马弓手。曹操认为，只要能打赢，何必在乎关羽是何官职呢。

有人会说，关羽能够温酒斩华雄那是关羽的本事。

这个看法太直观。关羽能够对阵华雄首先就需要一个平台，像关羽一样，各行各业都有许多有本事的人，可是“冯唐易老”，许多有本事的人一辈子也没赶上这个平台。关羽是幸运的，因为他碰到了曹操，曹操为他积极争取到了出战华雄的平台。

其实这里起关键作用的并不是曹操，而是袁绍。为什么？

没有盟主袁绍的同意，关羽能出战华雄吗？不能。那袁绍为什么同意关羽出战呢？那是因为袁绍给曹操面子。袁绍和曹操两个人从小就是好朋友，袁绍当上盟主也是曹操大力推举，曹操的面子不能不给啊，但是袁术的面子又不好直接驳回，于是袁绍选择了一个中庸的方式同意了关羽出战：默许。

华雄的能力如何？关羽能够温酒斩华雄说明华雄的能力并不是很强，关羽和纪灵尚且大战三十回合，可见华雄的实力不如纪灵，在三国之中只能算是二流武将。

关羽斩了华雄之后，张飞声称现在要立即进兵。袁术听后大怒。本来他是反对关羽出战的，现在关羽打了胜仗，他觉得很没面子，一听张飞这话，袁术大怒。袁术说，我们大臣还没说什么呢，你张飞什么身份自己不知道吗？这里轮到士卒说话吗？来人，都给我赶出去。曹操一听这话，马上急了，说：“得功者赏，何计贵贱乎？”有人说曹操是只看才能与功绩，不看人品。这话说得不对。袁术是掌权者，他会说关羽有德行吗？如果想让袁术说关羽有德行，那是很幼稚的。对曹操唯才是举的真正理解是无论一个人出身贵贱，只要有本事、能立功，那就要给他平台。即使一个有本事的人有一些缺点，也要取其大者，看其主流。可是曹操的这一套袁术是不接受的，袁术说既然你们只看重刘备这个县令，那我走了。

关羽温酒斩华雄的全过程刘备也在场，可是刘备为什么一言不发呢？那是因为在当时的场合，刘备没有说话的资格。刘备支持关羽出战吗？支持，因为刘备了解关羽的能力。可是我们换一个角度，如果不是关羽，是另一个马弓手也要出战华雄，刘备会怎么想？刘备会支持吗？不会，刘备的反应也许和袁绍、袁术一样。这就是曹操在识人用人上高出刘备的地方。这件事结束之后，曹操还暗中派人送上礼物去慰劳刘关张三人。

为什么曹操的唯才是举的观念在当时不被主流社会接受？

其一，三国两晋南北朝时期是我国士族政治的黄金时期，“上品无寒门，下品无士族”是这一时期政治上的一大特点。士族地主阶级为了维护其政治、经济利益，力图严格固化社会阶层，维护金字塔状的社会结构，极力反对唯才是举这一选拔人才的原则。

其二，与欧洲相比，中国进入封建社会的时间很早，但是中国的封建社会持续时间很长。原因是中国封建社会与欧洲的古代社会相比，有很大不同。其中之一就是对商业的态度。

中国封建社会的重农抑商思想非常浓厚，对商人的限制也很大。统治者往往认为多一个人经商，就会少一个人种地。其实重农抑商，重农并没有什么不对，抑商则是方向错了。商业的发展需要基础设施的完善，需要道路交通条件和运输设备的改进，需要数学等相关学科的发展，需要市场环境的培养，需要相关法律法规的保障，需要商业文化的熏陶。商业的发展可以推动经济的发展、科技进步、国家税收的增多、思想文化的繁荣，从长远来讲重商是可以利农的。欧洲社会有很强的重商传统，海外贸易频繁。商品经济的发展需要的是一个相对平等的市场竞争环境，为了给商业发展创造理论支撑，在思想上就产生了启蒙运动。人是生而自由平等的；平等竞争，机会均等；这些有利于商品经济发展的思想便应运而生。以“人是生而自由平等的”为代表的启蒙思想反过来会作用于政治、文化等多个领域，有利于打破等级森严的社会壁垒，提高人的价值，重视人的权利，营造一种相对平等的竞争环境。

试想西汉、东汉共持续了大约四百年，如果这四百年里朝廷鼓励商业的发展，并出现了有利于商业发展的思想启蒙运动，并且这种平等竞争的观念能够被当时的上流社会和知识界广泛接受，也许魏晋南北朝时期的士族政治就不会出现。当然，士族中也有许多人才，比如东晋时期的王导、谢安、王羲之。

为什么南北朝之后，士族政治就不行了？

因为从隋朝开始，我国实行了科举制度，以考试来选拔人才，打破了士族地主阶级对用人制度的垄断。出身于中下层的人可以通过读书进入仕途。朝为田舍郎，暮登天子堂。将相本无种，男儿当自强！虽然科举选拔人才也存在弊端，但是相比士族政治，确实是一大进步。

一段温酒斩华雄，罗贯中写得很短，我们只有反复思考才能读出其中的精妙之处，一句话：三国是用来品的，用心品才能品出味道，走马观花是不行的。

4. 虎牢关三英战吕布

华雄被斩之后，董卓震惊，立即召集李儒、吕布开会。董卓是个没有计谋的人，忙问李儒对策。李儒提出两点：平内患，御外患。

其一，平内患。袁绍的叔叔袁隗现在京师担任太傅，倘若里应外合，后果不堪设想。于是董卓派李傕等人杀了袁隗全家。

袁隗的被杀说明什么问题？袁绍不知道他的叔叔袁隗全家都在洛阳

吗？知道。袁绍不知道董卓心狠手辣吗？知道。袁绍既然都知道，还要出兵讨伐董卓，他不知道这会给叔叔袁隗全家带来什么后果吗？知道。虽然说自古忠孝难两全，为了国家的公义，不能说袁绍起兵错了。但是这也反映出袁氏家族的一个问题，什么问题？这个家族虽然四世三公，但是亲情淡化，感情冷漠。不但袁绍和袁隗如此，和袁术也是如此，袁绍的两个儿子袁谭和袁尚还是如此。

其二，御外患。董卓亲自出马，统帅大军奔虎牢关迎敌。

董卓手下有三国第一猛将吕布。吕布确实英勇，一举打败了武安国等多名武将。曹操在分析形势后得出了一个结论：“若擒了吕布，董卓易诛。”这说明什么？董卓手下虽然人马众多，但被董卓看重的武将中能征善战的并不多。不过是文有李儒，武有吕布。要不是董卓用赤兔宝马招降了吕布，估计董卓现在已经垮了。其实董卓手下还是有些人才的，比如武将有张辽，谋士如贾诩。为什么现在看不到这些人？因为董卓缺乏一双发现人才的慧眼，平时不注意发现人才、招揽人才。所以，招揽人才不能光靠战时，更重要的是平时的积累。这就像学生考试一样，不能快考试了，才去翻书，平时积累很重要。

三英战吕布，战况如何？

公孙瓒与吕布战不数合，败走。张飞迎战吕布。过去武将打仗有一个习惯，就是先骂阵，这种骂阵不是非要多么庸俗，而是要在气势上占上风。张飞骂阵就很难听，他骂吕布是三姓家奴。为什么？吕布姓吕没有问题；拜了丁原作义父，成了丁布；拜了董卓作义父成了董布。不过张飞骂阵也碰到过对手，比如张飞大战马超。张飞首先骂阵：“认得燕人张翼德么？”马超回骂道：“吾家屡世公侯，岂识村野匹夫？”这个骂阵很经典，把张飞的气焰骂了下去。马超是伏波将军马援之后，祖上是东汉开国功臣。

双方武艺如何？张飞与吕布五十多回合不分胜负，有人说不分胜负和战平是不是一个意思？老孙的理解是不同的。不分胜负指的是胜负没有分出来，不代表两个人的武功就一定是平手。紧接着关羽助战，关张和吕布又打了三十回合，还是没打败吕布，可见吕布的武艺非同凡响。之后刘备助战，吕布不敌，撤回虎牢关。

吕布能够一对三，其一是武艺高强；其二是赤兔马助力，如果没有赤兔马，吕布不一定能成功脱身。刘备的武功同样不同凡响，别看刘备不是一流的战将，但是武艺很高强，不是吕布两下子就能打败的。每次身陷重围之时，刘备都能成功脱身，没两下子是不行的。笔者认为，刘备打不过孙坚、孙策、曹丕、司马懿，但刘备的武艺应在其老同学公孙瓒之上。

吕布失利之后，接下来的局势会是什么样呢？

请看下集：各奔东西。

第八集

各奔东西

董卓迫于十八路诸侯的压力，被迫迁都长安。函谷关以东成了各路诸侯的天下，各路诸侯纷纷在考虑后董卓时代自己的发展规划，一个群雄逐鹿的时代开始了。唯有想成为征西大将军的曹操不走寻常路，率领本部人马追击董卓，结果惨遭失败。曹操并不是一开始就是一个杰出的军事家，也不是一开始就是一个成熟的政治家，而是在大浪淘沙的三国舞台上越挫越勇、修成正果、百炼成钢。

1．董卓迁都长安是否势在必行？

虎牢关吕布战败之后，董卓认识到单靠自己的力量是打不过十八路诸侯的，于是董卓想出了一个办法——分化瓦解。各路诸侯中普遍认为最能打的就是被称为江东猛虎的孙坚。那么孙坚现在正在忙什么呢？

虎牢关之战后，孙坚去找袁术。孙坚讲自己和董卓没有仇，之所以讨伐董卓，对上是为国家出力，对下是为你们袁家报仇。你袁术听信谗言不发粮草，导致孙坚战败，你袁术这么做对吗？袁术听了这话内心惶恐，无言以对。但是怎么向孙坚交代呢？袁术干脆就把当初进谗言的人给斩了。

那么袁术手下进谗言的人都有哪些失误和教训呢？

其实不发粮草的主意从大局上讲是对全局不利的，但是从出主意的出发点来讲是为了袁术考虑。既然是为袁术考虑，为什么会被袁术所杀呢？那是因为这个下属没有看透袁术是个什么样的人。他没看懂袁术的为人，就盲目地向袁术献策，最后孙坚来质问，袁术就把他当成了替罪羊。所以在给长官出主意的时候，一定要先了解长官是个什么样的人。从长远角度讲，这个下属是不会择主，生逢乱世，不选择明主去辅佐，那是缺乏智慧。

这件事可以看出袁术是什么样的人。

袁术是一个没有担当的人，也是一个不关心自己部下的人。部下给袁术出主意，袁术认为主意对自己有利就采纳。如果这个主意出了问题，袁术就把责任往自己的部下身上推。其实这一点袁绍和袁术两兄弟很像。关羽斩颜良、诛文丑之后，袁绍说：要是关羽来投靠自己，胜颜良、文丑十倍。袁绍根本不关心颜良、文丑的死活，对待老部下太无情无义了。所以袁绍、袁术两兄弟最后都失败了，一个很重要的原因是他的许多老部下都离开了他们。

孙坚回到营寨后，董卓爱将李傕来见孙坚，说董卓打算把自己的女儿许配给孙坚的儿子，估计是孙策。如果这个时候孙策娶了董卓的女儿，就没有以后的大乔什么事了。看来夫妻是缘，此言不假。董卓是怎么想出这个主意的呢？这是董卓的老办法了。董卓在西凉的时候就喜欢用招女婿的方式拉拢人心，他的首席谋士李儒就是其女婿。这次提出和孙坚联姻，不是董卓急中生智，而是故伎重演。

孙坚听后勃然大怒，当即把董卓的来使李傕赶走。孙坚拒绝董卓的提议对孙坚集团来讲是一个重要决策。那么这个决策到底对还是不对呢？

主张孙坚和董卓联姻的人可能会说，董卓掌握天下大权，属于中央军；十八路诸侯属于地方武装。孙坚和董卓联姻之后，孙氏家族也会像袁绍家族一样门生故吏遍布天下。持这个观点的人是不了解当时的实际情况。袁绍家族之所以门生故吏遍布天下，是因为那是和平年代，当时的东汉中央政府还能控制住地方。现在董卓控制的地盘有多大？大约只有河南的洛阳附近，还有陕西、甘肃和宁夏一带。当时已经是军阀割据的时代了，中央政府的影响力有限。孙坚和董卓联手确实可以让力量对比发生变化，凭孙坚的军事才华，加上董卓原班人马，可以暂时打败袁绍的诸侯联盟。问题是董卓虽然控制皇帝，虽然出身士族，但是董卓的做法不是夺取天下的做法，是土匪的做法，董卓的失败只是个时间问题，孙坚投奔董卓是不会有出路的。

董卓拉拢孙坚不成，采纳了谋士李儒的建议，迁都长安。董卓迁都长安时，驱赶洛阳的百姓迁往长安，将洛阳富户的钱财充公，并盗取了皇室陵墓里的财宝，在京都洛阳实施了一系列暴行。董卓这么做是因为他有一个思想支撑："吾为天下计，岂惜小民哉！"这就是董卓一系列倒行逆施的理论支撑。董卓从来没有认真地领悟一句话，那就是"得民心者得天下"。董卓的做法始终都是把百姓当成了一块蛋糕，一种资源。董卓到洛阳之后，一直在争取人心，但是董卓争取的人心仅限于士族阶层，仅限于上流社会，没有关心底层黎民百姓，没有去争取民心。刘邦进关中，首先废除秦法，约法三章，争取民心。曹操安顿流民，实行屯田，严明军法，争取民心。董卓不懂这个道理，董卓的思想中没有黎民百姓。

董卓迁都长安是否势在必行？因为董卓的实力打不过十八路诸侯，洛阳是守不住的，对董卓集团来讲迁都势在必行。排除董卓在迁都过程中的"焦土政策"不谈，单就迁都本身讲，不能算董卓的失策。问题在于迁都之后董卓的政策有误。误在哪里？董卓迁都后，建筑郿坞，专注享乐，无心东归。这就是政策的失误。此时，十八路诸侯没心思讨伐董卓了，忙着抢地盘去了，对董卓来讲这时候正是东山再起、收复失地、各个击破的时机。曹操被打败了，孙坚战死了，刘备还在平原县，天下英雄还不成气候，只有袁绍、袁术、公孙瓒还有些实力，可是董卓没有抓住这一时机。

董卓迁都对当时的政治格局有何影响?

东汉中央政府对地方军阀丧失了实际控制力，只是名义上的中央政府。函谷关以东变成各路诸侯群雄逐鹿的战场，董卓控制的中央政府实际的控制范围大约仅有现在的陕西、甘肃和宁夏一带。

2. 曹操追击董卓，为何战败?

各路诸侯为什么不追击董卓?

其一，董卓迁都之后，各路诸侯就开始打自己的小算盘了，就开始琢磨下一步怎么抢地盘了，虽然共同的敌人名义上还是董卓，但是各路诸侯已经在潜意识中将彼此视为潜在的竞争对手。

其二，对许多诸侯来说，董卓虽然西撤，但是毕竟实力强劲。十八路诸侯对付董卓尚且可以，单凭一路诸侯是很难打败董卓的。万一被董卓打败，自己这点家底就可能赔光，没有了军队，就没有了地盘，就不能成为一方诸侯。

其三，要是真打败了董卓，把汉献帝这位爷请回来，那问题就复杂了。中央政府是汉献帝说了算呢，是各路诸侯说了算呢，是宦官说了算呢，还是伏完、董承这些外戚说了算?不好说。难免有一番权力纷争。

其四，要是汉献帝真的恢复了权力，那么各路诸侯还能当诸侯吗?各地的刺史、太守还能当土皇帝吗?袁绍后来没有把汉献帝接到自己的地盘，一个很重要的顾虑就是上面若是有个皇帝，即使是傀儡皇帝，办什么事也难免碍手碍脚，太麻烦。而且汉献帝周围还有一帮拥汉派，时时都要提防。控制中央政府的权臣不好当，何进不行，董卓不行，王允也不行，袁绍真的行吗?

总而言之一句话，各路诸侯所谓的匡扶汉室，恢复汉献帝的权力，不过是“叶公好龙”。要是有一天，汉献帝这位“真龙”出现在他们面前了，他们烦还烦不过来呢。所以各路诸侯都在等，等什么?等东汉的灭亡，东汉要是灭亡了，他们就可以名正言顺地称王称帝，名正言顺地争夺天下。刘备和孙权不就是在汉献帝退位后陆续当上皇帝了吗？真正去讨伐董卓的人在他们看来只能用一个字形容——“傻”，但是这个字只能心里知道，不能嘴上说出来。

曹操为什么要追击董卓？

其一，曹操并不是一开始就想学周文王，不同时期的曹操志向是不一样的。曹操年轻时，身处和平年代，曹操的志向是成为解决当时社会问题的一代治世能臣；中年时期，赶上黄巾起义以及后来的董卓进京，国家处于战争状态，曹操的志向调整为成为汉征西大将军曹侯。曹操把汉献帝接到许都之后，曹操的志向是想成为齐桓公、晋文公那样的诸侯霸主。后来北方统一了，曹操把国家治理得不错，曹操的志向是想学周文王。一个人的志向不能离开他所处的社会时代，曹操就是把个人的创业、成才、理想与当时的时代大背景紧密地结合起来。

其二，曹操既然想成为征西大将军，无论别人去不去，以曹操不走寻常路的个性都是要踏上讨伐董卓之路的。但是，初出茅庐的曹操并不知道这条路有多么凶险，也不知道有多少失败和挫折正在等待着他。追击董卓，袁绍、袁术不去，孙坚、刘备也不去，公孙瓒、陶谦、孔融更不去，这些人哪个嘴上不是高喊兴复汉室，怎么这时候都不行动了？沧海横流方显英雄本色，大浪淘沙方知谁是孤胆英雄。我想当时曹操是不知道前方的道路九死一生，即使曹操提前知道了，他还是会义无反顾，踏上戎马征程。

李儒如何设计打败曹操？

第一个场景：董卓在荥阳城外的山坞之旁埋下伏兵，曹操追兵来了，先让曹操过去。吕布率主力部队迎战曹操，将曹操打败。二更天，曹操退到山坞之时，伏兵尽出，曹操肩膊中箭，被两个小卒擒住。这时曹洪杀了小卒，救了曹操。曹操说：“曹洪你走吧，我是要死在这里了！”第一次绝望。曹洪把自己的马给了曹操，并说："大哥，你骑马走吧，我步行。"曹操说："那敌兵追上来，你怎么办呢？"曹洪说了一句感人肺腑的话："天下可无洪，不可无公。"曹操说了一句："我要是还能活着，就是你的力量！"

曹洪是曹操的从弟。曹操的家教不好吗？历来都有人说曹操的家教不好，但是真的是这样吗？一个家教不好的家庭可能教育出曹洪这样的弟弟吗？所以我们看问题一定要有自己的判断、自己的思考，千万不能人云亦云。曹操和曹洪的兄弟感情绝对不是一个家风不正的家庭所能教育出来的。尽管曹嵩的义父是宦官，读到这里，我们也不能不感慨曹家教子有方。

曹操的家教不符合儒家的道德标准吗？儒家思想讲究兄友弟恭。就是兄弟之间要互敬互爱。什么叫真正的兄友弟恭？难道就是孔融让梨这种小恩小惠吗？难道就是孔融让梨这样的形式模块吗？孔融让梨所表现的家风不过是小仁小义，曹操、曹洪的患难真情才是大仁大义。这才是真正的儒家思想，这才是真正的兄友弟恭。我们从小到大就听老师讲孔融让梨，讲孔融让梨没错，但为什么老师们就不能也讲一讲曹操和曹洪呢？这是真正的中华美德！

第二个场景：曹操骑着马逃跑，到了四更天，一条大河拦住了去路。这时追兵来了，曹操一想完了。第二次绝望。曹洪扶着曹操下马，背着曹操过大河。到了河对岸，追兵到了，隔水放箭，曹操带水而走。有人常羡慕干大事好，干大事那么容易吗？九死一生啊！

第三个场景：到了天明，曹操又走了三十里路，刚休息一会儿，曹操一看董卓的部队到了。第三次绝望。这时夏侯惇等人带兵来到，救了曹操。点齐兵马，只剩五百多人。

曹操的三次遇险，三次绝望说明什么问题？

荥阳之战是曹操起兵以来独立领导军队打的第一场仗，也是第一场败仗，而且是败得一塌糊涂，只剩五百多人，可以说是溃不成军。五百多人的实力是无法成为一方诸侯的。

有人会有疑问，曹操不是军事家吗？

曹操是军事家，但是曹操并不是一开始就是杰出的军事家，曹操的成长有一个过程。年少时曹操酷爱读兵书，但是他胸中的兵书战策还没有经过战争实践的检验，感性认识还没有上升到理性的高度，曹操真正的学习是在战争中学习了战争。正是在三国军事斗争的舞台上，曹操经受了考验，将理论与实践紧密地结合起来，越挫越勇，百炼成钢！

有人会问，曹操不是政治家吗？怎么会在失败面前三次绝望？

曹操是政治家，但是曹操并不是一开始就是成熟的政治家，曹操在政治上的成熟也有一个过程。曹操在败退的时候，看到后面的追兵和前边的大河先后三次绝望。后来曹操开始反思，其实在自己认为绝望的时候，还是有希望的，只是自己没有发现，只要一直向前跑，就可能有生的希望。失败固然可怕，但是更可怕的是在失败中自己不去探路，放弃寻找一线生机，那么即使曹洪、夏侯惇离他很近，也救不了他。佛家讲过一个道理，在别人帮一个人渡河的时候，这个人也要自渡。有了这次教训，从此之后，再遇到失败，再遇到挫折，曹操再也不对前途悲观失望了。濮阳败于吕布，宛城败于张绣，赤壁败于周瑜，潼关割须弃袍，曹操都是以积极乐观的态度继续从事他的事业，正如曹操自己所说："老骥伏枥，志在千里；烈士暮年，壮心不已！"

这次失败还让曹操悟出一个道理：荥阳之战之所以中了埋伏，说明董卓手下还是有出色的谋士啊，比如李儒。曹操现在只有六员武将，谋士一个没有，这属于人才匮乏和人才结构上的不合理。广招天下英雄已经被曹操列入了议事日程。

曹操有一个优点，就是在失败之后，他善于分析，善于总结，能够做到"吾日三省吾身"！常反省自己，常做自我批评。比如曹操被董卓通缉时杀了吕伯奢一家，陈宫离开了他。从此以后，这样的事曹操再也不干了。荥阳之战是个败仗，他总结出自己的许多不足。宛城之战，曹操因为贪图美色，误了大事，被张绣打败，从此之后曹操再也没有在美色上误过大事。曹操是三国时期政治家，人都是有缺点不假，但是曹操善于反思的可贵之处仍然值得我们后人去品味，去研究。

3．十八路诸侯是去向何方？

曹操大败而归，袁绍召集各路诸侯置酒为曹操解闷。曹操在酒桌上发表了一番感慨，意思是说我曹操一个人去打董卓是不行，但是当时要听他曹操的，各路诸侯一起上，那是能打赢的。当然这话都是没用的话，各路诸侯谁听曹操的啊。曹操一直就没有什么名气，在各路诸侯看来，曹操现在兵败也是意料之中，属于螳臂挡车，自不量力。后来官渡之战前，袁绍让陈琳起草讨伐曹操的檄文，荥阳战败还成了曹操的一个罪状。

不去讨伐董卓，十八路诸侯就失去了共同的目标。没有共同的目标，大家只能各奔东西了。曹操只剩五百多人，溃不成军，投奔扬州去了。公孙瓒带着刘关张回到了老地盘幽州，刘备当上了平原相，还是仅有一县之地。问题是盟主袁绍去了哪里？

在讨伐董卓之前，袁绍和曹操有过一段对话，这可以成为袁绍集团的“隆中对”、发展路线图，袁绍打算，如果讨伐董卓不成功，他就先割据黄河以北，然后由北向南统一天下。袁绍后来失败了，这个所谓的路线图也成了被嘲笑的对象。但是笔者认为，这个路线图可是大有文章。为什么？这是汉光武帝刘秀统一中国的路线图。刘秀夺取天下，先是在河北打败王郎和其他一些农民军，控制河北。然后南下夺取天下。袁绍这个路线图是精华版，在与曹操的军事斗争中，袁绍是占有地利的。袁绍问曹操的发展规划，曹操说了两点，一是网罗人才；二是善于使用人才。曹操的话袁绍是听进去了，袁绍也网罗了不少人才：田丰、沮授、审配、许攸都是上等的谋士；颜良、文丑、张郃、高览合称河北四将。可惜袁绍不会使用这些人才，这是后话。不过袁绍还是有一定水平的，那么袁绍的下一个目标就很明确了，去河北，争夺冀州。

“江东猛虎”孙坚下一步有什么规划呢？请看下集：英年早逝。

第九集 英年早逝

一路走来，孙坚给人的印象是用兵如神，所向披靡，正史中他斩杀华雄，打败吕布，击溃董卓。但是这位军事奇才在传国玉玺上做出了错误的判断，暴露了其政治上的短见。在魏蜀吴三家中，孙坚与曹操、刘备相比，起步最快，骁勇善战，本来年轻有为的孙坚却在事业的黄金期英年早逝，改写了三国的历史，也留给后人无尽的遗憾。

1．传国玉玺真的那么重要吗？

传国玉玺的前身真的是和氏璧吗？

诸侯联军占领洛阳以后，孙坚的部下在宫中找到了传国玉玺。这块传国玉玺据说最早就是和氏璧。后来秦国灭掉赵国得到了和氏璧，将其制成玉玺。传国玉玺流传千年之久，到五代十国时期失去踪迹。

传国玉玺到底有哪些政治价值？

价值连城、完璧归赵这些成语都和和氏璧有关，虽然秦王不会真用十五座城池去换和氏璧，但是也说明和氏璧是无价之宝。但是传国玉玺的价值最主要的不是文物价值而是政治价值。传国玉玺刻有李斯所书“受命于天，既寿永昌”八个大字，在中国古代，如果哪个皇帝得了天下，没有传国玉玺，就会被讥笑为“白板天子”。

孙坚对传国玉玺的认识正确吗？

孙坚得到传国玉玺之后，部将程普对他讲：你得到传国玉玺说明你能当皇帝，现在咱们应该回江东，另作打算。孙坚认同程普的话。程普的话对吗？明显不对。传国玉玺虽是无价之宝，但是得到传国玉玺就能当皇帝吗？不是。能不能夺得天下和有没有传国玉玺没有必然关系。得天下需要很多因素，比如人才、民心等等，哪一样都比传国玉玺重要。孙坚和袁术都得到过传国玉玺，可是二人先后败亡。

孙坚是一个军事奇才，一出场就展现出杰出的军事才干。正史中孙坚斩杀华雄，打败董卓和吕布，而且很年轻，仅仅三十多岁。遗憾的是孙坚并不是一个政治家，在政治上，他肤浅而幼稚，他错听了程普的话，过高看重玉玺的作用，最后间接因玉玺而丧命，这正是因为孙坚政治上没有远见。有人会问，孙坚作为一个军事奇才为什么没有成为一名政治家呢？孙坚很年轻，战死的时候才三十七岁。在短暂的生命中，成为军事奇才已经花费了他大量的时间和精力，可谓大器早成。但是人的精力毕竟是有限的，孙坚在军事和武艺上非常精通，就很难有时间和精力在政治上也出类拔萃，这也是人之常情。笔者认为，不算射箭，孙坚武功赛过吕布。一个人在某一个领域第一都是很困难的，各个领域都第一几乎是不可能的。曹操和孙坚是同龄人，这时候，曹操带兵打仗不如孙坚，武功不如孙坚，但是曹操是政治家，政治上比孙坚成熟。在后来的军事生涯中，曹操军事能力日趋成熟，又成为一名军事家。曹操喜欢读书，是个文学家，这是孙坚不具备的。

孙坚和曹操的比较也告诉了我们，人到了一定的年岁就要知道自己要向哪个方向去发展。明确了自己要向哪个方向发展就要明白自己要在哪些领域下大功夫去学习和锻炼，哪些领域了解了解就可以了。曹操能够统一北方是因为曹操既有军事才干又有政治远见，还是建安文学的领军人物。

孙坚很早就败亡，因为他有些“偏科”，有点儿像韩信。韩信和孙坚有一个共同的特点就是军事能力很强，但不懂政治，缺乏政治远见。中国历史上许多开国的政治家往往是军事家，比如刘秀、曹操、李世民、完颜阿骨打、成吉思汗、朱元璋、努尔哈赤。但是许多军事家并不是杰出的政治家，比如韩信、孙坚、李存勖。

2. 孙坚为什么会“偏科”？

我们常说：一俊遮百丑。孙坚是军事奇才，而且武艺非凡。军事奇才和武学奇才的美誉掩盖了其缺乏政治远见的不足。人们提到孙坚首先想到“江东猛虎”，这就导致了孙坚长期忽视自己政治能力的培养，沉迷在自身的成就中。

这就好比上学的时候，许多人总是认为学习好的学生什么都是好的。有的老师也不好批评学习好的学生，担心影响学习气氛。即使这个学生有缺点，但是大家觉得他学习很好，瑕不掩瑜。学习不好的学生即使有一些优点，大家也很难认同。有的老师也不敢轻易表扬学习不好的学生，担心影响学习气氛。学习好的学生有了与众不同的地方，大家会说那是个性、是正面潮流；学习不好的学生有了与众不同的地方，大家会说那是另类、是反面教材。

时间长了，学习好的学生可能会变成“孙坚”。孙坚只敢做自己擅长的领域，而不敢去做自己不擅长的领域，怕失败，怕失去社会的认可，怕被看不起。这样一来，孙坚的军事才能越来越强，政治远见的培养越来越被忽视，偏科越来越严重，自己还不知道。当孙坚到了一定高度之后，当孙坚得到传国玉玺之时，孙坚在政治上的短见暴露无遗，孙坚政治能力不足的缺点长期没有得到纠正和重视，间接导致了孙坚的英年早逝。

不被主流认同的学习差的学生可能会分为两种，一种是自暴自弃，反正我做得好也不会有人表扬我，这种人不会成为真正的英雄；另一种学习不好的学生可能会变成曹操那样。有人说为什么？曹操一直不被士族主流社会认可，这次在荥阳又被董卓打败。作为曹操来讲，反正你们过去都看不起我，现在我要再失败，你还是看不起我。要是干成了，那就改写历史了。所以曹操这样的人敢于思考，敢于实践。

敢于尝试，不惧怕失败。这是某些学习不好的学生与学习好的学生一个很大的区别。曹操就有这个优点，在每次失败之后，曹操都会反思自己，发现自己的弱项，弥补自己的不足。这叫善于自我批评，这是曹操的成功之道，符合哲学上否定之否定的原理。

畏惧错误就是毁灭进步，曹操就是在敢于正视自己的不足中，不断提高自己，由改正错误走向胜利，由失败走向成功。

3. 袁绍怎么处理孙坚私藏玉玺事件?

孙坚得到传国玉玺之后，立即封锁消息，不料孙坚手下有一个士卒是袁绍的同乡，为求进身，向袁绍告密。第二天，孙坚托病要回江东，向各路诸侯辞行。袁绍要求孙坚交出传国玉玺，由盟主保管，待打败董卓后，复归国家。并且出示了人证。孙坚拒不承认，率兵离开洛阳。袁绍大怒，修书刘表，要求其拦截孙坚。

袁绍为什么要求孙坚将玉玺交到盟主处保管？袁绍其实也是很看重传国玉玺的，也想将传国玉玺据为己有。后来袁术在淮南维持不下去了，要去投奔袁绍，袁绍马上向袁术索要玉玺。袁绍反对孙坚私藏玉玺，不代表袁绍自己不想私藏玉玺。能够在玉玺面前保持理智的人并不多，孙策算一个，曹操也算一个。这个我们后文会讲到。

4. 刘表截击孙坚，情况如何?

刘表是汉室宗亲，荆州刺史，并且以名流自诩。他人品还算正直，但是此人胸无大志。在那个纷乱的年代，他并不想称王称帝，只想保住荆州这“一亩三分地”。按理来说，刘表作为汉室宗亲、荆州刺史，讨伐董卓本应责无旁贷，可是刘表并没有加入十八路诸侯。

这次刘表得到袁绍书信，得知孙坚私藏了传国玉玺，于是派兵拦截。孙坚见到刘表说自己没藏玉玺，还发下毒誓来证明自己清白。问题是孙坚本来是私藏了传国玉玺，袁绍、刘表并没有诬陷你孙坚，你发这么重的毒誓干什么？而且你的部下程普、黄盖也知道你私藏传国玉玺，你让他们怎么看你？有人会问，孙坚在讨伐董卓时战功赫赫，给人感觉明显是一个汉室忠臣，怎么现在会藏匿玉玺？其实看一个人不能看他没有面对诱惑时是个什么样子，要看他面临诱惑时做出什么选择。

孙坚被刘表截击，中了埋伏，损兵折将，败回江东。自此孙坚集团和刘表结仇。

5．袁绍在河北发展状况如何？

袁绍到了河北之后，军队无粮，冀州牧韩馥派人接济袁绍粮草。韩馥是袁绍家族的门生。这次袁绍来河北，第一个目标就是夺取韩馥的冀州。袁绍不是一个厚道人。

袁绍的谋士逢纪给袁绍出主意：联合幽州的公孙瓒共同进攻冀州，韩馥是一个无谋之人，肯定要请将军你去帮忙，你从中取事，可得冀州。袁绍听从了逢纪的建议，与公孙瓒相约平分冀州。韩馥果然中计，向袁绍求援，袁绍乘机占领了冀州。韩馥逃往他处。

我们说历史不会简单地重复，但是历史总是惊人的相似。韩馥是什么样的人？韩馥的表现和刘璋是一类人。刘璋为了防备张鲁请去了刘备，韩馥为了防备公孙瓒请去了袁绍。结果刘备夺了刘璋的益州，袁绍夺了韩馥的冀州。常言道：求人不如求己。所言非虚。

那么公孙瓒是一个什么样的人？至少公孙瓒不是一个战略家。为什么？袁绍实力最强，韩馥和公孙瓒相对较弱，两个实力较弱的人不联合，反倒和袁绍联合去对付韩馥，那么袁绍打败了韩馥下一个目标是谁？公孙瓒能打败袁绍吗？下围棋讲究走一步看三步，老祖宗留下来的许多智慧是有道理的。有人说公孙瓒还要成为战略家，要求太高了吧？在三国的舞台上，淘汰率是相当高，想成为乱世英雄不是那么容易的。

袁绍得了冀州，公孙瓒一想，我和袁绍有约啊，于是派其弟公孙越去索要冀州土地。袁绍派出了兵马冒充董卓的部下杀了公孙越。袁绍果然不是一个厚道人。我们读三国时，总会感觉袁绍好谋无断，官渡战败，很少有人感觉袁绍人品不好，失败者往往会博得同情，这就让人们忽视了对其人品的审视。

袁绍与公孙瓒战况如何？

公孙瓒与袁绍大战，公孙瓒不敌袁绍手下大将文丑，落荒而逃，这时袁绍手下一员叫赵云的小将脱离袁绍阵营，与文丑大战五六十回合，不分胜负。看来文丑的武艺非同凡响。赵云为什么脱离袁绍呢？他觉得袁绍不是真正为国为民的人，难成大事，所以投奔了公孙瓒。可是赵云不知道公孙瓒的水平还不如袁绍，袁绍干不成大事，公孙瓒更不行。赵云的眼光也不过如此。有人会说，老孙，赵云是我心中的偶像。其实我们读三国，情感因素是一方面，更重要的是客观分析，三国中不存在没有缺点的人。

公孙瓒得了赵云之后觉得赵云不是心腹，不肯重用。赵云想当先锋，公孙瓒让他当后卫。其实公孙瓒面临的问题也是许多人经常面临的问题，到底应该重用才干一般的熟人，还是应该重用有才干的新人。其实三国中的曹操有一套方案，就是有才干的新人要给平台，但不能一开始就给太大。比如赵云可以给一个副先锋，根据其表现给予他相应的平台。公孙瓒不懂这一点。

公孙瓒再次与袁绍开战，袁绍手下大将麴义一马当先，把公孙瓒打得大败。麴义杀到公孙瓒后军，碰到了赵云，被赵云所杀。三国之中有一种武将，能力非凡，一出场表现不错，可惜很快就被更厉害的武将干掉了，这类武将的代表人物就是麴义。不仅是麴义，颜良、文丑败于关羽，高览败于赵云也都是这种情况。其实三国之中的武将能够成名，不但自身因素要强，也有运气的成分。比如黄忠有百步穿杨之能，在战长沙时箭射关羽。如果关羽一出场就碰到神箭手黄忠了呢？可能就没有机会对战颜良了。

赵云率兵反击，田丰建议袁绍躲避，袁绍坚持坐镇指挥，打败了公孙瓒。此时刘关张率兵援救公孙瓒，打败袁绍。刘备看到了赵云，顿时爱不释手，便开始拉拢赵云，做赵云的思想工作。

问题出来了，刘备对公孙瓒厚道吗？赵云虽然在公孙瓒部下不被重用，但是你刘备也是公孙瓒的部下，刘备现在就开始挖公孙瓒的墙脚了。都说刘备是个厚道人，可是公孙瓒毕竟是他的领导，是他少年时期的同学，也算是提拔他当平原令和平原相的恩人。那你刘备这么做对公孙瓒厚道吗？公孙瓒会觉得刘备是个厚道人吗？不会。那刘备为什么这么做？刘备这么做一定有一个更大的思想动力在支撑着他。什么思想动力？刘备志向远大，从小就立志要当皇帝，尽管他是卖草鞋出身，可是他根本看不起公孙瓒和袁绍这一类人，他觉得自己前途远大，不是公孙瓒这一个北平太守所能局限的。刘备把自己当成“潜龙在渊”，相比之下公孙瓒、袁绍不过是“虾兵蟹将”，刘备认为自己这个平原相虽然是公孙瓒保举，但是自己现在的处境不过是“龙游浅水遭虾戏，虎落平阳被犬欺”。一个更远大的目标激励着他去拉拢赵云，去挖公孙瓒墙脚。如果刘备一心扶保公孙瓒，那么公孙瓒失败了，刘备也跟着失败了。看刘备也要一分为二。

袁绍与公孙瓒的战争进入相持阶段。李儒建议董卓：以天子的名义让双方讲和，袁绍、公孙瓒必然归顺董太师。李儒的这个主意好吗？典型的馊主意。为什么？袁绍和公孙瓒会归顺董太师吗？那是开玩笑。公孙瓒参加了讨伐董卓，袁绍从董卓进京就开始反对董卓。而且董卓杀了袁绍叔叔袁隗全家，袁绍怎么可能感谢董卓！更不可能归顺董卓。现在孙坚回了江东，曹操已经被打败，刘备还不成气候，董卓最大的敌人就是袁绍，联合公孙瓒打败袁绍，将各路诸侯各个击破是当务之急，董卓没有认识到这一点。

董卓派使者传达圣旨，袁绍和公孙瓒对使者都非常恭敬，而且二人都奉诏罢兵。撤兵时，刘备自然要回平原县，临走前与赵云含泪而别。赵云说：原先以为公孙瓒是个英雄，现在看来和袁绍是一丘之貉。刘备讲：你先屈身侍奉公孙瓒，咱们相见有日。毛宗岗父子评三国时在这里写道：赵云在这个时候没有投奔刘备是因为“玄德之爱瓒也”，即刘备关心公孙瓒。毛宗岗父子的这段评论明显是不对的。刘备之所以没带走赵云，是因为刘备现在是公孙瓒的部下，他敢把赵云带走吗？不敢。刘备的地盘只有平原县，能打过公孙瓒吗？不能。赵云在这个时候归心刘备，说明赵云是一个可以一起艰苦创业的人，赵云的人品不错。

董卓借圣旨让袁绍与公孙瓒罢兵，这件事说明了什么？这件事的影响是很大的，说明汉献帝虽然是个傀儡皇帝，但是皇帝的命令各路诸侯不敢公开违背。皇帝虽然无权，但是皇帝的影响力不可低估。曹操从这件事上得到了启发，为后来的奉天子以令不臣做了重要的铺垫。

6．孙坚进攻刘表，战况如何？

袁术在南阳，听说哥哥袁绍得了冀州，就向他哥哥要一千匹马，袁绍不同意，结果兄弟不睦。袁绍家族骨肉亲情淡薄可见一斑。于是袁术又向刘表借粮，刘表不借，袁术又恨上刘表了。于是袁术为了对付袁绍和刘表，给孙坚写了一封信，告诉孙坚：刘表拦截孙坚的事是袁绍让他干的，刘表有袭取江东的想法，咱们俩联合，你攻打刘表，我攻打袁绍。

这件事可以看出袁术这个人有什么特点？

其一，袁术反对哪个人的理由非常幼稚，仅仅是袁绍不给他马匹，刘表不借他粮草，袁术生气了，所以就反对袁绍和刘表。袁术很感情用事，目光也很短浅。根本原因在于袁术没有政治远见，没有统一天下的整体规划，没有发展的路线图。我们之前讲过，袁绍版的隆中对——袁绍的规划是先占领河北，然后由北向南统一中国，这是当年汉光武帝刘秀的路线。袁术没有规划，谁惹他生气他就打谁，他不从实际情况去考虑问题，怎么出气怎么来，这不科学。

其二，袁术给孙坚写信的内容是真的吗？半真半假。说刘表拦截孙坚是袁绍的主意，这对。但是说刘表要夺取江东，未免太抬举刘表了。这说明袁术虽然意气用事、目光短浅，但是诡计多端。而且袁术让孙坚打刘表，他打袁绍，这简直是胡来。袁术和袁绍兄弟本来有很好的机遇，如果现在他们兄弟联手，统一北方估计不成问题，可是就是因为亲情淡薄，兄弟不和，为曹操、刘备这些人以后的崛起创造了政治空间，如果二袁现在联手统一北方，估计曹操就没有机会了。

孙坚会去进攻刘表吗？会。孙坚和袁术一样，都是做事情没有整体规划和政治远见的人，都是有仇必报、有气必出的人。曹操和许多诸侯也有矛盾，但是曹操处理这些矛盾必定服从于整体的发展规划。

孙坚在决定进攻刘表时，内部有两个人提出了反对意见。程普认为袁术阴谋诡计很多，他说的话不能轻易信。孙坚认为自己打刘表用不着袁术帮忙，孙坚确实有这个实力。孙坚的弟弟孙静认为现在天下大乱，江东比较安定，因为与刘表的一个小仇恨兴兵，不合适。孙静的这个意见是有道理的，讨伐刘表确实缺乏一面正义的旗帜。但是讨伐刘表到底对不对呢？讨伐刘表是有道理的。

其一，北方战乱，无暇南顾，这是讨伐刘表的好时机。

其二，孙坚的军事才能在正常状态下打败刘表不成问题。

其三，大约三十年以后，东吴大将吕蒙白衣渡江才夺取荆州。如果现在就能取得荆州，孙坚集团的发展就可以大大提速。

其四，如果取得荆州，孙坚就可以集中兵力北伐，当时北方真正比较有实力的就是董卓和袁绍，凭孙坚的军事才干，且拥有江南作为后方，统一天下不是没有可能。

尽管讨伐刘表的决定非常草率，但是这个方向是正确的。

孙坚的儿子中最出名的要数长子孙策和次子孙权。孙策字伯符，孙权字仲谋。在古代，伯指老大，仲指老二，所以汉高祖刘邦的大哥叫刘伯，二哥叫刘仲，刘邦本名叫刘季，可以理解成刘老疙瘩。长子孙策要求随父出征，孙坚同意。孙坚、曹操、司马懿都是很会教子的人，而且在教育子女上孙坚要比曹操更胜一筹，曹操的几个儿子还真没有赶得上孙策、孙权两兄弟的。孙坚、曹操、司马懿这三个人在教育儿子上有一个共同点，很早就把孩子带在身边，在军营中接受锻炼，了解军旅之事。孙策、孙权、司马师、司马昭都是很出色的政治家，曹丕次之。可是刘备就不懂得这一点，也许是老来得子，过于溺爱，刘备从来不让阿斗在军旅中历练，在教子上还真需要向孙坚等人多学习。

谋士蒯良给刘表献策，让黄祖当先锋，刘表率众在后迎击孙坚。结果黄祖哪里是孙坚的对手，损兵折将，大败而回。蒯良一看孙坚确实太猛，不能硬碰。于是建议刘表：

其一，深沟壁垒，坚守城池。

其二，派人向袁绍求救。

因为是袁绍让刘表拦截孙坚，现在打不过了，自然要向袁绍求救。袁绍会救援刘表吗？尽管历史不能假设，但是笔者分析不会。为什么？一是距离太远；二是河北未定，袁绍北边有公孙瓒，袁绍兵发荆州，去少了，人不够用；去多了，老巢冀州可能守不住。

刘表手下大将蔡瑁反对蒯良坚守待援的建议，坚决要求出战。刘表同意，结果被孙坚打得大败而回。蒯良提出：蔡瑁不听良策，导致大败，当斩。刘表一想，自己娶了蔡瑁的姐姐，蔡瑁是自己的小舅子，怎么能斩呢？没有同意蒯良的建议。刘表不杀蔡瑁也是有道理的，为什么？

刘表同意蔡瑁出战，这是刘表对形势判断错误，刘表对战败负有一定的责任。刘表算是一个很宽厚的领导者，不杀蔡瑁是对的，可是不杀蔡瑁的理由多少有些问题，能因为蔡瑁是刘表的小舅子，所以打了败仗就不杀蔡瑁吗？刘表不是一个军法严明的人，他是守业之人，而不是创业之君。

蒯良建议刘表杀蔡瑁合适吗？明显不合适。

其一，并不是打了败仗的人都该斩首。之前，蒯良给刘表献策，让黄祖当先锋，刘表率众在后迎击孙坚。结果刘表采纳了蒯良的建议，被孙坚打败。刘表也没有处罚蒯良。而且这次蔡瑁战败很大的原因是刘表不听蒯良的建议，同意蔡瑁出战。所以蒯良建议刘表杀蔡瑁，这个建议明显处罚过重。

其二，蔡瑁是刘表的小舅子，你蒯良只是刘表信任的谋士，疏不间亲啊。就算刘表还信任你，蔡瑁会怎么想？蔡瑁会觉得你蒯良秉公办事吗？人非圣贤，孰能无过？蔡瑁并非圣贤，就算是圣贤恐怕也会对蒯良有看法。你蒯良以后与蔡瑁怎么共事啊！

健将吕公按蒯良之计带兵突出重围向袁绍求救，为防止追兵，在山上埋伏弓箭手，孙坚带领少数兵马追赶，中了埋伏，被乱箭射死。刘表的胜利带有很大的偶然性，也有一定的必然性。孙坚有一个很大的问题，就是轻而无备，不重视自身的安全。下棋时，有时候一步走错，满盘皆输，本来胜利在望，却被乱箭射死，过早地离开了三国的舞台，后人读书至此，无不慨叹。

此时，黄祖、蔡瑁等人率荆州兵出城迎战，结果黄祖被黄盖俘虏，吕公被程普所杀。看来孙坚手下的程普、黄盖的确武艺非凡，我们过去在评估三国武将的武功时，对东吴的武将过于看轻。这时孙策方提出用黄祖来交换孙坚的尸首，双方罢兵，刘表同意。蒯良在这个时候提出了不同意见：

其一，孙坚已丧，孙策还年弱，乘此时机进兵江东，可以统一江南。

其二，如果双方罢兵议和，孙策集团恢复实力，就会成为荆州之患。

刘表知道蒯良的这个建议是良策，可是刘表说黄祖还在孙策那里。蒯良急了，说舍弃一个无谋的黄祖而取得江东有何不可？刘表没有同意蒯良的建议。

蒯良乘机夺取江东的建议正确吗？正确。如果刘表采纳了蒯良的建议，至少可以统一江南，三分天下就没有孙权什么事了。刘表为什么不听？刘表是一个守业之人，不是一个创业之人，他没有夺取天下的雄心壮志。蒯良劝刘表舍弃黄祖，夺取江东合适吗？蒯良的这个建议对刘表有利，但是对自己是非常不利。之前蒯良建议刘表杀蔡瑁，刘表没有同意，蒯良得罪了蔡瑁。现在蒯良劝刘表舍弃黄祖，刘表又没有同意，等于说蒯良为刘表出主意得罪了蔡瑁和黄祖。这两个人是什么人？蔡瑁是刘表小舅子，黄祖是刘表手下重要战将，蒯良得罪了这两个人，他以后的日子不会好过。蒯良是个大公无私的人，他一心为刘表谋划，可惜他不会为自己的安危谋划；他一心琢磨如何处理事情，可惜没有仔细去想：如果他的主意不被采纳，自己怎么办？但是这都不是蒯良最大的问题，蒯良最大的问题是不会择主或不遇明主。他扶保了刘表。如果蒯良扶保的是曹操，蒯良未尝不可以成为曹魏的开国名臣。可见蒯良看事情可以，看人不行。他看不透刘表，他把刘表当成曹操一类的人去扶保，给一个只想保住荆州的人去出夺取天下的主意。作为谋士，蒯良智谋过人，可惜在三国中没有出名，一个原因是跟错了队伍，另一个原因是给刘表出主意时不考虑人际关系，不考虑后果。还好刘表是个厚道人，蒯良暂时安全。所以一个真正有水平的谋士在出主意之前，必须搞懂他的主公是个什么样的人，主公的格局如何，战略规划如何，不打无把握之仗，不出没有准备的主意。

6. 孙坚英年早逝对三国有何影响?

客观讲孙坚要不是英年早逝，三国也许不会出现。

孙坚为何会英年早逝？

其一，孙坚轻而无备，对自身的安全防范过于忽视。孙坚是个很英勇的人，孙坚的军队也是能征善战的军队。孙坚认为主帅应该冲在最前面才能鼓舞士气。主帅冲到最前面好不好？有利有弊。利在于可以鼓舞士气，带动军队的作战热情。但是弊端很大，战场上刀剑无情，刀剑不会因为主帅来了而格外开恩。主帅是军队的指挥中枢，一旦主帅牺牲了，队伍就很容易被打败。曹操和孙坚有一个很大不同，曹操只在危急时刻才会冲到最前面。

其二，孙坚没有政治远见。一是藏匿玉玺事件暴露了孙坚政治上的短视。二是孙坚的部下人才结构不合理，程普、黄盖虽然是著名武将，但是孙坚手下缺乏谋士，连蒯良这样的谋士都没有，这是不行的。武将不足，谋士匮乏，人才结构单一，是孙坚失败的间接原因。三是孙坚缺乏长远规划，没有统一天下的路线图。

有人会问，如果有统一天下的路线图，是不是要完全按路线图去做呢？不是。计划的变化性是计划的本质属性，这是当代管理学的一个公认常识。路线图只是一个基本规划，并不是教条。在实践中，还要根据事物的变化不断地进行合理调整。路线图作为基本规划不能没有，但是有了也不能完全照本宣科，还要根据实践变化做出合理调整。一句话：既不能漫无目的，又不能照本宣科。

如果孙坚没有英年早逝，三国情况可能如何？可以做如下推测：

其一，孙坚会打败刘表，占领荆州，统一江南。

其二，这时曹操败于董卓，刘备还在平原县，二者都不成气候。北方真正有实力抵抗孙坚的只有袁绍和董卓。可是北方并不统一，还有袁术、孔融、陶谦、公孙瓒等割据势力，孙坚完全可以凭借南方的根据地，将北方割据势力各个击破。

孙坚的英年早逝导致了孙氏集团失去了统一中国的大好时机。这个机会是很难得的。前人猛，不如后人强。孙坚教子有方，他没有完成的事业孙策和孙权会继续干下去。

请看下集：连环妙计。

第十集

连环妙计

何谓连环计？连环计是三十六计之一，分为累计和攻计。一般先累计后攻计。攻计好理解，何为累计？这里的“累”可以理解成自累，即自己内部不和，相互拖累，相互攻击。连环计可以简单理解成用一连串相互关联的计策，让敌方内部出问题，然后攻击他。王允分化董卓和吕布，皇太极借崇祯之手杀掉袁崇焕皆是此计。

1．董卓到长安以后忙什么呢？

董卓听说孙坚战死，认为自己少了一个心腹之患。当时比较有实力的地方割据势力只有孙坚和袁绍。孙坚的儿子孙策当时只有十七岁，董卓一听孙策的年龄便不以为意。其实孙策虽然只有十七岁，但是年轻不代表没有本事，将来扫平江东的正是此人。貂蝉在实施连环计时也只有十六岁，刘备在那个时候也刚三十出头，大将军霍去病去世时才二十四岁，康熙皇帝亲政时才十四岁。自古英雄出少年，年轻人中也有许多人才，只是年轻的人才中很难有全才、通才，但是在某一个领域中的杰出人才还是不少的。

到了长安以后，董太师可谓“马放南山，刀枪入库。”封自己宗族的子弟当大官，修建郿坞，在那里囤积粮草，积累金银财宝，选拔众多美女，不在话下。董卓丝毫没有出关去平定还没有形成气候的各路诸侯的意思。对内，董卓对反对势力实行残酷的镇压，威慑朝臣。

2．王允如何巧施连环计?

迁都长安以后，关东的各路诸侯忙于争夺地盘，还没有形成气候，暂时还不会进攻董卓。于是董卓加大了对京都士族阶层的拉拢和打压，董卓的原则是“顺我者昌，逆我者亡！”这引起了司徒王允的恐慌，一方面王允是京都士族中的领军人物，另一方面曹操行刺董卓，王允属于同谋，曹操献的那把七宝刀就是王允借给他的。王允整日忧心忡忡，琢磨除掉董卓的计策。

王允每天在府中走来走去，琢磨办法，他看到府中的歌伎貂蝉也在长吁短叹。王允勃然大怒，一想貂蝉这小姑娘，肯定在琢磨搞对象呢。于是王允训斥貂蝉：“贱人将有私情耶？”貂蝉大惊：贱妾哪敢有私情啊。有人会问，就算貂蝉琢磨搞对象，跟王允有什么关系？其实在那个年代，结婚要父母之命，媒妁之言，不能私订终身。王允是貂蝉的父母吗？不是。貂蝉是王允府中的歌伎，地位相当于奴婢，她的终身是要王允安排的，这是那个时代的特点。

貂蝉和王允讲：自己从小是由王司徒养大，最近感觉司徒大人为国家大事忧愁，所以非常担忧，如有用到貂蝉的地方，万死不辞。王允就和貂蝉定下了一条连环计策，将貂蝉先许嫁吕布，后献董卓，由貂蝉负责从中挑拨二人关系。同时王允告诉貂蝉一定要保密，一旦出了问题，在那个时代这是要灭门的，王允也害怕啊。

貂蝉接受了这个任务了吗？接受了。貂蝉是一个女英雄吗？算是。在三国时代的复杂政治斗争中，貂蝉是个有勇有谋的女英雄，但是作为女人来讲，貂蝉是不幸的，哪一个好姑娘愿意让自己先许嫁吕布，后被献给董卓呢？貂蝉、西施、王昭君、杨贵妃并称中国古代四大美女，相比之下只有王昭君的命运还算好一些。有人说自古红颜多薄命，这是貂蝉的悲哀，也是那个时代的无奈。

王允是个什么样的人？王允是官场上的老油条，搞关系的专家，善于洞悉人性，说话直润人心。何以见得？王允请良匠将家藏的几颗明珠打造成一顶金冠，送给了吕布。为何要送吕布这个？吕布为人见利忘义，一个见利忘义的人最喜欢什么？金银财宝。王允把吕布看得很透，所以投吕布所好送其金冠。吕布果然大喜，一想“来而不往非礼也”，于是前往王允家致谢。

王允亲自出门迎接吕布，让吕布坐上座。礼下于人，必有所求。吕布说：司徒乃朝廷大臣，我是相府一将，为何错敬？王允讲：当今天下别无英雄，唯有吕将军您算个英雄。我王允敬重的不是吕将军您的职位，而是吕将军您的才干。这句话展现了王允的说话艺术。为什么？吕布最自豪的是什么？就是自己掌中方天画戟，胯下赤兔宝马，武功天下第一。王允看出了吕布这一点，话不多，很精干，一语到位，说到了吕布心里。王司徒看人入木三分。之后，王允向吕布敬酒，言语间，不断赞颂董太师和吕布的功德。王允确实是一个老练的政客，他是最反对董卓的，也是董卓身边最危险的敌人，但是王允能笑容满面、谈笑风生地赞扬董太师，俨然是董太师的崇拜者和追随者。这套功夫没有一定的修炼是不行的。最后董卓死在了王允的手里，蔡邕为董卓而哭，也死在了王允的手里。最反对董卓的人就在董卓身边，人心隔肚皮，此言不假。

接下来，王允让貂蝉出来，给吕布介绍说：这是小女貂蝉。有人会问，貂蝉明明是歌伎，什么时候成了王允女儿了？这是王允的计谋，要是歌伎嫁给吕布，王允和吕布的关系就浅了。如果是王允女儿嫁给吕布，吕布就是王允的女婿了，关系就深了。将来王允还要利用吕布去对付董卓呢。王允和吕布商定，将貂蝉嫁给吕布为妾，择良辰过门，吕布感激而去。王允用的是连环计，我们分析到现在，看到王允在与吕布的交谈中处处都是计策，而吕布只是一味地高兴，丝毫都没有察觉。王允是个高明的谋略家，吕布是个有勇少谋之人，吕布正按照王允为他引的道一步步往前走。

过了几天，王允趁吕布不在董卓身边的机会，把董卓请到家中赴宴。王允讲：太师盛德巍巍，伊尹、周公所不及。王允先给董卓灌“迷魂药”。然后王允把董卓带入后堂和董卓讲：王允夜观天象，汉室气数已尽，董太师代汉符合天意人心。董卓自然是客气，说自己“安敢望此”！王允接着讲“自古有道伐无道，无德让有德”。董卓大喜，说：若天命归我，司徒当为元勋。王允为什么要这么做？王允看出了董卓的心思，知道董卓想当皇帝，所以把话说到了董卓心里。王允为什么要这么说？王允要先和董卓套近乎，让董卓误把王允当成“自己人”。只有和董卓套了近乎，才能为下一步貂蝉出场做铺垫，减轻董卓对貂蝉的怀疑。要是无缘无故送一个美女给董卓，董卓要是怀疑了貂蝉，岂不坏事。

貂蝉出来后，王允向董卓介绍说：这是歌伎貂蝉。毛宗岗父子在点评三国时读到这个地方写道：“此时又不说是孩儿，更妙。”问题是妙在哪里啊？毛宗岗父子没说。我们分析，一方面，王司徒把女儿嫁给董卓，影响会很大，董卓也必然会起疑心；而以歌伎身份将貂蝉献给董卓更合适。另一方面，董卓和王允是一代人，如果貂蝉是孩儿，那正好跟董卓的干儿子吕布是一代人，董卓要是把貂蝉给了吕布，那董卓岂不是和王允成了儿女亲家。王允的连环计就弄巧成拙了。

王允将貂蝉送给了董太师，太师当晚就将貂蝉带回了相府。吕布得到消息来质问王允，王允讲：董太师听说貂蝉许配给吕布，怕王允言而无信，所以先将貂蝉带回相府。吕布一听，以为自己错怪王允，于是去相府找貂蝉，方知貂蝉已被董卓纳为妾。吕布满心忧伤。此后，吕布经常以问候董卓的名义去找貂蝉，董卓觉得吕布对貂蝉颇有意思，勃然大怒，不许吕布再来。吕布把这件事和李儒说了，李儒意识到问题不对，就跟董卓讲：吕布暗恋貂蝉不过是小过，我们现在维持这个局面还要靠吕布这样的人，如果吕布变心了，我们共同的事业就付诸东流了。李儒的意见董卓还是很重视的，问李儒现在该怎么办。李儒建议董卓送吕布一些金帛，好言抚慰。董卓照着做了。

3. 董太师如何大闹凤仪亭?

吕布心里还是放不下貂蝉，总想找个机会去看看她。一次，董卓在和汉献帝商量事情，吕布乘机跑到相府和貂蝉会面。时间长了，董卓发现吕布不在，一想坏了，吕布肯定去找貂蝉去了。董卓急忙赶奔相府。

此时，吕布和貂蝉正在凤仪亭中。貂蝉跟吕布讲：我虽不是王司徒的亲生女儿，王司徒却把我视如己出。我自从见到将军之后，心想：若是能够侍奉将军，这辈子就足了。谁想董太师起了不良之心，将貂蝉玷污。妾本想一死，只因未和将军告别，所以忍辱偷生到现在。现在貂蝉已被董卓玷污，不能侍奉将军，只有一死，以明心志。今生不能嫁给吕将军，只能相约来世了。貂蝉不愧是王司徒养大的，说话句句打动人心，可惜没有几句真话。貂蝉真的对吕布有情吗？不见得，即使有点儿真情，在当时的社会，作为一个女子来讲也身不由己。那么有人会问，貂蝉既然说的不是真话，她为什么还这么说？为了完成王司徒交给他的任务，为了报答王司徒的养育之恩。貂蝉跟董卓、跟吕布都不是真心，她现在是在帮王允完成连环计。

下一步貂蝉要干什么啊？

就是劝吕布杀董卓。怎么劝？貂蝉跟吕布讲：我在董太师这儿度日如年，希望将军能救我。貂蝉说话是很有技巧的，比李肃要有技巧。怎么又和李肃比较起来了？李肃劝吕布杀丁原，是直接劝。貂蝉劝吕布杀董卓是委婉劝。劝吕布救貂蝉，实际上就是劝吕布杀董卓，怎么办？貂蝉不明说，让吕布自己想出来。这从一个特殊的角度印证了巾帼不让须眉。

吕布现在是提心吊胆，害怕董卓的出现，跟貂蝉讲：我今天是偷着跑来的，待时间长了，老贼会起疑心的。这时吕布用了老贼一词，说明吕布现在已经开始变心了。貂蝉现在是担心董卓不来，董卓一来，吕布和董卓必然翻脸。貂蝉现在的方式就是请将不如激将，说：你这么怕董太师，那咱俩还有相见的一天吗？吕布说：让我琢磨良策啊。貂蝉一琢磨，我得给你吕布再加点儿药。她讲：妾在深闺之中听到吕将军您的大名，那是如雷贯耳，以为普天之下就您吕将军一个英雄，哪想到原来吕将军您也是受制于人啊！吕布是什么人？天下第一猛将。吕布最自豪的就是手中方天画戟，胯下赤兔宝马，驰骋天下，所向披靡。他哪里受过这样的刺激。顿时面红耳赤。

此时，董卓出现了，董卓看到这一场景勃然大怒，抢过了方天画戟。吕布一看到董卓，大惊，立即逃跑。董卓在后追赶，将方天画戟投向吕布，吕布武艺高强，将方天画戟打落于地。继续逃跑。这时有个问题出来了？吕布为什么没有杀董卓？吕布不是可以捡起方天画戟吗？

其一，吕布现在并不想和董卓决裂。吕布投降董卓之后，董卓对他很好，非常重用。如果不是貂蝉的问题，董卓和吕布没有什么矛盾。让吕布反董卓，吕布内心还存在一定的挣扎。

其二，这个时候吕布非常恐慌，因为董卓毕竟是太师，长安城的军队还是听董卓的。所以吕布选择了逃跑，希望过一段时间之后能和董卓缓和关系。

吕布在逃跑的过程中，碰到了李儒，急忙大喊：太师杀我！吕布说这话的意思是，李儒，这个时候你得出来帮我劝一劝董卓。李儒急忙入园劝解董卓，不小心在园门处将胖大的董卓撞倒。李儒给董卓讲了一个故事：春秋时期，楚庄王夜宴群臣，蜡烛灭了，有一个武将拉了庄王爱姬的衣服一把。爱姬很聪明，扯下了这名将领的帽缨。爱姬建议庄王点灯找出这员将领。庄王让所有将领都把帽缨取下了，没有追究那员大将调戏其爱姬之罪。后来楚庄王被秦兵所困，这名叫蒋雄的大将冒死救了楚庄王的性命。李儒用这个故事劝董卓学楚庄王，把歌伎貂蝉送给吕布，吕布会像蒋雄一样报答董太师。董卓说：容我三思。

董卓回去找貂蝉，问问这是怎么回事。貂蝉说，本来她在荷花池中赏花，结果吕布来了，他存心不良，貂蝉本想跳进池中，以死明志，刚好太师您及时赶到救了性命。董卓问：我要是把你赐给吕布怎么样呢？貂蝉讲：我已经侍奉了您董太师，怎么可能再去侍奉您的家奴吕布呢？于是貂蝉假装要拔剑自刎，董卓急忙拦下称刚才是戏言。貂蝉说：这个主意肯定是李儒出的，李儒一向和吕布关系不错，他出的这个主意完全不顾太师您的体面和貂蝉的性命。董卓决定和貂蝉到郿坞居住。李儒着急这事，过后来问董卓，董卓反问李儒：你媳妇能送给吕布吗？李儒听后仰天长叹：吾等都要死于妇人之手啊！

4．貂蝉是个什么样的女人？

读《三国演义》时，有许多男士喜欢貂蝉，这个原因有很多，也许因为貂蝉是中国古代四大美女，也许貂蝉是一个足智多谋的“职场高手”。那么貂蝉到底是一个什么样的人呢？貂蝉是一个事业高于爱情的人，也是一个事业高于婚姻、高于家庭的女人。貂蝉先嫁给了董卓，后嫁给了吕布，但是她真正忠于的是司徒王允，也就是她的养父。从政治上讲，貂蝉有她的可取之处，但作为女人来讲，她是不幸的，为了王司徒的政治目的，她牺牲了贞操，牺牲了青春，牺牲了婚姻，牺牲了家庭。

貂蝉适合做老婆吗？笔者个人认为不适合。毛宗岗父子说貂蝉有“两副面孔”“两副心肠”。我在这里再加一句就是“两套说辞”。尽管貂蝉反对董卓有一定的正义性，但是单从婚姻的角度来讲，董卓也算貂蝉的第一任丈夫。貂蝉聪明而美丽，自然会是许多男士追求的对象，但是她并不贤惠。有人说貂蝉怎么不贤惠了？她看重任务，轻视婚姻，当然我们不是说重视任务不对，但是轻视婚姻，甚至把婚姻作为完成任务的手段，未免难以符合中华之美德。追求貂蝉这样的女子很可能沦为众多的“备胎”之一，抑或沦为其“自我炒作”的工具。貂蝉聪明不假，可是过于聪明就会变得难以预测，难以预测就会让丈夫操心费神，所以古人讲“娶妻娶贤”所言非虚。

凤仪亭事件之后，三国的历史还将如何发展呢？请看下集：王允执政。

第十一集
王允执政

王允可以称得上三国第一谋略家，一个连环计可谓古今奇谋，高明之处在司马懿诈病赚曹爽之上。但是作为一名杰出谋略家的王允，却不是一个政治家，执政之后，屡出昏招，迅速败亡。权臣不是谁都能当的，何进不行，董卓不行，王允也不行。

1. 王允如何策划宫廷政变?

董卓带着貂蝉去郿坞，吕布在远处看着出行的队伍仰天长叹。忽然王允和吕布讲：温侯（吕布）怎么不跟太师一起去呢？吕布将前事一一告诉王允，其实王允早都知道怎么回事。于是，王允将吕布带到家中。到家中干什么？趁热打铁，挑拨董卓和吕布的关系。王允讲：董卓这么干，是奸淫王允的女儿，霸占了吕布的妻子。吕布和董卓是夺妻之恨啊！王允和吕布都会受天下人耻笑的。王允已经老了，属于无能之辈。可是吕将军您属于盖世英雄，大丈夫怎能承受这种耻辱呢？吕布听了这话，拍案大叫，称要誓杀董卓！紧接着吕布说了一句话：“大丈夫生居天地间，岂能郁郁久居人下。”王允讲：您吕将军的才华非董太师所可限制。这句话说明什么问题？

其一，吕布是一个不甘久居人下的人，刘备也是这样。他们有一个共同点，就是在某一个上司手下干，只是暂时的。将来有机会，那是要自己独立带领一支队伍去干一番事业的。

其二，之前吕布不甘于在丁原之下，投奔董卓，现在也不甘于久居董卓之下。刘备也是如此，公孙瓒、陶谦、曹操、袁绍、刘表都当过刘备的上司，但是刘备觉得自己是“潜龙在渊”，非久居人下之人。

所以，刘备认为自己的才干不是公孙瓒、袁绍那些人所能局限的，吕布认为自己的才干不是董卓那些人所能局限的。读三国时，我们可以把人物特点进行比较，一比较起来，你会发现很有意思，也很有收获。

吕布又一想，不行，自己和董卓有父子之情，这样做是不是不对啊？王允劝他说：你姓吕，董太师姓董，他凤仪亭掷戟之时有父子之情吗？王允这么一说，把吕布的思想做通了。王允接着讲：帮着汉室，那是忠臣，是要青史留名的。帮着董卓那是反臣，是要遗臭万年的。王允的这句话说明了什么问题？

在中国古代，史书往往由官方编写，评价一个人好坏的标准是什么？是否忠君。一个人忠君，这个人就被史书赞扬。可是这符合儒家正统思想吗？其实是不符合的。为什么？儒家正统思想是“民贵君轻”的思想，也就是民本思想，不是“君本思想”。按照民本思想评价曹操，那就是英雄，是政治家。为什么曹操在明清两代得不到好评价？那是因为当时的统治者以及为其服务的文人是按照“君本思想”来评价历史人物的。

王允说服吕布之后，就召开了一个秘密会议研究对策。大臣孙端建议王允：一方面派人把天子的密诏给吕布，在朝中埋伏甲兵；另一方面派李肃去郿坞请董卓过来议事。为什么派李肃去呢？李肃因为董卓不升其官一直心怀怨恨，而且派李肃去，董卓不会怀疑。王允一听，觉得这个主意好，就和吕布商议。吕布说：上次劝他杀丁原的就是这个李肃，现在李肃要是不去，他必杀李肃。吕布为什么这么恨李肃？李肃招降吕布的时候，劝吕布杀丁原，丁原是吕布的义父啊。吕布杀完丁原之后，舆论自然会谴责吕布，张飞骂吕布是“三姓家奴”也正是因为这个缘故。吕布最大的污点就是杀丁原，而且丁原没什么过错。杀董卓对吕布来讲比较好解释，杀丁原无论怎么解释都不能自圆其说。吕布一背负骂名，把愤怒就转嫁到李肃身上了。所以主意不能乱出，特别是给吕布这样的人出坏主意。

李肃来了之后听王允、吕布这么一说，马上表态：自己想反对董卓已经很久了，恨的就是没有跟他一起干的人，现在大家都这么干，那自己去把董卓请来自然是责无旁贷。王允讲：你要是能干成这件事，何愁不能当上大官啊！王允说话总是能够切合别人的想法，这次又把话说到李肃的心里去了。

李肃到郿坞去见董卓，说天子有诏书，要让位给董太师您。董卓一听，问王允是什么态度。董卓为什么问王允？王允是京都士族的领袖人物，此人的意见至关重要。如果王允的态度不明朗，那董卓也得掂量掂量。李肃说王司徒营造受禅台，等主公您去接受天子的让位呢。董卓一看机不可失，留李傕、郭汜、张济、樊稠率领飞熊军镇守郿坞。自己亲自和李儒去长安受禅。董卓对李肃讲：他要是当了皇帝，李肃就当执金吾。李肃想当大官，可是董卓现在给了李肃一个大官，李肃为什么还站在王允一边？只能说董卓给李肃这个官给晚了。李肃现在已经跟王允一起反对董卓了，现在回头已经来不及了。董卓要是知道李肃反对他，李肃就会没命。董卓又跟貂蝉讲：自己当了皇帝，封貂蝉为贵妃。貂蝉拜谢，但是貂蝉已经知道，董卓这一去是有去无回，王允交给她的任务，她已经基本完成了。

董卓入朝，被王允、吕布所杀。李傕、郭汜、张济、樊稠四人听说董卓已死，带着飞熊军逃奔西凉。有人会问，李儒哪里去了？

《三国演义》的记述，李儒被斩于市曹。不过正史《后汉纪》记载，后来李傕当政时，还推荐李儒当侍中，只是汉献帝没有同意。那李儒最后怎么样了？四个字：下落不明。

董卓是个什么样的人？

董卓有强项也有弱项。强项：

其一，董卓爱才，为得到吕布不惜赤兔宝马。

其二，董卓有一定的自知之明，他知道自己判断能力差，所以重要的问题非常尊重谋士李儒的意见。

弱项：

其一，董卓用人重视出身，看不起出身社会底层的人，错失不少人才。

其二，董卓轻视老百姓，做事情不顾及百姓的利益。

其三，董卓带领的西凉军军纪太差，不得人心。

其四，董卓没有夺取天下的路线图，对关东地区的割据势力没有平定的规划和行动。

其五，董卓自律能力差，比如进入洛阳后在美色面前缺乏自我控制能力。

其六，董卓缺乏大规模培养人才的举措，张辽、贾诩这些人才在董卓手下皆不受重用。

其七，废立皇帝，尽管这一点对董卓来讲有利有弊，但还是给董卓带来了许多不利因素，尤其是为十八路诸侯讨伐董卓提供了口实。

其八，董卓提拔反对派，并委以重任，给予重权。如封袁绍为渤海太守，封韩馥、刘岱等人做地方长官。这些人后来成为起兵讨伐董卓的骨干。

董卓的失败并非没有意义，他是一个反面教材，他为曹操的成功提供了重要借鉴。历史总是惊人的相似，曹操借鉴董卓的教训走向了成功，唐太宗借鉴隋炀帝的教训开创了贞观之治也是这个道理。隋炀帝为什么失败？有人说隋炀帝是暴君、昏君。是这样吗？其实隋炀帝很有才。有什么才？隋炀帝率兵四个月灭亡南陈，具有军事才华；隋炀帝是又一个出色的文学家。有人会问这么优秀的一个人怎么会让处于盛世阶段的隋朝灭亡？历史上对隋炀帝的评价众说纷纭，可惜很少有人能把隋朝灭亡的原因说到点子上。隋朝灭亡的原因到底是什么？因为隋炀帝的志向过于远大，其实喜欢干大事、创大业本身并没有什么不好。关键是隋炀帝的大举措远远超出了当时的国力，超出了老百姓的承受力。比如京杭大运河、三征高句丽、大规模建设宫殿等。归根到底问题在哪里？隋炀帝在宫廷里长大，不了解民间疾苦，做事情不考虑百姓的承受力。京杭大运河是一项了不起的成就，可谓问题在当代，功劳在千秋。其实唐太宗和隋炀帝有很多地方很像，像在哪里？唐太宗也很有才，在古代帝王中，唐太宗的军事才能几乎可以排在第一位，政治才干也是没的说。在和李建成争夺太子之位时，就出现了一个对比：隋炀帝也很有才，隋朝还是完蛋了，现在你李世民也很有才，会不会是下一个隋炀帝？李世民当了皇帝之后，他就反思，为何隋炀帝那么有才，隋朝还是灭亡了？自己也很有才，会不会也像隋炀帝一样没干好呢？唐太宗开始总结隋亡教训，至少总结出两点：

其一，民，水也；君，舟也；水能载舟，亦能覆舟！就是说做事情一定要考虑国家和百姓的承受力。

其二，隋炀帝有一个问题，他很有才，他看不起水平不如他的人，听不进去大臣的不同意见。但是一个人的智慧总是有限的，三个臭皮匠还顶个诸葛亮呢。李世民发现了这一问题，所以唐太宗积极听取大臣的意见。魏徵的意见不一定是对的，魏徵的水平也不见得比唐太宗高，但是有些唐太宗想不到的问题，魏徵这些人能够在关键时刻提醒他。比如魏徵去世后，唐太宗否定了魏徵，后来唐太宗征讨高句丽，没有达到预期的效果，他意识到如果魏徵在，肯定会提醒他，所以还是恢复了魏徵的“名誉”。其实曹操也是如此，尽管曹操足智多谋，但是曹操很重视郭嘉这些谋士的作用——关键时刻会提醒他。

2．王允如何处理蔡邕?

王允当政之后，总的来讲做了两件事，一个是处理蔡邕。董卓被杀之后，蔡邕感念董卓对他的知遇之恩，公然为董卓而哭。蔡邕为董卓而哭对吗？于私来讲，蔡邕是一个不忘旧情的人，不能说一点儿道理也没有；但是于公来讲，那就是错误，为什么？董卓所作所为是应该被否定的，蔡邕因为私情而哭董卓，是公私不分，是非不明。从大局来讲是错误的。抓住蔡邕之后，大臣马日磾跟王允讲两点：

其一，蔡邕是一个大学问家，留下他来写《汉史》是一件好事。

其二，蔡邕是社会名流，而且孝行昭彰，杀了这样的人会失去人望的。

王允也讲了两点：

其一，汉武帝没有杀了司马迁，结果司马迁在《史记》中记录了汉武帝许多负面的事情。

其二，现在正是国家多事之秋，让蔡邕这样在大是大非面前没有正确判断的人待在皇帝身边会误导皇帝。

因此，王允杀了蔡邕。

马日磾的话对吗？半错半对。哪里错？蔡邕这样的人是不适合写《汉史》的。为什么？蔡邕因一己之私为董卓而哭，在大是大非面前缺乏正确的政治立场，这样的人写史书会误导后人。哪里对？杀掉蔡邕是不对的，蔡邕为董卓而哭就必须被杀掉吗？而且当年蔡邕影射宦官专权，因为蔡邕是社会名流，有很高名望，宦官都没有杀蔡邕，而是把他放归田里。王允杀蔡邕明显不得人心。所以处理蔡邕最好的办法就是：

其一，不能让他写《汉史》，因为这个人缺乏正确的政治方向，可以换个合适的人写。

其二，将蔡邕免官，放归田里。

这件事情说明王允如何？

与曹操相比，王允胸怀差了点儿。陈琳给袁绍起草的檄文，连曹操的祖宗都骂了，曹操认为陈琳是个人才，起了爱才之心，而且陈琳在反对董卓进京这件事上也有很好的表现，曹操不但原谅了陈琳，还给陈琳一个官（从事）当。曹操的胸怀非王允可比，其处理陈琳问题有其多方面的考虑，而王允的政治视野和处理问题的政治技巧远不如曹操。正所谓：“海纳百川，有容乃大！”

3. 王允如何处理董卓余部?

王允面对的第二个问题就是如何处理董卓余部李傕、郭汜、张济、樊稠。李傕等人率飞熊军逃跑之后，派使者到长安，请求王允的赦免。王允认为这四个人是董卓的帮凶，不同意赦免。杀蔡邕和不同意赦免董卓余部，这两件事可以看出王允是个什么样的人。

其一，王允是三国时期最杰出的谋略家，设计的连环计可谓千古一计，古往今来几乎无有出其右者。皇太极读《三国演义》正是学了这一计，让崇祯皇帝杀了袁崇焕。有人说皇太极学得并不高明，其实实践是检验真理的唯一标准，皇太极的连环计成功了，清朝后来入主中原了，所以皇太极学《三国演义》学得还是不错的。

其二，王允是谋略家，但王允并不是政治家。王允杀掉蔡邕，失去人望。不同意董卓余部的投降，结果李傕等人兵犯长安，王允被杀。

4. 李傕等人如何兵犯长安?

李傕等人听说王允不同意赦免自己，本想逃跑。谋士贾诩跟他们讲：你们要是逃跑，一个亭长就能抓住你们。现在不如召集人马，杀奔长安，为董太师报仇。成功了，就可以奉朝廷以正天下；要是不成，再逃跑不迟啊。贾诩为什么劝李傕兵犯长安？贾诩虽然是李傕的谋士，但是贾诩足智多谋，他是有政治抱负的人，他想通过扶保李傕，来实现自己奉朝廷以正天下的政治抱负，可惜李傕是个成不了大事的人，但是共同的政治理想让远在西凉的贾诩最终还是和曹操走到了一起。

李傕等人扬言王允要杀尽西凉人，于是西凉人大惊，纷纷加入李傕等人的队伍。李傕等人率领大军杀奔长安而来。其实李傕、郭汜、张济、樊稠这四个人之间不是上下级关系，也不是领导与被领导的关系，更像是“合伙企业”，有事情四个人商量着来，李傕是牵头的。在进军长安的路上碰到了牛辅带领的五千兵马。于是牛辅成为这支部队的先锋。

王允一听西凉兵来了，这带兵打仗的事王允也不懂啊，就跟吕布商议，吕布根本就没看上西凉兵。吕布带着李肃率兵迎战牛辅，李肃初战告捷，但是夜晚被牛辅劫营。吕布大怒，斩杀了李肃。许多人可能会认为这是吕布性情暴躁，乱杀部将，毕竟现在是用人之际，杀李肃确实是一个损失。但是吕布杀李肃恐怕有深层次的原因。什么原因？吕布杀过自己手下的部将吗？从《三国演义》的叙述来看，没看到吕布真杀了哪个部将，那么吕布为什么杀李肃呢？吕布早就恨李肃了。为什么？李肃劝他杀丁原，吕布听了李肃的建议，从此吕布就背负了沉重的道德压力，还被张飞骂作“三姓家奴”，吕布的做法难以自圆其说，他把满腔愤怒转嫁到了李肃身上。

牛辅知道自己打不过吕布，于是决定逃跑，结果牛辅被部下胡赤儿所杀。胡赤儿杀了牛辅投奔吕布，吕布却以杀害牛辅、夺其金宝的罪名杀了胡赤儿。有人会问，当年吕布杀丁原不就是和胡赤儿杀牛辅的行为类似吗？那吕布为什么要杀胡赤儿？这是个什么逻辑呢？其实这很简单。吕布作为丁原的部下却杀了丁原，但是吕布害怕将来自己的部下也学自己的做法，那吕布岂不是很危险？所以吕布要杀掉胡赤儿，就是要告诉自己的部下，这么干不行。简而言之就是自我保护。

李傕是怎么打败吕布的呢？李傕明白，直接和吕布交锋，西凉军不是吕布的对手，必须用计策打败吕布。于是，李傕效法彭越挠楚之法。李傕、郭汜分别陈兵吕布前后，使其首尾不能相顾，张济、樊稠分兵进攻长安。每日，李傕挑战，吕布出战之后，李傕撤退；吕布追击李傕，郭汜进攻吕布后方，吕布反过来进攻郭汜，李傕又来进攻吕布。这个战术，可以称为游击战争的早期模式，敌进我退，敌退我追的战略思想与这一战术有着很深的渊源。可能有人会觉得李傕文不能文，武不能武，其实那是低估了李傕，李傕要是真的一点儿水平没有，怎么会统率董卓手下的飞熊军呢？

吕布被李傕打败，逃往关东。李傕等人攻陷长安，王允被杀，李傕、郭汜掌握朝政。

简要评论一下王允。

王允是三国时期最出色的谋略家，但是他不是政治家，也不是军事家，也不重视人才的招揽与选拔。有人可能会说王允是汉室的忠臣。我看未必，王允只能算一位权臣。王允执政后，献帝有权吗？还是没有。杀蔡邕，不赦免董卓余部这些重大决策是汉献帝做出的吗？不是。董卓倒台后，政权掌握在另一个权臣王允手里，如果说董卓对献帝来讲是一个既残暴又陌生的权臣，那么王允就是一个相对温和而熟悉的权臣。王允掌权的时间很短，又面临内忧外患，他与献帝之间权力斗争没有马上暴露出来，仅此而已！

当然，三国乱世掌握朝政的权臣是不好当的，何进不行，董卓不行，王允不行，之后的李傕、郭汜也不行，那么谁行呢？请看下集：曹操复出。

第十二集
曹操复出

李傕、郭汜当政之后，打败了想要进攻长安的马腾、韩遂，稳固了对朝政的控制。面对着朝政内忧外患的局面，李傕也想有所作为，于是启用了讨伐董卓失败的曹操。乱世三国为曹操这样有真才实学的人提供了用武之地。

1．马腾为什么要讨伐李傕、郭汜?

有人会说，《三国演义》中讲了，马腾、韩遂出兵是为了勤王，说明他们是忠臣。其实读《三国演义》我们一定要由表及里，入木三分，切不可走马观花，浅尝辄止。马腾是忠臣吗？《三国演义》中讲马腾是十八路诸侯之一，《三国志》中没说过马腾参加讨伐董卓。当时讨伐董卓的战场在现在河南一带，马腾在西凉，这地理方位也不对。既然马腾都不参加讨伐董卓，现在怎么又讨伐起李傕来了？有人可能认为：董卓强，李傕相对较弱。恐怕不是那么回事。董卓和马腾都是西凉的士族，董卓的资历老，马腾属于董卓的晚辈，和曹操、韩遂、李傕、郭汜是一个辈分。从辈分上讲，董卓资历老，他掌握朝政，马腾多少还可以接受；你李傕、郭汜不过和马腾是同辈分的，我马腾凭什么服你们啊？你们行，难道我马腾不行吗？勤王是一面旗帜，掌握朝政才是马腾起兵的真正用心。

2．李傕、郭汜如何迎战马腾？

关于如何迎战马腾，李傕集团内部分成两种意见，一种是以贾诩为代表主张深沟高垒，积极防御。马腾远道而来，时间长了，粮草必然成问题，等他们没粮了必然撤退，到时候我们发起进攻，必然获胜。毛宗岗父子评三国时说，这条计策是楚汉相争时期李左车劝陈馀之计。可惜陈馀没有采纳李左车的计策，在背水一战中被韩信打败。老孙读三国时认为这不但是李左车之计，也是司马懿打败诸葛亮北伐之计，诸葛亮北伐，司马懿坚守，不跟他打，等诸葛亮没粮了，自然就撤退了。读三国要对比着读才有意思。

另一种意见是以李蒙、王方为代表的出战派，结果出战派占了上风。李蒙、王方出战后，被马腾之子马超所败。马超这个时候只有十七岁，三国是一个青年人才辈出的时代，孙策接替孙坚时也是十七岁，郭嘉、诸葛亮出山时都才二十七岁，宣父犹能畏后生，丈夫未可轻年少！

李蒙、王方被杀后，李傕、郭汜方信贾诩有先见之明，采纳贾诩的计策。看来一个人要让周围的人信服需要时间，也更需要经过一些事情的考验，在考验中，看出一个人的水平，别人才会信服。李傕、郭汜采纳了贾诩的计谋，坚守关防，不出两个月，马腾军队缺粮，加上马腾在长安城中的内应被李傕发现，于是马腾开始撤兵。撤军过程中，负责追击韩遂的樊稠放了韩遂一马，结果被李傕的侄子李别发现，报告给李傕。李傕大怒，要率兵讨伐樊稠，被贾诩拦住。

贾诩跟李傕讲，出兵攻打樊稠，损失太大，请樊稠、张济二人吃饭庆功，宴间杀了樊稠，毫不费力。李傕听了贾诩的计策，杀掉了樊稠。贾诩杀樊稠是什么计策？是汉高祖刘邦伪游云梦之计。何人所出？陈平。汉高祖刘邦担心韩信谋反，想要讨伐韩信。可是韩信是个攻必取、战必克的人，直接进攻并非良策。谋士陈平建议刘邦，假装到边界地区的云梦出巡，韩信作为楚王必然会来拜见你，直接把韩信抓起来就可以了。刘邦采纳陈平建议，成功捉拿了韩信。贾诩这次给李傕出的计谋就是伪游云梦之计。

2. 曹操是如何出山的？

马腾被打败之后，各路诸侯一时间没有人敢于挑战李傕、郭汜的地位。李傕、郭汜对朝廷的控制进一步巩固。李傕也想做出一番事业，朝廷还有了一些新的气象。这个时候，青州爆发了黄巾军起义，朝廷需要派一个人去青州镇压起义。太仆朱儁保举曹操，李傕同意。乱世三国为曹操、刘备这样真正有才干的人提供了机遇和平台。

黄巾起义军并不完全是一个军事组织，其内部成员包括男女老少，更像是一个具有宗教色彩、具备社会生活职能的军事组织。黄巾军虽然是农民起义军，但是军纪涣散、组织松散，没有科学的革命纲领，也没有成熟的革命路线，许多参加起义的人是在东汉末年因为政治黑暗，在官逼民反的形势下被迫走上了起义道路。总之，黄巾军的战斗力并不强。曹操一去，很快平定了起义，收编了大量的降兵和民众。曹操在其中选择了精锐留下来，编成自己的军队，号称“青州兵”，这就是曹操起家的班底；同时安顿大量民众从事农业生产。许多人质疑曹操的德行，曹操安顿流民，恢复生产，在那个年代就是最大的德行。这叫什么？这叫以民为本。以毛宗岗父子为代表的许多人批评曹操不忠于汉献帝，把曹操的民本政策视为收买人心，这些人为什么这么看问题？因为得出这种结论的人不是站在“以民为本”的角度看问题，而是站在“以君为本”角度来贯彻封建忠君思想。

曹操平定青州黄巾起义后，下一步要干什么？贯彻人才政策，广泛招揽人才。这个时候曹操手下来了哪些谋士呢？

其一，荀彧。曹操说荀彧是他的子房（张良），但是笔者认为荀彧更像萧何。荀彧的首要职责是镇守后方，协助曹操治理国家，处理行政事务，组织农业生产，为前线筹集运输粮草。这些工作都是萧何在刘邦手下所做的工作。但是荀彧又与萧何不同，荀彧不但有萧何的才华，也有谋士张良和陈平的才华。荀彧在袁绍手下干过，觉得袁绍这个人不行，成不了大事，所以投奔曹操，他觉得曹操是个能成大事的人。如果荀彧一直跟着袁绍干，结果会如何？也许和田丰、沮授的结局差不多。所以跟谁干很重要，在政治斗争中，再有本事的人也不能站错了队伍。荀彧在离开袁绍时一定做了很艰难的取舍，袁绍毕竟是一家有实力的“大公司”，四世三公根基雄厚，许多人想进还进不去。其实人生的机遇往往就像一道选择题，有的时候我们是在逆境中做出选择，有的时候我们也像荀彧一样，是在顺境中，在相对安逸、比较舒适的环境中做出选择；可是许多人没有荀彧的勇气、慧眼与气魄，在舒适安逸的环境中认为自己走对了路，不愿做出改变，在机遇来临时根本就没有发现机遇，微笑着让机遇匆匆溜走而没有做出选择。

其二，荀攸。荀彧是荀攸的叔叔，但荀攸比荀彧年长。荀攸也是曹操手下一位重要的谋士。如果单从谋士来讲，荀彧、荀攸都是一流的，但是不是最杰出的，谁是最杰出的呢？郭嘉。

其三，郭嘉。郭嘉可以称得上三国第一谋士。早先，郭嘉去见过一次袁绍，郭嘉对袁绍的评价，大意是：智者一定要选择一个明主，明主采纳智者的正确意见，智者才能建功立业。袁绍是个什么样的主公呢？他效法周公一样礼贤下士，可是他不会用人；事情做了很多，可是抓不到要领；喜欢思考问题，却不善于做出正确的判断。跟着袁绍这样的主公干，想要干出一番大事业，很难。

曹操手下原先有一个叫戏志才的谋士。此人为曹操出谋划策，深得曹操器重。可惜后来戏志才去世了。曹操就让荀彧推荐可以替代戏志才的人。荀彧推荐了郭嘉。曹操与郭嘉一见如故，共论天下大事。曹操对郭嘉的评价是：使我成就大业的，必是此人。郭嘉对曹操的评价是："真吾主也！"二人的相逢好比太公遇文王，张良遇沛公，彼此之间都觉得相见恨晚！

郭嘉不但计谋过人，而且还是一位战略家，在曹操许多重要的战略决策的关口，郭嘉的正确意见被曹操采纳。郭嘉还有一个特点，就是勤奋，勤于什么？勤于研究天下各路英雄，各路诸侯的性格特点都是郭嘉的研究范围，包括关羽都在郭嘉的研究范围之内。

其四，程昱、刘晔、满宠、毛玠、吕虔也都是这个时候投奔曹操的。这里面我们还要提一下毛玠和刘晔，在正史中"奉天子以令不臣"这个建议就是毛玠提出来的；刘晔的计谋是很厉害的，最著名的建议就是在曹操占领汉中之后，建议曹操乘机进攻西川，可惜曹操没有采纳，如果采纳，就没有三国了。

这时投奔曹操的武将都有哪些呢？

其一，于禁是五子良将之一，据说弓马娴熟，武艺出众，可惜在襄樊之战中被关羽打败，投降关羽。

其二，典韦可以称得上是曹魏阵营中武功第一的猛将，典韦手使两枝铁戟，重八十斤，挟之上马，运使如飞。有人会说典韦的两枝铁戟八十斤，人家关公的青龙偃月刀八十二斤呢。但您别忘了，典韦的八十斤铁戟是运使如飞，关公用青龙偃月刀好像达不到那个程度。典韦确实力大惊人，被曹操称为"古之恶来"。恶来是谁？恶来是商纣王手下的武将，战力惊人，后被周武王处死。恶来还是秦国国君的祖先，秦始皇的三十五世祖。典韦还有一个本事就是善于使用飞戟，准确率很高，杀伤力很猛。三国之中的武将排行榜一般把典韦排行第三，笔者对这个没有意见，可是不应该是一吕二赵三典韦。为什么？如果算上射箭、骑马、飞戟，论综合武艺，第一吕布，第二孙坚，第三典韦。一吕二孙三典韦。其余排行我们后面会讲到。曹操给典韦什么职务？典韦的职务主要是曹操的保镖。

3.《三国演义》中曹嵩全家的被杀和陶谦有关系吗？

曹操在兖州招兵买马，实力壮大，下一步自然是派人把自己的父亲曹嵩和家人接到兖州。曹嵩一家人路过徐州的过程中，徐州刺史陶谦对曹嵩及其家人热情接待。曹嵩和陶谦都是官场上的老人，曹嵩曾位列三公，目前属于赋闲在野；陶谦也是久历官场，徐州刺史的职位虽然无法跟曹嵩相比，但人家是在职；更何况东汉末年是军阀割据的时代，徐州刺史就是一个地方的“土皇帝”，并不比当时的中央大员地位低。作为东汉官场的老人见了面第一个想法就是交朋友，拉关系，增感情，将来有个照应，山不转水转，说不定将来谁用到谁，而且曹嵩的儿子曹操现在雄兵兖州，不可小视。陶谦对曹嵩一行是盛情接待，临走时还让自己的部下张闿率五百军兵沿途护送。

张闿的部众原来不是正规军，而是黄巾军出身，后来投奔了陶谦。有人会问，黄巾军不是农民起义军吗？总的来讲黄巾军是农民起义军，但是黄巾军没有科学的革命纲领，也缺乏严明的军纪，部分黄巾军成员有烧杀抢掠的匪气，张闿身上就有很深的匪气。张闿看到曹嵩一家带了很多钱财，就起了歹心，在途中杀害了曹嵩一家。

陶谦是否应该对曹嵩一家的被杀负责？《三国演义》中并没有记述陶谦派张闿率兵杀了曹嵩一家，但是陶谦还是有一定责任的。为什么？陶谦不了解张闿是什么样的人吗？了解。陶谦既然了解张闿这些人有匪气，而且劫掠之性难改，为什么还派张闿带兵保护曹嵩？这至少是陶谦思虑不周，对曹嵩一家的安全缺乏责任心。

正史《三国志》中关于陶谦在这件事上的记载，与《三国演义》中大相径庭。《三国志》记载：“初，太祖（曹操）父嵩，去官还谯，董卓之乱，避难琅琊，为陶谦所害。”《魏晋世语》的记载也佐证了陶谦派兵杀害曹嵩全家这一史实。《后汉书》记载："（曹嵩）乃与少子疾避乱琅邪，为徐州刺史陶谦所杀。"不过三国时期东吴史学家韦曜所写的《吴书》中记载，陶谦部下张闿杀害曹嵩全家，曹操归罪于陶谦，所以讨伐徐州。《三国演义》在这件事情上一定程度地取材于《吴书》。不过东吴和曹魏是敌国，东吴的这种记载可信度有限。笔者认为还是《三国志》和《后汉书》在这件事上的记载可信度高。

4．曹操进攻徐州，情况如何？

曹操听说父亲曹嵩被害的消息，率兵杀奔徐州，为父报仇。其一，留荀彧、程昱带兵镇守后方，荀彧就是曹操的萧何，后来吕布偷袭兖州，荀彧为曹操守住了三个县城，说明曹操是用人得当的，他知道谁适合干什么，并且根据一个人的特长分配任务。

其二，派夏侯惇、于禁、典韦为先锋。读到这里有的人会疑惑，曹操到底在搞什么，怎么会让三个人同时当先锋？其实这是曹操的用人艺术，也是用人上的中庸之道。怎么讲？我们之前讲过，赵云刚投奔公孙瓒时想当先锋，公孙瓒觉得赵云是新来的，不是亲信，信不过，让赵云当了后卫，导致了赵云对公孙瓒的离心，让刘备有了挖墙脚的机会。典韦和于禁也是新来的，我们对新人往往缺乏了解，不知底细，你要是把前锋的位置交给他，他要是带兵投敌怎么办？所以，我们对新来的有才干的干部既不能弃而不用，又不能放心大胆地全权使用。曹操走了一条中庸之道，先给予限制性的平台，根据表现再不断地给予合理的平台。于禁、典韦是新来的，有能力，可以当先锋，但不能当全权的先锋，要在老人夏侯惇的带领下当先锋。有老人夏侯惇在，保证队伍稳定，于禁、典韦也有平台，有了平台就看你们的表现，根据表现再给予你们特定的平台。曹操能够在群雄割据中脱颖而出还是有他过人之处的。

其三，因其父曹嵩被杀，曹操被痛苦和愤怒冲昏了头脑，在徐州犯了杀害百姓的错误。这是曹操人生中犯的第二个重大错误。曹操为什么要出兵徐州？一个目的是要报仇。另一个目的是要占领徐州，扩张地盘。曹操这次出兵徐州，打击面过大，张闿是杀害曹嵩的罪魁，与徐州百姓没有什么关系。打击面过大不但不会达到占领徐州的目的，反而会失去人心，让自己的对立面更大。所以曹操并不是一开始就是一个成熟的政治家，只是在徐州摔了跟头之后才明白这一点。这个教训让曹操明白了在政治斗争中要学会分化瓦解对方，集中力量各个击破，不能同时四面出击，树敌过多。

其四，陈宫劝曹操不要进攻徐州，曹操本不想见陈宫，可是毕竟陈宫救过曹操，曹操碍不过情面，还是见了陈宫。陈宫讲了两点：一是杀害曹嵩的是张闿不是陶谦。二是徐州的老百姓与曹嵩被杀无关，曹操不应该杀害百姓。曹操答复了两点：一是当初你陈宫不辞而别，现在有何面目再来给陶谦做说客；二是纵兵杀害曹嵩的是陶谦。陈宫的两个问题，曹操其实只回答了一个，就是为什么讨伐陶谦；没有回答为什么杀徐州百姓。这说明什么？曹操也感到理亏，也认识到杀徐州百姓的行为是错误的，但是曹操嘴上不愿意承认，只是行动上不再这么干了，以后也不提这事了。陈宫没有成功说服曹操，而且又是一个很要面子的人，他觉得自己无脸去见陶谦，于是陈宫去了兖州，为后来的吕布偷袭兖州埋下了伏笔。

5．陶谦到底是一个什么样的人？

毛宗岗父子在评三国中说陶谦是“仁人”。罗贯中在《三国演义》中说陶谦“为人温厚纯笃”，《三国演义》中还借陈宫之口说陶谦是“仁人君子”。是这样吗？我们来分析：

其一，《三国演义》中说陶谦是十八路诸侯之一，那么十八路诸侯讨伐董卓时，陶谦有什么贡献吗？罗贯中没写。各路诸侯占领洛阳后，只有曹操追击董卓。陶谦怎么做？按兵不动。这是一个为国为民的“仁人君子”所作所为吗？也就是说罗贯中在《三国演义》中明写陶谦好，侧写陶谦这个人不怎么样。为什么要这么写？刘备在《三国演义》中是仁君的形象，是正义的化身，那刘备的徐州是谁让给他的？陶谦。要是陶谦人品不行，那陶谦三让徐州给刘备，刘备的人品就讲不通啊。所以在当时“尊刘贬曹”的大背景下，罗贯中先生也只能把陶谦塑造成“仁人君子”。

其二，在《三国志》中，陶谦身为徐州刺史，根本就没参加讨伐董卓的活动，根本就不是十八路诸侯之一。

其三，陶谦在徐州都干了什么呢？《三国演义》中借糜竺之口说陶谦“久镇徐州，人民感恩”。是这样吗？《三国志》记载陶谦在徐州任用小人，“刑政失和，良善多被其害，由是渐乱”。总而言之，陶谦这个人真是不怎么样。

面对曹操大兵压境，陶谦将做出什么反应呢？

其一，舆论宣传，陶谦自称要“自缚往操营”“以救徐州百姓”。陶谦为什么要这么说？因为陶谦抓住了曹操的一个错误，就是在徐州滥杀百姓，陶谦自然不会去曹营，但是陶谦这么说他就站在了道德的制高点，谴责曹操滥杀无辜。毕竟得道多助。

其二，就是对外求援，向谁求援呢？请看下集：逆流而上。

第十三集

逆流而上

沧海横流方显英雄本色，面对徐州危机，平原相刘备以区区数千人马发兵救援。在旁人看来这无异于以卵击石，但是刘备凭借非凡的勇气，勇于担当，勇往直前。后因吕布偷袭兖州，而让徐州暂时转危为安。救援徐州虽然是一步险棋，却让刘备摆脱了平原县的局限，走入了徐州的大舞台，也迎来了人生新的挑战。如果用一句话概括刘备的一生，那就是逆流而上，不走寻常路，明知不可为而为之！

1. 孔融是个什么样的人?

徐州被围，麋竺建议陶谦对外求援。陶谦让麋竺去向北海太守孔融求救，派陈登去向青州田楷求救。孔融是个什么样的人?

其一，孔融是孔夫子的后代，属于社会名流，我们在小学课本上学过一篇课文《孔融让梨》。孔融让梨确实值得表扬，但是孔融一生的成就都没有超越四岁时让梨的举动。为什么？孔融这个人太需要表扬了，四岁让梨，名满天下，天下人都表扬他，导致了孔融只能生活在表扬之中，只敢做别人表扬的事情，不敢做别人批评的事情，只敢做自己擅长的事，不敢探索自己陌生的领域，为什么？他怕离开别人的表扬，怕失去已经得到的荣耀。曹操就不一样，曹操是在别人批评声中长大的，所以曹操敢于探索，敢于创新，敢于正视自己的不足，失败了也不要紧，反正被别人批评惯了，大不了再被别人批评或嘲笑一次。刘备也和孔融不一样，刘备是卖草鞋出身，所以刘备敢想敢干，百折不挠。在刘备看来，就算失败了，也比当年卖草鞋的时候混得好。所以，在表扬声中长大的孩子容易被表扬所束缚。

其二，孔融还有一个特点，就是言语刻薄，听不得别人的批评。孔融十岁的时候，去拜访河南尹李膺。孔融讲自己和李膺是通家。李膺很奇怪，问：咱们俩祖上是什么亲戚？孔融答：孔子曾问礼于老子。老子姓李名耳，是春秋时期道家学派的创始人，其代表作《道德经》是我国历史上一部伟大的思想巨著。孔融说李膺是老子的后代，李膺自然很高兴。过一会儿，李膺的朋友陈炜来了，李膺跟陈炜讲孔融是个神童。陈炜说了一句流传千古的话：小时了了，大未必佳。这句话什么意思？小时候很聪明的人，长大之后不一定很有成就。其实陈炜叔叔的这句话说得很对，古往今来有许多神童，小的时候很优秀，长大后很普通。王安石有一篇散文《伤仲永》，讲的是一名叫方仲永的神童，小时很优秀，长大之后成了普通人。不过神童中也有长大后很优秀的人，比如明朝著名的宰相张居正，实行一条鞭法改革，成为一代名相。陈炜叔叔的话很客观，但是孔融听了之后受不了，为什么？因为他是听惯了表扬话的人，突然冒出了一句自己听了不顺耳的话，孔融心里受不了。于是孔融尖酸刻薄的语言就出来了，他当着李膺的面说陈炜叔叔：你小时候一定很聪明吧？陈炜是谁啊？论辈分陈炜是孔融的长辈，论地位陈炜是太中大夫，孔融是一个十岁小孩，尽管是个神童，但是人家陈叔叔只是说了句客观的话，并没有批评你孔融，就算批评你孔融两句，无论对错，你作为晚辈也得虚心听啊，孔融能这么说陈叔叔吗？基本的礼貌都没有，尊敬长辈都做不到。可是陈炜叔叔毕竟是一名有风度的长辈，一看孔融这孩子的自尊心太强，还是要鼓励孩子啊，于是陈炜叔叔马上说了句鼓励孔融的话：此子长成，必当代之伟器也。这件事也可以看出孔融身上有一个自相矛盾的地方，孔融说话很直、很酸、很刻薄，但是孔融受不了别人对他说话也很直，这说明孔融的心理承受能力很差，逆商很低，和听惯了表扬话有关。说话很直的人有两种，一种是别人对他说话也很直，他能接受。另一种是自己对别人说话很直可以，别人对他说话很直他受不了。简而言之就是四个字：目中无人。所以两个说话很直的人不一定能成为朋友。

其三，孔融的朋友圈如何？孔融的志向是“座上客常满，樽中酒不空”。孔融喜欢交朋会友，这是孔融的一个优点。孔融的朋友圈里也都是社会名流，比如“喷子”祢衡、喜欢耍小聪明的杨修。可是祢衡、杨修都是小才。荀彧、郭嘉这样运筹帷幄的谋士和诸葛亮、司马懿这样经天纬地的人才并没有进入孔融的朋友圈。

2. 北海之战情况如何？

糜竺来到北海向孔融求救，这时黄巾军进攻北海，把孔融打得大败，并把北海城团团围住。毛宗岗父子在评《三国演义》时写道：糜竺此时其实难过。那么糜竺难过的是什么呢？糜竺向孔融求救去解徐州之围，可是孔融的实力连黄巾军都打不过，即使北海之围可解，那孔融就算到了徐州，又能起什么作用呢？孔融能打败曹操吗？显然是不能的。

正在这时，东莱黄县有一员叫太史慈的武将前来援救孔融。有人会问，像太史慈这样的武将为什么在乱世中会站在官府一方，而不是站在黄巾军一方？有人会说这和关羽一样，受忠君观念的影响。这种说法不能说没有道理，但是还有一个重要原因。像太史慈这样的英雄豪杰往往有一个理想，就是建功立业，名垂竹帛。在中国古代，历史是谁写的？基本上是官方写的，《史记》作者司马迁是西汉的史官，《资治通鉴》作者司马光是北宋的宰相。而在古代的“史书”中，对农民起义军的评价往往是负面的，甚至被称为“盗贼”。也就是说在那个时代里，太史慈这样的人想要被朝廷的“史书”肯定，就要和统治阶级合作，为统治者服务。所以中国古代官方修史也引导了许多人才的价值取向。

孔融给太史慈的任务是什么？杀出重围，向刘备求援。太史慈见到刘备之后将情况说明，刘备说：“孔北海知世间有刘备耶？”刘备为什么要说这样的话？孔融在当时是一方诸侯，是一个郡的最高长官；而刘备当时的地盘只有平原县，相当于县长，级别差距很大。孔融向刘备求救，刘备的反应就是太抬举我了！太看得起我了！刘备带三千精兵去解救北海。刘备为什么要解救北海？这里面可以说有一个义字，但是更主要的是刘备一直在寻找机遇。寻找什么样的机遇？大平台。刘备始终认为自己是英雄无用武之地，关羽、张飞也不愿一辈子当一名马弓手或步弓手。所以胸怀大志的他们要寻找机遇，争取更广阔的平台。在平原县就没有平台吗？刘备曾经当过安喜县县尉，他的官职是由军功得来的，问题是刘备是卖草鞋出身，在东汉末年的官场上没有什么背景，随时可能被督邮这样的官员给罢免。战争本身是残酷的，但是战争也为刘备提供了立军功的机会。一句话，刘备积极救援孔融就是在为自己寻找更广阔的用武之地。

刘备带领关、张、太史慈率兵解了北海之围。由此可见孔融的军事才干真让人不敢恭维，刘备的地盘只有一个平原县，孔融是一方诸侯，结果孔融打不过的黄巾军被刘备打败了。战胜黄巾军之后，孔融和麋竺劝刘备去解救徐州，刘备去向公孙瓒借兵，太史慈则去投奔扬州刺史刘繇。太史慈为什么不投靠刘备而去投靠刘繇呢？

其一，刘备的起点比较低，刘繇是扬州刺史，跟刘繇干，起点高。

其二，太史慈对刘繇并不了解，但是他想为自己寻找一条好一点儿的人生道路。太史慈对刘备有一定的了解，刘关张集团是非常团结的，但也有很强的封闭性和排他性，想真正融入这个小集团很难。即使加入了刘关张集团，也要排在关羽和张飞之后当一名小兄弟，而关羽和张飞现在只是马弓手和步弓手，这是太史慈所不愿意的。

3．救援徐州情况如何?

刘备到公孙瓒处借兵去救徐州，公孙瓒问刘备：你跟曹操没有仇，为什么要去救徐州？从公孙瓒这句话我们可以看出一个问题，公孙瓒没有夺取天下的规划，他的处事方针和进攻方向仅仅是短期的利益及两个人的关系如何；袁绍这一点和他不同，袁绍是有统一中国的路线图的。所以，人一旦有了规划，有了方向，就不会被短期利益牵着鼻子走。袁绍走得比公孙瓒更远。

刘备在公孙瓒处借了大将赵云及两千兵马，加上原有的关张及三千兵马杀奔徐州。刘备总共才五千兵马，能打得过曹操吗？刘备是一个充满理想主义色彩的人，这样的人有一个特点，就是明知不可为而为之，面对的困难越大，动力越强，志向越高远。有人会说五千兵马解救徐州，不是以卵击石么？的确如此，对于刘备这样有着理想主义人格的人，明知不可为而为之有利也有弊。弊，理想主义者做事情容易脱离现实，不从实际出发，所以经常容易失败。利，刘备这样的人身上有一种永不言败的精神，屡败屡战，越挫越勇，九死一生。所以三分天下之中刘备也是偏安一隅，并不是一事无成。

刘备到徐州后，孔融和田楷都不敢进兵，唯有刘备带兵杀进了徐州城。陶谦见到刘备之后，要把徐州牧的职位让给刘备，理由是刘备是汉室宗亲，在乱世之中应该担负起责任来。刘备马上推辞，推辞的理由是：

其一，刘备官居平原相，相比徐州牧，职位太低了。

其二，刘备要表明态度，刘备是来援救徐州的，并不是来吞并徐州的。

陶谦真要把徐州让给刘备吗？此时是半真半假，真在哪里？

其一，陶谦年岁大了，身体和精力不行了，他的两个儿子都应付不了当时的复杂局面，陶谦需要找一个接班人。

其二，曹操大兵压境，以陶谦的能力根本保不住徐州，他需要拉拢刘备这个人才。

假在哪里？

其一，陶谦对刘备不是十分了解，他不知道刘备到底是来救援的，还是以救援为名，行夺取徐州之实。

其二，陶谦还没搞清如果刘备掌管徐州，会不会保证陶谦集团在徐州的基本利益，会不会重用陶谦的原班人马。

这个时候陶谦手下干部的意见就很重要。麋竺还没搞清陶谦的真实意图，他如果支持刘备执掌徐州，可能会得罪陶谦；如果他反对陶谦将徐州让给刘备，就可能得罪将来徐州的新主人刘备。这是一个两难的选择，麋竺很聪明，他说现在大敌当前，退敌要紧，其他的事退敌之后再谈。麋竺很轻松地绕过了这个艰难的表态。

这里有一个问题，陶谦有权力把徐州让给刘备吗？没有。严格意义上讲，徐州牧是国家的官职，只有朝廷才可以任免，岂能因为你陶谦是徐州牧，就将徐州牧传给别人。陶谦的这个做法俨然是地方军阀的做法，即使日后奏报朝廷也不过是走个形式。但是当时的社会环境非常特殊，朝廷里谁说了算？李傕、郭汜；地方上谁说了算？州牧、刺史。许多时候我们很难用和平年代的思维去思考战乱年代的事情，所以在陶谦让位给刘备这件事情上，也不适合过于谴责陶谦和刘备。

4．二让徐州情况如何？

刘备到徐州后先礼后兵，写信劝曹操撤兵。曹操一想刘备是谁啊？也配劝我撤兵？这时谋士郭嘉提醒他，应该写信好言答复刘备，以慢其心，然后统军攻城，徐州可破。曹操正准备采纳郭嘉的建议，也就是说眼看就可以攻下徐州，此时吕布在陈宫的辅佐下带兵偷袭兖州，曹操的地盘只剩荀彧等人镇守的三个县城。曹操无奈，只能再次采纳郭嘉的建议，写信答应刘备退兵。可以说是吕布出兵偷袭兖州，救了陶谦和刘备。刘备最开始救援徐州被认为是以卵击石，可是现在刘备成了解救徐州的功臣，这里面不单单靠勇气，也有很大的运气成分。人不能光靠运气，也不能没有运气，运气也不是凭空而来。

曹操退兵之后，陶谦大会各路救援将领，饮宴之上，陶谦又提出让位之事。这次宴会上，不但陶谦表态让位，而且陶谦的两个重要部下麋竺、陈登也劝刘备统领徐州。为什么说麋竺、陈登的表态非常重要？麋竺和陈登是陶谦的两个重要部下，他们俩已经站到刘备一边了，陶谦就算不想让位也很难了。刘备现在就算不接受徐州牧这个官职，实际上已经具备统领徐州的基础了。不但孔融劝刘备接受徐州，关羽、张飞也劝刘备接受。刘备还是推辞，不肯接受，为什么？

其一，有人会说，刘备是蜀汉政权的开创者，领个徐州牧不可以吗？其实我们读三国往往是知道了后边的故事，然后再去看前边的故事，成为事后诸葛亮。问题是当时的条件下，所有人都不知道刘备以后如何，只知道刘备原先是平原相，相当于县处级干部；徐州牧在当时可是一方诸侯，属于封疆大吏；二者级别上相差悬殊，这是刘备不得不考虑的因素。

其二，关羽、张飞劝刘备接受，出发点不过是利益二字；刘备的眼界比他们要远，他看重的是责任二字。在大浪淘沙的三国时代，一方诸侯可不是那么好当的。上次曹操兵发徐州，让刘备认识到曹操非常强大，刘关张和陶谦的原班人马加起来都不是曹操的对手。在刘备看来，要想在徐州立足只有寻找盟友，这也为刘备之后的接纳吕布、联合曹操、求救于袁绍埋下伏笔。刘备这个想法对吗，我们还要看后文。

其三，刘备最担心的还是一个义字。刘备担心一旦接受了徐州，有人会说他救援徐州是另有所图，是无利不起早。刘备集团本来就实力有限，如果因为接受徐州，在义字上站不住，对于刘备集团的长远发展是不利的。刘备接受徐州时担心这个，后来出兵益州，攻讨刘璋时也担心这个。刘备是一个理想主义者，其行为往往是理想超越现实的，他特别在乎自己的名誉，经常为了保全名誉而牺牲现实利益。当然理想和名誉是一种精神的力量，有时候精神的力量比物质的力量更强大。但是刘备不了解岳飞的一句话："运用之妙，存乎一心。"老孙的理解是只要一个人一心为国为民就可以了，没有必要让别人每时每刻都认同自己。只要走的路是对的，短时间别人不理解、不认同，也要忍辱负重，艰难前行。毕竟路遥知马力，日久见人心。可是刘备是个理想主义者，也是个完美主义者，他很难忍辱负重，也很难承受污名，这恐怕是刘备只能偏安一隅的原因之一。

之后，刘备以保卫徐州的名义进驻小沛。那么曹操回军兖州战况如何呢？请看下集：濮阳之战。

第十四集

濮阳之战

兵法上讲以正治国，以奇用兵。正就是正确的方向，也就是正道；奇就是正确的方法，灵活的战术。如果只有奇，没有正，就会迷失方向，甚至误入歧途；如果只有正，没有奇，就会因方法不对而陷入困境。正是奇的基础，奇是正的必要补充。

1．刘备真的没有打败曹操的机会吗？

读三国的朋友往往会发现曹强刘弱这个现实，可是曹强刘弱的问题真的一开始就是这样吗？不是。如果陶谦不是把徐州让给刘备，而是让给曹操，曹操会怎么做？我想他一定会以徐州为根据地，广招天下英雄，实行屯田，安抚百姓，合纵连横，力求统一天下。可是刚刚离开平原县的刘备没有这样的政治远见，他还在为徐州的博大而惊叹，还在为徐州牧的位高而惶恐，还在为天下人的眼光而犹豫。濮阳之战与其说是曹操、吕布两大军事集团针锋相对的较量，不如说是刘备集团军事上的败笔。试想如果刘备此时统领了徐州，完全可以凭借徐州之兵从东部进攻曹操，那么三国的历史必然改写，就没有以后的魏强蜀弱的局面了。刘备是一个政治家，但是他不是曹操那样的大政治家。当然历史不能假设，机会也难以再来。

2．一战濮阳情况如何？

面对曹操的回师，吕布采取的对策是派部将镇守兖州，自己率主力镇守濮阳，成鼎足之势。陈宫连续给吕布出了两个计策：

其一，吕布的部将守不住兖州。在泰山险路设伏，待曹兵过去一半时出击，擒获曹操。

其二，曹军来到濮阳，我军趁其疲惫，立足未稳之时，速战出击，打败曹操。

这两个计策吕布都没有采纳，为什么？

吕布认为自己武功盖世，赤兔马纵横天下，用不着这些。这说明什么？

其一，吕布对自己的武艺过于自负，常言道：双拳难抵四手，好汉打不过人多。

其二，吕布轻敌，轻敌来源于对曹操缺乏了解。

其三，吕布的判断力不行。

既然吕布对陈宫的好建议不予采纳，陈宫为什么那么忠于吕布？

其实陈宫很明白吕布不是一个明主，可是陈宫觉得自己不能离开吕布，为什么？两个字：面子。

其一，陈宫最早跟随曹操，认为曹操杀害吕伯奢一家，太残暴不仁，基于义愤离开曹操，他认为自己离开曹操是对的。后来曹操进攻徐州，陈宫认为自己为救徐州，扶保吕布偷袭兖州也是对的。

其二，陈宫作为古代的文人，他觉得自己已经换过一个主公了，现在要是离开吕布再换一个主公会惹人非议。

吕布现在实力如何？

吕布现在谋士很少，比较杰出的只有陈宫，但是兵精将勇，手下九员健将。前三员分别是高顺、张辽、臧霸；后六员分别是郝萌、曹性、成廉、魏续、宋宪、侯成。吕布字奉先，笔者给他们起个称呼叫“奉先九将”。九将中张辽投靠吕布是因为他不遇明主，不得已而为之，后来他投靠了曹操，成为曹魏集团五子良将之首。但是九将中排名第一的不是张辽，是高顺。有人会问，吕布这种人品的人怎么会有这么多武将追随他？两个字：崇拜！崇拜的不是吕布的人品，而是吕布的武艺。在武将中，吕布不仅算懂行的，而且是佼佼者，可以代表三国武艺的高峰。部分武将对武艺的高峰容易形成崇拜感。当然，这仅仅是部分武将。

曹操进攻濮阳对吗？不对。为什么？

吕布的主力部队在濮阳，兖州空虚。曹操应该集中兵力先打弱敌。曹操将主力也集中到濮阳与吕布硬碰硬，难免两败俱伤。而吕布控制的兖州还可以和濮阳互相接应。相反，曹操要是先打下兖州，濮阳就孤立了，吕布就好打了。集中兵力先打弱敌，这是曹操在一战濮阳之后总结的经验教训。

曹操在濮阳与吕布正面交锋被吕布打败，于是当夜采纳了于禁的建议去偷袭吕布的西寨。吕布采纳了陈宫的建议派高顺去援救西寨。高顺这员大将执行力很强。曹操占领西寨后，高顺兵到，与曹操打得难解难分。高顺强悍！这时吕布的主力部队到达，曹操在典韦的保护下杀出了重围，夺路而逃。这一战典韦飞戟的威力得到了展示，并且典韦一人杀退了郝萌、曹性、侯成、宋宪四员武将，“古之恶来”不是浪得虚名。

曹操回寨后做的第一件事就是重赏典韦，加封典韦为领军都尉。有人会说，打了败仗怎么还要重赏典韦？

这又是曹操非常了不起的地方。曹操的风格是尽管打了败仗，但是在败仗中立功的人要奖励，在败仗中犯错的人该处分还要处分；尽管打了败仗，但是在败仗中提出过正确意见的人，即使正确意见当时没有被采纳，曹操还是要奖励提出过正确意见的人。这是曹操的过人之处，也是曹操的领导风范。

曹操新败，陈宫又向吕布献上一计：让濮阳城中的富户田氏给曹操写一封信，信中田氏自称愿当曹操内应，引曹操今夜入城。有意思的是陈宫在向吕布献计时说曹操有经天纬地之才，看来曹操的才干连其敌人都是非常认同的。曹操接到来信，重赏送信人，整顿兵马准备夜袭濮阳。谋士刘晔建议曹操说：吕布虽然无谋，可是陈宫诡计多端，只恐其中有诈。应该把部队分成三队，一队入城，两队在城外接应。毛宗岗父子在点评三国时在此处写道："操之不死于是役，全亏刘晔此数语！"谋士的作用不能忽视，一个人的智慧毕竟是有限的，众人的智慧是无穷的。

曹操亲自带队入城，这时部将阻拦，曹操说："我不自往，谁肯向前！"这里面存在一个问题：主帅是否要冲在最前面？主帅冲在最前面确实有助于提高士气，但是主帅频繁冲在最前面，要是主帅战死了怎么办？孙坚就是一个反面的例子。关键时刻主帅可以冲在最前面，不可过于频繁。因为主帅是指挥中枢，频繁当开路先锋是很危险的。曹操虽然进城，但是曹操也做了防范，比如让典韦和他一起前往。

进入濮阳城中，曹操发现中计。这里我们讲两件事：

第一件事：典韦在此战中表现优异，此前他一人打败了四员武将，这次他一人打得高顺和侯成二人倒走出城。高顺可是吕布手下第一武将，在夏侯惇失去左目之前，高顺和夏侯惇大战四五十回合才败走。可见典韦的武艺在夏侯惇之上，在三国武将排行榜中排名靠前当之无愧。

有许多朋友可能会有疑问，传统的武功排行榜（一吕、二赵、三典、四关）为什么将典韦排在关公之前，他有那么大本事吗？

其一，关羽过五关斩六将之后，和夏侯惇大战不到十回合，未分出胜负。而后来的汝南之战中，关羽曾陷入过夏侯惇的重围。关羽在这两次和夏侯惇交手中，都是在夏侯惇失去左目之后，也是关羽得到赤兔马之后。

其二，关羽的青龙偃月刀八十二斤，虽然比典韦的双戟重两斤，但是典韦的双戟运用如飞，关公的刀快不假，但是运用的灵活程度恐怕不及典韦的双戟，"古之恶来"的气力要在关公之上。而且典韦还会飞戟，杀伤力很大，所以把典韦排在关公前面是有道理的。

第二件事。曹操和典韦失散后遇到吕布。曹操以手掩面，吕布没有认出曹操，反而问曹操：曹操何在？曹操用手遮住脸，指着说，前面骑黄马者是也。吕布居然弃了真曹操去追假曹操。毛宗岗父子在此处点评说：曹操“有急智”。有人会问，曹操是跑了，那个骑黄马的岂不倒了霉了？总的来讲，评价历史人物要一分为二，看其主流；曹操作为三国时代的政治家，也有其阶级和时代的局限性。

曹操向东门而逃，碰到典韦，典韦保护曹操杀出濮阳，成功脱险，突围中曹操的胡须被火烧伤。典韦真是一个合格的保镖，虽然曹操会收揽人心，典韦对曹操也是很讲忠义的。

曹操逃回营寨后，先是仰面大笑。有人会问，打了败仗怎么还会笑？毛宗岗父子的解释是“哭不得而笑”。这种说法明显是贬低曹操，真实的情况是什么样呢？这是英雄人物在困难面前表现出的乐观主义精神。有的朋友面对失败多愁善感，哭哭啼啼，仰天长叹，那都是儿女情长，小资情调，非英雄所为。我们读三国读什么？就是要读曹操这样的大英雄面对困难是一种什么样的心态，曹操的乐观说明什么？说明他在困境中能够看到希望，看到光明，在寻找前进的道路。退一步讲这时候曹操能哭吗？不能。为什么？曹操要是哭了，军心不就散了吗？哭就把军队的意志给哭丢了，不利于士气。

紧接着曹操诈称自己被火烧死，在马陵山中埋伏精兵，等吕布来攻时，半渡击之。吕布果然中计，败回濮阳坚守不出。这时蝗灾忽起，粮价飞涨，双方罢兵。

3．荀彧到底是拥护曹操的，还是拥护汉献帝的？

陶谦病死后，刘备实际上执掌了徐州，孙乾、糜竺、陈登这些陶谦集团的老人也得到了重用。执掌徐州期间刘备还做了一件重要的事，加强了与徐州本地势力的联系。什么事？通婚。刘备娶了糜夫人和甘夫人。糜夫人是糜竺的妹妹，老家在现在的连云港。甘夫人是小沛人，地位是刘备的妾。刘备几次丧妻（嫡室），嫡室缺位时，甘夫人常代管家事。《三国志》中甘夫人是有传记的，糜夫人没有，为什么？因为蜀汉后主刘禅是甘夫人所生，母以子贵，甘夫人在刘备之前去世，刘备去世后，甘夫人被尊为皇后，即昭烈皇后。

有人会说，刘备娶俩媳妇有这么重要吗？《礼记》中记载："夫婚礼，万世之始也，取于异性，所以附远厚别也！"婚姻可以让血缘关系远的两个家族建立姻亲关系。刘备这个婚姻很大程度上是政治婚姻，刘备通过娶亲的方式在短时间内与徐州本地势力建立姻亲关系，有利于刘备集团团结徐州当地豪强，巩固在徐州的统治。

徐州牧的位置对刘备意味着什么？

军队？地盘？其实对当时的刘备来讲，一个重要的意义是提高了刘备的知名度和影响力。刘备虽然自称皇亲，但是出身社会底层，年少时以卖草鞋为业，起点低，政治资源有限，一直不被上流社会重视和认可。接任徐州牧，让刘备从平原相一举步入州牧之列。这一步扩大了刘备的知名度和影响力。

曹操听说刘备当上了徐州牧是什么反应？大怒。怒在哪里？其一，曹操大仇未报。其二，刘备属于捡了个便宜。于是曹操要发兵讨伐徐州。这时谋士荀彧劝阻曹操：

其一，汉高祖先占据关中，汉光武先占据河内，然后取天下。什么意思？想夺取天下，必先占据一个稳固的根据地。

其二，你曹操的根据地在哪里？明显是兖州。如果曹操现在进攻徐州，兵带少了，不够用；兵带多了，没有足够兵防备吕布，吕布要是乘虚而入，那等于是放弃了兖州。

荀彧说的这段话证明他是个很有战略思想的谋士，曹操也采纳了这个建议，放弃了进攻徐州的打算。这里面有一个问题，荀彧把曹操比作汉高祖刘邦和汉光武帝刘秀。从历史地位上讲，曹操也是一个开国皇帝，他完全可以和刘邦、刘秀相提并论。但是问题是荀彧到底是拥护汉献帝的，还是拥护曹操的？这个问题多年以来都有争论。荀彧是跟着曹操打天下的，没错。在荀彧心中，曹操一直就是像刘邦、刘秀这样了不起的人物，将来必然成为开国帝王。可是为什么曹操要加"九锡"的时候，荀彧又反对呢？毛宗岗父子在评点三国时写道：荀彧"误以为汉即是曹，曹即是汉"。如果真的如毛宗岗父子所说，荀彧会认为曹操不过是汉献帝的一个部下，荀彧会把曹操比成汉高祖吗？不会。所以荀彧明显是拥护曹操，而不是拥护汉献帝的。在曹操与汉献帝之间的历次政治斗争中，荀彧从来都没站在汉献帝一边，这样是拥护汉献帝吗？那历史上荀彧反对曹操加"九锡"到底要怎么解释？当时北方已经统一，曹魏代汉已经成为不可阻挡的趋势，荀彧也看出这一点。但是荀彧的性格里有一个特点，他是个读书人，书生气太浓。尽管他忠于曹操，但是他的性格中缺少一种东西：担当。说白了就是怕担责任，以清高自诩，不愿意在历史上承受骂名。因为古代的统治者按照封建忠君思想书写历史，评价人物。曹操要是代汉，荀彧是曹操手下一号重臣，荀彧担心会留下历史骂名。所以荀彧劝阻曹操加"九锡"的话不仅是说给世人听的，也是说给历史听的。当然在正史中，曹操虽然对荀彧的这种态度不满，但并没有像《三国演义》中说的那样逼死荀彧，荀彧是病死的。

4. 曹操征讨汝南等地情况如何?

曹操虽然放弃了进攻徐州的想法，但是现在军中缺粮，长此下去，不是办法。荀彧建议曹操去进攻汝南等地的黄巾军。为什么要去进攻汝南黄巾军？

其一，汝南黄巾军离曹操较近，实力较弱。集中兵力先打较近、较弱的敌人，这是曹操从荀彧那里学到的战略方针。

其二，当时是战乱年代，又赶上蝗灾，粮食匮乏。而汝南黄巾军多粮，如果能打败黄巾军，夺取其粮食储备，可以解决粮食补给问题。

曹操带兵很快打败了汝南等地的黄巾军。之后遇到了许褚带领的地方武装，许褚并不是黄巾军，只是生逢乱世，带领宗族修筑防御工事以自保。许褚和典韦交手，二人从辰时打到午时，休息一段时间以后，打到黄昏不分胜负。许褚擅长使用飞石，典韦擅长使用飞戟；许褚和典韦一样，气力很大，许褚曾经抓住两头牛的尾巴倒行一百余步。

曹操见到许褚，顿时起了爱才之心，设计抓获许褚。抓到许褚之后曹操怎么做呢？其一，亲自为许褚松绑。其二，拿来衣服给许褚穿上。其三，让许褚坐下。其四，问壮士乡贯姓名。其五，抬高许褚，劝其投降。大家不要小看了这一套，孙策招降太史慈、张飞义释严颜都是用的这套办法，至于孙策、张飞是否是从曹操这儿学的就不得而知了。老孙给这套办法起了个名称，叫先动之以情，后晓之以理。曹操之前的举动就是给许褚面子，感化许褚，说白了，其一，许褚也不是不识抬举。其二，许褚有一身本事，也想建功立业。曹操是个明主，归降曹操是个不错的选择。

5. 再战吕布情况如何？

曹操从荀彧那里学到了各个击破，先打较近的弱敌。最弱的黄巾军已经被打败了，下一个目标必然是吕布，不应该是刘备或袁绍。吕布当时的兵力分布在兖州和濮阳，相比之下，兖州兵力弱，吕布主力在濮阳，所以曹操的下一个目标就是兖州。顺利拿下兖州之后，濮阳就孤立了。

进兵濮阳派何人为先锋？典韦和许褚。之前老孙讲过，相信大家对曹操这种用人风格并不陌生。典韦相对许褚来讲是老人，而且救过曹操几次，可谓久经考验；许褚能力非凡，要给平台，但不能一下子给得太大，让老人典韦带新人许褚，许褚的表现决定他以后的平台。有人会问，这曹操怎么总喜欢考验人呢？关键是：没有考验，你很难真正了解一个人什么样。一个人只有在久经考验中才能显出真我，百炼成钢。用一句通俗的话概括那就是：是骡子是马得拉出来遛遛。

曹操在濮阳与吕布交战，许褚战吕布二十回合不分胜负，曹操认为吕布非一人可敌，让众将一起进攻吕布。吕布不敌，撤往濮阳，发现田氏已将濮阳城献给曹操，吕布逃往定陶。曹操到了濮阳后赦免了田氏旧日之罪。当初田氏帮着吕布把曹操骗进濮阳城，导致曹操几次都差点儿丧命。可是现在曹操为什么赦免田氏呢？我们常说曹操海纳百川，准确地说曹操是站得更高，看得更远。曹操要夺取天下必然要招降纳叛，田氏当时骗曹操也是慑于吕布的武力，身不由己。如果曹操把田氏这样的人杀了，以后伤害过曹操的人、对不起曹操的人、和曹操有仇的人还敢投降曹操吗？这些人不投降曹操就可能会帮助曹操的敌人，成为曹操的对手。田氏与曹操的个人恩怨属于小账，广招天下英雄属于大账，曹操是个会算大账的人。这就叫“海纳百川，有容乃大”！

吕布逃往定陶之后，又有什么打算呢？远在长安的朝廷情况如何呢？请看下集：献帝东逃。

第十五集

献帝东逃

多中心就是无中心。李傕、郭汜、张济这个集团一开始就是几股军队的联合体，没有一个明确的中心，缺乏统一的领导，走向分裂也只是时间问题，毕竟家有千口，主事一人。

1. 吕布与曹操大战定陶，情况如何？

吕布逃到定陶之后，谋士刘晔跟曹操讲：吕布就好比一只猛虎，现在败了，困乏了，要是他缓过精神来，就不容易对付了。于是曹操率主力部队去追击吕布。曹操到定陶安营扎寨之后：其一，派人到丛林中多插旌旗迷惑吕布。其二，设立一座空寨，派少数人在寨中虚张声势。其三，寨西长堤处无水，曹操将精兵在此埋伏，负责断吕布后路。

吕布看到丛林中有许多旌旗，以为伏兵在林中，要去放火烧林。陈宫说：曹操诡计多端，不可轻敌啊。吕布不听，放火去烧林，结果发现林子里没有伏兵。此时听到寨中鼓声大震，吕布赶到，伏兵尽出。吕布大败，损失兵力达三分之二。

其实陈宫的意见大部分是对的，但是吕布总不愿意听，为什么？

其一，吕布这个人自以为是，他总是觉得自己想得对，听不进去陈宫的意见。

其二，吕布是一个不肯久居人下的人，这样的人不愿意被人支配；更何况吕布手下出色的谋士就陈宫一个，事后的结果往往证明陈宫总是对的，时间长了，吕布担心自己在队伍中的威信。陈宫当初看不懂曹操，现在也没太看懂吕布。其实刘备也不是很喜欢听孔明的话，一个重要的原因就是孔明总是对的。刘备和吕布一样，都是不愿久居人下的人，也不喜欢被支配，刘备并不喜欢让部下觉得孔明总比他高明。

可是我们有没有发现曹操、刘邦在这一点上与刘备、吕布不一样？曹操非常尊重手下重要谋士的意见，刘邦也喜欢听张良和陈平的话。为什么曹操、刘邦和刘备、吕布不一样？

其一，曹操、刘邦手下有能力的谋士辈出，可以构成谋士团队，很难形成某一个谋士脱颖而出、鹤立鸡群的局面。而刘备集团谋士要数诸葛亮，吕布集团谋士要数陈宫。

其二，曹操和刘邦看问题比较理性，往往能够正确判断谋士的意见，得出可行方案。刘备和吕布有些任性，刘备违背了诸葛亮联吴抗曹的策略，执意讨伐东吴给关羽报仇，为了兄弟义气不顾蜀汉江山的大局，这是一种任性。吕布自以为是，不愿听陈宫意见，这也是一种任性。所以刘邦和曹操是大政治家。

定陶之战中乐进的表现不错，他射死了吕布九员健将之一的成廉。乐进是五子良将之一，排名第二，箭法出众，骁勇果敢，可惜独当一面的机会不多，历史对他的记载也有限。

吕布战败之后和陈宫讨论下一步怎么办，吕布提出去冀州投奔袁绍。陈宫说这要先派人去冀州打探消息，看袁绍是什么态度。一打探消息才知道原来袁绍派颜良率五万大军帮助曹操进攻吕布。有人会问，现在吕布弱，曹操强，袁绍怎么帮起了曹操了呢？我们读三国有时候喜欢从后往前想，认为袁绍也该这么想，其实不对。袁绍没读过三国，他这时不了解以后还有个官渡之战，也不知道曹操会统一北方。在当时的袁绍看来：其一，曹操没什么了不起，吕布是三国第一猛将，威胁比曹操大。其二，他和曹操是从小玩到大的朋友，当年十八路诸侯盟主的位置也是人家曹操推荐自己坐上去的。曹操和袁绍的关系比吕布近多了。一句话：袁绍从来不认为曹操是个英雄。

2．刘备为什么接纳吕布?

袁绍那里去不成，陈宫建议吕布投靠刘备。刘备集团对是否收留吕布有两种意见。一种是以麋竺为代表的，反对收留吕布。原因是吕布是虎狼之徒，收留了会伤人。以后的历史发展表明麋竺的意见是正确的。第二种是刘备的意见，主张收留吕布。刘备的理由是当曹操兵围徐州之时，要不是吕布偷袭兖州，徐州城已经被攻破了。刘备这个理由倒是事实，但是恐怕不是刘备收留吕布的根本原因，根本原因是什么？刘备认为单凭自己的力量守不住徐州，抵御不了曹操。刘备收留吕布是打算借助吕布的力量对抗曹操。后来的历史发展表明刘备失算了，如果说曹操是刘备的远敌，吕布就是刘备的近敌，最后导致刘备不得不与曹操联手对付吕布。

吕布跟刘备讲自己飘零关东，诸侯多不相容。这也很正常，吕布杀了丁原、董卓两个义父，各路诸侯哪敢收留他。交谈中刘备要把徐州让给吕布是真的吗？刘备和宋江很像，刘备要把徐州牧让给吕布，《水浒传》中宋江也要把梁山之主让给卢俊义。是真的吗？不是，如果刘备真想让徐州，后来就不会联合曹操反对吕布；宋江真想让梁山之主，就不会架空晁盖。刘备既然不想让，为什么还要客套一下？

其一，刘备原先是平原相，属于处级干部；吕布过去是董卓手下第一战将，被封为温侯；二人地位相差悬殊。刘备在吕布面前领徐州牧，心里不踏实。

其二，试探吕布，看看吕布到底打的什么算盘，到底对徐州有没有企图。

宋江为什么要假意让梁山之主？梁山一百〇八将中，宋江武艺不算高，相比之下出身不算好，文采也不是最佳。那宋江凭什么当山寨之主是个问题。宋江假意让贤是告诉大家，不是我宋江非要当山寨之主，是山寨需要我，弟兄们需要我，梁山的前途需要我，需要我带着大家走出一条好的道路。

张飞一看到吕布就恼火，要与吕布大战三百回合，为什么？张飞一直有一个梦，就是成为天下第一猛将，张飞对自己的武艺很自负，他不服关羽，不服赵云，也不服吕布。张飞想，像吕布这样人品低劣的人居然能成为天下第一猛将，我张飞岂能服你？张飞一直想打败吕布证明自己。刘备无奈，只能让吕布到小沛去屯兵。

3．李傕、郭汜因为什么闹翻?

李傕、郭汜掌权引起了汉献帝和京都士族阶层的不满，汉献帝与太尉杨彪、大司农朱儁商讨对策。杨彪等人建议献帝：其一，联合曹操。曹操现在兵强马壮，联合他为外应。其二，分化敌人。挑拨李傕、郭汜的矛盾。历史有时候很有意思，汉献帝和曹操后来水火不容，现在却结成了统一战线。为什么？可以用哲学上主要矛盾和次要矛盾的原理来解释这一现象。政治斗争中没有永远的敌人，也没有永远的朋友。李傕、郭汜专权，架空献帝，献帝和李、郭二人的矛盾居于主要地位，献帝和地方实力派曹操的矛盾居于次要地位。而且献帝和曹操在当时有共同的敌人李傕、郭汜，有结成统一战线的基础。后来曹操掌权，献帝无权，献帝和曹操的矛盾自然成为主要矛盾，统一战线的基础不存在了。

杨彪如何分化李傕、郭汜？反间计。

第一步。杨彪利用郭汜的妻子最好吃醋的特点，派自己的媳妇到郭汜家。杨妻跟郭妻谎称郭汜和李傕的妻子有染，李傕要是知道这事，郭汜恐受其害。郭妻听了信以为真。

第二步。某日，郭汜又要到李傕府上赴宴，郭妻劝阻道：你和李傕的关系是两雄不并立。李傕要是在吃饭时给你下了毒，我们可怎么办呢？郭汜不听，但是禁不起妻子的劝阻，还是没去。李傕把食物送到府中，郭妻先偷偷地在食中下毒。郭汜想吃，郭妻说：让狗先尝尝。结果狗被毒死了。从此，郭汜开始怀疑李傕。

第三步。一日，郭汜到李傕家饮酒，回家后，肚子痛。郭妻说一定是中毒了，让郭汜喝粪汁，郭汜大吐了一场，好了。郭汜大怒，率兵要进攻李傕。

郭妻中了杨彪的反间计，导致李傕、郭汜内部火并，迅速败亡。但是李傕、郭汜集团的组织结构是有问题的，什么问题？该集团最早是董卓余部，王允拒绝赦免李傕、郭汜、樊稠、张济，所以四个人合伙造反。四个人各有各的部队，李傕名义上是反王允的牵头人，但是四股部队实际上各不相属。李傕、郭汜、张济三人执政之后，部队没有统一指挥，说白了就是三个军阀联合执政，郭汜的妻子被人利用引发内斗，但是郭妻说的两雄不并立不是没有道理。多中心就是无中心，缺乏统一的领导，走向分裂也只是时间问题，毕竟家有千口，主事一人。

4．汉献帝这个皇帝怎么样？

郭汜要率兵进攻李傕，李傕提前得到消息，也调集兵马和郭汜开战。李傕派兵劫持了献帝和伏皇后，郭汜以救驾为名进攻李傕。毛宗岗父子在此处点评，大意是如果郭汜在发兵前以饮宴为名邀请李傕，就像李傕杀樊稠的计谋，就可以避免一场战争。毛宗岗父子的这个计谋也有道理。

献帝被劫持后，向李傕要食物，李傕把腐肉朽米贡献给献帝，献帝大怒。这时侍中杨琦马上劝献帝，意思说你现在身在屋檐下，不能把李傕惹怒了。献帝听后只是低头大哭。汉献帝和曹操到底哪个人更适合领导国家？在中国封建社会里，是用君本位思想评价历史人物，几乎没有人会去做这种对比。但是历史发展到今天，进入了现代社会，我们应该用民本思想去思考这个问题。我们发现汉献帝确实不适合领导国家。

其一，在封建社会里，汉献帝九岁就是皇帝，生于深宫之中，长于妇人之手。献帝的生活和老百姓几乎是隔绝的，献帝现在吃不饱饭，可是天下大乱，老百姓连性命都不保，发生蝗灾，老百姓能吃到什么呢？这些问题汉献帝想过吗？汉献帝不管这些，在献帝看来，他是皇帝，他就应该享受皇帝应该享受的东西，如果有谁让他享受不到这些，那就是不忠、不孝、不仁、不义。

其二，曹操打了败仗，总是比较乐观地看待未来，从来没有哭鼻子，而汉献帝遇到困难总是痛哭流涕。汉献帝小的时候虽然很聪明，但献帝根本不是一个英雄。献帝身居乱世，但是他不是曹操那样从战火洗礼中走出来的英雄人物。

其三，三国时期什么样的人适合领导国家？能够解决三国时代社会问题的人。三国时代或东汉末年有哪些社会问题？政治黑暗，吏治腐败，法度松弛，天下大乱，军阀割据，人口锐减，百姓流离等等。谁能解决这样的社会问题？汉献帝不行，曹操可以。

5．谁是正统？

毛宗岗父子在点评三国时极力维护正统观念，还将政权分为正统、润运、僭国三类。毛宗岗父子认为蜀汉（刘备、刘阿斗）是正统，曹魏（曹操、曹丕）、东吴（孙权）是僭国，晋（司马懿、司马师、司马昭、司马炎）是润运。

为什么《三国志》要尊曹魏为正统？

《三国志》成书于西晋。西晋是在曹魏的基础上统一了全国，自然要尊曹魏为正统。

东晋时期的《汉晋春秋》为什么要尊蜀汉为正统？

东晋建立后面临一个问题，东晋的统治中心在南方，黄河流域的大片土地由其他政权统治。如果东晋延续西晋陈寿的《三国志》中尊曹魏为正统的观点，那么东晋就会被视为偏安，而统治中原地区的政权可能会被认为是正统。为了确保东晋的正统地位，必须否定曹魏的正统地位，确立蜀汉的正统地位。

那么确立蜀汉的正统地位，如何才能确立东晋的正统地位呢？

其一，《汉晋春秋》认为曹魏属于篡逆，晋朝不是承袭了曹魏的江山，而是承袭了汉朝的江山。

其二，刘备的蜀汉没有占据中原，但蜀汉可以成为正统，蜀汉承袭的就是东汉的江山。现在东晋也没有占据中原，东晋承袭的是西晋的江山，所以东晋也可以像蜀汉一样成为正统。

所以东晋时期习凿齿先生撰写《汉晋春秋》，以此来解释东晋的正统性。

北宋司马光的《资治通鉴》为什么要树立曹魏为正统？司马光晚年官居宰相，他的观点代表了北宋政府的观点。北宋政权从何而来？陈桥兵变，宋太祖赵匡胤接受后周的禅让，建立北宋。曹魏政权怎么建立？曹操统一北方后，曹丕接受汉献帝的禅让，建立曹魏。也就是说北宋政权的取得和曹魏政权有相似性。加上西晋在曹魏的基础上统一中国。北宋自然要树立曹魏为正统，这样北宋的正统才有合理性。

北宋、南宋一脉相承，怎么南宋的朱熹偏要树立蜀汉为正统？莫非朱熹想否定北宋？当然不是。那朱熹为什么要这么干？南宋时期，黄河流域大片土地是由金国统治，金国是女真族入主中原。宋高宗南渡，维持半壁江山。而且宋高宗还向金国称过臣。如果再按照《资治通鉴》中司马光的观点，南宋岂不是和蜀汉一样成了偏安。所以在这样的政治环境下，要树立南宋的正统地位，必须否定曹魏的正统地位，树立蜀汉的正统性。无论是司马光还是朱熹，他们树立的正统地位都是为当时的政治形势服务的。

罗贯中和毛宗岗父子树立蜀汉为正统的目的何在呢?

其一，汉献帝比刘备正统，不尊汉献帝而去尊刘备，因为汉献帝树立不起来。

其二，罗贯中和毛宗岗父子总的来讲都是明清时期的人，明清两朝是中国君主专制发展的最高峰，明清统治者需要一种思想去加强君权，树立忠君意识。于是，无论是明太祖朱元璋，还是康熙皇帝都推崇以朱熹为代表的程朱理学。所以当时，无论是统治者、知识界还是民间，都形成一种尊刘备贬曹操的潮流。罗贯中和毛宗岗父子也不能免俗。

其三，在这样的历史背景下，毛宗岗父子点评三国的一个“风格”就是树立刘备的仁君形象，刻画曹操的奸雄形象。以此来宣扬所谓正统的历史观，削弱以孟子为代表的民本思想的社会影响，为当时的统治者服务。

6．李傕、郭汜交兵，情况如何?

李傕与郭汜厮杀，杨彪和朱儁带众官员来为二人讲和，不想官员们被郭汜扣押。至此李傕和郭汜厮杀五十多天，西凉兵损失惨重，元气大伤。

汉献帝面对这种情况，采取了两个对策。

其一，侍中杨琦跟献帝讲：贾诩虽然是李傕的心腹，但这个人并没有忘了皇帝。于是汉献帝召见贾诩，让贾诩去想办法。

其二，让凉州人皇甫郦去劝说李傕、郭汜和解。

皇甫郦去劝说李傕，李傕大怒，要杀皇甫郦，被众人劝下。之后，皇甫郦在军中传言，李傕要谋反，跟随李傕等于造反，后患不浅。李傕军心涣散，派人追捕皇甫郦，皇甫郦逃回西凉。

李傕处理皇甫郦的方式妥当吗？明显不妥。

其一，皇甫郦是献帝的使者，如果杀了皇甫郦，郭汜就会有了进攻李傕的借口。

其二，李傕不杀皇甫郦，皇甫郦在军中传言，势必影响军心。怎么处理他合适呢？最好先把皇甫郦控制住，然后派兵“护送”皇甫郦回西凉。

皇甫郦走后，贾诩开始在李傕军中活动。

其一，李傕的部队很多都是来助战的羌兵。贾诩跟羌兵讲，天子知道你们忠义，有密诏让你们回老家，你们回去之后，必有重赏。羌兵听信贾诩的话，纷纷离去。

其二，贾诩建议献帝封李傕为大司马，献帝听从了。李傕非常迷信女巫，一听到自己被封为大司马，立即重赏了女巫。

李傕重赏女巫的行为引起了部下的不满，为什么？部下跟着李傕打了这么多仗，现在李傕当了大司马了，怎么不奖励部将，反倒奖励女巫呢？莫非这些跟着李傕出生入死的部下还不如为李傕祈祷的女巫？李傕不是一个政治家，他是成不了大事的人。贾诩很明白这一点，一直以来，贾诩都在为自己不遇明主而烦恼，贾诩也一直在观察各路诸侯，为自己的未来做打算。

李傕重赏女巫引发了部将杨奉等人的反叛，杨奉不敌李傕，引兵而去。但是经过这顿折腾，李傕的军事实力已经大幅度下降。这时，张济率大军前来给李傕、郭汜二人讲和，并且声称如果哪一方不同意讲和，张济就引兵击之。李傕、郭汜无奈，只得同意。张济上表，请天子去弘农。于是，献帝带着公卿和少数护卫部队踏上了东归的道路。张济为什么请天子去弘农？因为弘农是张济的地盘，献帝一旦去了弘农，就等于说从李傕、郭汜手中转移到张济手中。

7．汉献帝去洛阳，一路上情况如何？

原来郭汜当时同意停战，只是想哄过张济，等献帝车驾上路，郭汜便率兵追击。杨奉听说献帝车驾到来，率兵保驾，与郭汜大战，杨奉部将徐晃斩杀郭汜手下大将，杨奉军队乘势掩杀，大败郭汜。徐晃后来成为曹魏阵营的五子良将之一，他智勇兼备，是曹操手下能够独当一面的战将，特别是后来援救樊城之战中，打败关羽，被曹操誉为“有周亚夫之风”。

第二天，郭汜凭借兵马众多，将献帝和杨奉等人围困起来，这时国舅董承率兵前来救驾，杀退了郭汜。这就是董承的救驾之功。郭汜回去和李傕商议对策：

郭汜提出：如果皇帝到了关东，站稳了脚跟，召集天下诸侯讨伐李傕、郭汜，李傕、郭汜会三族不保。其实郭汜的分析对了一半。其一，当时的汉献帝没有那么大的号召力，他就是召集诸侯，恐怕也没几个诸侯会真听。其二，一旦失去了汉献帝，就失去了政治上的优势。加上李傕、郭汜现在元气大伤，无论是否控制皇帝，他们都身处险境，其他统兵将领随时可能讨伐他们。

李傕提出：李傕、郭汜现在应合并一处，杀掉皇帝，平分天下。李傕的这个想法太简单了，可见李傕没有最基本的政治常识。当时的中国处于军阀割据的状态，即使他们杀了汉献帝，天下就是李傕和郭汜的吗？不可能。汉献帝一死，肯定会群雄四起，争夺天下，不知几人称王，几人称帝！

献帝东逃后会在哪里落脚呢？请看下集：移驾许都。

第十六集

移驾许都

名不正则言不顺，言不顺则事不成。曹操奉天子以令不臣，取得了政治上的主动权。可是各路诸侯中，为什么只有曹操率兵去迎接献帝，袁绍为什么不动？其实袁绍在等，等什么？等一个“秦失其鹿，天下逐之”的局面。

1．汉献帝到了洛阳之后，各路诸侯打的是什么算盘?

在李傕、郭汜等人的追击下，董承、杨奉、韩暹带兵保护献帝到达了洛阳。经过董卓之乱后，原先的皇宫已是残垣断壁，街道上长满了荒草，曾经的繁华都市现在只剩下几百户人家，而且粮食极度匮乏，一句话，现在的朝廷吃和住都成问题，而且后面还有李傕、郭汜的追兵，生存问题是摆在朝廷面前的首要问题。

有人会问，各路诸侯为什么没有率兵勤王呢？其实当时具备勤王条件的诸侯除了曹操之外，还有袁绍、刘表、袁术。

刘备为什么不勤王？毛宗岗父子在点评三国时写这段，大意为，其一，杨彪建议献帝召曹操勤王，没有召刘备勤王。其二，没有召刘备勤王的原因是“刘备兵少而势弱，曹操兵多而势强”。这两个理由恐怕都说不通，为什么？

其一，刘备之前是平原相，作为当朝太尉的杨彪在刘备当徐州牧之前是否听说过刘备都是个问题，更谈不上了解刘备了。我们不要忘了刘备说的那句话：“孔北海知世间有刘备耶？”

其二，刘备当时在徐州，他的地盘和洛阳之间隔着曹操的地盘。刘备要想勤王需征得曹操的同意，而且吕布还在小沛，刘备不敢轻易离开。

袁绍为什么不勤王？

据史书记载，袁绍的部下在这个问题上分成两派。勤王派是以沮授为代表的，主张把汉献帝请来，安置在自己的地盘里，“挟天子而令诸侯，蓄士马以讨不庭”。

反对勤王派以郭图、淳于琼为代表，主张：

其一，汉朝已经衰败很久了，复兴汉室几乎是不可能的，没有必要去做兴复汉室的事情。

其二，秦失其鹿，先得者王。什么意思？鹿代指天下，一旦秦朝失去了天下，谁得到天下，谁就可以当皇帝。用在这里的意思是说一旦汉朝灭亡，袁绍就可以争夺天下了，夺得天下就可以当皇帝了，为什么要再请来一个皇帝呢！

其三，把汉献帝请来，什么事情都要向汉献帝请示，很麻烦。如果同意汉献帝的意见，就会削弱自己的权力；如果不同意汉献帝的意见，就属于抗命。

袁绍同意了郭图和淳于琼的意见。

其一，袁绍认为郭图和淳于琼的意见有道理。

其二，袁绍不喜欢汉献帝。为什么？汉灵帝晚年，出现了立太子之争，袁绍站在何进一方主张立何皇后的儿子刘辩为太子。这就等于和当时的陈留王刘协（汉献帝）站到了对立面。后来袁绍带领各路诸侯讨伐董卓，袁绍想拥立幽州牧刘虞为帝，没有成功。袁绍和汉献帝的矛盾是很难调和的，特别是拥立刘虞为帝的企图，在当时那个社会等于说是造反。

其三，汉献帝身边有一帮拥汉派，即皇亲国戚和士族官员，这些人虽然没有实权，但是政治影响力不小，权臣董卓就是败在王允的手上。如果袁绍把汉献帝请来，还要小心提防汉献帝和皇帝身边的拥汉派。

袁绍打的是什么算盘？袁绍在等，等什么？等李傕、郭汜这样的人去消灭汉献帝的小朝廷，这样就会出现一个“秦失其鹿，天下逐之”的局面。

刘表为什么不勤王？

刘表打的算盘和袁绍不一样，刘表觉得这事和他没什么关系。有人会问，刘表不是汉室宗亲吗？刘表是汉室宗亲不假，可是刘表的志向在哪里啊？保住荆州的地盘，做荆州的“土皇帝”。刘表没有夺取天下的野心，也没有那么大的格局。之前十八路诸侯讨伐董卓，作为荆州牧的刘表都没有参加，现在也是如此。

袁术为什么不勤王？

袁术觉得自己四世三公，一直都想当皇帝。后来献帝在位时，他在淮南称帝，可见袁术对勤王自然是不感兴趣。

2. 曹操奉天子以令不臣是一步好棋吗？

曹操听说汉献帝到了洛阳，召集众谋士开会研究。会议上荀彧提出：

其一，春秋时期，晋文公纳周襄王；楚汉战争时期，汉高祖为义帝发丧。这些行为都很得人心。

其二，主公（曹操）您也应该学晋文公，学汉高祖。在汉献帝处于困境的时候，奉天子以从众望。如果不趁早行动，就会被别人抢了先。

《三国志》中记载，谋士毛玠曾劝曹操：奉天子以令不臣，修耕植，蓄军资，如此则霸王之业可成也。

曹操采纳了荀彧等人的建议。奉天子以令不臣这步棋是一步好棋吗？

总的来讲利大于弊。利在哪里？

其一，曹操将汉献帝控制在自己的手中，以皇帝的名义发号施令，在政治上掌握了主动权。比如，从程序上讲，各路诸侯有重大的事情，都要向朝廷汇报一下；有时候诸侯们需要朝廷给予一些名义上的肯定或封赏，这些事情都需要和曹操沟通处理。自从曹操控制朝廷之后，袁绍就有一种恐惧感，担心曹操若以皇帝的名义下一道对自己不利的圣旨，自己是执行圣旨，还是不执行啊？

其二，曹操控制了朝廷，曹操的军队就等于是政府军，是中央军；孙权、刘备、袁绍、刘表等人的部队就成了割据力量、地方军团。曹操征讨四方，会给人一种朝廷平定地方的感觉。

其三，曹操可以以归顺朝廷的名义招降纳叛。比如张绣后来归顺曹操，而曹操控制朝廷。等于说张绣名义上归顺朝廷，实际上归顺曹操。

其四，提高了曹操本人的政治地位和名望。之前我们讲过，曹操这个人从小到大不被人看好，不被人重视。后来当了官，虽然很有作为，但是被东汉末年的官场主流视为异类。讨伐董卓又打了败仗，被人嘲笑。可是现在不同了，曹操控制了朝廷，各路诸侯都不敢轻视，与其他诸侯相比，大家往往要对曹操高看一眼，曹操的政治威望逐渐起来了。

其五，许都成为当时国家的首都。许都这个地方原先是曹操的根据地，现在皇帝来了，一下子成为三国时期的政治中心。既然是首都，它就产生了以下效应：

第一点，政治向心力效应。对于各路诸侯来讲，许都有着中央和地方之间的向心力，同时许都还对各地的诸侯形成一种政治上的辐射效应。江东任职的王朗、华歆最后归附了曹操，西川的张松首先想到的是献图给曹操，不能说和这种政治上的向心力没有关系。

第二点，商业发展的带动效应。许都有了首都的职能，会带动当地商品经济的发展，促进经济文化的交流。南来北往的商人会带来不同的理念、信息、物资、书籍等等，开阔人们的视野和眼界。

第三点，以建安文学为代表的文化繁荣效应。公元196年，曹操把汉献帝接到许都。这一年是建安元年。建安时期指的是公元196年到公元220年，即建安元年到建安二十五年。李白有一句诗：蓬莱文章建安骨。建安时期是我国历史上文学发展的黄金时期，曹操是建安文学的开山鼻祖。曹操、曹丕、曹植都是文学大家，在历史上被称为三曹；除三曹外，文坛上还有建安七子，即：陈琳、孔融、王粲、应玚、徐干、刘桢、阮瑀。著名的文姬归汉也是发生在建安时期，蔡文姬的《胡笳十八拍》就是这一时期的作品。当然，文学的繁荣不仅仅是迁都许都的推动。

建安时期医学也有很大的发展，华佗、张仲景和董奉并称建安三神医。华佗被尊为"外科圣手"；张仲景被尊为医圣，其代表作《伤寒杂病论》；董奉生于建安二十五年，是东吴名医。

第四点，各类人才的聚集效应。许都具有政治向心力、经济发展、文化繁荣，这三者必然会带来人才的聚集效应，同时人才的聚集效应又会增强政治向心力，促进经济发展与文化繁荣。许多名士来到许都寻找机会，发展事业。如原北海太守孔融、"喷子"祢衡。

弊在哪里？

其一，汉献帝不是单独的一个人，他身边有一个利益集团，可以称之为拥汉派。拥汉派可以分为两部分，一部分是皇亲国戚，如国丈伏完、国舅董承。这部分人和皇帝有姻亲或血缘上的关系，是汉献帝的坚定支持者。另一部分是世代享受特权的士族阶层，这些人和汉献帝形成了利益共同体。他们虽然没有了实权，但是能量很大，政治影响力不能低估，董卓就是被王允为代表的拥汉派扳倒的，李傕、郭汜也是被杨彪、朱儁为首的拥汉派分化瓦解的。现在这些人来到了许都，曹操和以汉献帝为首的拥汉派之间的政治斗争才刚刚开始。这就导致了曹操面临两个战场，对外要和各路诸侯作战，对内要防范和镇压拥汉派可能发动的政变。

其二，曹操不能长时间远离京都。尽管曹操有荀彧这样萧何式的人物帮他管理后方，但是一旦曹操远离京城，汉献帝为首的拥汉派就可能利用这种相对宽松的政治空间搞一些动作。曹操要是长时间不在京城，别人不一定能压得住局面。所以曹操每次外出征战，无论胜败，都要马上赶回京城，因为担心京都的稳定。

其三，当时正是战乱时期，加上自然灾害，粮食匮乏。把天子接到许都，需要建设宫殿，需要给皇亲国戚建设府邸，需要大量人力、物力、财力供养这些人，这在当时是一笔不小的开支，而且曹操当时的地盘也并不是很大。

3．汉献帝移驾许都，情况如何?

汉献帝在洛阳待了没多久，李傕、郭汜的追兵就到了。三十六计，走为上。汉献帝的队伍刚出洛阳，正准备向东逃跑，碰到了曹操的救兵，要是曹操不来，估计汉献帝的小朝廷已经被消灭了，东汉也就灭亡了。

李傕、郭汜听说曹操来救汉献帝，商议准备趁曹操远道而来、立足未稳，速战打败曹操。谋士贾诩提出：不能打。曹操现在兵精将勇，应该投降曹操，请求赦免。李傕一听投降，大怒，要杀贾诩，被众将劝住。贾诩一看情况不对，自己一个人骑马回老家了。

贾诩为什么劝李傕、郭汜投靠曹操?

其一，贾诩一直以来可以说是忧心忡忡，为什么？因为贾诩过去是董卓的部下，现在是李傕部下。问题是李傕是成不了大事的人，失败只是个时间问题。李傕要是失败了，贾诩怎么办？跟李傕一起失败吗？所以贾诩一直都在研究自己的出路在哪里。

其二，贾诩能够投靠汉献帝吗？虽然在李傕、郭汜交兵之时，贾诩帮助过汉献帝。但是汉献帝不是一个中兴之主，他处理不了三国时期的复杂局面。

其三，贾诩在长安时，就密切关注天下形势，对各路诸侯有着很深的分析和了解。同时他和荀彧一样，都是一个精心选择主公的人。在观察天下诸侯的过程中，贾诩发现曹操是一个潜力股，投靠曹操是一条出路。因为：

第一，曹操手下谋士和武将众多，是一个广纳天下英雄豪杰的人。

第二，曹操是一个为了广纳四海英雄而不计前嫌的人。兖州叛乱时，魏种离开了曹操，曹操大怒。可是后来魏种被曹操俘虏，曹操觉得魏种是个人才，不但宽恕了魏种，还给魏种一个太守当。一战濮阳时，曹操险些丧命。但是曹操占领濮阳之后，赦免了欺骗过他的田氏。

所以，贾诩劝李傕等人投降曹操。可是这次贾诩还是失算了，他没有想到劝李傕投降差点儿给自己招来杀身之祸。三十六计，贾诩也是走为上。有人会问，贾诩为什么不直接投靠曹操呢？贾诩认为：如果他能劝说李傕、郭汜投降，那等于说他为曹操立了一个大功；如果曹操赦免了李傕、郭汜，那他贾诩也算对得起故主。可是现在原先的主公要和曹操对阵，贾诩现在投降过去会背上一个叛变的骂名。而且贾诩与曹操过去没有交往，要是现在一个人到曹操那里，曹操对他可能不是很了解，贾诩担心自己难以得到重用。

李傕、郭汜与曹操交战，被曹操打败，跑到山中落草为寇去了。交战中许褚斩杀了李傕的侄儿李暹、李别，曹操见许褚如此勇猛，称之为“吾之樊哙也”。有人会问，李傕、郭汜怎么一战就被曹操打成这样了，是不是实力太弱了？其实原先李傕、郭汜实力并不弱。李傕、郭汜、张济、樊稠起兵西凉，李傕是牵头人，一般来讲李傕、郭汜的实力都在张济之上。张济的实力弱吗？张济战死后，张绣继续统领张济的余部。就是张济的这些余部，在张绣的带领下，在贾诩的辅助下，多次打败曹操。特别是宛城之战，让曹操痛失爱将典韦。既然李傕、郭汜实力不弱，碰到曹操为什么败得这么快呢？其一，李傕、郭汜手下缺乏人才。其二。李傕、郭汜在内部火并中元气大伤。

打败李傕、郭汜之后，曹操采纳谋士董昭的意见，迁都许都。结果大队人马在路上被杨奉、韩暹截住去路。杨奉、韩暹为什么要拦截曹操？汉献帝一路东逃，主要依仗杨奉、韩暹等人保驾，现在曹操要把汉献帝接到许都，杨奉和韩暹自然要靠边站。他们不甘心被曹操排挤，所以要跟曹操较量一把。

杨奉手下大将徐晃出马与许褚交锋，二人五十多回合不分胜负。徐晃的武艺其实很高，尽管因战功成为五子良将之一，可惜三国武功排行榜很少有人把徐晃排入前十，为什么？因为之后徐晃在与颜良的交锋中二十回合被颜良打败，许多人因此看轻徐晃的武艺。其实徐晃武艺不弱，为什么？徐晃与许褚五十多回合不分胜负，许褚后来大战马超不分胜负，马超与张飞大战也不分胜负，而张飞能够与吕布战一百多回合不分胜负。由此推理徐晃的武功不低。至于徐晃为什么二十回合被颜良打败，我们以后会讲到。

曹操看到徐晃，又起了爱才之心。部下满宠主动要求去招降徐晃，曹操同意。满宠与徐晃有过一面之交，所以扮作小卒来见徐晃。满宠跟徐晃讲了以下两点：

其一，徐晃的勇略是非常罕见的，辅佐杨奉、韩暹这样的人属于不遇明主，明珠暗投。

其二，谁是明主？曹操是当世英雄，而且非常重视徐晃这样的人才。曹操在阵前看到徐晃勇略过人，不忍心让徐晃和其他健将决一死战，所以派满宠今夜来访。

徐晃说他知道跟随杨奉、韩暹是没有前途的，但是在一起时间久了，不忍心抛弃故主。针对徐晃的这种心理，满宠又讲了两层意思：

其一，满宠给徐晃提供了一个理论根据："良禽择木而栖，贤臣择主而事。"这个思想与孔夫子周游列国是一脉相通的。孔夫子为什么周游列国？寻找明主，推行仁政。在那个以儒家思想为治国方略和教化根本的年代里，孔夫子的思想在许多人心中是不容怀疑的。比如关公曾熟读《春秋》，《春秋》是儒家经典，是孔子修订的。

其二，人这一辈子想遇到一个明主是很难的事，而你徐晃现在遇到明主了。如果你徐晃不珍惜这个机会，那么机会就会与你失之交臂。机不可失，失去了就很难再有这样的机会了，放弃这样的机会并不是大丈夫所为。

满宠的一番话说动了徐晃，徐晃决定跟着满宠去投奔曹操。这时满宠劝徐晃杀杨奉、韩暹作为进见之礼。徐晃认为这样做属于大不义，予以拒绝。满宠非常钦佩徐晃的为人，称赞徐晃是真正的义士。试想一下，如果徐晃真听了满宠的话，那徐晃不成了吕布了吗？满宠不成了李肃了吗？所以徐晃拒绝杀杨奉、韩暹，实际上是救了自己，也救了满宠。

话说回来，杨奉、韩暹虽然成不了大事，对徐晃可是不错的，非常重用。杨奉听说徐晃去投曹操了，大怒，率兵追赶。正追赶时，曹操亲自率兵接应。毛宗岗父子在此处点评道："满宠去而徐晃必来，徐晃来而杨奉必赶，都在曹操算中。"这说明曹操想问题想得很周全，就像下围棋一样，走一步看三步，避免出现纰漏。有长远眼光的人应该锻炼这种思维。

杨奉、韩暹被曹操打败，投奔袁术去了。曹操回营厚待徐晃。曹操为什么厚待徐晃？

其一，徐晃武艺高强，是个将才。厚待人才是曹操笼络英雄的一个方法。

其二，徐晃不似吕布，为投董卓，去杀义父丁原。徐晃很讲义气。徐晃对杨奉讲义气，将来也会对曹操讲义气。这一点是曹操非常喜爱的。曹操现在喜欢义士徐晃，将来也会喜欢义士关羽。曹操非常重视吸取董卓的失败教训，所以曹操抓住吕布后，听了刘备的话。

曹操迁都许都之后都做了哪些工作？

其一，大兴土木，建设宫殿，立宗庙社稷，设立中央相关机构，修筑城郭府库等等。尽管在战乱时期这是一笔不小的花费，但是把天子请来，许都成为首都，有些设施必须得有，首都多少要有首都的样子。比如说修城郭，在战时也可以起到防御作用。

其二，加封董承等十三人为列侯。为什么要这么做？董承是国舅，是皇亲国戚的代表，有救驾之功，也是拥汉派的领袖人物。《三国志》记载，“太祖（曹操）将迎天子（汉献帝）”“乃遣曹洪将兵西迎，卫将军董承与袁术将苌奴拒险，洪不得进。”这件事可以看出董承之前是掌握一定兵权的，并且对曹操的到来持排斥态度。朝廷刚到许都，立足未稳，董承这样的人物要安抚好。

其三，安顿好汉献帝，安抚了董承为代表的拥汉派，曹操下一步干什么？起用自己的人。

第一步，曹操当上了大将军，让袁绍当太尉。袁绍来气了：你曹操凭什么啊？我袁本初那可是四世三公啊，我实力比你强，我当十八路诸侯盟主的时候，你曹操还是我部下，你曹操凭什么啊？你曹操要是当了大将军，级别不是高过我袁绍了吗？这个太尉我袁绍不干！曹操一看形势不对，这个大将军让袁绍当了，曹操自己当了司空。袁绍一看，觉得曹操这还像话。

问题是曹操为什么要让大将军之位？曹操看得更远，现在刘备和吕布在徐州，从东面威胁曹操。袁术在淮南，刘表在荆州，二人在南面威胁曹操。如果现在和袁绍闹翻，曹操会多面树敌。所以曹操要安抚袁绍，这样就可以腾出力量对付刘备和吕布。

第二步，给跟着曹操一起干的谋士和武将们封官，委以重任。有人会问，这是曹操任人唯亲吗？不对，曹操喜欢唯才是举，并不是任人唯亲的人。曹操为什么要大力提拔自己手下的谋士和武将？

第一点，我们常说：一个篱笆三个桩，一个好汉三个帮。曹操虽然自己有本事，但他也需要谋士团队和武将团队辅佐自己。这是曹操重用人才、笼络人才、让大家跟着自己干的方法和策略。

曹操这一点和项羽不同。楚霸王项羽是个关爱士卒的人，可是他的缺点是有功不赏，宁可把官印玩坏了，也舍不得赏给有功之人，韩信说他是“妇人之仁”。对于一个队伍来讲，有功不赏，有人才不去重用，不去挖掘，会影响这支队伍的战斗力，时间长了也难以留住人才。项羽手下的韩信、陈平最后都离开了项羽。

第二点，三国时的谋士和武将跟着曹操干，图的是什么？无非功名二字，说白了就是：建功立业，封妻荫子，显亲扬名，名垂青史，光宗耀祖。曹操重用人才，给人才以重要的职位和平台，让人才觉得跟着曹操干有发展、有奔头、有前途。

曹操掌握朝廷大权之后，下一步的方向是什么呢？请看下集：驱虎吞狼。

第十七集

驱虎吞狼

曹操掌握朝廷大权之后，下一步就是扫平各路诸侯。从集中兵力先打较近、较弱的敌人这一角度出发，徐州自然首当其冲。身处徐州的刘备和吕布又都想占据徐州，一场徐州争夺战即将展开。

1. 曹操如何分化吕布和刘备？

曹操对付各路诸侯有一个特点，他往往是拉拢一方诸侯，打击另一方诸侯，曹操从不四面出击，曹操很少会两个拳头打人。他去兖州打吕布，他稳住徐州的陶谦、刘备；他现在要对付徐州，他稳住冀州的袁绍；后来他为了对付徐州的吕布，他拉拢小沛的刘备；官渡之战前，为了对付袁绍，他稳住孙权；为了对付马超，他拉拢韩遂；可是赤壁之战中，他把孙权和刘备同时当成了敌人，他打了败仗。

曹操召集部下开会，研究如何对付徐州的刘备、吕布。许褚发言称要率精兵五万，斩刘备、吕布。问题是许褚的这番话靠谱吗？曹操称许褚是“吾之樊哙也”，许褚确实和樊哙很相似，他们俩都勇略可嘉，但是知己知彼，百战不殆。许褚和樊哙都缺乏“知彼”的能力。这说明曹操看人确实是入木三分。许褚不知彼，是因为他不了解刘备和吕布的实力。为什么说樊哙不知彼呢？

西汉惠帝时期，匈奴单于写信羞辱吕后，吕后开会研究此事。会上樊哙提出愿意率十万精兵扫平匈奴。结果大臣季布出言反对，大意是当年汉高祖率兵讨伐匈奴，尚且有白登之围，樊哙怎么可能率十万兵马横扫匈奴？许褚的发言和当年樊哙扫平匈奴的豪言壮语是一个性质，都是不知彼，都是有勇少谋。通过与许褚的接触，曹操发现许褚这个人忠心耿耿、武艺高强不假，但是不具备独当一面的能力。曹操用人是根据一个人的特点去用人，典韦战死之后，曹操让许褚负责自己的警卫工作。曹操手下武将很多，武将也各有不同，张辽、徐晃有勇有谋，就可以独当一面；许褚和典韦就不适合独当一面，如果用人不当，即使是委以重任，反倒是害了他们。曹操现在虽然是在研究如何对付刘备、吕布，但他也在通过大家的发言观察部属的特点。

荀彧发言，他首先称赞了许褚的英勇，然后指出其不知用谋。接下来荀彧向曹操献了“二虎竞食”之计策。即：其一，实授刘备为徐州牧。其二，给刘备一封密书，让刘备杀吕布。如果刘备杀了吕布，刘备就势单力孤；刘备要杀不成吕布，吕布必反杀刘备。

曹操采纳了荀彧的计策，可是刘备得到密书之后，看出了曹操的企图，把书给吕布看了，荀彧的这个计策没成。紧接着，荀彧又向曹操献了“驱虎吞狼”之计。何为驱虎吞狼？第一步，暗中跟袁术讲，刘备给朝廷上密表，要进攻袁术。第二步，以皇帝的名义下一道诏书，让刘备去讨伐袁术。刘备如果和袁术交战，吕布一定会有所动作。曹操采纳了这个计策。

刘备接到皇帝让他讨伐袁术的诏书后，他明知道这是曹操的意思，还是执行了命令。为什么？

其一，现在曹操的人生理想又发生了变化，他不仅仅想当汉征西大将军了，他要学春秋时期齐桓公的尊王攘夷，奉天子以令不臣，成五霸之业。春秋时期周王室虽然衰微，但是各路诸侯名义上不敢公开违背周天子的命令。现在汉室衰微，汉献帝的诏书恐怕除了袁术，其他诸侯不敢公开不执行。一旦不执行，就会被其他诸侯抓住口实。比如在袁绍和公孙瓒大战期间，董卓借汉献帝的诏书让二人停战，二人不但停战了，而且对传诏书的使者都非常尊重。说白了，汉献帝虽然无权，但是名义上还是汉朝的皇帝，汉朝名义上还在，这个底线大多数诸侯不敢逾越。

其二，刘备的旗号是“兴复汉室”，尽管刘备的“兴复汉室”是借壳上市，即名义上兴复汉献帝的东汉，实际上搞的是自己后来的“蜀汉”。但是刘备现在实力弱小，如果刘备公然不执行汉献帝的诏书，会让天下人怀疑其“兴复汉室”的真伪，就可能失去一面看似正义的旗帜。

其三，兴复汉室这面旗帜对刘备集团来讲太重要了。为什么？刘备的能力不如曹操，刘备的出身不如曹操，刘备的起点不如曹操，刘备手下的人才远远无法和曹操的人才团队相比。刘备跟曹操争夺天下，刘备有什么优势呢？一个很重要的优势就是借“兴复汉室”之名反对曹操。虽然东汉王朝已经被认为气数已尽，不得人心，但是在正统观念、忠君思想弥漫的东汉末年，兴复汉室这面旗帜是有一定号召力的，在舆论上很少有人敢公开反对这面旗帜。

其四，在刘备集团内部，关羽这时的理想是扶保汉献帝兴复汉室。有人会问，刘备和关羽不是君臣吗？关羽思想的变化有一个过程，从桃园三结义到现在刘备当上徐州牧，关羽和张飞都没想到将来刘备会当皇帝。尽管《三国志》记载刘备从小就有当皇帝的“理想”，但那是刘备自己一个人的想法。因为刘备的起点很低，在这个时候，关羽并不认为刘备有当皇帝的现实可能性。对于关羽来讲，他和刘备现在是结拜兄弟兼上下级关系，和汉献帝才是君臣关系。这个时候，刘备要不执行汉献帝的诏书，可能会影响关羽这样熟读《春秋》的忠义之士对刘备的态度。

2. 刘备讨伐袁术，情况如何？

刘备出兵之前面临一个问题，关、张二人要留下一个人守城看家。留下谁啊？张飞。为什么不是关羽？刘备的解释是出兵时遇到事情，需要和关羽商议。张飞适合看家吗？刘备认为不适合。为什么？刘备的解释是：

其一，张飞好喝酒，而且酒后喜欢鞭挞士卒。

其二，张飞做事轻易不听别人劝。

张飞一听，马上表示，其一，今天起戒酒。其二，不打军士。其三，听别人劝谏。刘备没有办法，只能劝张飞少喝酒，让陈登辅佐张飞。

问题是刘备安排的关羽随军、张飞看家的格局合理吗？老孙认为是不合理的，徐州的丢失与刘备的这个安排有一定的关系。有人会问，莫非应该让张飞随军，关羽看家？笔者认为张飞随军、关羽看家其实更合适。为什么更合适？

其一，刘备了解张飞的性格，但对张飞的才能了解不全面。这时的刘备认为张飞只是一个鲁莽的勇将，其实不然。刘备没有看到张飞是一个善于学习的人，张飞的用兵智谋在关羽之上。后来的智擒刘岱、义释严颜、打败张郃都能看出张飞的军事才智。从用兵上讲，关羽最出彩的是水淹七军，但很快又被徐晃打败了。所以从用兵上来讲，张飞随军比关羽随军要合适。

其二，虽然张飞用兵比关羽有智谋，但让张飞长时间独当一面不太合适。为什么？之前说过，张飞好喝酒，好鞭挞士卒，不听人劝。关羽留下守城，也不一定就能斗得过吕布集团，但是关羽毕竟比张飞要沉稳一些。所以刘备吸取了这次派张飞守城的错误教训，后来夺取西川，留守荆州的是关羽。

袁术得知刘备大兵压境，派纪灵率军迎战。纪灵和关羽大战三十回合，不分胜负。纪灵一看关羽如此厉害，再打下去自己小命难保，怎么办呢？他灵机一动，跟关羽讲，咱们歇息一会儿再战。关羽同意了。有人会说，这明显是纪灵要的滑头啊，给自己逃跑找台阶下呢，关羽怎么能同意呢？

其一，这就是关羽的性格特点，关羽为人非常高傲，他认为你纪灵不是累了吗？我关云长趁你累了的时候打败你纪灵，我不算英雄好汉。你纪灵回去养精蓄锐，你精力饱满时我打败你，更能体现出我武艺高强和英雄本色。不承想纪灵完全不敢再亲自出战。

其二，关羽高傲的性格还表现在战长沙中，黄忠与关羽交战，马失前蹄。关羽认为这个时候杀掉黄忠属于乘人之危，不算英雄好汉，让黄忠换马再战。第二天要不是黄忠讲义气，箭下留情，关羽性命难保。

关羽后来的失败与成名都与他高傲的性格有很大的关系。失败在：他无礼地拒绝与东吴联姻，得罪了孙权。没有处理好与东吴的关系，最后大意失荆州。在充满兵者诡道的乱世三国，这样处事是成不了军事家的。成名在：关羽为人以信义为本，他的忠义品质不但赢得了曹操的尊敬，也为后世所标榜。如果说孔子是文圣人，那关公就是武圣人。

从军事的角度讲，关羽同意纪灵休息对吗？不对。为什么？

纪灵已经感觉到自己不是关羽的对手了，再打几个回合关羽就可能把纪灵拿下了。这个时候，关羽同意休息，等于放虎归山。而且袁术一方兵多粮足，打一对一，纪灵不是关羽的对手，但是纪灵逃回去之后，他还会和关羽打一对一吗？明显不会。如果纪灵回去之后，凭借袁术一方兵多，和刘备一方打，胜负未可知啊。毕竟双拳难敌四手，好汉打不过人多。关羽是一员出色的武将，但是关羽并不是一个出色的军事家。

3．刘备走后，张飞情况如何？

纪灵的部队被刘备、关羽所败。再说张飞，自从刘备走后，张飞开始管理徐州。张飞坚持两点，其一，杂事由你陈登来管，别来烦我。其二，军机大事必须向我汇报，由我亲自斟酌。老孙读三国，一直就觉得张飞很聪明，是个人才。问题是张飞答应刘备戒酒了，但是张飞这个人管不住自己。他馋酒，怎么办呢？张飞设宴召集部下，宣布明天戒酒，但是今天咱们喝个痛快。为什么刘备一走，张飞就开始喝酒？张飞这个人自律能力很差，快人快语，快意恩仇。这是张飞的性格特点，也是张飞的性格弱点。张飞最后也败在酒后鞭挞部属上。留守徐州责任重大，此时自然不适合饮酒，大不了等刘备回来喝庆功酒嘛。

刘备走后，陈登为什么管不住张飞？

其一，张飞只听一个人的话，那就是大哥刘备。有人会说：老孙，不对啊！那二哥关羽他还能不服？我跟您讲：张飞对关羽只是敬重，而且完全是在佩服大哥刘备基础上的敬重。

其二，在古城聚义之前，张飞怀疑关羽背叛刘备，马上把关羽当成敌人。在赵子龙大战长坂坡时，麋芳说赵云投降曹操去了，张飞的反应是："若撞见时，一枪刺死。"张飞的原则是以刘备为中心的，关羽、赵云忠于刘备，就是张飞的兄弟；不忠于刘备，张飞立马翻脸不认人。张飞的原则立场要远远胜过他跟关羽、赵云的个人感情。

其三，张飞不认为自己的武艺在关羽、赵云之下，颇有点儿武将相轻的味道。不要说关羽、赵云，张飞的"理想"是成为天下第一猛将，所以张飞见到吕布就想较量较量。

其四，张飞跟陈登讲："你是文官，只管文官事，休来管我。"什么意思？《三国演义》和《先贤行状》里陈登的形象有一个很大的不同，《三国演义》里陈登是一个谋士，他的特点是会忽悠人，他忽悠了吕布，忽悠了车胄。演义中并没有突出陈登的军事才华。《先贤行状》中，陈登任广陵太守，与江东孙策集团交战，打赢了广陵之战，彰显其军事才华。《三国演义》中，陈登的军事才干是其弱项。张飞认为陈登不懂军事，所以不尊重他。张飞后来很尊重孔明，为什么？孔明是个军事家。

4．为什么刘备一走，吕布就偷袭徐州？

张飞在酒宴之上，打了吕布的岳父曹豹。曹豹修书一封，劝吕布偷袭徐州。陈宫认为机不可失，也劝吕布趁机占据徐州。于是吕布带兵赚开徐州城门，张飞率少数人马逃出徐州，去投奔刘备。吕布占据徐州，并俘获刘备家眷。徐州失守从表面看是张飞喝酒误事，实际上是刘备用人错位。

吕布为什么偷袭徐州，仅仅是因为张飞打了曹豹吗？吕布和刘备有一个共同的特点，都是不甘久居人下之人。陈宫是一个很有才华的谋士，希望自己能有一个更大的平台。所以，吕布和陈宫都不甘心屈居在小沛这个地方。而且吕布手下武将众多，如果长期待在小沛，难免手下的武将不会另谋出路。所以表面上看吕布偷袭徐州是因为张飞打了吕布的岳丈曹豹，深层次讲是吕布集团想有更大的发展。

5．张飞丢了徐州，陷了刘备的家眷，刘备说兄弟如手足，妻子如衣服。这说明了什么？

刘备的这句话，古往今来被很多人解读过，解读的结论往往是刘备、关羽、张飞兄弟感情好和中国古代妇女地位低。但是老孙还有一种新的解读：这件事说明刘备不重视军纪。

其一，中国古代社会是一个人情社会，刘关张集团是建立在桃园三结义基础上的政治集团，这个集团有着浓厚的以哥们儿义气为特色的人情氛围，甚至人情高于军纪，高于军法。刘备是可以用牺牲军纪为代价，来加强与张飞的兄弟感情的。

其二，人情高于军纪、军法在刘备集团是一个非常严重的现象。张飞在有了这个教训以后，还是喝酒闹事、鞭挞士卒，他这个毛病不会改。为什么？刘备集团的军纪没有严肃的执行力，更不会用军纪来惩治张飞，所以张飞实际上是没有教训。在刘备集团是所有人都可以像张飞这样吗？不是，刘关张之外的人要是丢了徐州，误了大事，肯定是要严惩的，但是张飞是刘备的拜把子兄弟，所以张飞例外。也就是说刘备集团执法还分人。

现在有张飞因为饮酒丢失徐州，后来就有了关羽华容道义释曹操，虽然华容道放曹一个很重要的原因是曹操过去对关羽有恩，“只为当初恩义重，放开金锁走蛟龙。”刘备、诸葛亮都对这个事情给予理解，刘备并没有处罚关羽，关羽后来镇守荆州，在刘备集团被委以重任。《三国演义》中还说，大意为诸葛亮夜观乾象，曹操现在不会灭亡。但不管怎么说，关羽这是放跑了敌方首脑，这是严重违反军纪。曹操敬佩关羽义气深重，但是曹操会容许自己的部下也这么干么？不会。

相比之下曹操集团赏罚分明，执法不避亲疏贵贱，曹操在担任洛阳北部尉和济南相时就是如此，带兵打仗时更是割发代首，严明军纪。所以，三国中刘备没有得天下是有道理的，如果刘备真的成了李自成，张飞很可能就是刘宗敏。

6. 陈宫建议吕布把刘备请回徐州作为羽翼，是一条好计策吗?

袁术听说吕布占据了徐州，派人联系吕布，许诺给吕布大量的马匹、粮食、金银等物。吕布派高顺率兵和纪灵相见，索要袁术所许之物。袁术修书吕布，称捉到刘备，方给所许之物。袁术多诈，好忽悠人。吕布大怒，要去讨伐袁术。

陈宫建议吕布：其一，袁术占据寿春，兵多粮足，实力不弱。其二，把刘备请回来，作为吕布的羽翼。刘备可能成为吕布的羽翼吗？不可能。为什么？

其一，刘备是不甘久居人下之人，当年在平原县，刘备就不甘心给公孙瓒当部下；以后在荆州，也不甘心屈居新野；在徐州，刘备怎么可能甘心当吕布的羽翼。

其二，刘备对吕布认识已经发生根本性的变化，当时刘备收留吕布的目的，不过是想让吕布成为自己的羽翼，防备曹操。可是现在吕布占领了徐州，刘备才意识到原来吕布是和他争夺徐州的劲敌。刘备认为，要成大业，现在必须占据徐州；可现在刘备要夺回徐州，就必须打败吕布。

其三，陈宫很快意识到请刘备回徐州是一步臭棋，因为刘备不可能给吕布当羽翼，之后陈宫积极促成吕布与袁术的联合，来共同对付刘备和曹操。面对共同的敌人，刘备和曹操逐渐走到了一起。其实无论刘备回不回徐州，吕布集团都是成不了气候的，徐州是腹背受敌之地，西边是曹操，北边是袁绍，西南是袁术。凭吕布的能力，是早晚要被袁绍或曹操吞并的，所以陈宫辅佐吕布只是延缓吕布集团失败的时间而已。

7. 刘备重新回到小沛，心态如何?

刘备被吕布请回徐州，吕布归还刘备家眷，并把刘备安置在了小沛。来到小沛后，关羽、张飞心中不平，为什么？其实最早关羽、张飞跟着刘备在平原县当马弓手、步弓手的时候，和现在的情况差不多。来到徐州之后，也在小沛待过一段时间。当时关羽和张飞只是怀才不遇，没有像现在这么心中不平。因为后来他们跟着刘备统领了徐州，刘备当了州牧。所以一个人如果一直待在小舞台，没有去过大舞台，他可能会觉得不平衡，但这种不平衡可能不会太严重。可是一旦去过大舞台，再回到小舞台，心往往就待不住了。

这时刘备劝关、张：“屈身守分，以待天时，不可与命争也。”法国小说《基督山伯爵》里有一句话：人类的全部智慧包含在两个词中：希望和等待。这跟刘备的话其实是一个意思。许多时候东西方的智慧是相通的。

其实刘备只讲出了一半的理。我们常说：成事在天。但同时我们又说：事在人为。有人说这两句话是矛盾的，但是笔者要说这两句话是统一的，因为这两句话都讲了一半的理，也都没有把理讲全。我们不要把这两句话对立着看，我们把其统一起来看就是一个全面的理。

希望和等待没有错，但是在机会没有来临时，我们就天天充满希望和漫长等待吗？那也不是。所以希望和等待后面还要加一个词，就是准备。希望指的是理想和目标；等待指的是寻找合适的机遇；准备包含两方面的含义。一个是反思，一个是充电。反思指的是寻找和发现问题。充电指的是对发现的问题积极解决，提升自我。所以人在逆境中，希望、等待、准备三个词是密不可分的，换一句表达方式就是“尽人事以听天命”。

8．曹操在被吕布偷袭兖州后，能够打败吕布重新占领兖州；而刘备被吕布袭取徐州后，为什么没有能力夺回徐州？

对于这个问题，毛宗岗父子在点评三国时认为：非备之才不如，而实势不如也。毛宗岗父子的这个观点笔者不敢认同。笔者认为这种情况的原因是：

其一，曹操的人才政策和刘备不一样。曹操认为人才是夺取天下的重要资源，所以非常重视选拔人才和使用人才，曹操手下谋士、武将云集。与曹操相比，刘备不是一个军事家，在军事人才辈出、军事斗争压倒一切的三国时期，不善于带兵打仗对刘备是非常不利的。

其二，刘关张桃园三结义的创业格局虽然在初期有利于凝集力量，但是随着刘备集团的发展，其对其他人才的排外性日渐表现出来。刘备作为一个领导者，他关心的人往往都是以桃园三结义为中心的人，对刘关张圈子以外的人才缺乏关心、重视和选拔，导致刘备手下的人才远远少于曹操。

其三，曹操和刘备一样，都经常打败仗，也都具备屡败屡战的英雄气度。但不同的是曹操善于在每次失败中总结经验教训，避免两次踏进同一条河里。而刘备则不重视总结经验教训，不善于自我反省，主要的精力都在兄弟情义和政治盘算上。虽然这些事情也要想，但是反思总结的工作不能不做。到目前为止，刘备还没有走出刘关张三兄弟携手打天下的人才格局。

《三国志》的作者陈寿评价刘备："机权干略，不逮魏武！"什么意思？笔者认为：这里的机指的是发现机遇和把握机遇的能力；权指的是权谋，即治国理政、领兵打仗的谋略；干指的是能力和才干；略指的是方略和格局，即政治上、军事上的发展方略、人才格局等。陈寿认为刘备在这几个方面不如曹操。其实刘备不如曹操的地方不止这些，比如在文学领域，曹操是建安文学的领军人物，被鲁迅先生称为"改造文章的祖师"。《三国志》记载，刘备年少时就"不甚乐读书"。

刘备暂居小沛，孙策现在的处境又如何呢？请看下集：借兵创业。

第十八集

借兵创业

给人打工还是自己当老板？这是两千年前的孙策所面临的一道难题，孙策一直在给袁术打工，辛酸的打工岁月激励孙策去思考如何走出当前的困局。

1．孙策在袁术手下，境况如何？

孙坚去世之后，孙策不得已投奔了袁术。袁术对待孙策却非常傲慢。为什么？袁术认为我袁公路和你父亲孙坚是同辈人，当年又是平起平坐，我的出身比孙坚要好，你孙策在我面前不过是个晚辈。

袁术发现孙策能征善战，袁术常想自己的儿子要像孙策这样英勇善战该多好啊。孙策在袁术帐下屡立战功，但袁术经常忽悠孙策。《三国志》记载，袁术最初答应让孙策当九江太守，可是后来把九江太守的位置给了陈纪。后来袁术派孙策攻打陆康，袁术跟孙策讲，过去自己错用了陈纪，但是其本意不是这样。现在你要是能打败陆康，庐江太守非你孙策莫属。孙策信以为真。等到孙策打败陆康，袁术封刘勋为庐江太守。孙策更加失望。

孙策经常想，自己的父亲孙坚当年何等英雄，对比一下自己，真是相形见绌。孙坚的老部下朱治、袁术的谋士吕范同孙策一起研究如何走出当前的困境。袁术的谋士吕范帮孙策想出路，袁术收揽人才的能力可见一斑。朱治建议孙策向袁术借兵，名义上是去救援孙策的舅舅丹阳太守吴璟，实则脱离袁术，去干一番事业。吕范一琢磨，说恐怕袁术不会借兵。孙策经过思考，决定以传国玉玺为质向袁术借兵。

袁术一听孙策肯以玉玺为质，立即同意借孙策三千士兵，并要求孙策处理完事情之后马上回来。袁术为什么肯借兵给孙策？

其一，袁术野心很大，对孙策手中的传国玉玺觊觎已久。现在孙策要求借兵，并以传国玉玺为质，袁术认为这是他得到玉玺的一次好机会。

其二，袁术只借给孙策三千士兵，为什么？在袁术看来，孙策用这三千士兵是干不出什么事业的。袁术还要求孙策处理完事情之后马上回来，这说明袁术认为这是一笔很划算的“买卖”，他并没想到孙策会带这三千士兵去开创一番事业。而且之前孙策也带兵帮袁术东征西讨，所以这次孙策借兵并没有引起袁术的怀疑。

其三，袁术借兵孙策最重要的原因是因为袁术没有见识，没有自身发展的路线图。现在袁术北邻曹操，东北是吕布，西边是刘表。袁术兵多粮足，但是缺少出色的谋士和武将，等于说袁术的这三个邻居都比袁术实力强。袁术现在要发展只能向南发展，进兵江东。当时的江东主要是刘繇、严白虎、王朗等人的势力范围，他们都比袁术弱。孙策要借兵去江东，实际上是给了袁术一个提醒。袁术这个时候只看到玉玺，只想着孙策办完事快点儿回来，就没想到为什么自己不可以率兵去江东发展呢？其实当时他的实力远比孙策强大。这是袁术没有远见的体现。等到孙策平定江东，袁术也就没有南下的机会了。错过机遇的方式有很多种，有的人是看到机遇，没有抓住；袁术属于机遇来了，根本没有意识到机遇的存在，微笑着让机遇溜走了。

孙坚因为传国玉玺而丧命，孙策却用玉玺换了三千精兵，到底哪个划算？

其一，如果单从文物价值和社会价值的角度来讲，玉玺确实是无价之宝，但是对于是否能得天下，玉玺并不起决定作用。毕竟玉玺是物，而兵是活的。孙策实际上是用玉玺换来了三千人的队伍，换来了可以独立创业的机会，是一笔很划算的“买卖”。

其二，孙坚的失败在于他过于高估玉玺的作用，其占有玉玺不但没有为他带来什么好处，反倒因此而丧命。孙坚误以为有了玉玺就可以得天下，其实哪里有那么简单，得天下需要人才、民心等多重因素，玉玺并不是决定性的。

其三，孙策比孙坚有见识，在于孙策能够认识到玉玺作用的局限性。孙策认识到自己是袁术的部下，袁术又对玉玺垂涎已久，时间长了玉玺很难保得住。待在袁术的阵营里，玉玺不能为孙策带来人才、地盘和发展事业的机会。后来的历史也证明了孙策的选择是正确的。

2．孙策借兵之后，一路上情况如何？

孙策得到兵马之后，为什么去进攻江东而不去进攻荆州为父报仇？

其一，荆州是刘表的地盘，刘表在荆州经营多年，水军强大，兵精将勇。孙策这时只有三千兵马，如果去进攻荆州，明显不是刘表的对手。

其二，孙策和曹操一样，既是政治家又是军事家，他们都懂得要集中兵力先打较近且较弱的敌人。现在对孙策来讲较近且较弱的敌人在哪里？江东。为什么？江东当时正处于分裂状态，有刘繇、严白虎、王朗等多股割据势力，且实力都相对较弱。而且此前孙坚在那里经营，有一定的基础。所以兵发江东是一个不错的选择。

孙策在进兵江东的路上碰到了周瑜，周瑜加入了孙策的队伍。周瑜为什么和孙策志同道合呢？

其一，孙策不但是军事家，也是政治家，他了解人才的重要性，要夺取江东，成就大业，仅靠自己的原班人马不行，必须招贤纳士，补充人才。

其二，周瑜是一个杰出的将才，还未遇明主，事业上没有机会，没有起色，当时正立志要建功立业，干出一番经天纬地的不世功名。

所以孙策和周瑜的相逢可比齐桓公为求霸业而得管仲。周瑜就是东吴集团的管仲、乐毅。

毛宗岗父子在点评三国时写道：孙策是小霸王，此人（周瑜）亦是小范增也。这个点评对吗？不全对，为什么？

其一，霸王指的是西楚霸王项羽，孙策和项羽像吗？孙策的骁勇和项羽有些像，但是孙策是个政治家，他很重视人才，也很善于收揽和使用人才。孙策的政治才干远在项羽之上。

其二，范增是项羽手下最著名的谋士，周瑜只是一个谋士吗？肯定不是。周瑜和范增一样足智多谋，但周瑜是著名的军事家，尤其擅长水战。著名的赤壁之战就是周瑜指挥的，范增没指挥过这样的战役。

周瑜向孙策推荐江东“二张”，有何启示？

其一，所谓江东“二张”指的是张昭、张纮。周瑜推荐之后，孙策亲自去请“二张”，“二张”同意投效孙策。许多人认为周瑜嫉贤妒能，其实不然。周瑜有个特点，非常喜欢给领导推荐人才，现在的“二张”就是周瑜推荐的，后来的鲁肃也是周瑜推荐给孙权的。周瑜甚至还派诸葛瑾劝诸葛亮投效东吴。毛宗岗父子在周瑜推荐“二张”时，有这样一段评语：“能成大事者，必能得士。”这句话说的是孙策。“能助人成大事者，必能荐贤。”这句话说的是周瑜。

对比一下周瑜、诸葛亮。周瑜荐贤的优点远远高于诸葛亮，周瑜把给领导推荐人才当成了自己的乐趣，不能说诸葛亮没向刘备推荐过人才，但是很少，诸葛亮也没有这种乐趣。诸葛亮不认识人才吗？不是。诸葛亮喜欢事无巨细都自己干，不像周瑜喜欢和一帮人才一起共事。

其二，真正爱才的人，往往会遇到一种情况。你得到一个人才，你就可能得到一批人才。比如周瑜一人就举荐过多名人才。曹操手下也是人才举荐人才。曹操和孙策都认识到，要建功立业不仅仅需要某一个人才，更需要人才团队。不但要有武将团队，还要有谋士团队。这就叫众人拾柴火焰高，或者叫团队合力。三国之中的杨奉单靠徐晃，张绣单靠贾诩都证明了单靠某个人才支撑起来的队伍是难以干出大事业的；孙策和曹操的成功是因为他们不是一个人在战斗，而是一个团队在战斗。

3．孙策与刘繇交战，刘繇表现如何？

刘繇是一个什么样的人？

刘繇是东莱牟平人，太史慈是东莱黄县人，刘繇和太史慈算是老乡。刘繇是汉室宗亲，是太尉刘宠的侄子，兖州刺史刘岱的弟弟。刘繇是扬州刺史，本来扬州刺史的驻地在寿春，可是袁术占据着寿春，刘繇只能到江东去发展。现在孙策要平定江东，第一个目标就是刘繇。

刘繇听说孙策来了是如何迎战的？

刘繇的部下太史慈要求当前部先锋迎战孙策，可是刘繇说太史慈年轻，不能当大将。刘繇为什么不让太史慈当先锋？

其一，刘繇不让太史慈当先锋和之前公孙瓒不让赵云当先锋是一个思路。因为太史慈是新人，刘繇对太史慈不是非常信任。如果换上曹操会怎么办？曹操会让一个老将和太史慈一起当先锋，至少让太史慈当副先锋，根据太史慈的表现再给予他合适的平台。

其二，刘繇为什么说太史慈年轻，不适合当先锋？因为在刘繇集团里，有资历老的人，也有太史慈这样的新人。太史慈刚来，并不属于刘繇团队小圈子里的老人。刘繇认为如果把先锋的位置给了一个新人，那小圈子里的人会有意见。太史慈当先锋，要是打了败仗，那是刘繇的损失。打了胜仗呢？那老人的位置怎么办？老人会有意见。

其三，刘繇并不像曹操那样唯才是举。许多人批评曹操唯才是举是不注重德行，其实不然。在刘繇的手下，如果不唯才是举，太史慈当不了先锋，这跟太史慈的道德水准高不高没有必然关系。唯才是举在这里的含义是像太史慈这样不是刘繇小圈子里的人，没有背景和关系的人，也要根据他的才能给予一定的平台。

有人会问，如果曹操唯才是举，那选拔出来的人要是背叛曹操怎么办？其实曹操用人不仅仅看才能，也看一个人是否政治立场坚定，是否一心一意跟着曹操一起干。曹洪在曹操阵营中军事才能一般，但是很受重用，为什么？政治立场坚定。对曹操来讲，政治立场坚定是第一位的政治道德。

有人又会问，是不是政治不是很坚定的人才曹操就不要啊？也不是。为什么？

在这个世界上，谁能无条件地真正关心你，无论你怎么样都对你不离不弃？父母能做到这一点。除了父母之外和你比较亲的人，要属妻子和同胞兄弟姐妹了。为什么？兄弟姐妹和我们有血缘关系，夫妻之间有婚姻关系，而且夫妻之间通常会有共同的子女。

问题是曹操手下的谋士、武将和曹操有血缘关系吗？大多数没有。有姻亲关系吗？大多数也没有。所以曹操很明白这一点，曹操不会要求一个人才一开始就对他忠心耿耿。

那曹操是怎么拉拢人才的呢？

其一，赏罚分明。曹操根据人才的表现，给予人才合适的平台，有功必赏，给予人才职位、待遇和展示才能的舞台。在三国时期，一个文臣和武将想遇到好的主公是很难的，李儒遇董卓、陈宫遇吕布、田丰遇袁绍，结局都是很悲惨的。能遇到曹操这样给予人才以平台的领导，是一种很难得的幸运。有一点曹操和李世民、赵匡胤很像，正史中，曹操手下的功臣大部分都是善终。

其二，宽宏大度。贾诩在宛城之战中设计打败曹操，曹昂战死了，典韦战死了，这是曹操的心痛。张辽在濮阳之战攻击曹操，曹操差点儿在濮阳丧命。尽管是各为其主，可以说这两个人过去很对不起曹操，但是曹操为了广纳四海英雄，对他们的加入积极欢迎，贾诩、张辽一文一武后来都成了曹操的重要帮手。

事实证明曹操手下的谋士、武将大部分是政治立场坚定的，比如典韦、庞德为曹操战死，贾诩、张辽、徐晃等都为曹操立过很大战功。当然于禁是个例外，但毕竟是少数。

有人又会问，就算曹操手下的人才有能力，政治上又坚定，那人品和德行要是不行，胡作非为怎么办啊？曾国藩在人才政策上说过四个词：广收、慎用、勤教、严绳。曹操和曾国藩在这一点上可谓英雄所见略同：

其一，广收。曹操唯才是举，胸怀大度，广纳天下英雄，不看出身，不论亲疏，即使过去有矛盾，在人品上也不求全责备，可谓不拘一格降人才。

其二，慎用。慎用分为两点：第一是用人之长。曹操善于发现人才的特长，根据每个人的长处，给予职位和平台。第二是在考验中了解人才。考验是人才的“试金石”，根据人才在考验中的表现，给予合适的平台。

其三，勤教。曹操通过勤教把人才引导到他的事业和政治方向中来。比如曹操在割发代首时，规定军队不得践踏庄稼。这是通过军令保护农业生产，也是在对部下进行爱民教育和人品提升。再比如，曹操后来敬重关羽，为什么？曹操赞扬关羽不忘故主，也是在教育部下学习关羽做事有始有终。

其四，严绳。我们不要忘了，曹操集团还有一个特点，就是军纪严明。曹操从当洛阳北部尉和济南相时就以执法如山著称，曹操的割发代首更是流传千古的执法故事。就连贬低曹操的《三国演义》里都不得不承认曹操的军纪严明令“百姓闻谕，无不欢喜称颂，望尘遮道而拜”。一句话，曹操唯才是举，曹操很得民心。

东汉末年，也就是汉桓帝、汉灵帝时期，那时候选拔官员讲究举孝廉，就是看一个人的德行，不实行唯才是举。却出现“举孝廉，父别居”的情况，就是说不孝敬父母的人也成了孝廉。曹丕上台之后，改变了曹操唯才是举的用人方针，实行九品中正制，结果出现了魏晋时期“上品无寒门，下品无士族”的局面。

曹操唯才是举不是说曹操不看重德，曹操军法严明，保护百姓利益，本身就是德。反对曹操唯才是举的部分士族也不是那么看重德，他们反对实际上是因为，曹操为了在三国中脱颖而出，不分阶层选拔人才，对士族阶层政治空间造成的挤压。

话说刘繇不用太史慈，派手下大将张英率兵与孙策交战，结果周泰、蒋钦二人率兵在张英寨中放火，张英大败，孙策又得了两员大将。

张英战败后，刘繇在神亭岭南下营，孙策在岭北下营。神亭岭上有一座祭祀汉光武帝刘秀的庙，孙策前去拜祭。孙策向汉光武帝刘秀祈求什么呢？祈求自己能够立业江东，复兴孙坚的基业。

问题是孙策走对了庙门吗？应该没有。为什么？孙策的对手刘繇是汉室宗亲，汉光武帝刘秀是东汉的开创者。孙策要是真的立业江东，就意味着刘繇被打败和东汉政府失去对江东的实际控制。汉光武帝如果真的在天有灵的话怎么可能保佑孙策立业江东？

那么孙策拜祭汉光武帝一点儿意义都没有吗？也不是。孙策去拜祭汉光武帝还是必要的，为什么？

其一，刘秀是东汉的开创者，开国君主在社会各界还是有一定的影响力的，拜祭光武帝会起到安定和收揽人心的作用。

其二，孙策通过参拜刘秀向自己的部下表明立业江东的决心，让团队的目标更加明确，让部下感到主公真是一个像汉光武帝刘秀那样干大事的人，跟着这样的主公有前途，有意义，有价值。

张昭担心刘繇的营寨太近，怕有埋伏，劝孙策不要去拜祭汉光武帝，孙策的回答是："神人佑我。"于是孙策只带少数部将共十三人去参拜。张昭和孙策哪个人的意见对？

其一，张昭的意见是正确的，刘繇的营寨确实离庙宇太近，确实可能有埋伏。孙策就是想去参拜汉光武帝也没必要这个时候去，可以打完仗再去不迟。有人可能会说，要是打完仗，就不能表达参拜的诚心，现在去虽然很危险，但是心诚。这种说法未免有些书生意气了。

其二，孙策反驳张昭的理由居然是"神人佑我"，而且孙策和部将总共才十三人去参拜。孙策这一点太像孙坚了，都是轻而无备，也都英年早逝。如果孙坚和孙策他们之中有一个人能够改掉轻而无备的缺点，三国的历史一定会改写。其实孙策不明白一点，无论是英雄豪杰还是凡夫俗子，在刀光剑影面前都是平等的，在自然规律面前也是平等的。

紧接着，孙策和太史慈会有一场什么样的战斗呢？请看下集：平定江东。

第十九集
平定江东

孙策参拜汉光武帝还有一个重要原因，那就是孙策是刘秀的崇拜者。孙策和刘秀一样，不仅是一个出色的军事家，也是一个杰出的政治家。他能在短时间内聚拢大量的人才，迅速平定江东，为将来的东吴鼎足而居、虎踞江东打下重要的基础。

1．孙策和太史慈大战，战况如何？

孙策参拜完汉光武帝刘秀的庙之后，带着十二个从人侦察刘繇营寨。刘繇得到消息，认为这是孙策诱敌之计。太史慈等不及了，不等刘繇下令，骑上战马大叫一句：有胆气者，都跟我来！只有一员小将认为太史慈是一员真正的猛将，跟随太史慈。其他的将领都笑话太史慈，为什么？

其一，主将刘繇已经说了，这是孙策的诱敌之计。在他们看来，太史慈这是明摆着往圈套里跳。在众将眼中太史慈属于“傻小子”。

其二，就算不是孙策的诱敌之计，但太史慈和小将只有两个人。在众将看来两个人去抓孙策，属于去送死，太史慈属于想立功想疯了。

众将笑话太史慈说明什么？

其一，太史慈是一员猛将，而且浑身充满朝气。众将笑话太史慈，说明刘繇手下缺乏太史慈这样的勇将，说明刘繇集团已经是暮气沉沉了，突然一股朝气袭来，大家都觉得很可笑，感觉太史慈是个另类。可是身处暮气沉沉环境中的刘繇对于这一切竟然毫不知觉，他在众将对太史慈的嘲笑中走向失败。

其二，刘繇并不关心太史慈。太史慈去抓孙策，可以说是为了刘繇的事业舍生忘死。刘繇也知道，太史慈只去了两个人。两个人去抓孙策，危险性多大，刘繇十分明白。但是刘繇劝阻太史慈了吗？没有。刘繇对太史慈是没有什么感情的。

太史慈与孙策在神亭岭打起了一对一，总的来讲是胜负未分。之后，刘繇和周瑜的接应部队先后赶到。时近黄昏，风雨骤至，两军各自收兵。孙策与太史慈究竟谁的武功更高？

其一，通过这场交战，我们发现孙策与太史慈是难分高下的，但是孙策占了上风，说明孙策的武功更高一点儿。为什么？在交战的最后阶段，孙策拿着太史慈的戟刺太史慈，太史慈只能用孙策的兜鍪防护自己。有人会说那是孙策手快，掣了太史慈的短戟。我们要明白一点：作为一员武将，在战场上随机应变的机动反应能力很重要，哪怕只是差了那么一点点儿，也会在瞬间决定胜负。

其二，这次太史慈有一个疏忽，太史慈急于抓孙策，竟然没带弓箭。太史慈的箭法非常之准，在三国之中可以和黄忠、吕布、赵云的箭法齐名。有人会说，用弓箭打败敌人算什么英雄？许多人往往谴责暗箭伤人，但是弓箭也不一定非要用在暗处。恩格斯指出："弓、弦、箭是非常复杂的工具，这些工具的发明需要经验的长期积累和智力的发达。""弓箭对于蒙昧时代，正如铁剑对于野蛮时代和火器对于文明时代一样，是决定性的武器。"《水浒传》中小李广花荣凭借出色的箭法可以轻易地打败武功高强的对手。在周朝时期，射箭是教育所提倡的六艺之一；在冷兵器时代，射箭是一项重要的武功技能；当代社会，射箭也是奥林匹克运动会上重要的体育项目。如果算上射箭，孙策不是太史慈的对手。那天如果太史慈带上足够的弓箭，战斗的结局也许就不一样。

2．孙策如何打败刘繇?

孙策与太史慈大战一场后，发现和刘繇在这里硬碰硬不是个办法。于是孙策命令周瑜率兵进攻刘繇的后方曲阿，自己率兵继续与刘繇相持。第二天，孙策部将程普与太史慈打一对一，大战三十回合不分胜负。

有人会问，程普是员老将，怎么会这么厉害？其实传统的三国武功排行榜有一个问题，就是对东吴集团武将的武艺评估过低。为什么？

其一，在三国早期大多武艺高强的武将都在中原地区活动。而东吴集团的早期孙坚确实转战中原，但是孙坚只有带兵打败董卓、吕布的记录，没有和哪个排名靠前的武将打过一对一。

其二，东吴集团的中后期，活动地域主要集中在长江流域。长江流域河流湖泊众多，水战频繁。在水战中，战船的使用很重要，骑马打一对一的频率明显很低。而且三国时期，东吴的造船业发达，水军强盛，促进了航海业的发展。东吴的水军到过夷州（台湾），到过辽东。

其实东吴武将的武艺并不低，程普曾经是孙坚手下第一武将，估计程普的武艺在孙坚之下，而且差的不是一点儿。程普能和太史慈不分胜负，说明太史慈和孙策的武艺都不如孙坚。

话说太史慈和程普打得难解难分之时，刘繇收兵了。为什么？刘繇得到报告，周瑜占领了曲阿，刘繇后方没了。孙策采纳了张昭的建议，当天晚上率兵劫寨，刘繇大败，太史慈率少数人马逃往泾县。从前期的表现看，张昭还是很优秀的，可惜后来表现不佳，这是后话。从这次战斗看，太史慈作为一员武将，非常能打能拼不假，可惜不通兵法，没有军事韬略，提不出有一定军事价值的计谋。

《三国演义》中说刘繇被打败之后，孙策乘胜追击，刘繇带领残兵败将投奔刘表去了。《三国志》中记载，刘繇去世，其子刘基成为孙权的部下，深受孙权的赏识。孙权的儿子孙霸还娶了刘基的女儿。刘基的两个弟弟刘铄、刘尚都官居骑都尉。有人会问，刘繇是孙策的手下败将，孙权为什么要与刘繇家族结亲？这是孙权的政治策略。在中国古代，皇帝通过与有政治影响力的家族结亲，来提高其政治地位，巩固其统治基础。比如唐朝时期，隋炀帝的女儿是唐太宗的妃子；唐高宗的原配王皇后，出身于门第显赫的太原王氏。

刘繇的失败对我们有什么启示？

其一，之前我们介绍过，刘繇是汉室宗亲，是太尉刘宠的侄子，兖州刺史刘岱的弟弟，自己又是割据一方的诸侯，可谓出身显赫，八面威风。可是刘繇又是不幸的，为什么？他身处的时代是乱世三国，一个诸侯、武将、谋士等各色人才淘汰率超高的时代。作为一方诸侯，刘繇没有在三国时代虎踞一方的能力，却坐在了诸侯的位置上，在乱世，这是风险系数很高的。

其二，中国迟早会走向统一的，割据一方是不可能长久的。刘繇不具备统一中国的才干，也没有割据一方的能力，却成了一方诸侯，失败是必然的。

像刘繇这样的人，有什么出路呢？办法有一个，那就是看准人，会跟人。看准一个有发展的领导，然后跟在他后面干。比如2016年美国总统大选，新泽西州州长克里斯蒂知道自己选不上，看准了特朗普选上的概率大，所以跟着特朗普干。当然，跟人也要跟对，比如隋末瓦岗军起义首领翟让认为自己能力不行，让位给李密，结果李密杀了翟让，最终导致瓦岗军人心瓦解。

3．孙策如何招降太史慈？

太史慈逃到泾县之后，招兵买马，要给刘繇报仇。刘繇不是一个好主公，但是太史慈非常忠诚，很够意思。太史慈招募的新兵战斗力不行，为什么？

一支能征善战的部队必须要依靠真正的老兵来支撑，为什么？真正的老兵作战经验丰富，具备基本的纪律观念和保密意识，了解这支部队的战斗任务、战斗目的。一个会带兵的将领往往不会让新兵单独组成战斗序列。一支队伍如果由新兵单独组成，就难以发挥老兵的传帮带作用，新兵就难以获得足够多的机会向老兵学习各种技能，不利于新兵的成长，也不利于队伍的真正壮大；将领的战斗任务、战斗目的、战斗意志也难以传递和贯彻。当然，前提是所说的老兵必须是具备正能量和先进技能与经验的真正的老兵、好兵，而不是某些所谓的“老爷兵”和“兵油子”。

孙策如何俘获太史慈？

孙策与周瑜商议，让军队从三面进攻泾县，唯独留着东门放走太史慈，在太史慈撤退的路上设下伏兵。孙策用此计成功俘虏了太史慈。

孙策成功招降太史慈有什么启示？

喜欢读三国的朋友会发现，孙策招降太史慈的套路和曹操招降许褚、张飞义释严颜的套路很相似。第一步，先亲自松绑。第二步，给他披上衣服。第三步，分析形势，做思想工作。也就是先动之以情，再晓之以理。

孙策成功招降太史慈说明：

其一，孙策虽然被称为“小霸王”，只能说明孙策的勇猛和项羽相似，可是孙策和西楚霸王项羽真的不一样。项羽不会收揽人才，手下有一个谋士范增，但不能用。孙策很会收揽人才，也很会用人。

其二，孙策有识人之明。孙策不但武艺高强，善于用兵，而且还很懂政治策略，特别是看人看得很准。太史慈要求回去招降旧部，孙策的部将认为太史慈不会回来，孙策相信太史慈，太史慈也是个守信用的人。这说明孙策看人有水平。从另一个角度说明孙坚教子有方，孙策的成长离不开军旅中的历练，而且青出于蓝而胜于蓝。

作为三军主帅，孙策有哪些优缺点？

其一，孙策一贯身先士卒，而且轻而无备，他确实也通过这一点激励队伍的士气，提高了自己作为统帅的威望。正如曹操所说："我自不往，谁肯向前！"但是主帅相当于指挥中枢，主帅在关键时刻冲上去是可以理解的，可如果主帅总是冲在最前面是很危险的，是对全军的不负责任。从木桶效应上讲，一个木桶最多能装的水量是由最短的那块板决定的。正是轻而无备这块短板导致了孙策英年早逝，许多才华还没有来得及在三国舞台上施展。

其二，孙策年少从军，在孙坚的军营里，从孙坚、程普、黄盖这些人身上学到很多东西。孙策因武艺高强被称为小霸王；孙策的军事韬略与曹操相似，但是曹操经常打败仗，孙策很少打败仗。曹操手下人才辈出，孙策也很会收揽人才，建立了自己的谋士团队和武将团队。孙策和孙坚、曹操一样，都是属于开拓性的领袖和人才，开创事业的能力很强。

总的来讲孙权和孙策相比守成有余，开拓不足。

孙策打败刘繇之后，兵势大振，安抚民众，百姓称之为"孙郎"。孙策严明军纪，禁止掳掠，民心皆悦。孙策如何处理刘繇旧军呢？愿意继续当兵的，可以继续在军队里干；不愿意当兵的，可以给予赏赐，让其回家种地。孙策为什么要这么安排？这体现了孙策高明的领导艺术。怎么讲？刘繇的部下有的愿意在孙策手下继续干，可是有的不愿意在孙策手下继续干。对于不愿意干的，如果不放这些兵走，继续留在部队里，将来这些兵可能会投敌，也可能会出现变乱，成为军中不稳定因素。孙策给这些兵赏赐，让其回家务农，既给了他们出路，又有利于军中的稳定，是两全其美之事。

从这件事可以看出，孙策和项羽真的很不一样。

其一，孙策对待降兵比较仁慈，不愿意干的兵，孙策给赏赐，给出路。可是项羽杀降卒是出了名的。

其二，孙策军纪严明，禁止掳掠百姓，深得民心。项羽屠城是出了名的。相比之下，项羽太残暴了。

4. 孙策如何大战严白虎?

孙策让孙权和周泰镇守宣城，为什么?

其一，给孙权锻炼的机会，让其接受历练。

其二，让孙权和武将多接触，让其了解军旅之事。

孙策率兵去进攻吴郡。这时占据吴郡的是自称东吴德王的严白虎。严白虎派弟弟严舆率兵出战，被孙策打败。孙策军水陆并进包围了吴城。这时城上有一个将领左手托定护梁，右手指着城下大骂。太史慈说：看我射中此人左手。结果一箭射去，此人的左手被箭钉在护梁上。

严白虎大惊，马上派严舆出城讲和，严舆提出的议和条件是平分江东。孙策大怒，斩杀了严舆。严白虎弃城逃走。有人会问，严白虎都被围城了，怎么还会提出平分江东这样的条件?

其一，严白虎是一个没有自知之明的人，他只占据了江东的吴郡，居然自称东吴德王，足见其志大才疏。朱元璋打天下就和严白虎不同，朱元璋采纳了谋士朱升的建议：“高筑墙，广积粮，缓称王。”可是严白虎才占据一个郡，就称王了，志大而智小。

其二，严白虎想问题不从实际出发，不愿意正视现实。现实是孙策已经打败刘繇，已经把吴郡包围了。对于严白虎来讲只有三条路：第一，镇守吴郡，战败被俘、战死或败走。第二，投降。第三，三十六计，走为上。可是这三条路都不是严白虎想要的，他不愿意承认继续割据江东已经不可能实现这个现实，还想继续割据江东。孙策自然不会答应。

严白虎一路败退，和会稽太守王朗合兵一处。有人会问，这个会稽太守王朗和《三国演义》中后来被诸葛亮骂死的王朗是一个王朗吗?是一个王朗，只是正史《三国志》中没有记载王朗是被诸葛亮骂死的。

王朗是三国时期的名士。不但文才出众，而且在《三国演义》中武艺不凡。何以见得？孙策进兵会稽，王朗出战，与太史慈还未分出胜负，可见有一定的武学功底，后来王朗成为曹操的部下，官至魏国的司徒。

在三国时期有一种现象，许多文官亦能尚武，不单是王朗，还有曹操、曹丕、司马懿都当过文官，但是他们都武艺不凡。曹操自不用说，曹丕是一个武功高手，《三国演义》中司马懿和魏延大战数回合，魏延诈败，司马懿追了过去，司马懿并不认为自己的武功在魏延之下。这与中国古代教育所倡导的"礼、乐、射、御、书、数"综合发展有关。所以中国传统优秀文化所倡导的人才，并不是许多人所想象的谦谦君子、文弱书生。古希腊培养人才也是类似的，不但学习希腊哲学思想，还倡导奥林匹克体育精神，这一点东西方是相通的。一句哲言讲得好："文明其思想，野蛮其体魄。"

王朗与太史慈大战，结果周瑜和程普带兵从侧翼进攻王朗，王朗兵败，逃回会稽城内。

孙策如何占领会稽？

王朗入城后，听取严白虎的建议，坚守城池，企图等孙策粮尽撤退的时候，进攻并打败孙策。其实严白虎的这个计策就是当年贾诩打败马腾的计策。孙策一连几天没有攻下会稽，就召集众将开会想办法。

孙策的叔叔孙静建议：会稽城的钱粮都在查渎，可先派兵占领查渎。孙策认为这是一条好计策。周瑜建议：如果我们出兵攻打查渎，王朗肯定会出兵追赶，这时就可以出奇兵打败王朗，即设伏兵打败王朗的追兵。孙策采纳了周瑜的建议，打败了王朗，占领了会稽。

打败王朗之后，孙策采取了如下措施。其一，派兵清除"山贼"。其二，派兵把守各处隘口。其三，上表朝廷，结交曹操。其四，要求袁术"归还"玉玺。

袁术下一步有什么行动呢？吕布又有什么表现呢？请看下集：辕门射戟。

第二十集

辕门射戟

辕门射戟这一计谋出自吕布，可以称得上其得意之作。然而辕门射戟之计对吕布集团的发展到底是利是弊呢？笔者认为，辕门射戟本身作为计谋来讲是成功的，但是从大局来讲犯了方向性错误。这一集里笔者将详细分析。

1. 袁术现在的局面如何？

孙策平定江东之后，要求袁术“归还”玉玺，袁术推托不还，袁术打的什么主意。袁术暗中有称帝之心，现在得到玉玺，这种心理更加迫切，他岂能把玉玺“还给”孙策。有人会问，袁术要称帝，他有这个实力吗？

其一，袁术和孙坚一样，始终搞不懂一个问题，认为得到玉玺离当皇帝就不远了。在之前的秦汉两朝，玉玺是所谓皇权正统的凭证。他们幻想着得到玉玺就可以像皇帝一样号令天下，其实不然。比玉玺更重要的是人才和民心。在人才、民心等实力因素都不具备的情况下，如果得到玉玺，反而让自己过早地成为众矢之的。所以，朱元璋在创业初期就接受了谋士朱升的建议，“高筑墙、广积粮、缓称王”，韬光养晦，最终才会有所作为。

其二，袁术割据淮南，刘备对他的评价是“兵粮足备”。这个评价暗示出什么？袁术手下人才匮乏，地盘也不算大。纪灵的武艺不如关羽、张飞，但在袁术手下武将中可谓数一数二，即袁术缺少能征善战的武将。袁术手下几乎没有一流的谋士，袁术的长史杨大将可以算出色的了，但是比不了陈宫。袁术的地盘和袁绍、曹操比起来并不大。

袁术现在面临困境，北有曹操，东北有吕布、刘备，南有孙策，可谓强敌如林。曹操、孙策的实力在袁术之上，吕布手下文有陈宫，武有八员健将，实力也在袁术之上，只有刘备实力弱于袁术。袁术对困难局面似乎没有察觉，更没有危机意识，花大量的精力想着玉玺，想着称帝，可见成不了气候。

袁术现在的发展出路在哪里？

其一，袁术缺乏明确的发展方向，他错失了太多的机会。当年孙策向他借兵进攻江东时，他就应该想一下，凭自己的实力是不是可以进兵江东？占领江东后凭借长江天险虎踞江南，袁术的局面就打开了。可惜袁术根本没有这种远见，他当时只想到了传国玉玺，想让孙策办完事赶紧回来。

其二，现在袁术的发展陷入了困境，他自己丝毫没有意识到问题的存在，更谈不上去思考解决问题的措施，反倒是每天做着皇帝梦，我们管这种现象叫微笑着走向失败、走向灭亡。要是袁术意识到这一点的话，他唯一的出路是联合吕布，和自己的哥哥袁绍修好且联盟。如果这时袁绍兄弟联手，局面马上就会不一样。可惜我们不是袁术，没有能力为他操心。

袁术推托了孙策索要玉玺的要求，召集部下商议对策。会议上袁术谴责孙策：大意为当初要不是自己借兵给孙策，孙策现在能占据江东吗？不能。可是孙策现在占据了江东，不思考如何报答袁术，反倒索要玉玺，这是什么性质？这是忘本。袁术的逻辑真的是很有意思。什么逻辑？

袁术只说对自己有利的话。其一，孙策在他手下屡立战功，他对待孙策非常傲慢无礼，他不提。其二，孙策要不是以传国玉玺为质，袁术岂肯借兵，他不提。其三，孙策走时，袁术让孙策办完事马上带兵回来，为什么？在袁术看来借兵是只赚不亏的买卖。这袁术也不提。

当然了，如果袁术不借兵，孙策没有机会平定江东这也是实话。袁术讲的话有歪理的成分，但并不是一点儿理都不占。所以袁术这个人，目光短浅不假，但是这个人很聪明，并不笨。但是作为聪明人的袁术，怎么会目光短浅呢？两个成语：其一，利令智昏。其二，一叶障目，不见泰山。一句话：袁术缺乏战略眼光，没有大智慧。

袁术的长史杨大将分析：

其一，进攻孙策不现实。孙策有长江天险可据，实力很强。

其二，刘备的实力弱，而且上次主动进攻我们。应该先攻刘备。

其三，进攻刘备，就要先联合吕布；联合吕布，就要给吕布一些好处，防止吕布帮助刘备。打败刘备后，吕布就势单力孤了，徐州就可以得到。

袁术非常赞同杨大将的分析，派人给吕布送了大量的粮食。袁术计划先攻刘备，后攻吕布，这条计策能成功吗？

其一，袁术到现在也没明白，到底谁是他的朋友，谁是他的敌人，他对自己的实力也没有一个准确的评估。凭袁术现在的实力，他是打不过吕布的，就算他打败了刘备，他也是打不过吕布的。袁术手下能打仗的要数纪灵，而纪灵也不是关羽的对手，更不是吕布的对手，袁术兵虽多，但可惜将不勇。

其二，现在袁术和吕布最大的敌人是曹操和刘备。曹操才是有实力统一北方的。自从刘备被吕布偷袭徐州之后，刘备就把吕布当成了潜在的敌人，刘备和曹操都担心吕布和袁术走到一起，那样对他们两人都是不利的。

2．如何评价吕布的辕门射戟？

袁术令纪灵统兵数万，兵发小沛，进攻刘备。刘备急忙写信向吕布求援。吕布分析：

其一，刘备在小沛，没有能力打败吕布。

其二，袁术要是打败刘备，占据了小沛，就可能联合北面的泰山诸将对付吕布。

所以吕布得出结论，要救刘备。

问题是刘备靠自己的力量打不过吕布，但是刘备要是和曹操联手，情况就不同了。有人会说，刘备和曹操也会联手？三国时代的政治斗争中，没有永恒的敌人，也没有永恒的朋友，只有永恒的利益。

纪灵大兵压境，逼近小沛。有人会问，纪灵的武艺不如关羽、张飞，他能打败刘备吗？双拳难敌四手，好汉打不过人多。纪灵虽然武艺不如关、张，可是纪灵的兵多啊。吕布此时邀请纪灵和刘备双方来自己的寨中赴宴。宴席之上，吕布提出要为两家和解。如何和解？吕布命人将画戟插在辕门外，中军离辕门一百五十步，吕布要是能用箭射中戟的小枝，双方就罢兵。如果射不中，双方可厮杀。如果哪一家不听他的话，吕布就联合另一家打他。刘备自然答应，只能期盼吕布射中。这说明刘备根本就不相信自己能打败纪灵。纪灵一看那么远，不相信吕布能射中，所以也答应吕布。可是吕布一箭还真就射中了。

吕布的确是武功高强，在三国之中，单枪匹马地单挑（不算射箭），估计只有孙坚能打败吕布。孙坚死后吕布可谓武功无敌于天下，正如曹操所言，吕布非一人可敌。辕门射戟也让我们看到吕布的箭法超群，孙坚的箭法不如吕布，如果算上射箭，吕布当之无愧是三国第一猛将。辕门射戟能否说明吕布是三国第一神箭手？不能。为什么？

其一，单就射箭而论，吕布并不是三国第一神箭手。那还有谁？三国中擅长射箭的武将除了吕布，还有黄忠、太史慈、赵云、庞德、姜维等等。但是真正能与吕布箭法相匹敌的估计只有黄忠。

其二，为什么赵云不行？赵云的箭法展示是在《三国演义》诸葛亮借东风之后，徐盛追击诸葛亮，徐盛的船离赵云、诸葛亮的船不远时，赵云一箭射中徐盛船上的篷索。什么是篷索？系船帆的大绳子。所以，赵云的展示有两点不及吕布：第一点，两艘船的距离不远，而吕布的辕门射戟距离一百五十步。第二点，赵云射中的是大绳子。从立体几何的角度来讲，赵云可选择的区域是一条线（大绳子），而吕布射中小枝是一个点。所以不能说赵云的箭法高于吕布。

其三，庞德射中关羽，可以说是箭法出众。但是跟黄忠比要差一些，差在哪里？黄忠是能射中关羽，但是黄忠不想射伤关羽，所以射到关公盔缨根上。这技术难度明显盖过庞德。有人说姜维箭法如何？姜维射死的是郭淮，黄忠、庞统射的是关羽。郭淮虽然智勇双全，但是武功级别和关羽明显差得太远。太史慈虽然在城下射中城上一裨将的手，并将其钉在护梁上，这难度系数应该在赵云射篷索之上，在吕布、黄忠之下。

其四，三国第一神射手应该是黄忠。为什么不是吕布？

第一点，黄忠在战长沙时箭射关羽盔缨根上，吕布辕门射戟是射到戟的小枝上。二者的标的物都是很小。

第二点，吕布与方天画戟相聚一百五十步，但《三国演义》中说关羽被射，方知黄忠有百步穿杨之能。二者在距离上具有相似性。

第三点，吕布射的画戟小枝是相对静态的物质，黄忠箭射关羽盔缨根上是在相对动态中射的。吕布辕门射戟时没有骑马，所以吕布和方天画戟都处于相对静态之中。而当时黄忠是马上射箭，关公骑的是赤兔宝马，速度飞快，黄忠与关公都处于相对动态之中。关公是出色武将，反应灵敏，所以黄忠要保证不射伤关公，又要射中关公的盔缨根上，难度系数在吕布之上。

三国之中，不算骑马和射箭，但算飞戟，典韦武功第一；算骑马，不算射箭，孙坚武功第一；算骑马和射箭，吕布武功第一；单算射箭，黄忠箭法第一。

如何评价辕门射戟？

许多人读三国可能会因为辕门射戟对吕布刮目相看，但是老孙认为：辕门射戟单从一个战术上来讲是无可挑剔的，是成功的；但是如果从整个战略上来讲，辕门射戟是一个方向性错误。吕布这次算得上颇有计谋，可是没有战略眼光。为什么？

吕布辕门射戟的出发点是什么？保护刘备。为什么保护刘备？因为吕布认为刘备的实力对他构不成威胁。而如果袁术打败刘备，攻占小沛，会联合泰山诸将威胁徐州。刘备的存在会成为吕布保卫徐州的羽翼。

吕布的这个想法对吗？不对。为什么？刘备不会做吕布的羽翼。为什么？

其一，刘备有当皇帝的“理想”，像这样有“远大志向”的人是不会久居人下的。刘备认为要想实现自己的理想，要想有更大的舞台，从现实考虑，就必须占据徐州。

其二，刘备当初收留吕布，就是为了把吕布当成羽翼，保卫徐州。可是吕布偷袭徐州后，刘备认识到了一个问题。什么问题？要想占据徐州，就必须消灭吕布的势力。刘备已经把吕布当成敌人了，他怎么会去当吕布的羽翼呢？

吕布没有搞清楚他现在的对手是谁。他现在的对手是曹操和刘备，为了对付曹操和刘备，吕布需要团结袁术。而且袁术的力量并不比吕布强。可是吕布并不是一个战略家，他看不到这一点。

吕布并非无谋，只能说是少谋，其缺点在于判断力差，不善于分析和采纳正确意见。辕门射戟作为一个单纯的计谋来讲是精彩的，但从战略上讲是犯了方向性错误，其给了刘备以喘息之机来对付吕布，也不利于吕布与袁术的结盟，为吕布后来的失败埋下了伏笔。

辕门射戟之后，刘备拜谢吕布而回。辕门射戟真的能让刘备感激吕布吗？刘备不但不会感谢吕布，反而加快了和曹操的联合。为什么？在刘备看来：

其一，第一次恩情。过去吕布被曹操打败，是刘备收留了吕布。

其二，第二次恩情。曹操采用“二虎竞食”之计，刘备不但没杀吕布，反倒把曹操的书信给吕布看。

其三，以上两次恩情，吕布不但不感谢刘备，反而趁刘备攻打袁术的时候偷袭徐州。如果不是吕布偷袭徐州，刘备不会落到屯兵小沛，也不会落到纪灵来讨伐刘备时，刘备要向吕布求救。也就是说，如果吕布不偷袭徐州，就不存在所谓的辕门射戟之恩了。而现在的问题是在刘备看来，要夺回徐州，就必须打败吕布。

3. 纪灵向袁术献“疏不间亲”之计，情况如何?

袁术得知辕门射戟之事后勃然大怒，要去率兵讨伐刘备和吕布，被纪灵劝阻。纪灵向袁术献“疏不间亲”之计。即袁术的儿子与吕布的女儿成亲，双方结成儿女亲家。这是一桩政治婚姻，如果袁、吕两家联姻，刘备必然很快被打败。

袁术派人向吕布求亲，得到吕布夫妇的同意，陈宫积极促成袁、吕两家的联姻，并劝吕布马上把女儿送到淮南。吕布同意了。这场政治婚姻对吕布有利吗？有利有弊。

利在：陈宫当初是建议吕布把刘备请回徐州作为羽翼，后来的形势发展让陈宫意识到他错了，刘备在小沛对吕布来讲是个威胁，而且刘备在徐州有陶谦留下的根基，这对吕布都是不利的。所以为今之计只能是促成吕布与袁术联姻，这样既可以轻易消灭刘备，又可以形成吕布与袁术的联盟共同对抗曹操。

弊在：如果袁、吕联姻成功也会带来一个问题，这种联姻是典型的政治婚姻，吕布的女儿在袁术那里，那吕布岂不成了袁术的部将了吗！将来吕布岂不是要听袁术的调遣！袁术将来称帝，吕布岂不是要跟着袁术受围攻！当然有一利必有一弊，吕布与袁术联姻确实有利于吕布摆脱当前的政治僵局。

陈宫是忠于汉献帝的吗？

陈宫是忠于吕布的，但是陈宫不是忠于汉献帝的。也许有的人会想到，当初陈宫弃官追随曹操，不就是要报效国家吗？后来曹操杀了吕伯奢一家，陈宫认为曹操不义，才离开曹操的吗？可是我们看看，现在陈宫积极促成袁术与吕布联姻，袁术想当皇帝，这几乎是公开的秘密，陈宫要是忠于汉献帝，他不会促成袁、吕联姻。

那当初陈宫弃官追随曹操究竟是为了什么？

其一，为效忠献帝追随曹操，对于陈宫来讲不过是个幌子。当时董卓专权，军阀割据，在这样一个乱世，陈宫的想法和刘备一样，不想只当一个县令，想有更大的舞台和更大的作为。

其二，陈宫的能力和刘备不一样，为什么？刘备自己可以带着一支队伍干，而陈宫没有当领袖的能力。陈宫很清楚，自己带头干不行；辅佐别人干，自己当个谋士还行。

其三，陈宫当县令时在寻找机遇，在寻找明主，他听说了曹操行刺董卓的事迹，听到了曹操为国为民的慷慨陈词，于是弃官追随曹操，想干出一番大事业。

所以读三国的人可能会有一个疑惑，陈宫这样的人为什么不追随刘备？

其一，陈宫经历过东汉末年汉灵帝时期的政治黑暗，像鲁肃等读书人一样，对于汉室没有什么好印象，所以兴复汉室这个口号在当时喊起来响亮，但是不得人心。而且陈宫认为刘备顶多是一路诸侯，刘备的事业和汉献帝的事业并不是一回事。

其二，刘备集团圈子太小，用人格局不大，桃园三结义这种铁三角的圈子陈宫进不去。

其三，在陈宫看来，刘备当时收留吕布，不过是想利用吕布作为羽翼；现在吕布夺取了徐州，表面上，刘备对吕布很客气；实际上，刘备已经把吕布当成了敌人。而且刘备这个人很难防，一不小心就可能中了刘备的计谋。

陈登的父亲陈珪听说吕布与袁术联姻之事，马上意识到这个计策是针对刘备的。于是陈珪和吕布讲：

其一，吕布辕门射戟刚刚帮助刘备化解了矛盾，现在袁术和你联姻，那你的女儿就会在袁术那里成为人质。之后袁术必攻刘备，刘备灭亡了，你的徐州能保住吗?

其二，结亲之后，袁术向吕布借粮、借兵，吕布答不答应？答应，吕布会疲于奔命，而且因此与其他诸侯结怨。不答应，袁术可能就撕毁这桩亲事，与吕布交战。

其三，袁术有称帝之心，到时候吕布跟着袁术一起干，会被袁术连累。

吕布听了陈珪的话，派人把女儿追了回来。

陈珪父子为什么反对袁术与吕布联姻?

其一，《三国志》记载，陈珪是太尉陈球的侄子，因为都是三公家族的子孙，所以陈珪与袁术年轻时就认识，还一起出游。后来袁术准备称帝，想让陈珪辅佐他，于是扣留了陈珪的儿子陈应，招陈珪。结果陈珪没去，而且答书劝袁术不要称帝。所以，陈珪是反对袁术称帝的，而吕布与袁术联姻必然会增强袁术的力量，所以陈珪反对袁吕联姻。

其二，陈珪是徐州下邳人，当过沛相。陈珪的儿子陈登原先是陶谦的部下，陶谦把徐州让给了刘备。刘备通过迎娶糜夫人、甘夫人，与徐州本地势力实现了联姻。通过联姻，让陶谦的原班人马很容易把刘备当成了自己人。

其三，投靠吕布的谋士为什么这么少？汉武帝时期，董仲舒提出：罢黜百家，独尊儒术。三国时代的读书人如陈珪父子，深受儒家传统教育。可是吕布名声不好，见利忘义，杀了丁原、董卓两个义父。吕布的许多行为很难被当时许多受儒家教育的读书人接受。这是投奔吕布的读书人少的一个重要原因。有人会问，陈宫也是读书人，怎么扶保吕布了呢？三个字：赶上了。当时陈宫为了救援徐州，而辅佐吕布偷袭兖州。

在我们当代社会，关于儒家思想的争论很多，有的人可能会问，儒家思想到底好不好？老孙要说，孔夫子的话不一定都是对的，但是一个人如果能取其精华，活学活用，按照孔夫子的至理名言去做，这个人一般不会走上邪路。

下一步，吕布和刘备会如何相处呢？曹操又有什么军事行动呢？请看下集：宛城之战。

第二十一集
宛城之战

许多读三国的朋友往往喜欢关注官渡之战、赤壁之战、夷陵之战，对宛城之战的影响重视不足。其实宛城之战是一场对三国历史发展有重要影响的战役，它让曹魏集团失去了一个优秀的接班人，改写了中国历史。

1．刘备投奔曹操，情况如何?

张飞劫夺吕布购买的马匹，吕布大怒，进兵小沛。刘备提出归还马匹，两家和解。陈宫认为刘备这个人难防，现在不趁机打败刘备，恐怕将来要败在刘备手下。于是吕布攻打小沛，刘备率部突围，投奔曹操去了。

对于如何处理刘备，曹操阵营分为两派：

其一，以荀彧、程昱为代表的主杀派。荀彧认为刘备是英雄，现在不杀必为后患。程昱认为刘备不肯久居人下，不如及早除掉刘备。

其二，以郭嘉为代表的反杀派。郭嘉认为曹操兴义兵，为百姓除暴，需要招揽天下豪杰，靠什么招揽天下豪杰呢？两个字：信义。即使有了信义，还怕人才不来投奔曹操呢。刘备这个人有英雄之名，在穷途末路之时来投奔曹操。如果杀了刘备，那么天下豪杰在考虑是否投奔曹操时就会心存疑虑，裹足不前。这对曹操集团吸引人才和长远发展是不利的。没有人才，曹操和谁去平定天下呢？

曹操认为郭嘉说得对，即不能杀一个刘备而失去天下人心。那么到底郭嘉的意见对，还是荀彧的意见对呢？老孙认为郭嘉的意见对。我们分析一下：

其一，刘备是个英雄，不肯久居人下，是与曹操争夺天下的竞争者，这一点上郭嘉与荀彧、程昱是一致的，不同的是如何处置刘备。

其二，郭嘉比荀彧等人看得更远。事实证明郭嘉是对的，在以后的发展中，张绣、贾诩、张郃、高览、许攸、陈琳、韩嵩、蒯越、庞德、蔡瑁、徐庶、张鲁等很多人投靠了曹操，这些人有的来自对立阵营，有的过去与曹操矛盾很深，但是曹操能够海纳百川地接纳他们，这与曹操采纳郭嘉的意见有很大关系。这些人才要是不来投奔曹操，就会跑到其他阵营，历史就会改写。

郭嘉是三国第一谋士，郭嘉在一些问题上的见解确实有他的独到之处。一个人要让人佩服必须有真本事，荀彧较郭嘉年长，荀彧是什么时候开始佩服郭嘉的？是从这件事情开始的。

曹操不杀刘备和吴王夫差不杀越王勾践是一回事吗？不是一回事。为什么？

其一，曹操与夫差面临的形势不同。当时曹操的实力只是掌握中央政权的一方诸侯，正是广纳天下英雄豪杰之时；而吴王夫差是在占领了越国，俘虏了勾践之后，不但没有杀掉勾践，还保留了越国，导致了后来三千越甲可吞吴。

其二，任务的完成情况不同。夫差在俘虏勾践后，已经是占领越国的胜利者；而当时曹操还没有完成统一北方、统一天下的任务；曹操杀掉刘备会失去天下英雄之心，天下英雄在投靠曹操时就会心存顾虑。而夫差要是杀了勾践、灭了越国就扫清了后方的威胁，可以北伐中原、西征楚国。

2. 曹操征讨张绣，情况如何?

曹操本想联合刘备共讨吕布，可是张济出关中进兵南阳时战死。张济的侄子张绣统领张济旧部，贾诩辅佐张绣。张绣联合刘表，且屯兵宛城，有进兵许都之意。

面对这种情况，曹操决定不打吕布了，改征张绣。可是有个问题，如果曹操征讨张绣，吕布进攻许都怎么办？这时荀彧出了个主意。

其一，吕布是一个没有长远眼光的人，而且见利忘义。荀彧很会看人，他看透了袁绍，也看透了吕布。

其二，荀彧根据吕布的特点来出主意，首先给吕布加官赐赏，吕布一高兴，就不想着偷袭许都的事了。

其三，让吕布和刘备和解，名为和解，实际上是利用刘备牵制吕布，防止吕布偷袭许都。

机不可失，时不再来。对吕布来讲，这是他在三国历史上打败曹操的最后机会，可是吕布目光短浅，看到眼前利益就不做长远规划，错过了宝贵机遇，自己还不知道。

曹操大兵压境，贾诩劝张绣投奔曹操，张绣同意了。贾诩为什么劝张绣投奔曹操?

其一，天下迟早要统一，而张绣作为一方诸侯并不具备统一天下的才干。如果不及时站对队伍，迟早会被他人吞并，跟对一个人对于张绣和贾诩来讲至关重要。

其二，贾诩知道自己曾经劝李傕、郭汜兵犯长安，犯下了大错。现在张绣、贾诩能够投靠的人只有三位：曹操、袁绍和刘表。

其三，袁绍曾经是反对董卓的英雄，而且袁绍的叔叔袁隗全家被董卓派李傕、郭汜杀害，贾诩先后是董卓、李傕的部下，张绣曾是董卓的部下，投靠袁绍难免不被秋后算账。

刘表胸无大志，不可能统一天下；刘表还是汉室宗亲，将来就算刘表不清算犯长安的旧账，恐怕刘表的部下也不会答应。

曹操是一个海纳百川之人，为了招纳天下英雄豪杰可谓不拘一格，连刘备都被他收留了，而且跟着曹操干是有前途的。所以贾诩认为，投靠曹操是一个明智的选择，也是唯一的选择。

张绣投降后，曹操和贾诩商量，让贾诩跟着自己干，贾诩没同意。为什么？

其一，贾诩曾跟随李傕，犯过很多错误。

其二，贾诩跟随张绣，张绣对贾诩不错。贾诩不想让人觉得自己劝张绣投降，是为了高攀曹操，把张绣卖了。

曹操到宛城后，犯了一个错误，和张济的妻子搞到了一起。张绣勃然大怒，接受贾诩的建议，调动兵马，设计盗走典韦的双戟。张绣对曹操发动突然袭击，曹操战败。曹操的爱将典韦、长子曹昂、侄子曹安民战死。有人会问，为什么要盗走典韦的双戟？

其一，典韦勇猛异常，且是曹操的保镖。如果张绣发动袭击，典韦保护曹操，曹操可能会马上反应过来，组织起有效的防御和反击。

其二，张绣这次突袭，是要一举消灭曹操的。杀死典韦，曹操就可能被杀或被俘。

盗走典韦双戟的是张绣的部将胡车儿。《傅子》中提到胡车儿“勇冠其军”。曹操曾经也想拉拢这员武将。《三国演义》中说此人负重五百斤，日行七百里。关公的青龙偃月刀是八十二斤，典韦的双戟八十斤，胡车儿负重五百斤，奇人。看来张绣也不简单，手下有人才。

董卓和曹操都在女色上犯了错误，为什么董卓被杀，曹操却能死里逃生？

其一，董卓在被王允和吕布杀掉时，他的身边没有能人站出来保护他。曹操在被张绣的人马攻击时，大将典韦拼死相救，挡住了张绣的部队，用自己的生命为曹操的成功逃跑赢得了宝贵时间。

其二，曹操手下人才众多，许多武将很快就率兵与曹操会合，避免了更大的败局。这从一个反面的角度告诉了我们人才的重要性，曹操平时重视人才、爱惜人才、善待人才，给人才以充分的平台，并且能够根据人才的特长合理使用人才，比如让典韦当保镖，在关键时刻发挥了重要作用。可以说是曹操的唯才是举、不拘一格降人才帮了他自己。

3．宛城之战如何改写三国历史?

宛城战败对曹操有哪些教训?

曹操作为一个英雄不在于他从来没犯过错误，而在于他在每次失败、每次犯错后都能及时总结经验，吸取上次教训，这就避免了他再犯类似的错误。曹操经历了这次教训之后，从此再也没有在女色上犯过错误。曾子讲：吾日三省吾身。事后的反思总结很重要，并且把反思总结培养成一个习惯，善于事后自我批评。曹操并不是一开始就是军事家，也不是一开始就是政治家，曹操的成长是一个过程，在三国乱局中摸爬滚打，把曹操逐渐锻炼成一个成熟的军事家和政治家。

曹昂要是不战死，三国的历史会不会改写?

曹操后期有一件非常苦恼的事，这就是接班人的选择问题。曹昂战死后，本来曹冲后来是个很有培养潜力的接班人，就是小学课本中称象的曹冲，可惜曹冲后来英年早逝了。剩下的儿子曹彰武略出色，可惜文才不足。曹植文采飞扬，可惜性格放荡不羁，是南唐后主李煜式的人物。曹丕有一定的政治才干，武艺高强，文采出众，可是政治才能、军事韬略、文学才华都远不及曹操，但相比曹植、曹彰，也只能选曹丕。问题是曹丕只当了七年皇帝就去世了，接下来的皇帝过于年轻，为司马懿夺权留下了政治空间。

如果没有宛城之战，曹昂就有可能接班，那么曹昂是个什么样的人呢?

其一，他是曹操的长子，虽然其母刘氏是曹操的庶妻，但是曹昂是由曹操的正室丁夫人抚养长大，所以曹昂接班符合古代的礼制，在古代这一点很重要。后来魏文帝曹丕讲过一段话，大意为曹昂是曹操理所当然的接班人，如果曹昂在，这个皇位应该是曹昂的。

其二，曹昂是个很仁孝的孩子，在宛城战败时，为了救曹操，曹昂把自己的马给了曹操，结果曹昂被乱箭射死。古往今来，许多人攻击曹操的品行问题，但是我们细读三国会发现，曹操的家风真的很了不起。曹洪为了救哥哥曹操，放弃了自己的战马；曹昂为了救父亲曹操，把战马送给了父亲。这是孔融让梨所无法比拟的。所以认为曹操不重德，那是不对的。曹操不拘泥于形式，那是因为曹操更重视的不是道德的外表，而是道德的里子。

其三，曹操非常重视孩子的培养，像曹昂、曹丕、曹彰都是很小就跟着曹操行军作战，像孙策一样很早就了解军旅之事。相信曹昂这样品德出众的孩子，要是不战死，在曹操的培养下将来能力差不了。司马懿后来就是学到了曹操这一点，很早就把司马师和司马昭带到军队里，和司马懿一起在军旅生涯中增长才干，这才培养出能力非常出众的儿子。老来得子的刘备就不懂这一点，派赵云把阿斗从小就保护起来，导致阿斗缺乏军旅生涯的历练，缺少了解军旅之事的机会。

宛城之战对曹操集团打击是沉重的，最大的打击不在于损失了爱将典韦，也不在于损失了多少军队，而是让曹魏集团失去了一个优秀的接班人，为三国归晋埋下了伏笔。

宛城之战的启示是什么？

其一，对投降的军队要及时进行改编；曹操完全可以给张绣加官晋爵，同时改编张绣的部队，派自己的心腹将领镇守宛城，这样既鼓励了降将，又在一定程度上防止刚投降的部队出现反复。

其二，宛城之战对曹操来讲损失是巨大的，本来张绣已经投降了，这下子还要重新攻打张绣，人财物的损失不可避免，也影响到北方的统一进程。过去的事情已经无法挽回了，积极反思是必要的，但是一味地伤心和后悔是没用的，接下来要做的事就是客观地面对现实，打败张绣。

其三，不要轻视任何一个对手，即使自己的实力比对方强大。战略上藐视敌人，战术上重视敌人是克敌制胜不可分割的两个方面。曹操对张绣不是很了解，以为张绣投降了就不把张绣放在眼里，张绣觉得曹操和邹夫人搞到一起，让他怎么对得起去世的叔叔张济呢？结果张绣反水，才有了曹操的宛城兵败。

曹操有一个很了不起的地方。曹操做过许多错事，这次在宛城，在女色上犯错误就是其中的一件，这些错事不但让曹操被当时的人嘲笑，也被后世嘲笑和不齿。但是曹操是怎么对待这一切的呢？当然，曹操要反思错误，总结经验，内心深处要自我批评。但是更重要的是曹操不会反反复复、没完没了地陷在错误的痛苦中，而是斗志昂扬地向下一个目标前进。这是什么精神？这是一种了不起的乐观主义精神，这是一种自强不息的人生态度，这是越挫越勇的斗士，这是真正的大英雄。

曹操兵败之时，夏侯惇手下的青州兵趁机劫掠老百姓。青州兵是曹操平定青州黄巾起义军时收编的部队，是曹操起家的老班底。曹操的部下于禁看到青州兵违反军纪，进行剿杀，安抚乡民。青州兵跑到曹操那里去告于禁的状，有人跟于禁讲，现在青州军已经在丞相那里告你状了，你应该去解释。于禁提出，现在张绣的追兵马上就到了，应该先对付张绣。解释是小事，退敌是大事。于禁率先出战迎敌，其他将领看到于禁向前，都率军进击张绣，张绣战败，投奔刘表去了。

于禁打败张绣之后，向曹操说明了情况，曹操表扬于禁任谤任劳，反败为胜，并赏赐了于禁，以治军不严之过处分了夏侯惇。这件事有什么启示？

其一，曹操军纪严明，这是曹操部队区别于许多诸侯部队的一个鲜明特点。可是曹操的部队并不是一开始就军纪严明，在征讨陶谦的时候，曹操为父报仇心切失去了理智，杀害过徐州的百姓，这件事对曹操军队的形象产生了很大的负面影响。陈宫批评曹操之后，曹操进行了反思，对军纪进行了严格的整肃，以获得民心，提高战斗力。

其二，于禁处罚违反军纪的青州军说明：

第一点，于禁有责任心，能够替领导分忧。夏侯惇是曹操的亲信，青州军是曹操起家的家底。于禁作为一员武将，他本来可以不得罪人，但是他能够从严明军纪的大局出发，这是他敢于担当的表现。

第二点，于禁是一个能领会领导意图的干部。于禁先击退张绣，后向曹操汇报处罚青州军的情况，这可以说于禁先公后私，但是还有一点，就是于禁对曹操十分了解，他知道曹操处事公平，以后解释清楚了自然就没事了。所以于禁敢于担当，但并不鲁莽，说白了，这件事对于禁来讲虽然有些冒险，也是看准了才干的。

其三，曹操奖励于禁、处罚夏侯惇是在释放信号：一是军法军纪是不可触犯的，战争时期更是如此；二是有功者赏，有过者罚，亲信部将也不例外。

其四，曹操表扬于禁任谤任劳，说明曹操善于发现别人的优点，能够换位思考，从多角度看问题。即使打了败仗，但是在战败中表现优异的将领，该奖励也要奖励，这是曹操的一贯风格。

其五，瘦死的骆驼比马大。曹操虽然在宛城被张绣打败，但是张绣的总体实力毕竟较弱。所以曹操的残兵败将聚拢之后，于禁和其他将领还是合力打败了张绣。

曹操祭奠典韦时和诸将讲，大意为他的长子曹昂和侄子曹安民战死他不“深痛”，独为典韦痛哭。曹操为什么要这么说?

其一，曹操作为军队的主帅，与一般老百姓不同，他不适合表现出太多对自己亲人的特别关怀。为什么？三国时代是战争年代，曹操手下的部将和士卒追随曹操南征北战，牺牲的人很多。如果曹操在公开场合为曹昂和曹安民痛哭的话，他身边的部将和士卒就会想，你曹操这么关心自家人，那些流血牺牲的将士们算什么？我们这些人跟着你曹操南征北战又算什么？这会影响到部队的战斗力和曹操集团内部的团结。曹操的亲人牺牲了，曹操很痛苦，但是他是主帅，要对所有人有个交代。没办法，只能把眼泪咽到肚子里，不能流出来。大人物有大人物的苦衷。

其二，典韦是曹操的爱将，典韦的牺牲代表了成千上万战死沙场的将士。曹操公开拜祭典韦，为典韦而痛哭，一方面是他和典韦有深厚的感情；另一方面也是告诉所有活着的人，我曹操是重情重义之人，你们跟着我曹操流血牺牲打天下，我曹操心里是有数的。

曹操班师回许都之后，下一步的方向是什么呢？请看下集：讨伐袁术。

第二十二集

讨伐袁术

袁术割据淮南，在周围强敌林立的情况下公然称帝。说白了，这就属于树大招风，自不量力。面对袁术称帝，曹操召集各路诸侯联合围攻袁术，在寿春城下展开了一场大战。

1. 吕布和袁术交战，情况如何？

且说曹操采纳了荀彧的意见，对吕布进行封赏，吕布大喜。袁术派使者来找吕布，称袁术要当皇帝，劝吕布早日送女儿过去。吕布得到曹操封赏之后，杀了袁术来使，派使者陈登押解袁术的媒人到许都谢恩。陈登见到曹操之后，劝曹操平定吕布，并愿意做曹操的内应。

袁术称帝之后，起兵七路进攻吕布。袁术兵多粮足，但是战斗力很弱，七路大军听起来威武，第六路韩暹和第七路杨奉原来是献帝东逃时护驾有功之人，后来被曹操打败，投奔了袁术。所以袁术兵虽多，可是军力不强，内部缺乏凝聚力。

吕布开会研究如何对付袁术。陈宫提出：陈珪父子劝吕布拒绝袁术联姻，现在袁术大兵压境了，可斩杀陈珪父子，袁术自然退兵。

陈登提出：

其一，拉拢杨奉、韩暹作为内应。

其二，联合刘备对付袁术。

吕布采纳了陈登的意见。杨奉、韩暹投奔吕布。吕布率兵打败了袁术。关羽击败了袁术的溃军。袁术逃回淮南。吕布将杨奉、韩暹安置在山东。

2．袁术败回淮南后，情况如何?

袁术逃回淮南之后，向孙策借兵，孙策称袁术没有归还玉玺，予以拒绝。袁术要讨伐孙策，被长史杨大将劝阻。杨大将在袁术手下可以称得上是第一谋士了。可是袁术刚刚战败，怎么还想去讨伐孙策呢?

袁术这个人有个特点，他想问题不是从实际出发，而是从自己的性情出发，用一个成语形容叫：快意恩仇。他不根据当时的客观形势去做事情，而是盲目自大，怎么解气怎么来。其实袁术心眼儿很多，好要诈，可是他的性格中缺少了两个词：宏观和理性。

曹操令孙策讨伐袁术，孙策和部将商议。长史张昭提出：

其一，袁术虽然刚刚被打败，但是兵多粮足，不可以轻视。

其二，劝曹操南征，孙策为曹操后应，则袁术必败。万一孙策打不过袁术，曹操还可以救应。

孙策采纳了张昭的主意。虽然之后张昭有不佳的表现，但是从早期来看，张昭的表现真的很出色。

曹操回许都之后，思慕典韦，立祀祭之，封典韦的儿子典满为中郎，将其收养在府中。《三国志》记载，曹操后来思念典韦，拜典满为司马。后来曹丕继位，封典满为都尉，赐关内侯。曹操为什么这么做?

其一，曹操是个重情义的人，真正为曹操做出贡献的人，曹操认为自己不该忘记。

其二，鼓励自己的下属。曹操祭奠典韦，厚待典韦的儿子，其目的就是要让自己的部下知道，真心实意跟着曹操一起干的人，曹操不会亏待他们。

3．刘备为什么要杀韩暹、杨奉?

接下来，曹操亲自征讨袁术，并派人联络孙策、刘备、吕布。曹操与刘备会合后，刘备把韩暹、杨奉二人的首级献给了曹操。理由是韩暹、杨奉二人纵兵掠民，所以刘备以设宴为名杀了他们，特来向曹操请罪。曹操说刘备这是大功一件，没有罪。曹操为什么这么说?

其一，曹操经验丰富，他一听就知道事情不会那么简单。刘备说韩暹、杨奉纵兵掠民，无论是真是假，那都不过是一个借口，刘备杀此二人一定有他的算盘。但是现在不是对付刘备的时候。

其二，曹操此时需要刘备。为什么?因为现在曹操要讨伐袁术，讨伐袁术就要团结一切可以团结的力量。如果这个时候和刘备闹翻，不利于团结，小不忍则乱大谋。所以刘备杀韩暹、杨奉也是看准时机才这么干的。

刘备为什么要杀死韩暹、杨奉，而不将其收为己用?

其一，刘备现在还不成气候，在韩暹、杨奉看来，投靠刘备没有前途。

其二，刘备集团很团结，也很封闭，韩暹、杨奉很难真正地融入刘备集团。到现在为止，各路英雄豪杰已经发展到一定阶段了，曹操、孙策、袁绍手下都已是谋士、武将云集，形成了自己的人才团队。可是刘备集团很奇怪，手下的武将还是只有关羽、张飞，和桃园三结义时差不多，所以后人常说刘备手下文不过诸葛，武不过关张赵，这的确是一个很严竣的问题，可是刘备自己没有察觉到，到现在为止，他一直觉得兄弟三人携起手来打天下挺好。

其三，韩暹和杨奉虽然先后投靠过袁术和吕布，但是他们之前也保护过汉献帝，从忠于汉室的角度讲有救驾之功，不能算是罪大恶极之人。刘备杀死他们无非是害怕韩暹、杨奉将来和曹操或吕布联合起来，成为自己夺取徐州的阻力。

可是这里有一个问题，吕布能把韩暹、杨奉收为已用，曹操想必也可以，但是刘备为什么就不考虑考虑将杨奉、韩暹二人收为已用呢？

有人会说，像韩暹、杨奉这样的人就算今天投降刘备将来也可能背叛刘备。但问题是可能背叛刘备的人就都要杀掉吗？张绣反叛过曹操，和曹操还结了很深的仇，当张绣再次投降时，曹操可是热烈欢迎的啊！这就暴露出刘备集团的一个问题，刘备对人的要求有些过于苛刻，导致了刘备集团的人才缺乏性格的多样性。怎么讲？

要加入刘备集团必须有一个前提，就是性格上要和刘关张三人对脾气，且气味相投。不对脾气、性格不合，刘关张集团是不收的，这样就导致了一个问题，刘备集团人才太少，而且基本上是清一色，缺乏多样性的人才构成。讲到现在，曹操、孙策、袁绍已经发展成了“大集团”了，刘关张三兄弟还是“小卖店”式的格局。到现在为止，刘备还不明白一个道理，天下不是刘关张三兄弟手拉手就可以打下来的，不引进人才，刘备集团是很难有大发展的。

所以说，刘备杀了韩暹、杨奉，他自己认为是趁机拔掉了曹操或吕布的羽翼，自以为得计。可是从人才战略的大视野的角度看，刘备是亏了。刘备投奔曹操时，曹操尚且不敢杀刘备，怕天下英雄不来；不要小看了杨奉、韩暹，他们代表了招降纳叛中的一批人；刘备杀杨奉、韩暹，根本没有想到会影响人才战略上招降纳叛这一点。

4．寿春之战，情况如何？

曹操召集吕布、刘备共同出兵讨伐袁术。这个时候吕布有必要讨伐袁术吗？

其一，如果从忠于汉室的角度讲，出兵是必要的。可要是从吕布自己的角度讲，讨伐袁术是一件唇亡齿寒的事，袁术要是被打败了，下一个就是吕布了。吕布没想到这些，他只看到短期利益。这就像下象棋一样，不能走一步看一步，而是要走一步看三步。

其二，换个角度讲，有人会说吕布是汉室忠臣吗？几乎没有。讨伐袁术的人哪个是忠于汉室的？曹操是吗？汉献帝和曹操是政治上的对手，权力斗争的双方。刘备是吗？刘备从小就想当皇帝，尽管他以卖草鞋为业。刘备的叔叔知道刘备有当皇帝的想法后，跟刘备讲："汝勿妄语，灭吾门也。"孙策是吗？孙策用玉玺向袁术借三千兵马。玉玺是孙策的吗？不是。

袁术派兵与曹操交战，被曹操打败。袁术召集部下商议对策。杨大将建议袁术：

其一，袁术带领一部分兵马渡过淮河，避其锋芒。

其二，留一部分部队守卫寿春，但不必与敌兵交战，待其粮尽，自然就会有变化。袁术采纳了杨大将的建议。

话说曹操、吕布、刘备、孙策分四面围攻寿春。但是曹操的十七万大军，粮食匮乏，尽管向孙策借了不少粮食，还是要没粮了。仓官王垕将这一情况汇报给曹操，曹操让王垕实行小斛分粮。实行小斛之后，曹操得知部下兵士都抱怨丞相欺众。于是曹操向王垕借头一用。王垕跟曹操说：王垕无罪啊！曹操讲他也知道王垕无罪，可是现在军心已变，不杀王垕，不足以平众怒。王垕死后，王垕的妻子、孩子，曹操会供养。于是，曹操以故行小斛、盗窃军粮的罪名，杀了王垕。兵士的怨气才得以化解。

那么这个故事正史中有吗？王垕是《三国演义》这部小说中的人物，正史《三国志》中并没有记载王垕这个人，也没有记载曹操借粮官之头的故事。那这个故事是怎么来的呢？

《曹瞒传》中记载了一个类似的故事。《三国演义》中曹操借粮官之头的故事应该取材于《曹瞒传》。《曹瞒传》是三国时期吴国人写的一本书，吴国和曹魏是敌国。《曹瞒传》中对曹操有许多负面的描写，其目的是对曹魏政权进行负面宣传。所以《曹瞒传》中这一故事的可信性值得商榷。

第二天，曹操采取了如下措施：

其一，召集部将，要求三日内攻克寿春，否则皆斩。粮食快没有了，军无粮则亡，要想存活，必须在断粮之前拿下寿春。

其二，曹操亲自到城下督战，城上矢石如雨，有两员裨将畏难而回，曹操亲自掣剑斩于城下。为什么？

第一点，曹操亲自到城下督战，是要告诉部下，这场战斗非常重要，主帅重视，大家好好打。

第二点，曹操亲自掣剑斩杀两员畏难而回的裨将。其实曹操并不是一个随便杀下属的人，为什么这次曹操自己动手呢？四个字：杀一儆百。现在对于曹操来讲，除了攻下寿春，没有退路了。

其三，曹操亲自下马接土填坑。曹操这么做是什么道理？主帅频繁冲到第一线是危险的，这招只能关键时刻去用。现在曹操的部队就处在存亡边缘。这种关键时刻，需要主帅亲临一线，接土填坑，激励士气，争取战争的胜利。

在这种情况下，曹操大小将士无不向前，军威大振，一举攻下寿春。问题是之前杨大将提出的分兵渡淮河与守卫寿春这个建议对吗？答案是很难讲。为什么？

其一，杨大将虽然有些谋略，可是他也预见不到曹操的军粮能维持多久。

其二，袁术以兵多粮足著称。如果袁术不分兵，全军把守寿春，战争结局可能真就不一样。如果袁术全军守卫寿春不出战，曹操不会那么容易打下寿春，很可能最后在寿春城下没粮了。当时的粮食可是不好找，一旦曹操没粮食了，战争的结局就很难说。

历史很难假设，但是多做一些对比分析，读起来会很有趣味。

占领寿春之后，曹操得报：张绣依托刘表与曹洪大战，曹洪连输数阵，特来告急。曹洪能力如何？曹洪是一员勇将，但是性情暴躁，不是一个能独当一面的人。现在曹洪打不过张绣，后来曹洪在潼关和马超交战，因性情暴躁，中了马超之计，丢了潼关。可是曹洪这样不具备独当一面能力的人，在曹操阵营中非常受重用，屡次担当独当一面的重任。为什么？

其一，有人会说这不是任人唯亲吗？曹操一向主张唯才是举，但是曹操也要求自己的部将政治立场坚定，一心一意跟着曹操干。可是政治立场坚定不是随口说出来的，是在血雨腥风中考验出来的。

其二，曹洪是曹操的从弟，之前救过曹操的性命，对曹操忠心耿耿。中国传统文化中的亲情纽带是不容忽视的。

其三，亲戚就一定可靠吗？不一定。比如袁绍和袁术兄弟反目成仇。那曹操为什么信任曹洪？一是曹操家族的家风要比袁绍好，感情比较深，如曹操、曹洪、曹昂。二是曹洪救过曹操，是一个久经考验的人。

曹洪告急，曹操班师回许都。班师之前，曹操做了几件事。其一，让孙策跨江布阵，以为疑兵，牵制刘表。其二，令刘备屯兵小沛，与吕布和解。其三，让刘备有事情与陈珪父子商议，以图吕布。曹操为刘备的外援。曹操和刘备为反对吕布走到了一起。

5. 曹操割发代首有什么意义?

曹操率兵讨伐张绣，此时正是麦熟的季节。曹操下令，大小将校凡过麦田，但有践踏者，并皆斩首。老百姓听到了这个命令，欢喜称颂，望尘遮道而拜。所以，曹操的军法严明是深得民心的。

可是曹操骑马正走着，他的马受惊了，践踏了一大块麦田。行军主簿认为，曹操是丞相啊，不能用军法处罚丞相。曹操认为不行，为什么？军法是曹操自己制定的，可是自己触犯了军法，怎么能服众啊？这时郭嘉提出，儒家的经典著作《春秋》之义有一条，说的是“法不加于尊”。于是曹操讲，既然《春秋》上这么说了，他就姑且免死，但也要割发代首。结果全军将士都严肃地对待军法。

割发代首开创了三国时期严明军纪的先河，曹操知道要得天下有两点很重要，就是人才和民心。割发代首的意义也就在这里。

其一，人才。我们之前介绍过曾国藩提出的用人四法：广收、慎用、勤教、严绳。当时有大量的人才来投奔曹操，如何管好这些人才，让这些人才做事情不至于严重偏离轨道，那就必须有严明的军纪，用严明的军纪来教育人才、管理人才，起到勤教和严绳的作用，进而教化人才。通过军纪将曹操的政治思想和治军理念真正传导给部下，起到内化于心、外化于行的作用。

其二，民心。曹操需要民众的支持，粮草、兵源等后勤保障都来源于民众。曹操正是通过严明的军法使军队受到百姓的拥戴，保证农业生产的正常进行。自古以来，许多优秀的军事将领为得民心，都制定了严明的军纪。比如南宋初年的岳家军，冻死不拆屋，饿死不掳掠。即冻死不拆老百姓的房子，饿死不抢老百姓的粮食。让自己的对手有“撼山易，撼岳家军难”的感叹。正如毛泽东主席在《论持久战》中所写的“兵民是胜利之本”“战争的伟力之最深厚的根源，存在于民众之中”。

有人会说：曹操的马匹受惊践踏了麦田，为什么不依军法杀曹操？如果杀了曹操，曹操的部队就解散了。要是曹操的部队解散了，还怎么执行曹操的军法？曹操作为三国时期的政治家，他不至于迂腐到这种程度。但是军法毕竟是曹操制定的，曹操自己确实违反了军法，如果不处理曹操，就会让手下的士兵觉得军法是专门管下面人的，这不利于体现军法的严肃性，也不利于树立军法的权威。曹操很有智慧，古人对头发很重视，身体发肤是父母所给。曹操作为丞相，他割发代首，让部下看到了执行军法的严肃性，起到了很好的教育效果。

相比之下，刘备集团执行军法就要差很多。

其一，张飞因喝酒而丢失徐州，这是严重违反军法的行为，可是刘备却说兄弟如手足，明显是用宽恕张飞来拉拢张飞。在刘备集团，军法是可以让位于兄弟感情的。

其二，关羽华容道放跑了曹操，刘备不追究他。关羽放跑敌军统帅确实是严重地违反军法，可是后来关羽居然统领了荆州，这种事在曹操集团是不可能出现的。

这也说明，执行军法贵在抓早、抓小，一开始就抓军法的执行，小的毛病就要去纠正，这样就可以避免他们犯大错误。张飞、关羽都是刘备集团的支撑，却都严重违反军法，刘备也很难处理。

诸葛亮后来就吸取了刘备这方面的教训，在治理蜀国时也搞曹操严于执法那一套。街亭战败，诸葛亮挥泪斩马谡，并自请处分。可惜当时三国格局已成，曹魏集团的优势已很明显，诸葛亮也无力回天。

曹操割发代首在历史上写出了精彩的一笔，曹操还有哪些过人之处呢？请看下集：郭嘉十论。

第二十三集

郭嘉十论

天生郭奉孝，豪杰冠群英。腹内藏经史，胸中隐甲兵。

运谋如范蠡，决策似陈平。可惜身先丧，中原梁栋倾。

——《三国演义》

1．南阳之战，情况如何?

曹操兵发南阳，张绣迎战，结果被曹操打得大败，退回南阳。曹军围攻南阳时，曹操骑马绕城三日后，传令让军士在西门角上堆积柴薪，从那里上城。张绣的谋士贾诩看到这里，已经知道曹操的用意。贾诩跟张绣讲:

其一，曹操看到东南角城墙上砖土新旧不等，鹿角多有毁坏，打算从东南角攻入。在西门角堆柴薪，不过是想诱惑我们把部队调到西面去。曹操一定会乘夜色从东南角而入。

其二，贾诩建议，在东南的房屋里埋伏精兵，派老百姓到西北边假扮军士守城。夜里，等曹兵从东南角爬入城后，伏兵齐出，击败曹操。

张绣采纳了贾诩的建议，曹兵果然被击败，而且损失惨重，被张绣追击。刘表得知曹操被张绣击败，派黄祖防范孙策，亲率兵马去截曹操后路。

曹操败到淯水，想起了典韦，放声痛哭。在淯水先祭奠典韦，然后祭奠曹安民、曹昂和其他阵亡将士，连那匹战死的大宛马也祭祀了。有人会问，为什么要先祭奠典韦？

其一，在阵亡人员中，曹昂和典韦都是牺牲了自己，救了曹操。但是为什么要先祭奠典韦呢？曹昂是曹操的亲儿子，父子之间有一种亲情和血缘关系。曹昂的战死，是曹操永远的痛，永远不可能忘记。典韦和曹操没有这种关系，所以典韦是无数英勇作战、流血牺牲的阵亡将士的代表。曹操是个很重情义的人，他先祭奠典韦也是告诉活着的将士，真心跟着他干的弟兄，他心里有数。

其二，如果曹操先祭奠曹昂，后祭奠典韦，情况会如何？虽然也会激励将士们的士气，但是效果就不一样了。曹操明白一点，他是要打天下的，打天下光靠老曹家一家人行吗？不行。必须广招天下英雄，众人拾柴火焰高。曹操作为一个政治家，广招四海豪杰，团结天下英雄。

有人会问，现在前有刘表拦截，后有张绣追兵，这个时候，曹操为什么要祭奠典韦等阵亡人员？激励全军的士气，深化与全军将士的感情。

有人又会问，为什么还要祭祀那匹大宛马？《论语》中记载了一个故事，孔夫子的马棚着火了，孔夫子知道后问：有人受伤了吗？孔子没问马怎么样。这个故事说明什么？说明在中国传统文化中，是讲究以人为本的，马的重要性是不可能与人命相比的。那曹操为什么要在祭奠阵亡将士的时候祭奠大宛马呢？

其一，那匹大宛马救了曹操的命。

其二，曹操和孔夫子一样，都很重视人。比如祭奠典韦。曹操祭奠马的原因是对孔夫子人本思想的活学活用，一匹救过曹操的马，曹操都如此看重，让将士觉得真正为曹操效力的人，曹操必然会更看重。

有人会问，曹操是真重感情还是假重感情？曹操是真重感情的人，但是曹操也善于用感情激励和团结部下，跟自己一起干事业。

2．曹操和张绣、刘表交战，战况如何？

曹操的部队到了安众县，这时刘表军已守险要之地，张绣追兵在后。曹操让军队趁黑夜凿险开道，并暗伏奇兵。张绣和刘表会合之后，看到曹操兵少，以为曹操已经走了，于是率兵追击，中了曹操的埋伏，被曹操打败。

荀彧派人向曹操报告，说袁绍要兴兵进攻许都。曹操立即回军许都。张绣要追击曹操，贾诩说，不能追，追之必败。刘表不听，和张绣一起追，结果被曹操打败。败回来后，贾诩说，现在再去追赶。刘表不敢再去，张绣听了贾诩的话率兵去追，果然打败曹兵。如果不是李通率兵赶到，曹兵的结局不堪设想。刘表问贾诩这是怎么回事。贾诩解释：

其一，刘表善于用兵，但不是曹操对手。曹操回师，必然派猛将殿后，以防追兵，所以追之必败。

其二，曹操急于回师，必然是许都有事情，打败我们的追兵后，必然轻车速回，不再做防备，此时追之必胜。刘表和张绣都佩服贾诩的高明。

南阳之战可以看出贾诩在谋略上是很有水平的。刘表和张绣虽然军事才能不如曹操，但是在用兵上也有一定的水平，而且用兵能力不在刘备之下。

曹操封李通为侯，令其守卫汝南西界，防备刘表、张绣。回到许都后，表奏孙策有功，封孙策为讨逆将军，赐爵吴侯，防剿刘表。有人会问，曹操在南阳打了败仗，为什么要封赏孙策和李通？

其一，曹操想问题比较全面。尽管南阳之战是一场败仗，但是孙策在牵制刘表这一点上还是起到了很大的作用。李通在曹兵被张绣打败时出手相救，也立了功劳。所以南阳之战尽管是个败仗，但是有功人员还是要奖励的。

其二，为以后的发展谋篇布局。在以后的发展中，还需要孙策牵制刘表，需要李通防守汝南，奖赏他们，对以后的形势发展有利。特别是在对付刘表的问题上，孙策还是一个盟友。

3．郭嘉论袁绍十败，曹操十胜，如何解析？

郭嘉向曹操汇报：袁绍要去讨伐公孙瓒，向曹操借粮借兵。曹操问郭嘉：他想讨伐袁绍，实力不行，该怎么办？郭嘉在选主时选择曹操，是因为他已经把各路诸侯的特点都研究得很深、很透，才做出决定。郭嘉跟曹操讲：袁绍有十败，曹操有十胜。

其一，袁绍繁礼多仪。这是因为袁绍出身四世三公的家庭，从小就受到士族礼仪的熏陶，耳濡目染，对其格外重视。起码的礼仪和礼貌还是要讲的，但是袁绍把过多精力都花费在对繁多礼仪的关注上了，把繁礼多仪看成是解决问题的灵丹妙药，结果看问题不得要领，做事情不得章法，说白了，就是眉毛胡子一把抓，找不到重点。

曹操体任自然。曹操做事情能分清主次，把握规律，懂得抓住问题的重点和要领，讲究基本的礼节，但又不拘泥于礼仪，不把主要的精力放在繁文缛节上。所以，曹操能够做到纲举目张。这就是郭嘉所讲的道胜。

其二，“绍以逆动，公以顺率”。曹操挟天子以令诸侯，控制朝廷，袁绍控制河北。曹操属于中央，袁绍在地方；曹操的部队是中央军，袁绍的部队是地方武装；曹操可以以朝廷的名义发号施令，征讨四方，名正言顺，在政治上有主动权。这是郭嘉所讲的义胜。

其三，“桓、灵以来，政失于宽，绍以宽济，公以猛纠。”东汉末年，汉桓帝和汉灵帝以来，政失于宽，法度不严。比如曹操当洛阳北部尉时，京都的皇亲国戚、达官显贵不把朝廷的法度当回事。曹操当济南相时，地方的豪强势力也不把朝廷的法度当回事。这导致了政令难以推行，法度难以执行。所以叫“政失于宽”。袁绍为政还是延续东汉末年“宽”的那一套。曹操针对东汉末年的弊政，实行严格执法，严明军纪，用一个“猛”字来纠正东汉末年“宽”带来的弊端，即“治乱世用重典”。这是郭嘉讲的治胜。后来的诸葛亮治理蜀国就是实行了曹操“猛以治宽”的那一套。

这里需要指出的是袁绍为政以宽，在河北地区也颇得民心，河北的很多人才和百姓很支持袁绍，这也是历史事实。官渡之战后，曹操用了七年的时间才平定河北，可见袁绍也不是等闲之辈，“为政以宽”也不是一无是处。

其四，“绍外宽内忌，所任多亲戚。”袁绍外表宽厚，其实内心并不宽厚。比如官渡之战前，田丰劝袁绍不要打，可是袁绍不听，后来袁绍败了，还听信谗言把田丰杀了。

袁绍任人唯亲。比如袁绍占领青州、幽州、并州，让自己的儿子和外甥去当州牧。我们中国人是一个重视血缘关系的民族，袁绍的儿子和外甥基本不会背叛他，但是袁绍去世以后，出现了袁尚、袁谭争位，导致内部分裂。再比如，袁绍当盟主时，任用袁术管理粮草，可是袁术不给孙坚发粮草。

“公外简内明，用人唯才。”曹操善于抓住要点，做事相对公平公正，而且用人唯才。比如，典韦、许褚刚加入曹操阵营，曹操就给了他们锻炼和表现的平台。这是郭嘉所讲的度胜。

其五，“绍多谋少决，公得策辄行。”袁绍多谋，善于思考问题，可是判断力很差，他不知道哪个主意好，哪个主意不好。所以“多谋少决”中“少决”的意思不是不敢做出判断，也不是不能做出判断，而是不善于做出正确的判断。比如当年招董卓等人带兵进京就是袁绍想出来的，可是这不是一个好主意。

曹操的判断力很强，善于判断出哪个主意是好主意，一旦判断出这个主意是好主意，就马上执行。比如奉天子以令不臣这个主意，曹操一旦决定了，马上就去洛阳，把汉献帝接到许都。这是郭嘉讲的谋胜。

其六，“绍专收名誉。”《英雄记》记载，袁绍年轻时为官，有清正的美名。后来袁绍“隐居洛阳”，如果不是“海内知名”的人士，袁绍不见。

“公以至诚待人。”曹操用人不拘一格，不好搞形式，比如关羽出战华雄之时，袁绍兄弟觉得关羽是马弓手，身份太低，容易被人耻笑。曹操力排众议，力挺关羽出战，这就是曹操的唯才是举，在那个讲究等级尊卑的社会里不拘一格降人才。再比如，曹操对自己手下的功臣挺好，在正史中，曹操手下大部分功臣的结局是不错的。这是郭嘉讲的德胜。

其七，“绍恤近忽远，公虑无不周。”袁绍只顾关心和他关系近的人，忽视和他关系比较远的人。曹操不仅关心和他关系近的人，和曹操关系比较远的人立了功，曹操也一样封赏，可谓虑无不周。比如我们刚才讲的曹操封赏李通和孙策。这是郭嘉讲的仁胜。

其实刘备这一点和袁绍很像，刘备关心的往往是自己小圈子里的人，而曹操作为一个领导者，只要是他的部下，他都关心，有能力就给平台，立了功就赏赐。这是许多人愿意跟着曹操干的一个重要原因。

其八，“绍听谗惑乱，公浸润不行。”袁绍的众多谋士给他出很多主意，袁绍判断力差，搞不清应该采纳哪个，让出好主意的谋士受排挤。比如田丰后来被袁绍所杀。曹操则能面对各种说法，得出正确的结论，做出正确的处理。比如宛城兵败后，曹操表扬了严明军纪的于禁，处分了治军不严的夏侯惇。这是郭嘉讲的明胜。

其九，“绍是非混淆，公法度严明。”袁绍为政，不搞曹操执法严明、不避亲疏贵贱那一套。曹操法度严明，如割发代首。这是郭嘉讲的文胜。

其十，“绍好为虚势，不知兵要。公以少克众，用兵如神。”袁绍打仗讲究排场，好虚张声势，这是因为他抓不住用兵的要领；曹操善于以少胜多，用兵如神。这是郭嘉讲的武胜。

郭嘉讲完了袁绍十败，曹操十胜之论，荀彧说，他与郭嘉的观点一致。有人会问，荀彧说这句话是不是在表态支持曹操啊？可以这么理解，但是荀彧对郭嘉的观点是认同的，为什么？我们不要忘了，荀彧原先是袁绍的部下，后来觉得袁绍这人不行，所以投奔了曹操。荀彧了解袁绍、曹操二人的情况。其实不仅是荀彧，姜太公曾经给商纣王当过部下，后来投靠周文王；韩信、陈平曾经给项羽当过部下，后来投靠刘邦。这些曾经在敌营里工作过的人有一个共同的特点，就是了解对方的情况，能够做到知己知彼。

下一步曹操该怎么办呢？

郭嘉建议：其一，吕布是心腹大患。趁袁绍进攻公孙瓒之机，先打败吕布。打败吕布之后，再对付袁绍。

其二，如果现在去讨伐袁绍，吕布要是趁机进攻许都，就麻烦了。

荀彧建议：要讨伐吕布，先要派人去联合刘备。

曹操采纳了郭嘉、荀彧的意见，采取如下措施：

其一，派人去联络刘备。

其二，封袁绍为大将军、太尉，督冀、幽、青、并四州；并密书告诉袁绍，支持其攻打公孙瓒。

这是曹操的一贯战略风格，联合一部分人或稳住一部分人，去进攻另一部分人，而不是四面出击或十个指头打人。这次是联合刘备，稳住袁绍，进攻吕布。

4．吕布与刘备的情况如何？

话说吕布在徐州，陈珪父子经常奉承吕布。陈宫和吕布讲，陈珪父子这样的人，表面上奉承人，其心不可测。吕布不听，陈宫想离开吕布去投奔他处，但是人在一起时间久了，还是有感情的，陈宫不忍离去。而且陈宫这个人还好面子，一想到自己当年离开曹操，现在又离开吕布，没混明白，又跳槽了！别人会不会笑话自己啊？一想到这儿，陈宫还是没走。当断不断，必受其乱。

陈宫终日愁闷，出去打猎，碰巧抓获曹操与刘备的信使。得知刘备和曹操共图吕布之事。吕布大怒，派兵一面进攻曹操，一面进攻小沛。刘备派人向曹操求援。

且说张辽带兵进攻关羽把守的小沛西门，关羽问张辽：你这个人仪表不凡啊，怎么跟了吕布了呢？张辽低头不语，为什么？

其一，曹操手下有五子良将，分别是张辽、乐进、于禁、张郃、徐晃。陈寿在《三国志》中称“时之良将，五子为先”。张辽是曹魏阵营的五子良将之首，可以说是一个非常具有发展潜力的将领。

其二，在投靠曹操之前，张辽的命运充满了许多的无奈，他一直不遇明主。张辽先是投效吕布的义父丁原，后来又投效大将军何进。董卓进京后，何进的部队被董卓接收，张辽成了董卓的部下。董卓失败后，张辽又归吕布统领。吕布虽然英勇过人，可是品行太差，张辽身上有一股英雄之气，他根本看不上吕布的为人。张辽也在思考自己的出路，跟着吕布干是没有前途的，前途在何方，他现在也不知道。

曹操得知刘备求援的情况后，召集谋士商议对策。

曹操提出：他想要进攻吕布，不担心袁绍，只担心刘表和张绣袭击其后方。这说明什么？这说明曹操是一个想问题很全面的人，他要进攻吕布，他想的不仅仅是徐州这一局部，他具有全局一盘棋的思维。

谋士荀攸提出：

其一，刘表、张绣刚被打败，不敢轻易来犯。

其二，吕布要是和袁术联合起来，就不好对付了。

谋士郭嘉提出：吕布刚起兵反叛，要趁他众心未附之时，快速出击去进攻他。

曹操采纳了他们的建议，兵发徐州。曹操与吕布的战况如何呢？请看下集：平定吕布。

第二十四集

平定吕布

孙策与吕布都骁勇善战。孙策割据江东，被称为“小霸王”；吕布手中方天画戟，胯下赤兔宝马，可谓是三国第一猛将。但是吕布与孙策又是那么的不同，作为一路诸侯，吕布并不具备孙策所具有的政治才干和军事韬略。所以孙策可以虎踞江东，吕布最终被曹操平定。

1．夏侯惇到底是什么样的将领?

话说曹操先锋夏侯惇与吕布手下第一猛将高顺交战，双方大战四五十回合，高顺不敌夏侯惇，败走。夏侯惇紧追不舍，被吕布部将曹性一箭射中了左眼。夏侯惇拔箭，结果连左眼一起拔出来了。夏侯惇认为左眼是父精母血，不能丢弃。于是把左眼吞下去了。吞下去之后，夏侯惇还杀死了用箭射他的曹性。

在传统的三国武将排行中，夏侯惇排行第八位。即一吕布、二赵云、三典韦、四关羽、五马超、六张飞、七黄忠、八夏侯惇、九姜维。尽管这个排行榜与笔者的观点有分歧，但是夏侯惇的英勇还是应该肯定的。

其实《三国演义》中对曹操阵营的武将介绍有些偏少，《三国志》中介绍夏侯惇：

其一，出身名门。夏侯惇是西汉开国功臣夏侯婴之后。

其二，尊敬老师，好学习。年少时，有人侮辱了夏侯惇的老师，夏侯惇杀了那个侮辱老师的人，从此以“烈气”闻名，当然这个行为在今天看来是相当过激的。后来夏侯惇成为一员带兵的武将，在军旅之中，亲自迎接某老师，听老师讲课。

其三，为人“清俭”，为官“不治产业”。即为官清廉，生活上讲究节约。有了富余的钱财还要分给别人；钱不够了，靠国家的俸禄生活。

其四，当时发生旱灾、蝗灾，夏侯惇主持兴修水利，亲自背土，参加劳动。

总的来讲，夏侯惇这种官员的出现是曹操改革东汉末年的弊政，建立了以唯才是举为特征的新的政治生态，给国家和政权所带来的朝气。曾国藩讲：“军事最喜朝气，最忌暮气。”曹操集团是朝气蓬勃的，夏侯惇就是一个充满朝气、拼搏进取的官员。

2. 吕布败退下邳后，情况如何?

吕布打败刘备，并占领了小沛，俘获刘备的家眷，将其安置在徐州。陈珪父子设计忽悠吕布，帮助曹操占领了徐州、小沛和萧关。吕布主力败走下邳。

曹操占领徐州之后，商议如何对付吕布。程昱建议：

其一，吕布现在困守孤城下邳。如果攻之太急，吕布投奔袁术，就不好对付了。

其二，派兵守住下邳通往淮南的道路，内防吕布，外防袁术。

其三，派兵切断吕布和臧霸等泰山诸将的联系。

曹操采纳了程昱的意见，一面派刘备守住下邳和淮南的径路，一面自己切断吕布与臧霸等将领的联系。

陈宫建议吕布：曹操远道而来，要趁其立足未稳，率兵进攻他。吕布认为自己刚被曹操打败，不适合轻易发动进攻。

过了几天，曹操在下邳城下向吕布喊话，招降吕布。说了两层意思：其一，讨伐吕布是因为吕布勾结袁术。其二，吕布投降，不失封侯之位。问题是曹操说吕布结连袁术，所以讨伐吕布，这话是真的吗？

其一，这不过是曹操讨伐吕布的一个借口。出师讨伐必须要有一面正义的旗帜，名不正则言不顺，言不顺则事不成。

其二，吕布真的结连袁术吗？吕布已经拒绝了和袁术联姻，而且还和曹操一起征讨袁术，进攻寿春。但是现在吕布是否真的结连袁术，对曹操来讲已经不重要了。重要的是曹操要统一北方，将来要对抗河北袁绍，就必须先占领徐州，解决吕布这个心腹之患。否则如果曹操和袁绍开战，吕布偷袭许都，这对曹操来讲是致命的威胁。曹操讨伐吕布是从战略大局上考虑，谴责吕布结连袁术不过是个出兵的借口。

吕布这个时候来降，曹操会杀吕布吗？曹操这时在招降吕布，如果吕布响应曹操的号召，曹操不可能杀吕布。为什么？刘备投降曹操时，曹操为了招揽天下英雄，没有杀刘备。现在如果吕布来降，曹操同理也不会杀吕布。

吕布想投降吗？

曹操劝降吕布时，吕布称曹操为丞相，可见吕布已经有了投降的想法。而且吕布觉得曹操之前接受过刘备的投奔，没有把刘备怎么样，所以现在吕布自然也动心了。可是陈宫不这么想。陈宫这个人很固执，他认为自己当时离开曹操是对的，引导吕布偷袭兖州也是对的，尽管他自己也知道跟着吕布是没有出路的，但是陈宫并不想否定自己一路走来的所作所为。于是陈宫向曹操射了一箭，没有射中。曹操的招降计划只能就此而止。

陈宫向吕布建议：其一，吕布率兵出城扎寨；其二，陈宫负责守城，形成犄角之势。这条计策可行吗？

这是彭越挠楚之法，之前李傕就是用这招打败了吕布。简要地说，就是曹操攻城，吕布进攻曹操的后方；曹操进攻吕布营寨，陈宫袭击曹操的后方，让曹操首尾不能相顾。曹操远道而来，时间长了粮草成问题，就可以一鼓作气击败曹操。

此计虽好，可是吕布回家跟妻子严氏商议后，没有采纳陈宫的计策。过几天陈宫建议吕布带兵断曹操粮道，吕布回家和严氏、貂蝉商议，也没有采纳陈宫的意见。吕布为什么不采纳陈宫的意见？

其一，从智谋上讲，陈宫可以说是三国中一流的谋士，而严氏并不是穆桂英或樊梨花。从军事谋略上来讲，陈宫是内行，严氏是外行。

其二，吕布不明白一点，即专业问题要向行家请教，谁是行家？陈宫是行家。吕布不听内行，听外行，这是水平问题。

3．吕布向袁术求援，情况如何？

吕布的谋士向其献计，建议吕布向袁术求救。吕布派人突围去见袁术。袁术提出：吕布先把女儿送来，然后才能派兵救援。吕布的使者无奈，只能再次回到下邳。因为使者回来时要从刘备的营寨经过，吕布大将郝萌为护送使者，被张飞抓获。经过审问，郝萌供出吕布向袁术求救，袁术要求吕布先送女、后发兵之事。曹操得知，要求各寨小心防守，如放走了吕布及其军士，军法惩治。在《三国演义》中，郝萌是被张飞俘获，被曹操所杀。但是《英雄记》记载，郝萌发动反对吕布的叛乱，被吕布的部将高顺所杀。

张飞听到了曹操的命令后，非常气愤，跟刘备讲：抓住了郝萌，曹操不但不奖赏，反倒用军令吓唬我们。刘备讲，曹操统率大军，不用军令能管得了吗？你不要犯军令。毛宗岗父子在评三国时在此处写道：“在他檐下过，不敢不低头。”意思是刘备以军令劝张飞不过是托词。是这样吗？

其一，刘备现在在曹操手下，要听曹操的命令，这一点毛宗岗父子分析得没有错。

其二，曹操统率大军，没有规矩不成方圆，行军打仗没有严明的军纪是不行的。刘备在与曹操的接触中也有感于曹操部队的军纪严明，所以刘备这次拿曹操的军令劝张飞，也暗含着劝张飞以后也要重视刘备集团的军纪。

吕布得知袁术的回复后，决定亲自带着女儿杀出重围，但是曹操、刘备防备森严，没有成功。问题是此时吕布非要带着女儿杀出重围吗？大可不必。

其一，袁术没有意识到现在他和吕布之间是唇亡齿寒的关系，如果吕布被打败了，袁术也很难在淮南立足。袁术只是怕吕布无信，要求吕布把女儿送去再发兵。袁术只会算小账，不会算大账，他根本没有大局观。如果袁术有一定的危机感，他就应该立即亲自统率大军去救吕布。

其二，吕布不会变通，袁术说要他把女儿送过去，他就真的去送？曹操、刘备手下的猛将众多，而且上一次突围联系袁术，必然引起曹操的警觉，所以这次吕布带着女儿是冲不出去的。

其三，那吕布应该怎么办？袁术对吕布的意见只是吕布当初不同意和袁术联姻，其担心的无非就是这次派兵救吕布，万一吕布得救，又悔婚怎么办。说白了，就是袁术认为吕布没有诚意。其实当时吕布不如把家里安顿好，让陈宫等人守城。然后自已亲自突围去见袁术，表明诚意，问题自然就好解决。如果袁术同意出兵，吕布可以跟随袁术一起救援下邳。

吕布和袁术就好比进行一场谈判，袁术一方提出方案时，吕布一方往往只能在同意或不同意两项之中选择，那样就太迂腐了。如果对方的方案很难接受或很难操作，不如在原有方案的蓝本上，拿出另一套双方都能相对满意的更合适、更切合实际的方案。袁术有袁术的方案，吕布也应该有吕布的应对方案。

4. 曹操水淹下邳，吕布情况如何?

话说曹操围攻下邳城，两个月过去了，没打下来。河内太守张杨起兵救援吕布，结果被部将所杀。曹操召集众将开会商议对策。曹操提出：河内太守张杨救援吕布虽然失败，但是袁绍、刘表、张绣仍然从不同方位威胁着我们。下邳城又久攻不下，不如撤回许都，暂时休战。

荀攸急忙制止说：吕布屡次被打败，锐气已经下去了。主将没有斗志，军队就会没有士气。陈宫虽然有谋略，可是现在他还没想出好主意。必须趁这个机会迅速出击，打败吕布。

郭嘉说他有一个计谋，可以攻破下邳城。荀彧问郭嘉：莫非是水淹下邳？郭嘉答：正是。我们分析一下荀彧和郭嘉的对话，可以发现荀彧也已经想到了水淹下邳了，可是荀彧为什么不在郭嘉之前提出这个计策呢？有人会说，莫非荀彧没有及时抢答？不是。那是因为什么？

其一，这个时候郭嘉多大年龄？二十九岁。郭嘉这个时候正值青年。他的理想是什么？建功立业，成为一代名臣。所以，郭嘉想到了一个好计策，他就要马上向曹操报告。郭嘉只想到这个主意对攻占下邳、平定吕布有没有帮助，其他方面没多想或没来得及想。

其二，荀彧这时多大年龄？三十六岁，比郭嘉大七岁，已经渐入中年。这时的荀彧与郭嘉相比有些老于世故。荀彧想到水淹下邳不假，但是荀彧也想到这个主意要是自己提出来，虽说是大功一件，可是这里面会不会牵涉到一个责任问题。怎么个责任?

第一点，水淹下邳自然有利于迅速打败吕布，可是大水淹城对城里的百姓来讲，是一场灾难。因此荀彧考虑到：这个主意要是自己先提了出来，历史会怎么评价荀彧啊？会不会影响到自己的美名啊？所以荀彧这个人虽然有智谋，对曹操也很忠心，但是荀彧还有两个特点：一是怕担责任；二是爱惜名誉，追求个人名声的完美。

第二点，当郭嘉提出有好计策时，荀彧已经想到郭嘉要说什么了。所以荀彧以向郭嘉提问的方式说出了水淹下邳之计。荀彧为什么这样做？一是向曹操表明，郭嘉能想到的主意，我荀彧不是想不到，我能力不差。二是既然郭嘉老弟这么能干，这么足智多谋，水淹下邳这个主意可不是我荀彧先提出的。如果史书上要追究水淹下邳的历史责任，郭嘉老弟自然是责无旁贷。

曹操采纳了郭嘉的建议，水淹下邳，下邳城只有东门无水。吕布得知水淹下邳之后，说“吾有赤兔马，渡水如平地”，没什么可怕的。吕布这句话合适吗？明显不合适。为什么？

其一，这句话说明，吕布这个人遇到事情只从自己的角度考虑问题，典型的“一人吃饱，全家不饿”。他不去想一想自己的家小怎么办？跟着他一路走来，辛辛苦苦的陈宫怎么办？跟着他出生入死的弟兄们怎么办？这句话可以看出吕布这个人：一是想问题很简单。二是看问题自私狭隘。

其二，这句话造成了部将的离心，间接促成吕布集团的瓦解。怎么讲？吕布有赤兔马，危急时刻，吕布可以骑赤兔马逃走，吕布的部将没有赤兔马，他们怎么办？所以吕布的这句话会逼着他的部将不得不去为自己想办法，自谋活路。

5．吕布如何被擒？

吕布终日与妻妾饮酒，对镜自照，发觉面容憔悴，酒色伤人。于是，吕布下令，城中有饮酒者斩。吕布部将侯成有十五匹马被人盗了，侯成把马夺回来了，许多将领都向侯成祝贺。侯成想请大家喝一顿酒，可是碍于吕布禁酒的命令。于是侯成先给吕布送酒。

有人会问，侯成为什么送酒给吕布？

在侯成看来，吕布下令禁酒，如果现在喝酒，等于违反吕布的军令。但是如果先送酒给吕布，吕布要是收了酒，就不好意思管侯成了。

结果侯成的算盘打错了。吕布看到侯成的酒，心想：好家伙，我刚下令禁酒，你侯成就给我送酒，这是明摆着和我对着干。于是下令要杀侯成。宋宪、魏续等将领纷纷劝吕布，吕布看在诸将求情的分上，下令打了侯成五十背花。有人会问，宋宪和魏续为什么会为侯成求情？

其一，吕布要杀侯成没有道理。吕布根本没有搞明白侯成给他送酒的意图。虽然吕布宣布禁酒，可是侯成只是有请大家喝酒的想法，还没有饮酒。

其二，为了自保，怎么讲？现在吕布要杀侯成，下次说不定就轮到宋宪或魏续。现在大家为侯成求情，如果吕布不杀侯成，等于侯成欠了大家一个人情。将来宋宪或魏续遇到类似的危险，侯成也可以为他们求情。

其三，宋宪、魏续和侯成一起共事很久了，有一定的感情，这次侯成受罚不是因为别的，是想请大家喝酒。

吕布这个时候处罚侯成，合适吗？明显不合适。为什么？

其一，现在城池被围，水淹下邳，吕布集团危在旦夕，正是需要团结的时候。这个时候因为侯成送酒而要杀侯成，一是处罚太过。二是会造成部下的离心。

其二，吕布完全可以把禁酒原因跟侯成解释一下，好言抚慰，以团结为重，以守城大局为重。

宋宪、魏续去看望侯成。大家纷纷对下邳的情况表示失望，于是三人商议，由侯成负责盗取吕布的赤兔马，去献给曹操。宋宪、魏续负责擒获吕布。在三人的配合下，曹操攻克下邳。

6. 曹操如何处理下邳城被俘人员？

曹操入城之后，下令退水、安民。吕布、陈宫、高顺、张辽被擒。曹操与刘备同坐白门楼上，关羽、张飞在旁边侍立。

第一位，高顺。

曹操首先问高顺，可是高顺不说话。于是曹操下令斩之。高顺是一个什么样的武将呢？

其一，猛将！真正的猛将！《英雄记》记载，高顺手下有一支七百多人的部队，号称千人，“每所攻击无不破者，名为陷阵营”。《三国志》记载，“（吕布）遣高顺攻刘备于沛，破之。太祖（曹操）遣夏侯惇救备，为顺所败。”什么意思？说的是吕布派高顺进攻刘备，攻占小沛。曹操派夏侯惇救援刘备，也被高顺打败了。刘备手下可是有关羽、张飞两员猛将啊，结果刘备与夏侯惇都败给高顺。

其二，清廉。《英雄记》记载，顺为人清白，有威严，不饮酒，不受馈遗。可见高顺这个人很有原则。

其三，忠诚。高顺忠于吕布。《英雄记》记载，高顺曾劝谏吕布。吕布知道高顺忠诚，可是吕布不会用人。吕布的部下郝萌反叛以后，吕布更加疏远高顺。吕布让部将魏续统领了高顺的部队，可是一到了打仗的时候，又让高顺统领魏续的部队，高顺对此没有恨意。

高顺确实有过人之才，是吕布手下第一猛将，位在张辽之前。可是高顺在三国中的历史地位远远不能与张辽相比。为什么？张辽后来成为曹魏的五子良将之首，战功明显在高顺之上。不要说张辽，就是臧霸、孙观这些投靠曹操的将领，在三国之中都比高顺的历史地位高。何以见得？

陈登、臧霸、孙观在《三国志》中是有传的，高顺、陈宫虽然有过人之才，可惜《三国志》中没有《高顺传》，也没有《陈宫传》。而且臧霸投靠曹操之后，屡立战功，先后担任镇东将军、执金吾等要职，死后谥号威侯。臧霸的儿子臧艾在曹魏官至青州刺史、少府。臧霸的儿子臧舜，在西晋担任散骑常侍。《三国志》的作者陈寿评价臧霸：“李通、臧霸、文聘、吕虔镇卫州郡，并著威惠。”孙观投降后，在曹魏官至青州刺史，孙观的儿子孙毓也官至青州刺史，等于说父子两代青州刺史。高顺远比臧霸、孙观有才，但是高顺的成就不如他们，为什么？高顺扶保的是吕布，臧霸和孙观后来扶保了曹操。一句话，择主很重要，跟谁干很重要，站对了队伍很重要。

夏侯惇的眼伤和高顺有关系吗？

正史《三国志》中记载，吕布偷袭兖州时，曹操从徐州回军进攻吕布，夏侯惇在征讨吕布的战斗中左目受伤。高顺虽然是吕布的部下，但是还不能因此确定此事是高顺所为。

有人会问，高顺为什么忠于吕布？

其一，高顺对吕布的评价是“将军（吕布）躬杀董卓，威震夷狄”。即吕布有讨董卓之功。这在当时是很有影响的。但是恐怕这并不是最主要原因。

其二，高顺忠于吕布的最主要原因是什么呢？作为一员武将来讲，吕布武艺高强，英勇过人，很令高顺等武将敬佩。比如吕布的部将曹性说：“吕将军大将有神，不可击也。”就连谋士陈宫都说：“吕布壮士，善战无前。”

可是高顺这么忠诚，吕布的反应如何呢？曹操处罚高顺时，吕布就站在旁边，吕布在考虑自己的活路，没有说话。

司马光在《传家集》中评价高顺：“或问陈登、高顺皆有过人之才，俱事吕布。而登输心魏祖（曹操），亲为反间；顺尽力于布，与之偕死。意者顺贤登欤。应之曰：不然，古者列国并立，同事王室。故先王制礼，诸侯有王、大夫有君，君臣始终，有死无贰。汉氏平壹海内，万国一君，天下之君，唯帝室耳。顺于吕布，虽备将佐，无委质之分。布者，反复乱人，非能辅佐汉室，而又强暴无谋，败亡有证。登知己轻举以存易亡，徐、豫克清，百姓苏息。顺托身失所，迷远不复，以陷大戮。易称比之匪人，岂谓顺耶。其才虽美，未能及登。以兹观之，优劣见焉。”

笔者认为司马光的评论有这么几层意思，即：

其一，陈登、高顺都是人才，又都是吕布的部下。但是高顺忠于吕布，陈登帮助曹操。

其二，吕布与高顺之间的关系是上下级关系，不是君臣关系。西周、春秋、战国时期，君可以指周天子，也可以指诸侯国的国君。可到了汉朝时期，海内已经平定，国家实现了大一统。天下之君只能指皇帝。

其三，吕布是一个反复无常的乱人，既不能辅佐汉室，又强暴无谋。吕布的失败有其必然性。

其四，陈登帮助曹操，平定徐州和豫州，让百姓过上安定生活，得以休养生息。高顺属于错投了吕布，以致失败。高顺虽然很有才华，但比不上陈登。

第二位，陈宫。

徐晃把陈宫押了上来。陈宫这时为自己的行为做了解释：

其一，当时他离开曹操，是因为曹操心不正，即杀吕伯奢全家。陈宫的这个解释对吧？

曹操当初杀了吕伯奢全家，确实是他的一个污点。陈宫离开曹操确实有一定的道理。但是陈宫也承认曹操有经天纬地之才。曹操改革弊政，实行屯田，安顿流民，消灭割据，统一北方，是顺应民意的，是推动历史发展的。看历史人物要一分为二，看问题还是要看到主流。

其二，吕布虽然无谋，但不像曹操诡诈奸险。陈宫的这个解释对吗？不对。为什么？

陈宫说过曹操有经天纬地之才，现在又说曹操奸险，到底哪个对？有一点可以肯定，曹操足智多谋。如果曹操把足智多谋用到正地方，曹操就是有经天纬地之才。如果没有把足智多谋用到正地方，曹操就是奸险。从民本思想来讲，曹操的所作所为从主流上是符合百姓利益的，是促进社会发展和推动历史前进的，所以说曹操的足智多谋成就了其经天纬地之才。

其三，吕布要是听了陈宫的话，不至于被擒。陈宫这话对吗？不对。为什么？

吕布的勇猛可以比过孙策，但是政治才干和军事韬略无法与孙策相比。所以吕布的失败有其必然因素，陈宫的辅佐只是延缓了吕布失败的时间而已。

曹操是个很念旧情的人，他想起了当年陈宫为了救自己，舍弃官职，与自己一起逃亡。所以曹操不想杀陈宫，但是陈宫要求曹操杀了他。曹操问陈宫：那你陈宫的老母、妻子、孩子怎么办？陈宫说：以孝治天下者，不害人之亲；施仁政于天下者，不绝人之祀。曹操无奈，起身流泪送别陈宫，下令将陈宫老母、妻子、孩子带回许都供养。

第三位，吕布。

吕布不想死，他向曹操提议，自己给曹操当副手，帮助曹操平定天下。曹操问刘备意见如何？刘备回答说：难道您忘了丁原、董卓的事了？吕布听到这儿，目视刘备说：你小子最不讲信义！曹操下令杀了吕布。问题是如何处置吕布，曹操为什么要征求刘备的意见？

其一，曹操是不想留下吕布的，吕布杀丁原、董卓的事情，曹操是很早就知道的。留下吕布，曹操很可能就成为下一个丁原或董卓。尽管曹操唯才是举，但是吕布是个什么样的人，曹操心里还是有数的。

其二，维护自己爱才的形象。问题是吕布代表了一类有才能的人。吕布代表什么样的人？吕布代表了有才干但是品行低劣的人。曹操是要广纳天下英雄的，曹操分析：如果杀了吕布，会不会让一些有才干但是品行上有些问题的人才，在投奔曹操时望而却步呢？曹操了解一点，人至察则无徒。所以曹操既不想留着吕布，又不想因为杀吕布而影响有才少德的人投奔自己，所以曹操要借刘备之口杀吕布，来维护自己爱才的形象。

其三，在安抚和拉拢吕布旧部上一箭双雕。怎么讲？吕布是一方诸侯，手下有一帮有才干的武将。宋宪、魏续这些人虽然都投靠了曹操，但是跟随吕布一段时间，还是有一定感情的。而且臧霸、孙观等吕布余部还没有投降。如果说曹操亲自下令杀了吕布，会伤害吕布旧部的感情，不利于招降工作，也不利于吕布旧部融入曹操集团。所以，现在由刘备提出杀吕布的充分理由，这个问题就好解决了。

而且由刘备来提出杀吕布的建议，对曹操有利。怎么讲？杀吕布是刘备提出来的，吕布的旧部会怎么看刘备？势必在感情上疏远刘备，从而削弱了刘备拉拢吕布旧部的可能性，不利于刘备以后的发展。这是刘备始料未及的。

之后，曹操还把吕布的家属接到许都供养，进一步融洽了与吕布旧部之间的情感。

刘备为什么主张杀吕布呢？刘备现在一心想夺回徐州，可是曹操、吕布的实力都在刘备之上。刘备认为，有吕布在，他就无法夺回徐州，所以从减少一个对手的角度出发，刘备主张杀吕布。

吕布与项羽、孙策有何异同呢？

其一，这三个人，孙策最优，其次项羽，再次吕布。为什么？孙策被称为小霸王，可是孙策勇猛与项羽相似，孙策的政治才干是项羽所没有的。此外孙策与项羽都具备军事韬略和用兵能力。

其二，项羽力拔山兮气盖世，吕布可以算得上三国第一猛将。二人武艺高强，气力上讲，项羽力能举鼎，恐怕是吕布所不及。他俩武功谁高？这个问题好比关公战秦琼，不在一个时空，不好比较。但是项羽有出色的军事才华，用兵能力远在吕布之上。相同的是项羽和吕布都不会用人，项羽不会用范增，吕布不会用陈宫。

其三，孙策有帅才，项羽和吕布都只有将才。孙策不但自己武艺高强，而且他有能力领导一帮有才干的人。项羽和吕布都只是匹夫之勇，作为一员武将，能力是够用的，但是作为主帅，他们不够格。项羽的主要精力投入在武艺和用兵上，吕布的主要精力投入在武艺上了，他们缺乏作为帅才的政治才干。

第四位，张辽。

曹操首先和张辽回忆了濮阳之战中曹操在濮阳城遇险的旧事。张辽对曹操出言无礼。曹操要杀张辽，被刘备、关羽拦下。刘备和关羽都称张辽为忠义之士。曹操如何招降张辽呢？老办法。

第一步，曹操称自己也知道张辽是忠义之士，刚才不过是开个玩笑罢了。第二步，亲自松绑。第三步，解下来自己的衣服给张辽披上。第四步，请为上座。张辽深受感动，投降曹操。

张辽为什么会投靠曹操，而不是跟随刘备？

其一，张辽的视野开阔。张辽之前经历过多个领导，即丁原、何进、董卓、吕布。这些经历让张辽有了一个感触——跟着“大人物”混有前途，而刘备现在是曹操的下属。

其二，曹操不算旧账。张辽在曹操濮阳遇险时曾伏击曹操，可是曹操既往不咎，不算旧账，还如此礼贤下士。这让张辽非常感动，认为曹操宽宏大量，这一点是刘备所不及的。

其三，曹操和刘备的胸怀不同。刘备这个人外表比曹操宽厚，但是过去严重伤害过刘备的谋士或武将，刘备会招到自己帐下吗？恐怕很难。但是曹操就能做到这一点。所以曹操外表看似没有刘备宽厚，但是胸怀远比刘备宽广。

其四，曹操和刘备的人才格局不同。刘备不会打破桃园三结义的人才格局。张辽去刘备那里，只能在刘、关、张之后当一个小兄弟。可是张辽在正史中是曹魏五子良将之首，比如合肥战役打败孙权，震慑东吴，其军事才华不在关羽、张飞之下。

曹操占领了徐州，下一步自然是回师许都。回到许都之后，曹操与汉献帝的关系又会如何变化呢？请看下集：衣带血诏。

第二十五集

衣带血诏

以汉献帝为首的拥汉派虽然不掌握实权，手中也没有兵权，但是他们的政治实力和影响力不容低估。董卓、李傕、郭汜都败在了拥汉派手上。东汉政府虽然已经名存实亡，但是其作为百年老店，仍然树大根深、枝繁叶茂。许田打围是曹操对拥汉派的政治试探，衣带诏事件是汉献帝与曹操第一次政治交锋。

1. 曹操占领徐州之后，都做了哪些工作？

其一，招降吕布余部。即派张辽招降了臧霸，臧霸又招降了孙观等将领。对张辽等降将都封给官职。

其二，将吕布的妻女接回许都。有人会问，曹操是不是看上貂蝉了？这个正史中没有记载。分析曹操此举是为了优待吕布家属，安抚吕布旧部。

其三，妥善处理徐州百姓请愿事件。

事件起因：刘备在徐州有很深的根基，陶谦的余部都归附刘备。现在吕布被杀，刘备在徐州的势力就开始组织所谓的百姓请愿，要求曹操留刘备当徐州牧。

曹操的对策：这时曹操刚平定徐州，立足未稳。如果正面拒绝请愿者的要求，可能被请愿者利用，以此抹黑曹操。毕竟曹操在之前讨伐陶谦时，对徐州百姓犯过错误。所以曹操没有正面否决请愿者的要求，而是巧妙地拒绝了请愿者。如何巧妙拒绝？曹操说刘备功劳大，要先面见天子，封爵位后，再让刘备回来不迟。曹操的这个回答完全是有理、有利、有节，既让请愿的组织者没有话说，又可以把刘备带回许都加以控制。

其四，回许都后，封赏征战人员。平定吕布是一个重大的胜利，封赏征战人员，可以激励士气，鼓舞斗志。这是曹操唯才是举、赏罚分明的体现。

其五，留车胄镇守徐州。车胄是曹操手下的车骑将军，可以说是曹操的自己人，但是留车胄镇守徐州，属于曹操用人不当。为什么？

第一点，车胄这个人对曹操忠心耿耿不假，可是此人能力很一般。而徐州又是陶谦、刘备、吕布在此经营很久的地方，各种势力盘根错节，政治形势十分复杂。车胄没有这个能力处理这种复杂的政治形势。

第二点，曹操征讨陶谦时，在徐州犯过滥杀百姓的错误。相对曹操来讲，徐州的民心有些倾向刘备。

第三点，在《三国演义》中，车胄镇守徐州之后，采取了错误的政策。一是重用刘备余部，即重用陈登。后来陈登和刘备联手杀了车胄。但在《三国志》中，车胄被刘备所杀，并没有陈登帮刘备杀车胄的记载。二是车胄没有趁刘备留居许都期间，及时肃清刘备余部在徐州的影响力，为刘备重新占领徐州埋下了伏笔。

其六，回到许都之后，将刘备留在许都，住在相府附近，实际上就是就近看管。

2．汉献帝与刘备认亲，情况如何？

曹操把刘备介绍给汉献帝，汉献帝问刘备祖上何人。刘备答：臣乃中山靖王之后，孝景皇帝阁下玄孙！有人会问，刘备为什么不说自己过去卖过草鞋呢？

其一，刘备长“教训”了。怎么个长“教训”？当年董卓问刘备现居何职。刘备答：白身。结果董卓特看不起刘备，尽管刘备救了董卓的命。如果现在汉献帝问刘备祖上何人，刘备答自己卖过草鞋。汉献帝的反应不会比当年的董卓强多少。这就是东汉末年上流社会的等级观念。

其二，有人会问，曹操不是唯才是举吗？《三国志》的作者陈寿评价曹操是“官方授才，各因其器”“非常之人，超世之杰”。大意是说曹操是唯才是举，但是三国之中有几个曹操啊？所以曹操不会因一个人卖过草鞋就看轻这个人。但是，当时的上流社会可不会这么看问题。

汉献帝命人拿来家谱，和刘备认亲，刘备成为皇叔。这是《三国演义》中的叙述。《三国志》中刘备的传记即《先主传》中并没有汉献帝与刘备认亲的记载，也没有提到家谱的存在。家谱和认亲是否存在呢？

其一，从中山靖王刘胜到刘备，大约三百年，也许三百年前是一家。中山靖王在西汉，汉献帝在东汉。但是我们中华民族毕竟是一个重视亲情、重视血缘的民族，所以说汉献帝和刘备认亲有一定的可能性。

其二，《三国志·先主传》里没有提到过家谱一事，而且三百年间，经历了王莽时期，又有东汉、西汉之分，这个家谱会像《三国演义》中说的那样保存如此完好吗？中山靖王有一百多个儿子，刘备就算是中山靖王之后，可是在一个等级尊卑森严的社会里，皇室的家谱能把时隔三百年，从事卖草鞋行业的刘备也记录下来吗？而且《三国演义》成书时间要在三国后一千多年，所以家谱的真实性很值得怀疑。

《三国演义》中汉献帝为什么要和刘备认亲？

其一，在汉献帝看来，他自己是皇帝，是天子。天子就应该富有四海，就应该至高无上，就应该普天之下，莫非王土；率土之滨，莫非王臣。可是现在汉献帝是一个傀儡皇帝，权力掌握在曹操手中。所以汉献帝的目标是要把他认为应该属于他的权力夺回来。

其二，汉献帝要夺权，需要有人帮他。可是现在他身边亲信只有皇亲和部分士族大臣，实力太弱。更何况桓帝、灵帝以来，东汉朝廷不得人心。所以汉献帝需要找帮手，他看中了曾经坐镇徐州并自称皇亲的刘备。

荀彧等谋士提醒曹操，汉献帝认刘备为皇叔，对曹操不利。这说明什么？荀彧不是拥汉派，荀彧是忠于曹操的。

曹操对献帝与刘备认亲的反应是什么呢？曹操认为：

其一，朝廷现在是曹操说了算。刘备就算是皇叔，曹操以天子的名义命令刘备，刘备敢不听吗？

其二，刘备现在在许都，处在曹操的掌握之中。

曹操说的这两点不能说不对，但是有一点曹操没有考虑清楚，就是刘备这个人难防。吕布防不了刘备，曹操防得了吗？后来刘备参与衣带诏事件，又带着曹操的兵马逃出许都，也证明了曹操千算万算，还是没有防住刘备。

3．曹操如何处理太尉杨彪？

曹操考虑到，太尉杨彪是袁绍和袁术的亲戚，如果杨彪和二袁联手，里应外合，事情就不妙了。于是曹操让人诬告杨彪勾结袁术，抓捕了杨彪。曹操打击杨彪，引起了孔融的强烈反对，曹操不得已，将杨彪放归田里。杨彪和二袁是亲戚说明什么？

其一，《红楼梦》里记述了贾、王、史、薛四大家族，这四大家族不但有很强的政治影响力，而且他们之间还互相通婚，比如贾母是老史家的女儿，贾宝玉的母亲王夫人和贾琏的妻子王熙凤都是老王家的女儿，贾宝玉的母亲王夫人和薛宝钗的母亲薛姨妈是亲姐俩。其实在东汉末年的士族政治和《红楼梦》里的四大家族也很类似，袁绍、袁术家族和杨彪家族也是两个大士族，这两大士族也像贾王史薛四大家族之间一样彼此通婚。东晋时期的王导家族、谢安家族，在东晋的政治影响力是很大的，甚至出现了“王与马，共天下”的说法。

其二，有人会问，袁术、杨彪也好，王导、谢安也好，士族之间为什么要相互通婚呢？在中国古代，结婚讲究门当户对，士族和士族之间门第相当。门当户对一定程度上有利于婚姻的稳定。因为两个人门第相当，比较容易有共同的语言和相似的生活阅历，所以时间长了好接触，好沟通，隔阂比较少，可以减少离婚率。但是士族间的通婚会产生一种现象，什么现象？魏晋时期及之后的南朝，政权逐渐被士族所把持，加上“九品中正制”等制度的推动，出现了“上品无寒门，下品无士族”的政治局面。士族通婚会加强士族逐渐把持政权的局面，那么士族为了维护其自身利益，就会排斥出身社会底层的人进入仕途。所以刘备不会被举孝廉，关羽、张飞很难被董卓、袁术等士族认可。刘备为了挤进上流社会，反复强调自身的皇亲身份，其目的无非是要获得上流社会的认可。

其三，曹操也是士族，他为什么唯才是举？四个字：争夺人才。曹操的唯才是举必然会受到一些士族的反对，因为这一政策触动了士族的政治利益。所以有些人批评曹操重才不重德。可是不唯才是举，士族阶层就会在很大程度上控制人才的选拔权，底层的人才就很难有上升渠道，即使有些人品德优良。那曹操唯才是举的动机在哪里呢？当时是战乱时期，军阀割据，许多政治力量都在争夺人才，曹操为了实现结束战乱、统一天下的目标，为了招揽四海英雄，所以实行了唯才是举的人才政策。实践证明，这个政策是成功的，是促进统一的，是利国利民的。

4. 曹操许田打围，情况如何？

议郎赵彦因为曹操处理了杨彪，上书弹劾曹操擅收大臣，曹操大怒，处死了赵彦。谋士程昱建议曹操趁此时机行王霸之事。有人会问，什么是王霸之事？是当皇帝吗？不是。

笔者认为这里的王霸之事应该指的是春秋五霸那样的功业。对曹操来讲就是挟天子以令诸侯。其实挟天子以令诸侯具体应该分为“挟天子”和“令诸侯”两部分。首先要做到“挟天子”，要“挟天子”就必须完全控制朝廷，所以“挟天子”是“令诸侯”的前提。

那么曹操现在能完全做到“挟天子”吗？曹操现在还是有顾虑的。什么顾虑？现在汉献帝手下还是有一帮拥汉派的大臣。这些拥汉派到底有多少人？实力有多大？朝廷中到底有多少人心里还在拥护汉朝？曹操心里也没底。既然心里没底，曹操就要做一个摸底工作。怎么摸底？许田打围。

曹操向汉献帝提出天子田猎，汉献帝说：田猎恐怕不是正道。曹操答：现在天下大乱，正要借田猎以讲武。问题是汉献帝认为天子田猎不是正道，这个认识对吗？不对。为什么不对？

其一，汉献帝这个皇帝“生于深宫之中，长于妇人之手”，是非混淆，没有见识，处理不了三国时期的复杂局面。

其二，中国传统教育讲究“六艺”，六艺分为礼、乐、射、御、书、数。其中射指的是射箭，御指的是驾车。有的人会问，为什么不骑马？因为在孔夫子时期，中原人还不会骑马。一种观点认为骑马是从赵武灵王胡服骑射开始的。所以骑射符合传统六艺的教育精神和思想精华。在传统文化的育人上，骑射并不是旁门，而是正道。所以优秀传统文化培养人的目标并不是谦谦君子、文弱书生，体育也很重要。

其三，中国历史上许多有作为的君主，都有着强健体魄和马背上的雄风。如汉高祖刘邦、唐太宗李世民、宋太祖赵匡胤、成吉思汗、努尔哈赤、康熙皇帝，哪一个不是马背上的精英！三国时代正值乱世，骑射可以锻炼一个领导者强健的体魄，更利于带领文臣武将征战四方。

曹操许田打围有何政治用意？引蛇出洞，摸清拥汉派的实力。汉献帝让刘备先射，刘备射中一只兔子。可是汉献帝去射一只大鹿，连续射了三箭没中。看来献帝真是过于文弱。于是献帝让曹操射，曹操讨得献帝的弓箭，一箭射中。结果群臣和将校以为是皇帝射中的，群呼万岁。曹操纵马直出接受群臣将校的祝贺。关羽这时看不下去了，提刀拍马要杀曹操，刘备用眼神阻止了关羽。刘备为什么劝阻关羽？刘备的解释是献帝离曹操很近，怕伤了汉献帝。这也许是一个原因，但是还有其他原因刘备没说，什么原因？

其一，关羽杀曹操成功的可能性不大。为什么？曹操背后都是其心腹将校，可谓武将众多。关羽虽然武艺高强，但是一个关羽恐怕不是众人的对手。更何况曹操附近还有大量的士卒，此时的关羽还没有得到赤兔马。

其二，如果关羽没有杀成曹操，刘备、张飞这些人可能都会被曹操的兵将“包了饺子”。

有人会问，关羽不是要保刘备当皇帝吗？现在为什么忠于汉献帝？

关羽的思想变化是一个过程。到现在为止，关羽还没有保刘备当皇帝的想法。从桃园三结义到现在，关羽的思想是通过扶保刘备，来扶保朝廷，效忠汉灵帝和后来的汉少帝、汉献帝。所以现在关羽认为他效忠的是汉献帝，他和刘备只是结拜兄弟和上下级，而不是君臣。

5．董承受诏，情况如何？

汉献帝回宫之后，马上做的一件事就是“哭”，对着伏皇后哭。这时，伏皇后的父亲、国丈伏完给汉献帝出了一个主意，伏完讲：

其一，现在曹操在朝中的势力很大，满朝文武大多是曹操的宗族或其门下。想对付曹操，只能依靠皇亲国戚。

其二，伏完虽然也是皇亲国戚，但是伏完无权，干不了这事。推举国舅董承牵头干这个事。

其三，要推翻曹操，行事必须机密，所以建议皇帝采用衣带诏的形式令董承策划此事。

问题是汉献帝要推倒曹操，国丈伏完为什么推荐国舅董承，他打的什么算盘？

其一，国丈伏完是伏皇后的父亲，国舅董承是董贵妃的哥哥，这是《三国演义》的叙述。《裴松之注》中说董承是汉灵帝母亲董太后的侄子，是汉献帝的老丈人。

其二，如果按照身份，国丈伏完岂不是要比董承地位更高，更应该为汉献帝出力，伏完为什么推荐董承干呢？真的是伏完自己所说的无权吗？恐怕不是。

其三，伏完的算盘是让董承去对付曹操，如果董承赢了，那伏皇后还是皇后，伏完还是国丈，你董承就算有功，也还是国舅，自己是最大受益者。如果董承输了，曹操要杀的是董承等人，伏完可以躲在幕后，不用承担那么大的风险。

献帝咬破指尖，书写了血诏，令伏皇后缝于玉带之内。伏皇后的针线活不错。献帝宣董承进殿，在功臣阁将锦袍和玉带赐给董承。曹操得知献帝召见董承，急忙过来看个究竟，正好碰到董承。曹操看了看锦袍玉带，没看出什么问题来，放走了董承。董承回家之后，发现了衣带血诏。血诏的大意是要董承召集可信之人灭掉曹操。

董承看着血诏想办法，想着想着睡着了。而衣带诏就放到了桌子上。第二天早上，董承的好朋友侍郎王子服来到董承的房间，正好看到血诏。还好王子服和董承是一伙的，否则后果不堪设想。问题是董承得到衣带诏之后，有哪些疏忽？

从这件事可以看出，董承这个人心比较粗，做事不密，你董承既然得到了皇帝的密诏，你知道密诏上写的是什么不就行了吗？为什么要拿出来反反复复看个不停呢？董承的警觉性太差。

王子服给董承建议，立一个义状，召集一些忠于汉朝的人在义状上签名。问题是这个办法好吗？

其一，搞联名状的好处是可以促进团结，因为签了名就成了一条船上的人了，必须同舟共济。上船容易下船难啊。

其二，搞联名状的弊端很大，为什么？因为参与这件事的所有的人都在上面签名了，一旦这个联名状落到曹操手里，董承这伙人就全暴露了。尽管当时董承、王子服谁也没想到联名状会落到曹操手里，可是局势的发展还是出乎了他们的预料。比如，董承失败的时候，曹操本来不知道刘备参与了这件事，可是一看联名状，才知道刘备也参加了。

下一步，董承是如何拉刘备入伙的呢？刘备和曹操之间又要进行怎样的较量呢？请看下集：青梅煮酒。

第二十六集
青梅煮酒

古往今来，人们谈起曹孟德煮酒论英雄时，都会对曹操那句“今天下英雄，惟使君与操耳！”发出无限的感慨，往往会被曹操的英雄本色所折服。但是老孙认为煮酒论英雄是曹操在政治上的一大败笔。为何？曹操在谈笑之间，抬高了刘备，轻视了孙策，得罪了各路诸侯，而且还中了刘备的韬晦之计，为放跑刘备埋下了伏笔。

1. 董承如何拉刘备入伙?

董承采纳王子服的建议，搞了联名状。目前在联名状上签名的一共六个人，分别是：车骑将军董承，工部侍郎王子服，长水校尉种辑，议郎吴硕，昭信将军吴子兰，西凉太守马腾。马腾建议：

其一，聚集十个人就可以了。董承觉得有理，因为人少不够用；人多了，如果所用的人不行或出了叛徒，反受其害。

其二，拉拢刘备入伙。

董承对拉拢刘备有疑虑，在董承看来，刘备虽是皇叔，可是目前正依附曹操。马腾就把其看到许田打围之时，关羽要杀曹操，被刘备阻止的事情告诉了董承。于是董承趁夜色怀揣血诏、联名状去见刘备。这件事说明什么？

董承这个人属于胆大心粗，做事太草率。为什么？刘备住在曹操的相府附近，被曹操就近看管，董承带着血诏、联名状去见刘备，如果出了问题，董承、刘备这些人就被曹操一锅端了。董承不是胆大心细的人，他做事不周密，缺乏保密意识。

董承见到刘备就讲，许田打围的时候，云长（关羽）要杀曹操，你为什么阻止他？刘备一听忙问：你是怎么知道的？董承讲：别人都没看见，就我看到了。董承把马腾隐去。聊了不久，董承就把天子血诏和联名状给刘备看。刘备一看，认识到这个名自己是不能不签。为什么？

其一，衣带诏的事情名义上是董承在牵头，实际上是皇帝在牵头。现在刘备只有两条路，要么站在皇帝和董承一边，要么站在曹操一边，想置身事外是不可能的。

其二，刘备和曹操是政治对手，而且刘备的旗号是兴复汉室，所以刘备不可能不站在汉献帝一边，也不能不签这个名。

刘备签完名之后，还有一丝的顾虑，为什么？他发现董承做事太粗心、大意了，衣带诏和联名状这么机密的事情，董承敢堂而皇之地带在身上，拿给刘备看，刘备就住在曹操隔壁啊。于是刘备跟董承讲了两点，大意为：

其一，这件事不能着急，要慢慢来，要耐得住性子。

其二，事关重大，一定要保密，千万不能泄露。

2．曹操、刘备煮酒论英雄，情况如何？

董承走后，刘备的危机感更强了，因为他现在卷入汉献帝与曹操的政治斗争。在许都，刘备没地盘、没军队，刘备明白在乱世之中没有地盘和军队，无论哪一方获胜了，自己都很难大展拳脚。所以刘备自从来到许都之后，就想找机会回徐州，因为徐州是刘备过去的地盘。可是现在的问题是曹操对刘备看得太紧了，于是刘备认为当务之急是采取韬晦之计，让曹操对自己放松警惕，然后找机会脱身。

刘备开始在后院种菜，关羽和张飞感到奇怪，问刘备为什么要这么做。刘备说这不是你们能理解的。关羽和张飞跟刘备时间很久了，他们知道刘备这么做一定有他的道理，于是也没往下问。

一天，关羽、张飞不在家，许褚和张辽把刘备请到了相府。曹操见到刘备就讲：在家干好大的事啊。刘备一听，面如土色，以为衣带诏的事情泄露了。结果曹操接着说了一句：在家种菜不容易啊。刘备虚惊一场。曹操是聪明一世，糊涂一时。他在行刺董卓时能够机警地献刀，现在却没有仔细观察和琢磨刘备刚才的表情。为什么？

因为现在曹操处于主动地位，而刘备处于被动地位；曹操为“刀俎”，刘备就好比“鱼肉”。这个时候曹操的警觉性降低了，而刘备的警觉性相当高。所以战略上藐视敌人，战术上一定要重视敌人，即使自己处于优势。

曹操见枝头梅子青青，给刘备讲了自己去年出征张绣时望梅止渴的故事。然后带刘备进入小亭，与刘备青梅煮酒，相对而坐，开怀畅饮，纵论天下英雄。曹操让刘备列举天下英雄，刘备先后举出了袁术、袁绍、孙策、刘表、刘璋、张绣、张鲁、韩遂等各路诸侯。

曹操的点评是：袁术属于冢中枯骨。袁绍色厉内荏，好谋无断，干大事而惜身，见小利而忘命。刘表虚名无实。孙策借父之名。刘璋守门之犬。张绣、张鲁、韩遂等辈皆碌碌小人。最后曹操得出一个结论：今天下英雄，惟使君（刘备）与操耳！

古往今来，多少英雄豪杰、仁人志士谈起曹操煮酒论英雄时，都会感叹曹操的恢宏气度，为曹操的英雄本色所折服。可是冷静下来想一想，曹操这些话说得合适吗？正确吗？笔者认为除了对孙策的评价不对，对其他诸侯的评价都是正确的，而且评价得非常准。有人会问，既然对除了孙策以外的各路诸侯评价都很准，为什么说曹操说这些话不合适呢？

其一，煮酒论英雄抬高了刘备。刘备是不是英雄？当然是英雄。但问题是刘备属于草根出身的英雄，起点很低。在徐州时打不过吕布，是有名的常败将军。但是曹操说天下英雄只有刘备和曹操，一下子就把刘备抬高了，天下诸侯从此对刘备高看一眼，原先没注意刘备的人现在开始注意刘备了。

有人会问，曹操和刘备两个人论英雄，别人怎么知道的？刘备回去就把这话跟关羽、张飞讲了，把煮酒论英雄的事传出去了。虽然曹操说的是实话，但是给竞争对手刘备做了很好的宣传，相当于给刘备打了一个优秀的“广告”。其实，曹操好肯定别人的优点，哪怕是竞争对手的优点，比如“生子当如孙仲谋”，这句话是曹操说的，不亚于给孙权打了一个优秀的“广告”。

有人会问，曹操难道说的不是实话吗？曹操肯定刘备、孙权是英雄，这是实话。也说明曹操这个人喜欢肯定对手的优点，且曹操的气度很大。但是这会助长对手的士气，增加打败对手的难度。我们看到了曹操给刘备打正面宣传的“广告”，你看到过刘备给曹操打正面宣传的“广告”吗？恐怕没有。刘备不会为对手做正面宣传。

其二，曹操看错了孙策。曹操说孙策借父之名，非英雄也。这里暗含了两个意思：第一点，曹操认为孙策的父亲孙坚是一个英雄，孙坚也确实是英雄。第二点，孙策能平定江东，不过是利用孙坚的影响力，而不是靠自己的能力。曹操对孙策的认识对吗？明显不对。

孙策不但是一个出色的军事家，也是杰出的政治家，可谓文武全才。他跟曹操一样，很会笼络人才，也很会用人。曹操看轻孙策造成了两个严重后果。

第一个严重后果，孙策对曹操有了很大的意见，孙策和曹操的盟友关系面临瓦解。而且后来官渡之战前，孙策想与袁绍联合对付曹操，如果不是孙策去世，曹操打不赢官渡之战。

第二个严重后果，曹操看轻孙策，进而看轻了整个江东集团。所以曹操平定河北以后，准备南下时，错误地认为刘表、孙权可以一鼓拿下。在没有彻底打败刘备的时候，与孙权开战，才有了赤壁之败，为鼎足三分埋下伏笔。历史证明，同时进攻刘表、刘备、孙权是错误的。

其三，曹操对袁术、袁绍、刘表、刘璋、张绣、张鲁、韩遂等各路诸侯的看法是正确的。问题是这些正确的看法不适合跟刘备讲。为什么？

第一点，曹操对这些人的评价后来被刘备传了出去，煮酒论英雄名闻天下。这些诸侯听到曹操在论英雄时对他们的评价，肯定不会高兴。特别是袁绍一定会对曹操非常不满。

第二点，曹操的一贯战术是联合一方势力或稳住一方势力，去对付另一方势力，可是煮酒论英雄等于得罪了各路诸侯，不利于对各路诸侯分化瓦解，各个击破。

所以说煮酒论英雄是曹操的一个政治败笔。讲话要考虑影响，即使所讲的话很正确。

曹操对刘备讲："今天下英雄，惟使君与操耳！"刘备一听大惊，手中的筷子不觉掉到地上。这时正好雷声大作，刘备说自己被雷声吓着了。曹操真的以为刘备是因为打雷而筷子落地，没有怀疑刘备。巧借闻雷来掩饰，随机应变信如神。三国之中干大事的人都是在风口浪尖上，没有随机应变的能力恐怕干不成大事。曹操要是没有随机应变的能力，在行刺董卓的时候，他不会想到献刀，恐怕早都消失在历史舞台上了，何谈统一北方！正是刘备随机应变的能力，帮助其过了煮酒论英雄这一关。

也正是这次谈话，让曹操放松了对刘备的警惕。这件事也可以看出刘备的一个性格特点：容易慌张，但反应很快。反应很快是刘备的一个优点，但是容易慌张是刘备的一个缺点，刘备一直都没重视和努力改正这一缺点。

其实煮酒论英雄里还有一个问题，刘备对各路诸侯是什么看法呢？

后来刘备到荆州依附刘表，刘表跟刘备讲：听说当年曹操和你青梅煮酒，共论英雄，你列举了各路名士（包括刘表），曹操都不认可，而是说“天下英雄，惟使君与操耳”。刘备借着酒劲回答说：刘备要是有基本，天下那些碌碌之辈（估计包括刘表）都不在话下。也就是说刘备基本认同曹操对各路诸侯的评价，而且觉得自己能力和水平在一般的诸侯之上。还好刘表这个人比较宽厚，不跟刘备计较，否则刘备小命不保。

正当曹操与刘备青梅煮酒之时，关羽和张飞闯了进来，曹操也没有介意，而是让刘备他们回去了。回去之后，刘备给关羽、张飞讲了煮酒论英雄的事情，并告诉关、张，自己种地乃是韬晦之计。关羽、张飞对刘备佩服不已。

3．刘备是如何逃离许都的？

第二天，曹操又宴请刘备。这时满宠向曹操汇报：

其一，公孙瓒已经被袁绍所平定。

其二，袁术已经支撑不下去了，要放弃淮南，投奔河北的袁绍。如果二袁联手，就不好对付了。

刘备听到这里，马上想到三个问题：

其一，赵云现在下落不明。

其二，袁术要投奔袁绍，必然经过徐州。

其三，可以自请带兵截击袁术，借机逃离许都，回到徐州。

于是，刘备向曹操要求带兵截击袁术。曹操居然同意了。曹操应该放跑刘备吗？让刘备去截击袁术是曹操做出的严重的错误决定，也造就了将来魏蜀吴三足鼎立的政治局面。

刘备面奏天子，带五万兵马，与曹操部将朱灵、路昭去截击袁术。刘备带兵刚走，郭嘉、程昱考较钱粮回来，马上向曹操建言。程昱讲：今日让刘备带兵离去，是放龙入海，纵虎归山。郭嘉讲：就算不杀刘备，也不能放他走。一日纵敌，万世之患。可惜煮酒论英雄之时，郭嘉、程昱不在旁边，若在旁边，必能看出破绽。刘备能逃出许都也有运气的成分，如果郭嘉、程昱不去考较钱粮，他们会提醒曹操的。

曹操觉得郭嘉、程昱说得对，马上令许褚带五百兵去追。可是五百兵能追回五万兵吗？许褚追上刘备后，刘备称：

其一，将在外，君命有所不受。

其二，刘备出征之前面过君，而且是曹丞相派刘备出征的。

其三，许褚要是没有别的事，马上回去，为我回禀丞相。

许褚寻思：

其一，丞相经常请他喝酒，应该和他关系不错。

其二，丞相派我来把刘备追回，并没有让我和刘备厮杀。还是回去请示丞相再说吧。

于是领兵而回。程昱、郭嘉判定刘备必然是变心了。但是曹操认为他派去跟随刘备的朱灵、路昭可以制约刘备。问题是朱灵、路昭可以制约刘备吗？不能。为什么？

其一，虽然刘备带走的兵是曹操的兵，但是大权在主帅刘备手中掌握，且有关羽、张飞的辅佐。朱灵、路昭也很难制约刘备。

其二，刘备去的地方是徐州，那是刘备的老地盘，陈登、麋竺这些刘备的老部下都在徐州。

问题是曹操有经天纬地之才，为什么会犯放跑刘备的错误呢？

其一，曹操虽然很有本事，但是曹操并不是超人，不是没有犯过错误。在军事战争中，曹操打过很多败仗。这次在政治斗争中，曹操放跑刘备，也是一大失算。

其二，曹操也了解，即使自己才能非凡，但是一个人的智慧毕竟是有限的。所以曹操很重视谋士的作用，比如荀彧、郭嘉等人，这些人往往在关键时刻提醒曹操，避免决策失误。

刘备不但成功逃离许都，还带走了曹操五万兵马，说明什么？

刘备是一个有大智大勇的人。刘备被曹操带到许都，就近看管。刘备并没有对前途自暴自弃，而是冷静分析，从容应对，实行韬晦之计迷惑曹操，煮酒论英雄时随机应变掩饰自己，后来又抓住机遇成功脱险。

4．袁术为何失败？

刘备迎战袁术，张飞与纪灵大战，不到十个回合，张飞就将纪灵刺于马下。有人会问，关羽和纪灵能大战三十回合，还不分胜负。为什么张飞不到十回合就打败纪灵？

关羽和纪灵交战时，属于两军对阵。当时袁术的力量相对较强。而此时袁术的力量已极大削弱，军心涣散。纪灵现在的任务是保着袁术，通过徐州，去往河北。而刘备率兵拦截，纪灵对完成任务是没有信心的，更无心和张飞交战。

袁术被刘备打败，不久吐血而亡。传国玉玺被他人献给曹操。问题是袁术失败的原因是什么？

其一，忽视人才建设。袁术手下兵多粮足，可是出色的谋士和武将不多。文要数杨大将，武要数纪灵。所以袁术没有认识到人才的重要性，也没有觉得自己缺人才，对孙策这样的人才不够重视。

其二，过于看重传国玉玺的作用，过早称帝。称帝后，树大招风，奢侈无度，利令智昏。

其三，缺乏危机意识。袁术周围的曹操、吕布、孙策实力都比他强大，可是袁术始终没有危机意识，没有认识到周围强敌如林的实际情况。

其四，没有抓住机遇。孙策借兵之时，袁术本可以率兵进攻江东，那时江东还处于分裂状态。可是袁术并没有认识到这一难得的机遇，让机会白白溜走。

其五，没有搞好和袁绍、吕布的关系。袁术和袁绍是亲兄弟，本可以团结起来共图大事，二袁联手就可以南北夹击曹操。袁术也没认识到要对付曹操、刘备、孙策，就必须联合吕布。吕布就算不愿和袁术联姻，但是最起码也是一个可以争取的盟友，等吕布被平定了，袁术也势单力孤了。

其六，部下离心。袁术是一个没有担当的人，也是一个不关心自己部下的人。袁术在淮南难以支撑之时，部将离心，纷纷背离袁术。

其七，没有大局观，没有发展规划。袁术不像袁绍、曹操那样有一个发展路线图。袁绍的规划是先平定河北，再南下平定曹操。曹操的规划是集中力量先打较近、较弱的割据势力，各个击破，先平定黄河中下游的军事集团，再平定长江流域的军事集团。而袁术出兵刘备、进攻吕布都是为了所谓报仇、解气，没有一个合理的发展方向和规划蓝图。

《三国志》记载，袁术去世之后，其家属依附庐江太守刘勋。孙策打败刘勋后，收留了袁术家属。后来，袁术的儿子袁耀在东吴官拜郎中，袁耀的女儿嫁给了孙权的儿子孙奋。袁术的女儿成为孙权的妃子。有人会问，孙权为什么要与袁氏家族联姻?

在中国古代，封建王朝讲究一个正统性。

曹魏的正统性在哪里？曹操结束战乱，扫平群雄，统一黄河流域，当时的黄河流域是国家的中心地区，让国家由战乱走向和平，历史功绩非常明显。西晋是在曹魏的基础上统一了中国。《三国志》和《资治通鉴》都以曹魏为正统。

蜀汉的正统性在哪里？刘备自称皇亲，曹魏代汉之后，蜀汉自称是汉朝的延续。这在一定程度上可以自圆其说。

问题是东吴的正统性在哪里？面对曹魏、蜀汉的所谓正统身份，孙权感受到一种强大的政治压力。所以，孙权要通过与汉室宗亲刘繇家族、四世三公的袁氏家族联姻，来提高东吴的政治影响力。

5. 刘备如何占领徐州?

打败袁术后，刘备做了以下事情：

其一，以公文的形式将讨伐袁术的情况向朝廷汇报。

其二，令朱灵、路昭回许都。

其三，自己带兵马留在徐州。

其四，让流散的人民复业。这件事情虽然做得对，但也说明刘备志在占据徐州，并且俨然已经开始管理徐州。

曹操一看到朱灵、路昭回来了，大怒，要杀了朱灵、路昭。荀彧劝曹操，军中大权被刘备掌握，朱灵、路昭也没有办法。曹操一听觉得荀彧的话有道理，也认识到这件事错在自己。于是曹操赦免了朱灵、路昭。荀彧建议曹操，写信给镇守徐州的车胄，让车胄对付刘备。曹操采纳了荀彧的建议。荀彧这个计策行得通吗？行不通。为什么？

刘备现在手中有五万兵马，徐州又有陈登、麋竺等老部下。车胄现在在徐州可以说是势单力孤，自身难保。曹操和荀彧都高估了车胄，低估了刘备在徐州的势力。

车胄得到曹操的指示后，与陈登研究对策。陈登向车胄献斩杀刘备之计，车胄采纳。可是之后，陈登立即将此事汇报给刘备，并与刘备定计斩杀了车胄，车胄死在了关羽的刀下。刘备占领了徐州后，张飞杀了车胄全家。刘备并没有责怪张飞，只是担心车胄被杀，曹操会率兵进攻徐州。

《三国演义》中一笔带过张飞杀了车胄全家，罗贯中要告诉我们什么？

其一，《三国演义》是在尊刘贬曹的大背景下创作的，罗贯中作为创作者不可能不受时代因素的影响。但是刘备真的是“仁君”吗？恐怕罗贯中也不一定认同。

其二，张飞杀了车胄全家，是刘备下的命令吗？不是。事后刘备处罚张飞了吗？没有，这件事没有影响张飞在刘备心中的地位。

其三，罗贯中写这个故事要告诉我们什么呢？刘备的“仁君”形象其实是不靠谱的，张飞和刘备之间是有某种默契的。

曹操说刘备是“外君子而内小人”，其实这句话不完全是曹操对政治对手刘备的抹黑，应该是多年来曹操对刘备的分析研究，得出的一种认识。在曹操看来刘备这个人很复杂，有两面。一面是刘备有大智大勇，有政治家的才干，有英雄气概；另一面是刘备外表宽厚，实则难防，有“外君子而内小人”的一面。所以，曹操认为刘备的大智大勇的英雄气概与“外君子而内小人”的特征是刘备这个人复杂的两面，这两面看似矛盾，实则统一存在于刘备的自身。以至于刘备会让人觉得：说刘备“仁”，似乎“外君子而内小人”也对；说刘备“伪”，似乎他又有英雄气概。

刘备占领徐州后，曹操面临北有袁绍、东有刘备两面受敌的威胁，曹操会如何应对？请看下集：虚张声势。

第二十七集

虚张声势

刘备占据徐州，改变了当时的战局形势，使曹操面临北有袁绍、东有刘备的两线作战状况。面对与袁绍的军事对峙局面，曹操派遣刘岱、王忠率一路人马兵发徐州，虚张声势，以免刘备乘虚偷袭许都。

1．袁绍集团商议出兵讨伐曹操，情况如何?

刘备占据徐州之后，担心曹操兵发徐州。谋士陈登建议刘备向袁绍求援。刘备认为：其一，自己跟袁绍过去没有往来。其二，刘备刚刚打败了袁绍的弟弟袁术。

陈登跟刘备提到了一个人，此人就是郑玄先生。这位郑玄老先生是当时著名的学者，对后世的影响很大。唐朝时期，郑玄先生被列入“先师”之列，且配享孔庙，这对于古代的读书人来讲是一种超级的荣誉。现在郑老先生就在徐州。郑老先生不但与袁绍是三世通家，而且还是刘备年少时的老师。

刘备马上意识到让郑玄先生这样有影响力的学者去求袁绍是一个好主意。于是刘备带着陈登亲自去求郑玄先生。郑老先生答应了刘备，给袁绍写了一封信。问题是郑玄为什么要帮刘备？有人可能会说，刘备是郑玄的学生，又尊敬郑玄，所以郑玄先生会帮刘备。但是这不是最主要的原因。主要原因是什么？

其一，郑玄与袁绍是三世通家，与袁术自然也是三世通家。郑玄与二袁的关系肯定要好于郑玄与刘备的关系。郑玄的学生很多，刘备的文化水平并不高。《三国志》记载：刘备年轻时不喜欢读书，喜欢狗、马、音乐和好看的衣服。从刘备的爱好来看，郑玄当年不一定喜欢这个学生。

其二，郑玄先生帮刘备的最重要的原因恐怕还是“人在屋檐下，不得不低头”。郑玄全家都生活在刘备的地界里，如果郑玄不帮刘备这个忙，刘备自然还会尊敬郑玄，张飞会饶了郑玄全家吗？很难讲。所以，刘备这个忙，郑老先生是不敢不帮。

袁绍看到了郑玄先生的来信，寻思，本来刘备刚刚攻灭其弟袁术，按说不该救刘备，可是郑老先生的面子不好拒绝。

袁绍召集部下，商讨兴兵讨伐曹操的事情。袁绍的部下分为缓战和主战两派。

缓战派的代表是田丰和沮授。

田丰的观点：

其一，袁绍刚刚平定公孙瓒，统一了河北。连年征战，老百姓需要休养生息，需要积累粮食。

其二，应该把平定河北的事情向朝廷汇报一下。如果汇报的渠道不通，就可以以曹操阻塞汇报渠道的名义，屯兵黎阳。

其三，打造兵器、战船，积极备战。分派精兵，占领和守卫边鄙之地。

按照以上三个办法，和曹操耗上三年，大事可成。

沮授的观点：

其一，虽然袁绍实力强盛，但是曹操的士卒精练。

其二，献捷是一个良策。

其三，现在出兵攻打曹操缺少一个正当的名义。

主战派的代表是审配和郭图。

审配的观点：现在袁绍实力强盛，相比之下，曹操的实力弱小，没必要等时间，现在就可以打。

郭图的观点：联合刘备，讨伐曹操，上合天意，下合民情，宜早日出兵。

对比一下缓战派和主战派的观点会发现：缓战派对于袁绍和曹操情况之间的对比思考得比较深入，是经过深思熟虑得出的结论。主战派只看到了力量对比的强弱和与刘备的联合。那么袁绍听完大家的分析后，反应是什么呢？三个字：听晕了。他搞不清到底应该听谁的了。

这时候，许攸和荀谌两个谋士进来了，袁绍问他们的意见。二人提出：

其一，进攻曹操是以强攻弱，以多打少。

其二，讨伐曹操属于讨汉贼，是兴复汉室，属于“正义的事业”。

袁绍采纳许攸等人意见，出兵讨伐曹操。袁绍为什么会决定出兵？

其一，袁绍一想，刚才主张出兵的谋士是二比二，现在是四比二，主张出兵的人多，采纳了多数人的意见。可是有的时候，真理是掌握在少数人手中的。

其二，刚才缓战派与主战派的观点搞得袁绍也拿不定主意，现在既然许攸和荀谌说要出兵，索性自己也不想了，听许攸他们的吧。

袁绍这种出兵决定并不是站在客观分析形势的基础之上。袁绍为什么会这样拿主意呢？

其一，袁绍好谋而不善断。在听到许多不同意见时，不善于做出正确判断。

其二，袁绍缺乏独立思考问题的能力。谋士们的主意很多时，袁绍其实也应该客观地思考一下，到底出兵和缓战的利弊各在哪里。别人的正确意见只能是参考或补充，作为主帅还是要自己拿主意。

袁绍现在到底应不应该出兵？不应该。为什么？

其一，田丰、沮授分析得很有道理。

其二，刘备在徐州立足未稳，时间长了，刘备在徐州的根基稳了，在东线对曹操是一个威胁。

其三，曹操的主力在许都，在兖州。如果将来曹操率兵打刘备或打刘表，袁绍就可以趁许都空虚，讨伐曹操。

还有哪些策略，谋士们没想到？

主战派中的郭图想到了两点，一是联合刘备。二是起草檄文。但是可以联合的只有一个刘备吗？不是。江东孙策、荆州刘表、南阳张绣、西凉马腾都可以作为联合对象。其实无论袁绍是否出兵，都应该派人与这些诸侯联系，争取成立一个以袁绍为中心的反对曹操的诸侯联盟，在战略上从四面八方包围曹操。

2. 陈琳的檄文战斗力如何？

袁绍起兵讨伐曹操，郭图向袁绍建议，写一篇讨伐曹操的檄文，列举曹操罪状，这样就可以名正言顺。袁绍采纳了郭图的建议，让建安七子之一的文学家陈琳负责起草这篇檄文。袁绍让陈琳撰写讨伐曹操的檄文是何用意？

其一，名不正则言不顺，言不顺则事不成。曹操现在控制中央政权，袁绍控制河北地区，曹操与袁绍的关系名义上是中央和地方的关系。如果袁绍攻打曹操，必须有一个正当的名义，否则就会被扣上造反的帽子。

其二，郭图建议袁绍撰写檄文，列举曹操的罪状，然后发往各地，必然对曹操起到很大的负面宣传效果，在政治宣传攻势上是很有杀伤力的。所以说郭图也出给袁绍出过“妙计”。

其三，袁绍让陈琳撰写的这篇讨伐曹操的檄文，可以称得上是中国历史上一篇赫赫有名的檄文。陈琳在此文中对曹操的爷爷、父亲以及曹操本人都进行了批驳，可以说是杀伤力很强。

中国历史上有许多著名的檄文，比如隋末祖君彦撰写的《为李密檄洛阳文》，即《檄隋文》，此文中用了一句流传千古的名句来形容隋炀帝的罪行，即“罄南山之竹，书罪未穷；决东海之波，浪恶难尽”。这句话演变成一个成语，罄竹难书。

再比如，唐朝时，骆宾王撰写的讨伐武则天的檄文，即《为徐敬业讨武曌檄》，此檄文中也有一些名句：“班声动而北风起，剑气冲而南斗平。”“喑呜则山岳崩颓，叱咤则风云变色。”“试看今日之域中，竟是谁家之天下！”

有人说“百无一用是书生”，但是这几篇檄文的战斗力告诉了我们，在中国古代的政治斗争中，书生不是百无一用的。

陈琳撰写的檄文被袁绍发往各地。传到许都的时候，曹操正犯头风，卧病在床。可曹操看了陈琳的檄文，毛骨悚然，出了一身冷汗，一下子头不疼了。曹操问这篇檄文是谁写的，曹洪告诉他是陈琳所作。曹操笑了，说道：有文事者，必须以武略济之。陈琳文笔虽好，正如袁绍武略不足。曹操为什么这么说？这是曹操的策略。什么策略？在肯定陈琳文笔的同时，指出袁绍的武略是不足的，鼓舞周围部下的信心和斗志，不要被陈琳的檄文影响了士气。有人会问，这时候曹操为什么笑？两个词：乐观，爱才。

曹操看到陈琳的檄文，笑着表扬陈琳的文笔好。后来曹操抓到了陈琳，也没有杀他，还给他一个官当。我们对比一下武则天在读檄文时的表现。武则天读到骆宾王的檄文时，说道：“宰相安得失此人？”大意为宰相怎么没把这个人选拔过来，反倒让其进入了徐敬业的叛乱队伍！其实曹操是大英雄，武则天也是大英雄。尽管相隔数百年，但是许多时候英雄的心是相通的，他们有两个共同特点，就是爱才和大气。曹操赞赏陈琳的文笔，武则天惋惜没有得到骆宾王这个人才。

3．面对袁绍的大军，曹操有何应对策略?

曹操聚集众谋士商讨如何应对袁绍。谋士之中分主战与主和两派。

主和派以孔融为代表，其观点是：

其一，袁绍势力强大，地广民强。

其二，袁绍手下人才众多。谋士有许攸、郭图、审配、逢纪；忠臣有田丰、沮授。颜良、文丑勇冠三军，高览、张郃、淳于琼都是名将。

主战派以荀彧为代表，其观点是：

其一，袁绍兵多，但是兵不精。

其二，袁绍的谋士们各有缺点，而且不团结，容易内讧。

其三，颜良、文丑有勇无谋。

总之，袁绍不足畏惧。

孔融和荀彧分析得对吗？其实孔融所讲的袁绍集团的优点中，除了淳于琼是名将以外，基本是对的。从后来的表现看，淳于琼也确实算不上名将。荀彧讲的袁绍集团的缺点和不足也是对的。孔融和荀彧从不同的角度讲了袁绍集团的两面，但问题是孔融看到了袁绍的优势没有看到袁绍的劣势，荀彧既看到了袁绍的劣势，也看到了袁绍的优势。相比之下荀彧看得比较全面。

孔融和荀彧有一个共识，就是颜良和文丑勇冠三军。从这里可以看出一点，袁绍当时是中国最强的军事集团，颜良和文丑是袁绍集团中最出名的武将，可谓河北名将。如果不看以后的历史，只从当时的情况考虑，就会发现颜良和文丑当时的名气比关羽和张飞要大很多。关羽是什么时候名满天下？是从斩颜良、诛文丑开始的。

袁绍手下的谋士、武将有缺点不假，曹操和孙权手下的谋士、武将也有缺点，完美无缺的谋士和武将是不存在的，就算是诸葛亮也有缺点。那么作为主帅来讲，面对各有缺点的文臣、武将该怎么办呢？至少要做到两点：

其一，正确地用人。比如袁绍派颜良出征，谋士沮授提出："颜良性狭，虽骁勇，不可独任。"可是袁绍不听，结果颜良被关羽所杀。颜良是一员勇将，可惜袁绍不会用。

其二，善于协调部将间的关系。甘宁原先是黄祖的部下，凌操和凌统是孙权的部下。在一次战斗中，甘宁杀死了凌统的父亲凌操。后来甘宁投降了孙权，凌统和甘宁自然势同水火。但是孙权凭借其非凡的领导能力，尽力避免二人的冲突。后来在一次战斗中，甘宁救了凌统，二人结为兄弟。

4．曹操如何处理两面受敌的困境?

曹操采纳了荀彧的建议，亲自带兵迎战袁绍。但是刘备在徐州威胁曹操的许都，于是曹操派刘岱、王忠带一支队伍去徐州进攻刘备。程昱跟曹操讲：刘岱、王忠不是刘备的对手。曹操解释说，他知道刘岱、王忠不是刘备的对手。那曹操为什么派他们去徐州呢？四个字：虚张声势。曹操交代刘岱、王忠，不可轻易出击，等曹操打败袁绍，再对付刘备。也就是说曹操让刘岱、王忠作为疑兵，拖住刘备，避免刘备进攻曹操，影响曹操的后方。

曹操大军到了黎阳与袁绍对峙。因为袁绍集团内部不和，袁曹两家相持很长时间不曾交战。曹操派大将镇守战略要地，自己回到了许都。

且说刘岱、王忠到了徐州，打出了曹操的旗号，并打听河北的情况，没有和刘备交战。刘备还真被曹操这招忽悠住了，不了解曹操的虚实，也没敢进兵，只是派人探听河北那边袁绍和曹操两军的情况。曹操回许都后，令刘岱、王忠出战，曹操的这个命令对吗？明显不对。为什么？

刘岱和王忠根本不是刘备的对手，所能做的不过是虚张声势而已。现在派他们出战，他们明显打不过刘备，那曹操派来的这支疑兵就失去作用了。许多人认为曹操足智多谋不假，但是曹操的决定不一定都是对的，所以曹操也需要谋士来提醒他。

刘岱和王忠得到曹操的命令以后，居然因为谁去进兵起了争执。最后通过抓阄确定王忠出征。这说明什么？

其一，刘岱与王忠都属于曹操阵营的三流将领，不能代表曹军的总体形象。他们并不具备一定的能力和水平，更没有战斗意志和作战热情。

其二，刘岱原先是兖州刺史，汉室宗亲，十八路诸侯之一，原扬州刺史刘繇的哥哥，后来投奔曹操。和刘备相比，刘岱的起点很高，他虽有叱咤风云的机会，却没有叱咤风云的能力。

关羽与王忠交战，俘虏了王忠。刘备从王忠口中得知曹操并不在徐州。于是刘备暂且监下王忠，酒食款待，并派张飞带兵出战刘岱，要求张飞不许伤及刘岱性命。

5. 张飞如何活捉刘岱？

张飞每日在刘岱寨前叫骂，刘岱坚守不出。张飞想到一计：

第一步，传下号令，今夜二更劫营。

第二步，喝酒后装醉，把一名军士打了一顿，并下令出兵时拿这名军士祭旗。

第三步，暗中让人把这名军士放了。军士跑到刘岱营中，把张飞二更要劫营的事情告诉了刘岱。刘岱看到这名军士的伤情，相信了军士的话。

第四步，刘岱的部署：虚扎营寨，伏兵在外。

张飞的部署：部队分为三路。派三十多人负责劫寨放火；派两路去抄刘岱的寨后，看寨中火起，夹击之；张飞自己带一路精兵断刘岱后路。

第五步，张飞的三十余人入寨放火，刘岱的伏兵刚要伏击，结果张飞的两路兵从寨后齐出，刘岱军队大乱。刘岱不知道张飞来了多少兵，于是夺路逃跑，结果张飞早已抄了刘岱的后路，活捉了刘岱。

刘岱为什么会被张飞打败？

其一，刘岱轻敌，轻敌的原因是对张飞缺乏了解。刘岱被张飞鲁莽的外表迷惑，没想到张飞还懂兵法。

其二，刘岱临危慌乱。其实即使张飞劫营时刘岱中了计，也不一定输。为什么？张飞有多少兵？三千兵。刘岱有多少兵？《三国演义》中说刘岱、王忠带了五万兵，就算刘岱分一半兵给王忠，刘岱当时最起码也有两万多兵。就算张飞骁勇，两万兵打三千兵应该没问题，张飞再厉害，自己也打不过两万兵。

可是刘岱在中了张飞之计后，做了一个错误的选择，带着一队步兵逃跑了，也就是和自己的主力部队分开了，所以被张飞轻易活捉。试想，如果刘岱当时不乱，能够镇定地组织部队作战，哪怕只组织好一万兵，张飞的三千兵也不一定能打赢刘岱，不要忘记一句话：好汉打不过人多。而且曹操的兵马是很精锐的。

6．刘备如何处理刘岱和王忠？

其实刘备早已明确了一个大方向：如果袁绍和曹操交战，那事情就好办了，刘备就可以帮助袁绍去进攻曹操。如果袁绍和曹操不交战，那就要力争与曹操进行和解，以为缓兵之计。为什么？

袁绍不与曹操开战，刘备是打不过曹操的。既然打不过曹操，就得走和解的路，以为缓兵之计，争取时间，来日方长。

既然现在袁绍没有和曹操开战，刘备就要想办法和解。所以刘备按照和解的思路来处置刘岱、王忠。具体方式如下：

其一，不杀刘岱、王忠。一是刘岱、王忠没有什么本事，对刘备没有什么威胁。二是刘岱和王忠是曹操的部下，而且刘岱原先还是十八路诸侯之一，影响力很大。三是杀了刘岱、王忠对刘备来讲没有什么好处，还会伤了与曹操之间的和气，不利于和解。

其二，刘备给刘岱、王忠"洗脑"，把刘岱、王忠转化成自己的说客。刘备向刘岱、王忠解释道：之前车胄要杀刘备，所以刘备才杀了车胄。曹操怀疑刘备造反，其实是一场误会。刘备受曹丞相大恩，报效曹丞相还来不及呢，怎么会造反呢？希望刘岱、王忠回去跟曹丞相解释清楚。

刘岱、王忠深感刘备不杀之恩，表示要在曹丞相面前力保刘备。

刘备的和解之路行得通吗？行不通。为什么？

其一，曹操志在结束战乱，统一天下。既然要统一天下，必然要扫除各地的割据势力，征讨刘备只是一个时间问题。不可能因为刘岱、王忠的几句话，而改变统一天下的方向。

其二，刘备过去在徐州，力量比吕布弱小，所以刘备联合曹操打吕布。现在刘备割据徐州，力量比曹操弱小，所以刘备想故技重演，联合袁绍打曹操。可惜袁绍不是曹操，曹操也不是吕布，刘备的和解之路注定是失败的。

曹操现在许都，许都情况又如何呢？请看下集：曹操招安。

第二十八集
曹操招安

曹操采纳孔融的建议，派人去招安张绣、刘表。招安张绣派的是刘晔，招安刘表派的是祢衡。祢衡是个什么样的人？他和孔融是汉朝的忠臣吗？张绣和刘表会接受招安吗？请看本集分解。

1．曹操派人招降张绣，情况如何？

刘岱、王忠回到许都，向曹操说刘备的好话，称刘备没有造反的意思。曹操一看，刘岱、王忠不但被刘备俘虏，而且被刘备放回来，替刘备说好话。于是，曹操要斩杀刘岱、王忠。孔融建议曹操不要杀此二人，因为他们俩本来就不是刘备的对手。曹操采纳了孔融的建议，但是罢黜了刘岱、王忠的爵禄。

曹操要亲自率军征讨刘备。孔融向曹操建议：

其一，现在是冬天，天寒地冻，等到春天再出兵不迟。

其二，先派人去招安刘表、张绣，然后再进攻徐州。

曹操采纳了孔融的建议。其实孔融一向与曹操不和，为什么曹操还采纳孔融的建议呢？

其实曹操这个人分析问题比较理智，孔融其人是其人，孔融的建议是建议。即使曹操不喜欢孔融，但是如果曹操认为孔融的建议有道理，曹操也会采纳。所以这次曹操派刘晔去招安张绣。

有人会问，孔融的建议是招安刘表、张绣，曹操为什么不同时分别派人去招安张绣、刘表，而是先单独派人去招安张绣？

其一，当时北方处于袁绍、曹操两大割据集团对立的局面，胜负未分。刘表割据荆州，对北方的局势总体上采取观望的态度。而且刘表曾和袁绍合作，共同对付孙坚，算是半个盟友。相反刘表和曹操打过仗。招安刘表难度很大。

其二，张绣依附于刘表，刘表把张绣视为抵御曹操的帮手和屏障。如果曹操同时派人去招安刘表、张绣，一旦刘表不同意招安，凭借多年丰富的阅历，刘表也许会猜到曹操有派人招安张绣的可能性，这就会增加招安张绣的难度。相反如果张绣招安成功了，会降低招安刘表的难度。

刘晔到了襄城，先去见贾诩。有人会问，既然是招安张绣，为什么先去见贾诩？这说明刘晔办事有水平。为什么？

其一，刘晔去招安张绣前，对张绣那里的情况有很深的了解。张绣非常敬佩贾诩，要是先把贾诩的工作做通了，贾诩自然会去说服张绣。

其二，如果不经过贾诩，直接去见张绣谈招安，张绣可能会直接拒绝。如果张绣拒绝了，那贾诩再去做张绣的工作就不好做了。

其三，如果不经过贾诩，直接去见张绣谈招安。张绣也可能犹豫不定，反倒是可能去征求贾诩的意见。刘晔、贾诩两个人中间通过张绣来沟通，张绣还是贾诩的主公，商谈的阻力就很大。

刘晔做通了贾诩的工作，贾诩直接去找张绣谈。这时正好袁绍派来招安张绣的使者也在，贾诩和袁绍的使者讲：袁绍连自己的亲弟弟袁术都容不下，还能容得下刘表、张绣吗？直接拒绝了袁绍的招安。张绣不理解贾诩的做法，问贾诩：袁绍强，曹操弱，如果袁绍率兵攻打我们，怎么办？贾诩劝张绣去投奔曹操，但张绣顾虑到自己和曹操有仇。贾诩解释道：

其一，曹操奉天子以令不臣，征伐天下。

其二，袁绍强，我们去投奔袁绍，属于锦上添花，袁绍不会重视我们；曹操弱，我们去投奔曹操，属于雪中送炭，曹操必然重视我们。锦上添花不如雪中送炭。

其三，曹操要建立春秋五霸那样的事业，必然要放弃私人恩怨，广招四海豪杰。

张绣采纳了贾诩的建议，投降了曹操。有人会问，贾诩的这个建议对吗？

总的来讲，贾诩分析的以上三点是正确的。曹操为成就大业，广纳天下豪杰，确实没有和张绣计较个人恩怨。张绣来到许都，曹操非常欢迎张绣，给张绣和贾诩封官。张绣的女儿后来还嫁给了曹操的儿子曹均，曹操和张绣成了儿女亲家。

问题是曹操胸怀大度，不与张绣计较，将来曹操的接班人曹丕也不会计较吗？

《三国志》记载张绣在北征乌桓时去世，张绣的儿子张泉后来卷入魏讽谋反案被杀。《魏略》记载，曹丕因曹昂的死而怨恨张绣，张绣在恐惧中自杀。

但是贾诩的结局不错，贾诩在曹操继承人选定的问题上支持曹丕。后来曹丕称帝，拜贾诩为太尉。

2. 在招安刘表的人选上，出现了什么情况？

张绣归降后，下一步自然是招安刘表。派谁去呢？贾诩建议：刘表喜欢和名流交往，必须派一个名士去招安，才能成功。荀攸推荐孔融，曹操认为可以。为什么？

其一，孔融是一位名士。

其二，孔昱是孔融的兄弟，孔昱与刘表都位列“江夏八俊”之中。

有人会问，贾诩和荀攸的意见对吗？应该说选人的方向错了，为什么？

其一，《三国志》的作者陈寿评价荀攸和贾诩“算无遗策”“经权达变”，和张良、陈平相比，属于次一等的人才。但是陈寿所讲的“算无遗策”只能说贾诩、荀攸失算概率非常小，其实三国之中的人才没有一个能做到每算必准，诸葛亮和司马懿也做不到，除非这个人有所算，有所不算。

其二，刘表真的喜欢名士吗？刘表被郭嘉称为“坐谈客”，说的是刘表喜欢和名士一起坐谈，侃大山。但是刘表对名士的喜爱恐怕只限于附庸风雅，甚至有些叶公好龙。招安这么重大的事情，并不是来使的名流身份能够起决定作用的。接下来的名士恐怕就不是刘表喜欢的类别。哪位名士？祢衡。

荀攸去请孔融招安刘表，孔融趁机向汉献帝推荐祢衡。汉献帝把孔融的推荐表交给了曹操。曹操把祢衡招来，没让祢衡坐，祢衡说曹操手下无人。曹操介绍了他手下的谋臣、战将，祢衡口舌似剑，把曹操的谋士、武将都骂了一遍，而且一气呵成。曹操问祢衡：你有什么本事？祢衡讲：自己天文地理、三教九流都精通，可以和尧、舜、孔子、颜回相提并论。

曹操的部将要杀祢衡，曹操不许。为什么？

曹操认为祢衡这个人虽说太无礼貌，可是很有名气，杀了祢衡会让曹操有害贤之名。所以曹操让祢衡击鼓，打压一下祢衡的锐气。于是就有了祢衡击鼓骂曹。

孔融为什么和祢衡关系那么好？

英语中有一句谚语：同样羽毛的鸟儿聚在一起。孔融与祢衡有个共同的特点，就是目中无人，自以为是，心灵脆弱，语言尖刻，缺乏礼貌，沉迷于小聪明。怎么讲？

孔融小的时候，聪明过人。太中大夫陈炜叔叔和他讲：“小时了了，大未必佳。”结果孔融马上反驳一句：你小时一定很聪明。这说明孔融这个人心灵脆弱、目中无人；因为心灵脆弱，所以受不了别人的批评和否定；因为受不了别人的批评和否定，所以要用尖刻的语言反驳别人；通过尖刻的语言反驳别人，来防卫自己脆弱的心灵。说白了，孔融就是自以为是，没把太中大夫陈炜叔叔放在眼里。

孔融如此，祢衡也如此。祢衡为什么骂人？起因只是曹操接见他的时候，没有让他坐下。问题是，论年龄，曹操比祢衡大十八岁，可以说曹操是长辈，祢衡是晚辈；论资历，曹操是丞相，祢衡还没有官职。作为一个晚辈，站着不行吗？曹操让祢衡站着，祢衡就要骂人吗？这说明什么？祢衡自视太高，受不得一点儿自认为的委屈，心灵极度脆弱，言语过于尖刻。

孔融为什么喜欢祢衡啊？孔融比祢衡大二十岁，他发现祢衡身上有他当年的影子。

孔融为什么经常和曹操唱反调？

孔融比曹操大两岁，二人可谓年龄相仿，但是他们是两个截然不同的人。

第一点，孔融从小被认为品学兼优，是在表扬声中长大的“好孩子”。曹操年轻时，机警，有权术，任侠放荡，不修德行学业，不被世人所认可。

第二点，孔融当了官之后，很有名望，属于当世之名士。曹操当了官之后，执法严明，不避亲疏，在当时被视为官场异类。

孔融是在一片表扬声中走出来的，曹操是在一片批评和反对声中走出来的。但问题是在乱世三国之中，孔融这样的人越混越不行，当了北海太守，被袁谭打败，来到了许都，成了曹操的下属。孔融认为：自己一向被表扬，曹操一向被人看不起。为什么现在曹操控制朝廷，官至丞相，混得就比自己好呢？孔融无法理解这是为什么。

孔融从小到大往往被周围的人认为是最出色的，但是随着年龄的增长、环境的变化，孔融的光环逐渐失色，孔融难以接受这种掌声逐渐减少的生活。而一向被孔融看不起的曹操居然成了大器，这是心胸不是很宽广的孔融所难以接受的。

孔融是汉朝的忠臣吗？

在尊刘贬曹思想的影响下，可能会给一些人造成一个误解，即：孔融是反对曹操的，所以孔融是忠于汉朝的；孔融忠于汉朝，祢衡和孔融关系好，孔融把祢衡推荐给曹操，祢衡骂了曹操，所以祢衡和孔融都是汉朝的忠臣。这个认识对吗？完全是不对的。为什么？

《后汉书》记载，孔融被杀的罪名之一是说了一句："有天下者，何必卯金刀！"什么意思？就是说不一定非要姓刘的人才能当皇帝。汉朝的皇帝姓刘，在当时的社会，说这样的话属于"谋反"。当然，孔融不一定真说了这句话。因此反对曹操的人，不一定忠于汉朝。孔融反对曹操不假，但其并不是严格意义上的反曹派。孔融与刘备不同，刘备打出了兴复汉室的旗号反对曹操，孔融并没有一套反对曹操的政治纲领。董承策划政变时，他想到了刘备，但并未拉拢孔融。也就是说：孔融不是坚定的拥汉派，也不是真正意义上曹操的反对派。

祢衡到底是一个什么样的人？

其一，只有小聪明，没有大本事。祢衡口舌似剑，骂起人来引经据典。但是祢衡的才能比得上荀彧、郭嘉、贾诩吗？不能比。为什么？能力不在一个档次上。

其二，祢衡交友面狭窄。祢衡在许都有两个朋友，分别是孔融和杨修。后来黄祖问祢衡：许都有什么人物？祢衡回答说：除了孔融与杨修，没有别的人物了。孔融和杨修是什么人？和祢衡一样，都是只有小聪明，没有大本事的人。祢衡的朋友圈太单一了，太狭窄了，以至于祢衡看问题的视野太局限了。祢衡的朋友圈里要是能多几个郭嘉、贾诩这样的人就好了。

其三，祢衡很幼稚。有人可能会因为祢衡击鼓骂曹就以为祢衡是陶渊明那样的人，无意功名。其实不然。《后汉书》记载，建安初期，祢衡来许都，身上偷偷地揣着一块介绍自己的木板，可是没有得到赏识。也就是说祢衡是有意于功名的，也是希望得到曹操重用的。

既然希望被曹操重用，为什么要骂人呢？一是曹操没让他坐，他认为曹操轻视他，祢衡自以为是，心理脆弱，受不了。二是曹操说自己手下的文臣武将都是当世英雄。祢衡不愿听这样的话，所以祢衡把曹操手下的人才骂了个遍。祢衡认为自己就该是曹操手下第一谋士，曹操不应该重用别人，应该重用自己。祢衡很幼稚，他不明白一点，即曹操如果只用祢衡，没有那些文臣武将，是成不了大事的。

其四，祢衡很狂妄，涉世未深，没有自知之明。祢衡将自己比作尧、舜、孔子等，可谓自比圣贤。其实祢衡不是在吹牛，吹牛的人是明知道自己没那么大本事，吹嘘自己有那么大本事。祢衡是自己没那么大本事，但是相信自己有那么大本事。祢衡认为自己的水平就是当今的尧、舜，就是可以和孔子、孟子、颜回相提并论。而且祢衡这种想法居然在自己的朋友圈中受到肯定。《后汉书》记载，祢衡称赞孔融是“仲尼（孔子）不死”，孔融称赞祢衡是“颜回复生”。这种离谱的相互评价已经远远超出了互相吹捧的范围，年轻气盛、涉世未深的祢衡居然沉溺于其中，自我陶醉了。

祢衡骂曹操，骂刘表，骂黄祖，目空一切。祢衡太年轻了，阅历太少，没有摔过多少跟头，但是名气很大。这导致了其警觉性很低，只图说话痛快，不顾现实危险，结果被黄祖所杀。

曹操强迫祢衡去招安刘表，结果祢衡的“喷子”性格令刘表对其非常讨厌。刘表寻思：

其一，祢衡屡次辱骂曹操，曹操为什么不杀祢衡？恐怕是祢衡这个人有些名望，杀了祢衡会失去人望。

其二，曹操把祢衡推给刘表，刘表要是杀了祢衡，不但自己失去人望，中了曹操借刀杀人之计，还会让曹操认为刘表这个人没有见识。

于是刘表让祢衡去见黄祖。祢衡见到黄祖后，把黄祖给骂了，黄祖杀了祢衡。刘表得知祢衡被杀，还假惺惺地把祢衡安葬在鹦鹉洲边。

话说回来，孔融推荐祢衡，本来是想给祢衡一个进入仕途的好机会，也让自己在许都的官场上多一个志同道合的朋友。可是孔融不了解，他这么做看似帮了祢衡，实际上对祢衡是没有什么好处的。这说明什么？孔融的聪明只是小聪明，看问题没有远见。

3. 袁绍和曹操都派人招安刘表，刘表是什么态度？

袁绍和曹操分别派人来招安刘表，刘表召集谋士开会研究。谋士韩嵩提出：

其一，当前袁绍和曹操相持，摆在刘表面前的有两条路。一条是率兵打败他们。一条是在袁绍和曹操之中选一个人接受招安。

其二，从目前的情况看，曹操文韬武略，手下人才众多，肯定能打败袁绍。如果等到曹操打败袁绍，再率兵进攻江南，刘表是难以抵御曹操的。不如趁现在归降曹操，曹操必然会重视刘表。

刘表没有表态，而是派韩嵩去许都看看曹操对招安的事究竟是个什么态度。韩嵩说了一段话，大意为：

刘表要是接受曹操的招安，派他去可以。但是朝廷和刘表是中央与地方的关系，也是上下级的关系，如果刘表对招安的事情还没有确定，把韩嵩派到了许都，万一皇帝给韩嵩封了一个官当，那韩嵩首先应该是朝廷的臣子，其次才是荆州牧刘表的部下。韩嵩首先要为朝廷考虑问题了。

其实从韩嵩与刘表的谈话可以看出，韩嵩在政治立场上是倾向曹操的，但是韩嵩作为刘表的部下，他要提醒刘表，一旦韩嵩到许都，朝廷给他封官，他说的话可能就倾向曹操了，到时候刘表可要有所鉴别。

有人会问，韩嵩提出的朝廷臣子和刘表部下这套说法对吗？不是很有道理。为什么？

司马光在《传家集》中提出："古者列国并立，同事王室。故先王制礼，诸侯有王、大夫有君，君臣始终，有死无贰。汉氏平壹海内，万国一君，天下之君，唯帝室耳。"也就是说，西周、春秋、战国时期，君可以指周天子，也可以指诸侯国的国君。可到了汉朝时期，海内已经平定，国家实现了大一统。所谓的"君"只能指皇帝。

所以刘表和韩嵩是上下级的关系，不是君臣的关系。刘表是朝廷的臣子，刘表的部下自然也是朝廷的臣子，所以韩嵩无论是刘表的部下，还是到了许都，朝廷给他个官当，韩嵩都应该是朝廷的臣子。无论给刘表当部下，还是在朝廷为官，都要秉承以孟子为代表的民本思想，真正地为国为民。

韩嵩到了许都，曹操封韩嵩为侍中兼任零陵太守。荀彧不理解曹操为什么这么做，于是他跟曹操讲：韩嵩是替刘表来许都探路的，也没立什么功，怎么封他这么大的官啊？这件事可以看出荀彧在政治上的火候远不如曹操，曹操为什么封韩嵩大官？曹操这是向刘表表明一个意向，什么意向？刘表的部下来许都，尚且如此厚待，刘表要是接受曹操的招安，曹操是不会亏待的。

韩嵩回到荆州，果然替曹操说话。刘表大怒，认为韩嵩叛变了，要杀韩嵩。这时刘表的谋士蒯良提醒刘表，韩嵩去许都之前有言在先。刘表想到这，没有杀韩嵩，但还是把他关了起来。话说回来，韩嵩的这个工作很不好干，刘表和曹操他都得罪不起。

可是刘表接受招安了吗？没有。为什么？

其一，袁绍和曹操胜负未分，接受任何一方的招安都是不保险的。

其二，刘表现在是荆州刺史，俨然一方诸侯。刘表在荆州当"土皇帝”是自己说了算。接受招安，即使曹操厚待于他，毕竟也是寄人篱下。

所以刘表的态度是：先不急，等等看。这件事可以看出刘表的能力并不差，他虽然没有统一天下的志向，但是刘表确实是一个颇有心计的政治家。

曹操看到刘表没来投降，就要讨伐刘表。这时荀彧劝阻了他。荀彧讲：

其一，中原地区的袁绍和刘备还没有平定，而出兵江汉地区，这就好比舍弃心腹而顾手足。

其二，先灭掉袁绍，再灭掉刘备，然后再出兵江汉。

荀彧的这个建议曹操听了一半，怎么讲？

其一，曹操决定先平定中原，再去讨伐刘表。

其二，曹操认为先平定袁绍是不对的，要先平定刘备。为什么？

第一点，刘备现在力量小，可以在短时间内平定；刘备的能力比袁绍强，要是成了气候，就不好平定了。

第二点，袁绍虎踞河北，不是短时间可以平定的。官渡之战胜利之后，曹操用了七年的时间才平定河北。

第三点，曹操的一贯策略是集中兵力，各个击破，先打较近、较弱的敌人，刘备比袁绍要弱很多。

曹操下一步要怎么办呢？许都现在的情况又如何呢？请看下集：董承政变。

第二十九集

董承政变

曹操虽然挟天子以令诸侯，虎踞中原，但是北有袁绍，东有刘备，南有孙策、刘表，西北有马腾、韩遂，可谓四面受敌。与此同时，在朝廷内部，拥汉派也在为推倒曹操积极谋划，可谓山雨欲来风满楼。

1. 董承和吉平有什么行动？

马腾、刘备走后，董承等人苦思无计，没多久董承就病倒了。献帝听说董承得病，就派太医吉平给董承治病。一次董承留吉平饮酒，董承喝醉了，睡着了，结果梦话连篇，全是要诛杀曹操的言论，吉平都听到了。

董承醒后，吉平咬指为誓，要为董承出力。董承取出衣带诏让吉平观看。吉平跟董承讲：曹操有头风病，经常让吉平去医治，下次曹操要是再找吉平去看病，吉平可以在药中下毒，毒死曹操。董承暗喜，吉平离去。

董承家里有个家仆叫秦庆童，秦庆童和董承的小妾云英私通，结果被董承发现。董承要处死秦庆童，可是董承的夫人替秦庆童求情，董承让人把秦庆童打了一顿，关押起来。秦庆童逃跑，向曹操告密，声称：

其一，董承、王子服等人经常在董承府中商议机密事情，必然是要谋害丞相。董承家中还有一条白绢，上面不知写了什么。

其二，近日，吉平咬指为誓，被秦庆童亲眼看到。

曹操把秦庆童藏在府中。第二天曹操召吉平用药，发现吉平果然在药中下毒，于是拿下吉平，进行拷问。结果吉平是个硬骨头，只是怒骂不止，曹操担心吉平死无对证，让把吉平押下。

曹操邀请众大臣赴宴，董承称病未去。饮宴之中，曹操命人将王子服等人拿下。随后带人直奔董承府中。经过搜查，发现了衣带血诏和联名状。曹操这才知道，这件事是汉献帝发起的，原来刘备也参与了这件事。

2. 曹操如何镇压董承政变?

曹操召集部下，研究废立皇帝。谋士程昱跟曹操讲：曹操能够号令天下，是因为奉天子以令不臣，现在诸侯未平，如果废立皇帝，会掀起争端的。

曹操听了程昱的话，马上冷静下来，放弃了废立皇帝的想法。为什么？曹操一定是想到了董卓的故事。当年董卓废汉少帝，立陈留王刘协，结果导致了十八路诸侯讨伐董卓。如果现在曹操废立皇帝，可能也会走上董卓败亡的道路。

曹操下令，将董承、王子服、种辑、吴硕、吴子兰五人及其全家老小全部诛杀，并且带兵进入皇宫，要杀董承的妹妹董贵妃。当时董贵妃已经怀有身孕，伏皇后给董贵妃求情，希望让董贵妃把孩子生出来，再杀董贵妃。曹操反问伏皇后：难道要留下董贵妃的孩子，将来为董贵妃报仇吗？于是曹操杀死了董贵妃。

问题是曹操为什么要血腥镇压董承发动未遂的政变？

其一，封建社会的政治斗争是异常残酷的。曹操与董承之间的斗争是你死我活的。董承失败了，曹操会血腥镇压董承。如果这次是曹操失败了，董承也会血腥镇压曹操及其宗族和亲信，曹操的曹氏宗族会被汉献帝、董承、刘备等人灭族，他们对待曹操不会手下留情。三国时期的政治斗争是异常残酷的，许多做法是远离现代文明的。

其二，曹操要用血腥镇压来震慑以汉献帝为首的拥汉派。这次董承发动的政变对曹操来讲实在是太危险了，如果不是董承做事不密，如果不是秦庆童及时告密，曹操就被吉平所毒杀了，曹操就会成为下一个董卓，曹氏家族就会有灭门之祸。曹操对王允、董承之类的政变是非常恐惧的，所以曹操用血腥镇压的方式来震慑拥汉派，防止类似的政变重演。

其三，尽管汉献帝屡次想推倒曹操，但是曹操、曹丕对汉献帝还是不错的，后来汉献帝成为曹操的女婿。曹丕代汉之后，汉献帝又当了十多年的山阳公，公元234年去世。

董承失败的直接原因是做事不密，其行为被秦庆童发觉，导致政变的失败。那么秦庆童是什么结局呢？《三国演义》中没说。秦庆童背叛了董承，曹操为什么不杀秦庆童？如果没有秦庆童给曹操报信，曹操已经失败了。如果曹操杀了秦庆童，那么以后再遇到这种事情，还有谁敢给曹操报信？

衣带诏事件之后，曹操采取了哪些预防措施？

其一，以后皇帝的外戚宗族没有曹操的同意，擅自进入宫门者，斩。守御不严的，与之同罪。

其二，派三千心腹之人来充实御林军，由曹洪统领，负责防察皇宫。

3．衣带诏事件之后，曹操下一步有什么行动？

曹操跟谋士程昱讲：现在董承等人被诛杀了，但是参与衣带诏事件的马腾和刘备还在，这两个人不能不除。

程昱提出：

其一，马腾在西凉，路途太远，所以不能轻易进攻马腾。对付马腾的办法是写书信慰劳马腾，使马腾思想麻痹，然后骗马腾来京师，就可以除掉马腾。

其二，不能讨伐刘备。为什么？一是刘备在徐州，把兵力分为犄角之势，不容易对付。二是如果进攻刘备，刘备会向袁绍求救，袁绍要是趁机进攻许都，就麻烦了。

曹操同意程昱对马腾的分析，但是不认同程昱对刘备的分析。曹操认为：

其一，刘备是个人杰。现在不趁刘备羽翼没有丰满去攻打刘备，将来刘备成了气候，就不好对付了。

其二，袁绍虽然强大，但是做事情优柔寡断，不足为虑。

这时，郭嘉从外边进来，曹操问郭嘉关于讨伐刘备的看法。郭嘉讲：

其一，袁绍这个人发现机遇比较迟缓，而且经常犹豫不定，他的谋士之间不和，所以不足为虑。

其二，刘备现在的兵，基本上是从曹操这里带出去的兵。这些部队的军心还没有归附刘备，所以曹操东征刘备，一战可定。

曹操认为郭嘉和自己的意见一致，于是率大军东征刘备。

4．刘备向袁绍求救，情况如何？

面对曹操大军压境，刘备派孙乾向袁绍求救。孙乾先去见田丰，田丰引孙乾去见袁绍。田丰劝袁绍出兵，理由是：曹操东征刘备，许都空虚，这个机会来之不易，太难得了。

袁绍不同意出兵，给出的理由是：

其一，袁绍的小儿子得了疥疮，袁绍现在精神恍惚，无心处理别的事情，如果带军出征，于军不利。

其二，在袁绍的几个儿子中，只有现在得疥疮的这个孩子最特别，倘若孩子出现什么问题，袁绍也不想活了。

田丰听到袁绍不出兵的理由后，气愤地说：因为小孩子得了病，就放弃了这么宝贵的机会，袁绍成不了大事。

田丰这么说，但是袁绍并不这么想，为什么？其实袁绍的性格与西楚霸王项羽很像。袁绍一直不认为，更不愿意承认曹操是一个有本事的人。为什么？

其一，论出身。袁绍四世三公，曹操的爷爷是宦官。

其二，论地位。袁绍当年是十八路诸侯的盟主，曹操是十八路诸侯之一，属于袁绍的老部下。

其三，论名望。袁绍喜欢结交名流，在社会上很有声望；曹操年轻时，任侠放荡，不修德行学业，不被主流社会认可。袁绍为政宽仁；曹操当洛阳北部尉和济南相时执法严明，被当时的官场视为异类。

其四，论实力。袁绍是当时实力最强的诸侯，曹操的实力不如袁绍。

项羽没发现刘邦是个英雄。为什么？

其一，论武艺。项羽勇冠三军，刘邦没法比。

其二，论出身。项羽的爷爷是楚国名将项燕；刘邦是平民出身，年轻时被周围的人认为游手好闲，不务正业，还被自己的父亲骂作无赖。

其三，项羽能伸不能屈，做事情处处显出一种英雄气概；可是刘邦能屈能伸，在鸿门宴上为了活命，不惜低三下四。

所以袁绍和项羽有很多的共同点：

其一，高傲，缺乏自我发现问题的能力。袁绍的出身和项羽一样，属于贵族。因为是贵族，袁绍和项羽有一个共同的特点，就是骨子里的高傲。因为骨子里贵族的高傲，所以当袁绍被曹操打败后，袁绍不认为是自己不行，而是说："此天丧吾也！"项羽被刘邦、韩信打败后，也不认为是自己不行，而是说："天亡我，非用兵之罪。"

其二，能伸不能屈，宁折不弯，有很强的骨气。袁绍在与曹操的斗争中，一直处于优势。曹操当了大将军，位在袁绍之上，袁绍受不了。曹操基于形势的考虑，将大将军让给袁绍，自己当了司空。后来袁绍被曹操打败，他宁可吐血而亡，也要和曹操战斗到底。官渡之战后，曹操用了七年才平定河北。项羽被刘邦、韩信打败，宁可乌江自刎，也不向刘邦俯首称臣，留下了一曲千古传唱的霸王别姬。

所以这次田丰认为失去了这个机会，袁绍就会大势已去。袁绍认为这田丰明显是看不起他袁绍。鸿门宴中，范增认为放跑了刘邦，将来项羽会成为刘邦的俘虏，项羽认为刘邦算个什么！

5. 曹操征讨刘备，情况如何？

刘岱、王忠走后，关羽、张飞认为曹操会率兵进攻徐州。孙乾向刘备建议：徐州是受敌之地，不能把部队都放在这里，应兵分三处，分别把守徐州、小沛、下邳。

刘备采纳了孙乾的建议。问题是孙乾的这个主意对吗？不对。为什么？

其一，曹操率兵进攻徐州，刘备分兵防守徐州、小沛、下邳，既然是分兵防守城池，就不是在和曹操打游击战。游击战一般讲究化整为零。

其二，刘备兵少，曹操兵多。在兵少的情况下分兵防御，很容易被曹操各个击破。吕布当初镇守下邳，面临曹操和刘备的联合围城，守了很长时间，曹操通过水淹下邳，加上宋宪等人献城投降，吕布内部瓦解，才攻克下邳。可是后来曹操兵发徐州，攻打刘备。刘备很快败溃。为什么？关键在于吕布集中兵力于下邳，所以曹操难攻；刘备分散兵力于三处，结果很快被各个击破。

孙乾的这个建议明显是个馊主意，刘备采纳了孙乾的建议，可见军事水平也一般。

现在刘备的兵力布局是什么样呢？关羽保护刘备的家小守下邳；刘备、张飞、孙乾守小沛；麋竺、简雍等谋士守徐州。刘备这个布局合理吗？不合理。为什么？

其一，刘备集团能打的武将太少了，分兵把守三个城池，武将不够用。徐州是受敌之地，居然没有一个能打的武将在镇守，派了一帮谋士，很难守住。

其二，关羽守下邳。单派一员武将，一个谋士都没派。

其三，刘备、张飞、孙乾镇守小沛，可以说主要兵力集中在小沛。但是小沛城池很小，不适合防守，把主力集中在小沛明显是错误的。而且过去吕布进攻小沛，刘备都守不住，现在小沛能防住曹操吗？

刘备的军事水平可见一斑。那么现在刘备怎么排兵布阵才合理呢？两条路：

其一，直接率兵撤往青州，投奔袁绍。如将来袁绍进攻曹操，刘备可以从青州进攻徐州。

其二，集中兵力，防守下邳，争取像过去吕布那样，守一段时间，等待袁绍的援军。上次曹操长时间离开许都，围困吕布于下邳，是因为袁绍忙于与公孙瓒交兵。现在公孙瓒已被袁绍平定，曹操不敢冒许都长期空虚的危险围困下邳。刘备也不一定非要向袁绍一个人求援，还可以向刘表和孙策求援。

刘备得知袁绍不肯发救兵，非常震惊，问张飞：这可怎么办啊？张飞向刘备献计：曹操远来，必然疲惫，趁其刚来，我们先去劫营。毛宗岗父子评三国时在此处写道："此计亦可，但瞒不过曹操耳。"毛宗岗父子在此处的点评是正确的。刘备听了张飞之计，说了一段话：原先以为张飞只是一员勇将，之前活捉刘岱才发现张飞还挺会用计，这次张飞献的这个计谋正合兵法。目前刘备的手下中，张飞算是很懂兵法的了。

当晚，刘备、张飞率兵劫营，结果中了曹操的埋伏，刘备手下大部分是曹操的旧部，一看中了埋伏，纷纷投降。张飞杀出重围，逃往芒砀山；刘备也突出重围，去投奔袁绍。可见刘备的武功不低。

青州刺史袁谭是刘备过去举荐的茂才。刘备逃到青州，袁谭亲自带兵迎接刘备。在袁谭看来，虽然说老袁家四世三公，自己当个茂才不成问题。可是自己的茂才毕竟是刘备举荐的，这个人情还是有的。刘备赶往冀州，《三国志》记载，袁绍出邺城二百里去迎接刘备。《魏书》记载："备归绍，绍父子倾心敬重。"刘备见到袁绍的第一句话是：早都想投在您的门下了，只是一直以来机缘未到啊。刘备很会说话，而且张嘴就是忽悠，还把袁绍忽悠乐了。刘备之前从来没有想过要投奔袁绍，现在是走投无路了，没办法。这能说刘备很虚伪吗？不能，为什么？

刘备现在走投无路，袁绍亲自来迎接他，给他那么大面子，刘备要是不说几句客套话，也未免太不识抬举了。刘备很会说话，可刘备读书不多。读书多的人不一定会说话，会说话的人不一定读书多。这一年刘备三十九岁，已经在军旅生涯中摸爬滚打十多年了，社会阅历已经很丰富了。

刘备接着说：现在他投奔袁绍，是因为袁绍能容纳四方之士，若蒙收留，将来一定报效袁绍。问题是后来刘备报效袁绍了吗？好像没有。刘备不但没有报效袁绍，官渡之战前，田丰反对出兵，刘备主张出兵，袁绍听了刘备的话，结果官渡惨败。而刘备却借口联合刘表，早已从袁绍处脱身而去。《献帝春秋》记载，当年刘备接手徐州牧时，陈登希望袁绍能支持刘备。袁绍表态："刘玄德弘雅有信义，今徐州乐戴之，诚副所望也！"也就是说，在袁绍的支持下，刘备统领了徐州。可是刘备对袁绍并不厚道。

有人会说，袁绍、袁谭都是不能成大事的人。

袁绍支持刘备统领徐州。刘备兵败后，袁绍父子收留刘备。这是恩情啊。能够因为袁绍父子能力不行，就不讲恩情了吗？

有人会说，《三国演义》中，关羽斩颜良、诛文丑之后，袁绍怀疑刘备通敌，想杀刘备。

可是《三国演义》毕竟是小说，《三国志》没有这么记载。在《三国演义》中，刘备、关羽关系密切，关羽斩将，袁绍怀疑刘备，多少也符合一定的情理。

且说曹操打败了刘备、张飞的劫营，当天晚上就占领了小沛。于是兵发徐州城，麋竺等谋士哪里是曹操的对手，于是麋竺、简雍弃城逃跑，陈登献城投降。为什么？

其一，麋竺的妹妹嫁给刘备，因为这层关系，麋竺站队一直是站在刘备一边的。简雍是刘备的老乡，河北涿州人，年轻时就认识刘备，后来跟随刘备。简雍可以说是刘备集团的老人。

其二，陈登原先是陶谦的部下，后来跟随刘备。在陈登看来，自己的根基在徐州，刘备已经不可能再占领徐州了，曹操这个人在招降纳叛上是宽宏大量的，所以陈登归降了曹操。

《先贤行状》中记载，陈登帮助曹操打败吕布，先后被授予广陵太守、伏波将军。在广陵任职期间，陈登击败江东孙氏的进攻。陈登去世后，魏文帝曹丕为表彰陈登的功劳，拜陈登的儿子陈肃为郎中。

6．曹操如何攻占下邳?

曹操召集部下开会，研究如何夺取下邳，招降关羽。

荀彧主张：必须迅速拿下下邳，避免下邳被袁绍占领。

曹操主张：关羽这员将领，自己非常喜欢，可以考虑招降。

郭嘉主张：关羽这个人义气深重，肯定不会投降。如果派人去招降关羽，恐怕这个使者会被关羽杀害。

张辽发言：其与关羽有过一面之交，可以去招降关羽。

程昱提出：

其一，张辽和关羽虽然有交情，但是关羽这个人不是能用言辞说动的。

其二，派遣刘备一方投降的士兵到下邳去见关羽，让他们谎称是逃回来的，潜伏在城中做内应。

其三，将关羽引出下邳，通过诈败的方式，将关羽引往他处，然后截断关羽的退路。这时候，再派张辽去招降。

曹操采纳了程昱的建议，事情进展得很顺利，但是关羽守城不出来。夏侯惇想出了一招，派人在城下辱骂关羽，结果关羽果然中计，出城交战，结果中了埋伏，兵败被围土山。曹军里应外合攻占下邳。这件事说明什么问题？

其一，夏侯惇是一个很有计谋的武将。论计谋，关羽不如夏侯惇。

其二，关羽这个人有一个特点，就是特别爱惜自身的名誉。这是关羽的优点，后来关羽确实因为忠义而被千古传颂。但是作为一个将领来讲，这也是关羽的缺点。为什么？

关羽特别爱惜自己的名誉，因为爱惜自己的名誉，所以无法容忍别人辱骂自己。当夏侯惇派人在下邳城下辱骂他的时候，他愤怒了；因为愤怒，出战了；因为出战，中计了。《孙子兵法》中讲，“将有五危”其中一危是“廉洁，可辱也”。这里的廉洁指的是过于爱好自身名誉。夏侯惇就是看到了关羽为将的这一点，在战场上运用了《孙子兵法》。

相比之下，作为主将，司马懿就比关羽成熟得多。诸葛亮第五次北伐时，想激怒司马懿出战，给司马懿送去了女人的衣服，司马懿接受了，还款待了来使。不久，诸葛亮病死于五丈原。关羽可称得上一位义士，但是他并不是司马懿那样的政治家和军事家。

张辽招降关羽的情况如何呢？关羽又将何去何从呢？请看下集：许都之行。

第三十集
许都之行

关羽进入曹营之后，来到了许都。这次许都之行对关羽的影响是巨大的，就好比一个人由合伙式的“小作坊”来到了“世界五百强企业”，不仅仅是开阔视野，增长见识，也让关羽的君臣观发生了重大改变。原先关羽认为自己的“君”是汉献帝，辅佐刘备不过是效忠献帝的渠道；许都之行让关羽认识到，过去的那条路是走不通的，其所能辅佐的“君”只能是刘备。所以“身在曹营心在汉”的正确理解是：关羽身在曹操阵营，但心在刘备的“蜀汉”，而不是汉献帝的“东汉”。

1．曹操派张辽去招降关羽，情况如何？

张辽去招降关羽，关羽表示要视死如归。张辽讲，如果关羽战死了，有三罪：

其一，当年关羽和刘备桃园结义，约定誓同生死。万一刘备还活着，关羽先战死了。关羽就辅佐不了刘备了，而且有负于当年之约。

其二，刘备把家小托付给关羽，关羽要是战死了，刘备的家小怎么办？

其三，关羽武艺高强，熟读《春秋》，留下有用之身可以和刘备共扶汉室。

关羽想了想，问张辽，自己该怎么办。

张辽讲：不如先降曹操，将来有机会再投奔刘备。这样可以保护刘备的二位夫人，也可以不违背桃园三结义的约定，还可以留下有用之身。

关羽提出了投降的三个条件：

其一，只降汉帝，不降曹操。即：降汉不降曹。

其二，按照刘备的俸禄，供养刘备的二位夫人，给予保护。

其三，有刘备的消息，关羽便会告辞，去投奔刘备。

其实正史《三国志》中没有关羽提出三个条件的记载，《三国演义》中罗贯中写了这件事。但是《三国演义》这部小说有其精彩之处。

关键的问题是关羽说的：只降汉帝，不降曹操。即：降汉不降曹。这句话应该如何理解。

毛宗岗父子在评三国时对这句话的认识是："云长本来事汉，何云降汉？"大意为关羽根本就不存在降汉的问题，实质上就是不降曹。毛宗岗父子还提出：关羽只降汉帝，不降曹操，是辨君臣之分。毛宗岗父子分析得对吗？不对。为什么？

其一，如果说关羽只降汉帝，不降曹操，是为了辨君臣之分。这就有一个问题，关羽自然是臣，那么谁是君？汉献帝如果是关羽的君，刘备是什么？如果汉献帝和刘备都是关羽的君，莫非关羽同时侍奉两个君主？不可能，因为关羽是忠义之士，忠臣不可能同时侍奉二君。

有的人可能会这么理解，汉献帝是天子，刘备当过徐州牧，是诸侯，所以说都可以称为君。这个理解对吗？不对。为什么？

司马光在《传家集》中提出："古者列国并立，同事王室。故先王制礼，诸侯有王、大夫有君，君臣始终，有死无贰。汉氏平壹海内，万国一君，天下之君，唯帝室耳。"也就是说，西周、春秋、战国时期，君可以指周天子，也可以指诸侯国的国君。可到了汉朝时期，海内已经平定，国家实现了大一统。所谓的“君”只能指皇帝。

东汉末年确实存在军阀割据的情况，地方州牧确实有诸侯的权限，俨然是一方诸侯。但是关羽是有着浓厚封建忠君主义思想的人，如果从封建忠君主义的角度出发，徐州牧刘备不是诸侯，是朝廷的官员。从皇权本位和汉室江山的角度来讲，徐州牧是朝廷的官职，和春秋战国时期的诸侯国君、诸侯王不是一回事。关羽是熟读《春秋》的人，这个最基本的“君臣道理”不会不明白。所以关羽的忠君只能是忠一个“君”，不可能是忠两个“君”。按照朝廷的制度，徐州牧刘备和关羽是上下级的关系，不是君臣的关系。刘备和关羽有着共同的君主，就是汉献帝。

《三国演义》第二十八回的名称是“会古城主臣聚义”，罗贯中在这里将关羽与刘备、张飞的重逢说成是主臣聚义，意思是按照罗贯中的观点来讲，这个时候刘备与关羽的关系是主臣，而不是君臣；汉献帝与刘备是真正的君臣，汉献帝与关羽也是真正的君臣。有的人可能认为刘备后来当皇帝了，所以刘备和关羽从桃园三结义开始就是君臣。这个观点与封建忠君思想、正统观念是相冲突的，因为桃园三结义发生在汉灵帝时期，这时的刘备是关羽和张飞的结义兄长，刘备、关羽、张飞当时都是汉灵帝的臣民。

其二，毛宗岗父子认为关羽不存在降汉帝，其实就是不降曹操而已。也就是说关羽要了个小聪明，玩了个文字游戏。是这样吗？不是。这种理解未免太看轻关羽的人格了。关羽一向讲究的是光明磊落，在大是大非问题上是不会玩文字游戏的，是不会耍小聪明的，这才是关羽的性格。

那么只降汉帝，不降曹操，到底应该作何理解呢？

其一，到现在为止，关羽一直没有扶保刘备当皇帝的想法，一方面是由于关羽通晓春秋大义。另一方面是因为刘备的起点太低了，从桃园三结义，到平原县，再到小沛，以及短暂的徐州牧，刘备的发展很难让关羽、张飞看出能当皇帝的格局。所以当时刘备只是关羽的上级，是结拜兄长，而不是关羽的“君”。

其二，关羽和刘备去过许都，这一路走来，关羽了解刘备，也见到汉献帝及以董承为代表的皇亲国戚。关羽讲忠义，也很聪明，他明白刘备追求的是以桃园三结义为核心的事业，即后来的“蜀汉”。随着阅历的积累，关羽逐渐地意识到刘备的事业与汉献帝、董承的东汉不是一回事。

所以，关羽所说的“降汉帝”指的是暂时脱离刘备阵营，投效汉献帝、皇亲国戚、京都士族等上流社会为代表的东汉阵营。也就是说关羽降汉帝是真，不降曹操也是真，这才符合关羽的性格。

曹操对关羽的三个条件反应如何呢?

其一，曹操认为，关羽降汉就是投降朝廷，朝廷谁说了算？丞相曹操说了算。所以曹操认为降汉就是降曹。

其二，按刘备的俸禄供养刘备的二位夫人。对曹操来讲就是花些钱。好说，加倍供养。

其三，如果关羽得到刘备的信息就要走，这一点曹操难以接受。张辽劝曹操：关羽忠于刘备，不过是刘备待关羽恩厚，如果丞相也对关羽施以厚恩，关羽自然也会归心丞相。曹操采纳了张辽的意见。

关羽要求曹操先退兵，他入下邳见了二位嫂子之后再投降。荀彧建议曹操说：不行，关羽可能有诈。曹操说：关羽是一个义士，不可能言而无信。从这一点可以看出，荀彧的考虑是很周全的，但是荀彧对关羽是缺乏研究的。之前郭嘉说关羽义气深重，说明郭嘉对关羽是很了解的。问题是为什么郭嘉了解关羽，荀彧却不了解关羽呢?

其一，荀彧的工作相当于曹操的萧何，负责辅佐曹操处理具体行政事务，可谓公务繁忙。所以荀彧没有时间研究太多的三国人才。

其二，郭嘉的主要任务就是帮助曹操研究发展战略，研究各路诸侯的性格特点，以备曹操决策。郭嘉不仅研究袁绍、孙策等各路诸侯，像关羽这样杰出的将领也在郭嘉的研究范围之内。

关羽安顿了二位嫂子之后，来见曹操，关羽感谢曹操对其不杀之恩。曹操褒奖关羽忠义。

2．曹操是如何对待关羽的?

关羽到了许都之后，曹操对关羽可谓待之甚厚。

其一，加官。曹操带关羽见了汉献帝，汉献帝封关羽为偏将军。实际上关羽这个职位是曹操封的，汉献帝没有实权。

其二，重赏。曹操送给关羽大量财物，但关羽都交给二位嫂子收贮。曹操送了关羽十名美女，关羽让这些美女服侍二位嫂子。

其三，宴请。曹操经常宴请关羽，让关羽坐上座，可谓三日一小宴，五日一大宴。

其四，送战袍。曹操看到关羽的战袍旧了，送了关羽一件上好的战袍。关羽将新袍穿于内，而旧袍穿于外。曹操问为什么？关羽说，旧袍是大哥刘备所赐，新袍是丞相所赐，不敢喜新而忘旧。曹操称赞关羽是义士。

其五，送赤兔马。曹操将吕布的赤兔马送给了关羽。关羽是员武将，武将爱宝马是人之常情。我们之前介绍过赤兔马。这匹马的特点：

一是速度快。关羽得到赤兔马后，兴奋地说，得到这匹马，一旦知道刘备的消息，很快就可以见到刘备。

二是载重能力强，关羽在曹营期间，曹操宴请关羽，关羽称“贱躯颇重，马不能载”。所以曹操将赤兔马送给关羽。

三是能应对一定程度的复杂路况。水淹下邳时，吕布曾说“吾有赤兔马，渡水如平地”。

四是使用期限长，从董卓进京，到关羽去世，赤兔马一直驰骋在三国的舞台上。

曹操如此厚待关羽，关羽表示，要为曹操立功后再离开。荀彧建议曹操不给关羽立功的机会，关羽便不会离去，曹操以为然。曹操再次感叹关羽“事主不忘其本，乃天下义士”。

关羽在曹营的这段时间曹操一直在表扬关羽忠义，曹操这么做合适么？对曹操来讲有利有弊。为什么？

其一，曹操把关羽作为典型，教育自己手下的文臣、武将，要像关羽对刘备那样，对自己忠心耿耿，也就是曹操所讲的“汝等皆当效之”。

其二，关羽重归刘备与曹操表扬关羽忠义有很大关系，因为曹操每表扬一次关羽忠义，对关羽都是一次刺激和提醒。为什么？

因为关羽很重视曹操的态度，曹操又总是表扬他忠义，让曹操的许多部将都很敬佩关羽。关羽又是个很爱面子的人，关羽就想：我要是忠义，我应该保刘备啊！我在你曹丞相这儿算怎么回事呢？周围的人又都认为我关羽忠义，我关羽要是不走，那我关羽怎么让周围的人继续佩服我的忠义呢？怎么让曹操对我的忠义评价实至名归呢？所以后来关羽离开曹操，与曹操对关羽的忠义评价有一定关系。

其三，关羽走后，曹操也在反思自己对待关羽的态度。后来张郃、高览来投降时，曹操就不再表扬他们忠义了，而是把他们比作微子去殷，韩信归汉，意思是他们在曹操手下可以建功立业，有一番大作为。

3．在许都的一段生活，对关羽有何影响？

其一，对汉献帝有了进一步的认识。

到了许都之后，曹操把关羽引荐给汉献帝。关羽与汉献帝的接触有两件事情。第一件，汉献帝封关羽为偏将军，但是实际上献帝无权，这个偏将军明显是曹操封的。第二件，汉献帝称关羽为美髯公。可见献帝对关羽也不是很重视，没有像和刘备那样认了皇亲，又共同进行了衣带诏事件。

关羽认识到自己和汉献帝不是一路人。为什么？

第一点，汉献帝认刘备为皇叔，但是关羽和刘备是结拜兄弟，按照道理上来讲，刘备是刘皇叔，关羽应该是二皇叔啊，张飞应该是三皇叔啊。但是汉献帝不会和关羽、张飞认这个亲，为什么？

汉献帝周围是一帮拥汉派，即伏完这些皇亲国戚，他们基本上都是士族名门出身，这些人多年来通过联姻等方式形成了统治集团和利益集团，属于上流社会。关羽和张飞是何出身？关羽曾经是逃犯，张飞曾经是屠户。当年董卓看不起他们“白身”的身份，汉献帝也不是唯才是举的人，不会把关羽引入自己的核心圈子里。关羽和汉献帝虽然都在许都，看似近在咫尺，其实相隔遥远，他们之间隔着一个严格的封建等级制度。

第二点，关羽认识到：以刘关张为中心的桃园三结义式的草根创业模式，即刘备的“蜀汉”，和以汉献帝为代表的名存实亡的东汉不是一回事，而且汉献帝根本就不会理睬桃园三结义这套模式。为什么？

关羽本人出身于东汉末年的社会底层，后来成为一个逃犯。“知屋漏者在宇下，知政失者在草野。”作为社会底层的平民，关羽对东汉末年弊政有亲身的感受，而汉灵帝、汉献帝就代表了东汉末年的最高统治阶层。关羽虽然被统治、被压迫，但是作为底层出身的他并不想通过起义或反抗来对抗东汉弊政；相反他熟读《春秋》，又精通武艺，一心想为东汉朝廷立功，得到汉灵帝或汉献帝的认可，成为东汉政府体制内的一员，来实现自己的人生价值。但是许都之行让关羽发现，这条路是行不通的，为什么？

严格的封建等级制度让关羽认识到汉献帝是不可能唯才是举的，也不可能把关羽拉进皇亲国戚的圈子。而曹操对待关羽要远远好过汉献帝对待关羽。但是在刘备集团，关羽的地位很高，要是刘备将来当了皇帝，关羽就可以成为皇亲国戚。是这样吗？当然是。关羽的孙子关统娶了蜀汉后主刘禅的女儿，成为名副其实的驸马；张飞的女儿嫁给了后主刘禅成为皇后。也就是说在刘备开创的蜀汉政权中，关羽家族和张飞家族成为名副其实的皇亲国戚。

其二，对曹操有了新的认识。

过去关羽看曹操都是基于刘备集团的利益视角和封建忠君思想去观察，认为曹操就是一个乱臣。但是许都之行，亲自接触了曹操，关羽对曹操的认识发生了变化。

第一点，曹操抬举关羽、厚待关羽，让关羽了解到曹操是一个礼贤下士之人，也让关羽感觉到曹操广纳四海豪杰的博大胸怀。

第二点，曹操作为当朝丞相，赞扬关羽忠义，是义士，号召部下学习关羽这一点，无形之中抬高了关羽的名望，让关羽名满天下。

第三点，曹操能够为关羽提供建功立业的平台。关羽作为一员武将，过去的名气不是很大，至少没有河北名将颜良、文丑大。但是曹操给了关羽一个平台，关羽斩颜良、诛文丑，名震天下。与之相比，温酒斩华雄之时，袁术是不愿让关羽出战的。

其三，许都之行让关羽开阔了视野。

第一点，关羽在许都交了几个朋友，比如张辽、徐晃。有人会问，为什么关羽和张辽、徐晃关系好？因为他们都有相似的经历。什么经历？都是降将，有共同语言。张辽、徐晃、关羽平时可以坐在一起聊聊投降之前和之后的感受。张辽可以谈谈在丁原、何进、董卓、吕布手下是一种什么状态，徐晃可以谈谈过去跟随杨奉是一种是什么状态，相比之下，张辽和徐晃认为投奔曹操这条路是走对了。张辽和徐晃的感受必然会对关羽产生一定的影响。

第二点，对曹操为政产生了新的认识。关羽来自社会的底层，亲身经历了东汉末年的弊政，也了解黄巾起义前官逼民反的社会现实。关羽来到曹营，看到曹操法度严明、实行屯田、安顿流民，恢复农业生产，改革东汉末年的弊政，而且曹操的执政团队锐意进取，焕发出勃勃生机，这是过去腐朽没落的东汉政府无法做到的。

第三点，关羽的视野开阔了。关羽在曹营看到：曹操阵营人才辈出，群英荟萃，而刘备集团目前还基本上是刘关张三人；曹操的部队军纪严明，执法如山。过去关羽看问题是从地方看许都，现在关羽站在许都的角度，开始观察天下大事，视野开阔了，平台不一样了。

更重要的是关羽的许都之行，使其产生了思想观念的变化。来许都之前，关羽是想通过辅佐刘备，为汉献帝兴复汉室。许都之行以后，关羽认识到自己跟汉献帝不是一路人，而且汉献帝的汉室是不可复兴的，自己的出路是扶保刘备打天下，成为刘备集团，即后来“蜀汉”的开国功臣。

《魏氏春秋》和《蜀记》中记载了一个故事，曹操和刘备联军围下邳，秦宜禄是吕布的部下。关羽向曹操请求，攻克下邳的时候，要娶秦宜禄的妻子杜氏。开始时曹操同意了，关羽不放心，总提醒曹操。曹操怀疑这个杜氏长得漂亮，攻占下邳后，曹操占为己有了。杜氏和秦宜禄有一个儿子叫秦朗，秦朗后来成为曹操的继子，深得曹操喜爱。关羽最后离开曹营和这个故事有关吗？应该说这件事不会起决定作用，关羽离开曹营是其人生的一次重要选择，应该是深思熟虑的结果。

那为什么关羽要离开曹操？

其一，曹营的经历让关羽发现“降汉帝，不降曹操”这个想法是不现实的。关羽在曹营做的事情是在为曹操帮忙，比如斩颜良、诛文丑；献帝处于无权地位，不可能给关羽交代任务。所以摆在关羽面前的只有两条路，一条是降曹；一条是立功后，去找刘备。

其二，关羽很珍惜忠义之名。尽管关羽对曹操非常感恩，但是如果他离开刘备而投奔曹操，关羽就会被人认为不忠不义了，关羽就违背桃园三结义的约定了，所以关羽还是要走。

其三，关羽在曹营的发挥余地有限。曹营人才荟萃，关羽要留在曹营，就会和张辽、徐晃等众多武将并肩作战。但是论战术和智谋，张辽、徐晃都属于五子良将，恐怕关羽的战术和智谋比不上他们，而且将来关羽的战功也不一定比张辽、徐晃高，后来徐晃还打败过关羽。和曹操手下的武将比，关羽能脱颖而出的，是忠义二字，只有跟随刘备，关羽在历史上才能成为忠义的化身。

关羽离开曹营之前，要为曹操立功，关羽有立功的机会吗？请看下集：斩将立功。

第三十一集

斩将立功

“斩颜良，诛文丑”这个说法流传民间，可是在《三国演义》中“斩颜良”这个说法并不准确。斩的意思是砍断，而颜良并不是被砍死的，而是在关羽快速突袭中被青龙偃月刀刺死的。正史没有记载文丑是被关羽所杀，《三国演义》中文丑是被关羽追袭所杀。所以按《三国演义》的书写，应该是“刺颜良，追袭文丑”。

1．袁绍阵营商议讨伐曹操，情况如何?

袁绍阵营商议讨伐曹操。田丰认为不可，理由是：

其一，曹操东征徐州，讨伐刘备的时候，是进兵的好时机。现在机会已经错过了。

其二，曹操已经攻占徐州，锐气正盛，我方不可轻易进攻。

其三，现在应该等待时机，等有机可乘的时候再进兵。

刘备提出不同意见，刘备讲：曹操有欺君之罪，现在不进攻曹操，会失大义于天下。

袁绍认为刘备言之有理，采纳了刘备的意见。问题是刘备为什么主张进兵?

其一，刘备属于常败将军，军事上的判断力一般。刘备判断不出现在进攻曹操合不合适。

其二，刘备和田丰的出发点不同。田丰属于忠臣，一心一意为袁绍考虑问题，可是刘备考虑问题的角度不是这样。刘备和曹操是敌人，所以刘备劝袁绍去进攻曹操。至于袁绍能不能打赢曹操，刘备认为这事和自己没有太大关系。之前刘备先后投奔过公孙瓒、陶谦、曹操，如果袁绍失败了，大不了刘备再去投奔别人。

有人会问，刘备不是一个仁义之人吗？为什么他不是很关心袁绍是否会失败？

刘备是个搞小圈子的人，他真正关心的是他小圈子以内的人，比如关羽、张飞。袁绍明显不属于刘备小圈子以内的人，所以刘备认为袁绍打败曹操，那将来可能刘备还要与袁绍争夺天下；曹操要是打败袁绍，刘备就要想办法及早从袁绍处脱身。

袁绍是个判断力很差的人，他自己判断不出来这些，认为刘备和自己看法一致。田丰说袁绍不听良言，出兵一定失败。袁绍大怒，要杀田丰。刘备替田丰求情，袁绍将田丰下狱。问题是袁绍要杀田丰时，刘备为什么劝阻，他不是和田丰意见相反吗？

其一，袁绍在河北地区为政宽仁，很得人心，河北的人才纷纷归附袁绍。田丰这个人对袁绍忠心耿耿，在袁绍阵营中很有威望，人脉很广。田丰与刘备意见不合，劝谏袁绍不要出兵，袁绍要是因为这个杀了田丰，袁绍的许多部下不敢恨袁绍，但是他们会把对田丰被杀的愤怒和仇恨转移到刘备身上，刘备可就危险了。刘备明白这一点，所以力劝袁绍不要杀田丰。

其二，刘备有仁义之名，田丰有忠臣之名。要是忠臣与刘备的意见相反被杀了，刘备却不为忠臣求情，刘备就难以保住仁义之名。

2. 袁绍派颜良出战，情况如何?

袁绍派大将颜良为先锋，进攻白马。沮授劝袁绍说：“颜良性狭，虽骁勇，不可独任。”问题是性狭在这里要怎么理解?

颜良作为一个武将来讲，缺乏灵活机动、随机应变的能力；武艺很高强，但是过于教条，而且缺乏谋略。

曹操派大将宋宪出战颜良，不到三个回合，宋宪被颜良所斩。曹操大惊，说了一句：（颜良）真勇将也！曹操为什么这么说？曹操有一个习惯，就是无论谁有优点，曹操都喜欢说出来，哪怕这个人是曹操的敌人。

宋宪被斩后，魏续跟宋宪关系不错。魏续请求出战，要给宋宪报仇，曹操同意了。结果魏续一个回合就被颜良所杀。问题是宋宪被颜良斩杀，曹操为什么还同意魏续出战?

其实曹操这么做是不对的，为什么？宋宪和魏续原先是吕布的部下，两个人的武功差距不是太大，宋宪三个回合不到，就被颜良所杀。曹操可以判断出来魏续肯定不是颜良的对手。魏续请战，曹操同意，不等于让魏续去送死吗？曹操这么做不但自己损失一员武将，也是对魏续太缺乏关爱了，这可不是曹操这样爱才之人所应该表现出来的风格。

接下来徐晃出战颜良，结果大战二十回合，徐晃败归本阵。问题是颜良的武艺究竟如何？二十回合打败徐晃是什么概念?

徐晃与许褚大战五十多回合不分胜负；许褚裸衣斗马超，不分胜负；马超与张飞大战葭萌关不分胜负；张飞与吕布大战一百多回合不分胜负；许褚与典韦大战不分胜负。

按照这个逻辑推导，在一般正常状态下，不算射箭，骑马交锋打一对一，颜良可以打败吕布、典韦、张飞、马超、许褚、徐晃。所以颜良的武功是不能轻视的，也就是说如果正常交锋，按照常理出牌，关羽是打不过颜良的。关羽为什么会在打败颜良之后威名大振呢？那是因为颜良的武艺实在太高了。

程昱看到这里推荐关羽出战颜良。曹操说要是关羽立了功，他不就走了啊。程昱解释道：刘备要是活着，肯定在袁绍那里，关羽要是打败颜良，袁绍必杀刘备，刘备一死，关羽就不会去寻找刘备。曹操采纳了程昱的意见。

关羽见到曹操后，曹操首先赞扬颜良的英勇与河北兵马的雄壮。问题是曹操为什么这么做?

请将不如激将，关羽是个爱面子的人，有着高傲的性格。当曹操赞扬颜良时，关羽就会想：颜良很行，难道我不行吗？于是关羽的斗志就被激发出来了。

关羽是如何打败颜良的?

其一，关羽和徐晃关系不错，对徐晃的武艺有一定的了解，所以关羽听说颜良二十回合打败徐晃，关羽就认识到，对付颜良不可力战，只能智取。

其二，颜良这个人武艺虽强，但是很教条。在颜良看来，武将打仗首先要来将通名，之后也许还要骂阵，然后再交战。

其三，关羽头脑非常冷静，如果按照正常的来将通名，打一对一，关羽不是颜良的对手。所以关羽打破常规，即凭借赤兔马飞快的速度赶到颜良旁边，颜良还没有反应过来，还想问关羽个姓名，结果关羽出其不意一刀刺死了颜良，突袭成功。

颜良失败有两点原因：一是太过教条，还想搞来将通名，遇到不按常规出牌的人，缺乏应对突发情况的警觉性。二是颜良没有料到关羽的马如此之快。归纳起来就是沮授说的“性狭”。

关羽能够打败颜良，所凭借的一是打破常规，搞突袭；二是赤兔马快。斩颜良的“斩”字意思是砍断，准确地说颜良是被刺死的，所以说“刺颜良”更准确。

《三国志》中记载，“羽望见良麾盖，策马刺良于万众之中，斩其首还，绍诸将莫能当者，遂解白马围。”无论正史，还是《三国演义》，颜良都是被关羽刺死的。

有人会说，这能算关羽的武功比颜良高吗？

其实战场上的形势是瞬息万变的，颜良作为一员武将，过于教条，缺乏随机应变的能力。在不按常理出牌的关羽面前手足无措，被关羽打败。

三国武功排行榜前六位应该是谁？

算射箭，算骑马，算飞戟，三国武功前六位应该是：第一，吕布；第二，孙坚；第三，典韦；第四，黄忠；第五，关羽；第六，颜良。

其一，黄忠在战长沙时，箭射关羽盔缨根上，手下留情，应该排在关羽之前。

其二，虽然我们之前讲到，正常状况下颜良的武艺在吕布、典韦之前，但是真正的战场形势是瞬息万变的，颜良缺乏随机应变的能力，被关羽打败，所以不应排在关羽之前。

曹操目睹了关羽斩颜良的全过程，称赞关羽“将军真神人也！”关羽说：我这都不算啥，我三弟张飞张翼德于百万军中取上将首级如探囊取物！曹操一听这话，马上告诉下属，以后遇到张翼德要小心，并把张飞的名字记下来。这句话抬高了张飞的名望。曹操现在开始对张飞这个人有心理阴影了，后来赵云大战长坂坡之时，曹操带兵追到长坂桥边，碰到张飞，大部队没敢冲过去，跟关羽这句话有关。

因关羽斩了颜良，曹操表奏朝廷，封关羽为汉寿亭侯。汉寿亭侯怎么理解？

古往今来，许多人认为汉寿亭侯就是汉朝的寿亭侯，说明关羽降汉不降曹。其实不对。汉寿是地名，亭侯是爵位。汉寿在今天的湖南省汉寿县，在当代有着中国甲鱼之乡、中国黑杨之乡、中华诗词之乡等美誉，是一片充满生机和活力的热土。

3．袁绍派文丑出战，情况如何？

颜良的败兵回去向袁绍报告，说颜良被一个红脸、长须、使大刀的勇将斩了。沮授通过分析马上指出，这个人必定是刘玄德之弟关云长。袁绍一听这话认为刘备勾结曹操，要斩杀刘备。有人会问，袁绍怎么会怀疑刘备勾结曹操？他不知道刘备刚在徐州被曹操打败吗？

其实袁绍这种怀疑不能说一点儿道理没有，为什么？刘备曾经为了对付曹操而联合吕布，为了对付吕布而联合曹操，为了对付曹操而联合袁绍。对刘备来讲没有永远的敌人，也没有永远的朋友，说不准刘备会不会联合曹操对付袁绍。

刘备非常镇定和机智，他马上反驳沮授说：

其一，自从徐州失散之后，刘备与关羽就没有见过面。当时是古代社会，通讯设备也没有今天这么先进。

其二，天下长得像的人很多，沮授根据什么判断出来红脸、长须的人就一定是关羽？

袁绍一听，马上又觉得刘备说得有理，批评了沮授。问题是沮授对刘备是个什么看法呢？

其一，沮授对关羽的分析是正确的。

其二，田丰下狱事件，沮授对刘备是有意见的。田丰是反对这个时候攻打曹操的，沮授也认为这个时候攻打曹操没有必胜的把握，而刘备却主张出兵。沮授和田丰都非常忠于袁绍。在沮授看来，刘备这个人虽然嘴上说是来投奔袁绍，但其不是一心一意在为袁绍考虑问题。

文丑要率兵为颜良报仇，袁绍同意，问题是颜良被杀，袁绍派文丑出战合适吗？

之前大战颜良的时候，宋宪被颜良所杀，魏续要为宋宪报仇，曹操同意其出战就很不合适。因为魏续和宋宪的武艺差不了多少，魏续去等于送死，曹操还白白损失一员武将。

其实袁绍让文丑出战也是这个道理，颜良、文丑都是河北名将，勇冠三军，颜良排在文丑之前。第一名颜良去了，失败了；第二名文丑去了就能打赢吗？很可能白白损失一员名将。袁绍没算明白这笔账。

刘备要求和文丑一起去，文丑说："刘玄德屡败之将，于军不利。"这句话说明什么？

其实许多人读三国有一个感觉，就是刘备威望很高。这是因为许多人读三国是以刘备为出发点去读，其实刘备只是在其拥护者心中威望很高，实际上刘备在曹操、袁绍、孙权、刘表等人手下的许多谋士、武将心中威望不是很高，愿意跟随刘备的谋士、武将总体上不多。

于是文丑为前部，刘备为后部。

曹操是如何打败文丑的？

其一，迁徙百姓于西河，然后率兵迎敌，让粮草先行，军队在后。

其二，曹操押运粮草的前部遇到文丑的部队，纷纷放弃粮草，四散奔逃。

其三，曹操令部队到南阜躲避，命令部队解衣卸甲，将马匹散放。文丑的部队刚得到粮草，又来抢马，队伍自然乱套。这时曹操率兵进攻，打败文丑。

文丑骑马回走，张辽、徐晃追击文丑。文丑一箭射中张辽的头盔，又一箭射中张辽战马的面额，张辽落地。文丑回马来战徐晃，二将厮杀。徐晃看到文丑后面袁绍方军马赶到，于是回马撤走，文丑策马追赶徐晃。徐晃的特点是打得赢就打，打不赢就走。前次与颜良交战如此，这次与文丑交战也是如此，这叫好汉不吃眼前亏，留得青山在，不愁没柴烧。

文丑正追赶徐晃，见前方来了一员武将，此人正是关羽。文丑与其战不到三个回合，因心中胆怯，拨马便走，结果关羽的赤兔马快，很快追上文丑，从后面一刀斩了文丑。文丑的武功如何？

其实文丑的武艺不弱，之前文丑和赵云大战五六十回合不分胜负。但是这次文丑为什么失败了呢？

其一，怯阵了。为什么？文丑听说过有一员武将斩了颜良，其实文丑知道自己的武艺不如颜良，现在看到红脸、长须、使大刀的武将，文丑就猜出来斩颜良的是此人，作为一个武将，等于说没开打，精神上就已经垮了。所以战不到三个回合，文丑就撤了。

其二，失算了。文丑是在精神紧张情况下撤退的，他不知道关羽骑的是赤兔马，更没有料到关羽马速如此之快。所以当关羽追上文丑时，文丑被斩。

正史中没有记载文丑究竟是何人所杀，“诛文丑”是《三国演义》中的叙述，“诛文丑”这个说法虽然也对，但是更准确地说是追袭文丑。曹操得到关羽得以打败颜良、文丑，说明他的爱才之心是有回报的；关羽遇到曹操，得到赤兔马，有了斩颜良、诛文丑的平台，得以威名远播；所以曹操与关羽的相逢是相得益彰的。天下人什么时候开始称关羽为关公呢？是从斩颜良、诛文丑开始的。

文丑失策在哪里？

文丑知道颜良被斩，但是不知道颜良败在什么地方。在没有搞清颜良失败原因的情况下，文丑盲目地向袁绍请求出战。因为搞不清颜良失败原因，遇到关羽时又惊慌失措，结果成了第二个颜良。

颜良、文丑被杀的根本原因在哪里？

颜良、文丑的共同特点就是有勇无谋。其实他们和曹操手下的典韦、许褚很像，勇冠三军，但因为有勇无谋，所以不能胜任独当一面的任务。可是许褚很幸运，因为他遇到了曹操，曹操善于用人。曹操让许褚负责自己的保卫工作，用到许褚的长处。而颜良、文丑是不幸的，他们遇到了袁绍，袁绍不会用人。袁绍让不具备独当一面能力的颜良、文丑独当一面，结果用到颜良、文丑的弱项，导致二人的失败。所以颜良、文丑失败的根本原因是不遇明主。

4. 刘备如何向袁绍解释关羽斩将的问题?

话说袁绍得知斩颜良、诛文丑的是关羽，当即要杀刘备。刘备解释道：曹操知道刘备在袁绍处，担心刘备协助袁绍，所以派关羽杀了颜良、文丑，然后借袁绍之手杀了刘备。袁绍一听刘备的话，马上认识到自己的错误。

刘备反应很机敏，他具备政治斗争的权术和智谋，可谓有雄才；但是刘备并不具备大政治家在宏观战略上的高瞻远瞩和远见卓识，他思考的问题往往不是全国的，而是局部的，到现在为止他不像曹操、袁绍那样有宏观的发展战略和统一天下的路线图，可谓没有大略。曹操既有雄才又有大略，是大政治家。刘备有雄才无大略，因为有雄才，刘备是政治家；因为无大略，刘备不是大政治家。

刘备向袁绍表示，要派一名自己的心腹去给关羽送一封亲笔信，让关羽来辅佐袁绍，对抗曹操。袁绍说：得关羽胜颜良、文丑十倍。这句话有什么负面影响?

其一，颜良、文丑跟随袁绍很多年，对袁绍忠心耿耿，也立下过赫赫战功，结果被关羽所杀。可是袁绍说关羽若来投降，胜颜良、文丑十倍。这会让袁绍的老部下觉得袁绍这个人太无情无义了，后来许攸、张郃、高览投奔曹操，和这句话也有一定的关系。

其二，袁绍没明白一点，关羽是不会扶保袁绍的。关羽身在曹营尚且心在刘备，他就算来到袁绍这里，怎么可能扶保袁绍！其实袁绍还有一点没有搞明白，就是刘备虽然表示投奔袁绍，实际上刘备的部下还是忠于刘备的，袁绍很难真正把刘备集团彻底消化，刘备集团也很难真正融入袁绍集团。即刘备集团在袁绍集团内部保持着相对的独立性。

5. 关羽得到刘备的消息后，会如何选择?

打败文丑之后，曹操回到许都。此时黄巾军旧部刘辟等人占据汝南，曹洪率兵征讨，结果屡战失利。于是曹洪向曹操求救。可见曹洪的军事水平一般。关羽自告奋勇要求出征，于是曹操派关羽率兵五万，于禁、乐进为副将出征汝南。有人会问，关羽已经立了功，为什么还要立功？

其一，关羽虽然斩颜良、诛文丑，但是关羽认为自己并没有完全报答曹操的恩情。

其二，关羽是个闲不住的人，他有着建功立业的雄心壮志。关羽作为一员武将，要抓住机会，打出自己的名气，叫响自己的“品牌”。

有人又会问，于禁和乐进都是五子良将之一，他们能服关羽吗？

关羽刚入曹营时，他们自然不会服，可是关羽斩颜良、诛文丑，用实际行动树立了自己的威信，他们自然会服。所以关羽的威信并不是曹操三日一小宴、五日一大宴捧出来的，而是在战场上真刀真枪拼出来的。

关羽出征汝南，从孙乾和刘辟口中得知刘备在袁绍那里。刘辟故意让出汝南，关羽回师许都。曹操想了解关羽到底是想走还是想留，于是让张辽去探听关羽的虚实。

张辽问关羽：你和刘备的交情好，还是你跟我的交情好？关羽说：咱们俩是朋友之交；我跟刘备是朋友而兄弟，兄弟而君臣。这两种交情不能比。张辽明白关羽的意思了，于是向曹操汇报。这里面有一个问题，这是《三国演义》中关羽第一次口头说明：刘备和关羽是君臣关系。

桃园三结义时，刘备和关羽不可能是君臣关系，那时候刘备还是白身，许都之行之后关羽的思想发生了变化，关羽放弃了扶保汉献帝之路，改成了扶保刘备打天下。所以这时候，关羽认为自己和刘备已经不仅是朋友、兄弟了，应该是君臣了。

但是罗贯中其实是不同意关羽这种说法的，因为罗贯中写《三国演义》是秉承着封建正统思想来写，所以在之后的《三国演义》第二十八回中，罗贯中用的题目是“会古城主臣聚义”。也就是说在罗贯中看来，只要汉献帝还在位，刘备和关羽的关系就是主臣，而不是君臣。

曹操能留得住关羽吗？关羽下一步要做何选择呢？请看下集：千里归刘。

第三十二集

千里归刘

刘备修书关羽，关羽挂印封金，千里走单骑，过五关斩六将，兄弟三人重逢，古城相聚，这些故事体现了刘备集团有很强的凝聚力。本集中笔者将就这些脍炙人口的故事一一为您分解。

1. 刘备修书关羽，情况如何?

袁绍的部下陈震给关羽送来了一封刘备的书信，内容是：

其一，刘备和关羽本来在桃园三结义之时，誓同生死。关羽为什么在中途要割恩断义呢?

其二，关羽如果一定要取功名，图富贵，那刘备愿意献上自己的首级，来成全关羽的功名富贵。信中不能尽言，就等着你来取刘备的首级了。

刘备这封信为什么要这么写？是真的想用自己的首级帮助关羽换取功名富贵吗？肯定不是。为什么?

其一，刘备之前跟袁绍说要修书一封给关羽，让关羽过来辅佐袁绍。可见刘备写这封信的真实意图是要让关羽脱离曹营，重归刘备阵营。

其二，刘备并不想自己轻易死去，为什么？刘备是一个有宏图大志的人，年少时就有当皇帝的想法，为了其所谓的“兴复汉室”的事业，可谓历尽千辛万苦，百折不挠。所以刘备现在大业未成，壮志未酬。即使刘备和关羽有很深的感情，但也不至于用自己的性命去为关羽换取功名。

其三，刘备了解关羽，知道关羽是一个以信义为本的人。刘备信中指出关羽背叛了桃园三结义的盟誓，就等于说关羽失信于人。信中说要用刘备首级成全关羽的功名富贵，等于指出关羽不讲忠义。所以这封信的威力是很强的，其给关羽带来了巨大的道德压力，如果关羽还在曹营，不归附刘备，就等于要背负不讲信义、不讲忠义的骂名，就等于关羽在道德上的破产。这对一向以忠义自诩、一向高傲视人的关羽来说是承受不起的。

关羽看到信后，大哭，解释说：

其一，自己不是不想去找刘备，只是一直不知道刘备在哪儿。

其二，自己没有背叛桃园三结义的誓言去图功名，求富贵。

于是，关羽下定决心千里归刘。

2．关羽如何离开许都？

关羽去向曹操辞行，曹操闭门不见。关羽派人给曹操送了一封信，大意为：

其一，关羽不能违背桃园三结义的盟誓，曹操新恩虽厚，刘备旧义难忘。从这句话可以看出，如果没有刘备的旧义，屡受曹操新恩的关羽可以成为曹操的部将。

其二，下邳失守时，曹操曾答应过关羽，知道刘备下落，就让关羽投奔刘备。现在关羽已经知道刘备下落了。

其三，曹丞相对关羽还有一些余恩，关羽还没有报答，只能以后有机会再报答曹丞相了。

关羽把曹操赏赐的金银封置库中，把汉寿亭侯之印放在堂上，然后带着刘备的二位夫人上路了。曹操赏赐的东西关羽都没带走吗？不是，曹操给关羽的赤兔马关羽带走了。关羽挂印封金，为什么要骑走赤兔马?

其一，关羽和曹操有很深厚的感情，这种感情基础不仅来自曹操对关羽的厚待，还来自于哪里？曹操是当时东汉政权里，统治阶级、上流社会中唯一厚待关羽的人。怎么讲：

第一点，刘备虽然自称皇亲，但是刘备与关羽一样，都来自社会底层，桃园三结义之时，刘备与关羽的社会地位是差不多的。

第二点，关羽出道之后，屡遭统治阶级、上流社会的排挤。董卓看不起出身“白身”的关羽；袁术因为关羽是一个马弓手，反对关羽出战华雄。

第三点，上流社会中，唯独曹操对关羽格外厚待，可谓唯才是举，不拘一格。在那个等级尊卑森严的社会里，关羽一定会想：曹操的父亲曹嵩曾官居太尉，位列三公；曹操是当今丞相，而自己的出身是平民布衣，还当过逃犯。身份悬殊如此之大，却对关羽礼遇如此之厚，关羽不可能不受感动。

所以，关羽深感曹操厚恩，是不会和曹操完全割裂的。

其二，关羽挂印封金，说明关羽不会为了功名富贵而放弃“义”字；关羽带走赤兔马，因为关羽是一员武将，武将爱宝马，人之常情。而且关羽也确实需要这匹赤兔马。

曹操得知关羽走了，带众人送别关羽。曹操临别时赠关羽锦袍，关羽没有下马，而是用青龙偃月刀刀尖挑锦袍披在身上，关羽为什么这么做?

曹操替关羽的解释是：关羽只有一个人，而曹操带着数十人，关羽担心其中有诈。曹操的解释固然有道理，但是关羽能离开曹营应该说是曹操网开一面，信守诺言。不然关羽纵然武艺高强，也是不可能离开许都的。

关羽告别曹操后，骑马追赶二位嫂子的车驾。原来车驾已经被在当地“占山为王”的首领杜远劫到山上。结果另一位首领廖化杀了杜远，救了二位夫人。廖化要求追随关羽，可是关羽认为廖化是黄巾军余部，所以婉言拒绝。《三国演义》中的廖化和正史中的廖化有何不同?

正史中没有廖化当过黄巾军的记载。正史中，廖化是荆州襄阳人，为关羽的部下，关羽败亡后，归附吴国。后来廖化通过诈死的方式，逃回蜀国。蜀国灭亡后，廖化被迁往洛阳，于中途病故。廖化一生的年代跨越应该很大，从史料分析上看，廖化应该是刘备到荆州归附刘表以后，投奔的关羽。正史中没有廖化的出生年份，估计廖化应该至少活了七十岁。

《三国演义》中的廖化与关羽有何异同?

其一，《三国演义》中廖化是黄巾旧部，关羽当过逃犯，二人都来自社会底层，都对东汉末年的弊政有着亲身的感受。

其二，廖化和关羽选择的道路不同。廖化选择参加黄巾起义军，走上一条农民革命道路；关羽则深受《春秋》大义的影响，参加了东汉的政府军，希望通过镇压黄巾起义，立下军功，来得到东汉朝廷的认可，实现建功立业的愿望。

3．过五关斩六将，如何理解?

关羽到一个村庄投宿，碰到了老人胡华，交谈中，胡华得知眼前的人就是斩颜良、诛文丑的关羽，于是称呼关羽为关公。这是《三国演义》中作者第一次通过别人之口称关羽为关公。而且一提到关羽，胡华马上想到“斩颜良、诛文丑”，这说明什么?

斩颜良、诛文丑之前，关羽的名气并不是非常大，没有人亲口称其为关公。关羽的威名是怎么来的?是通过“斩颜良、诛文丑”打出来的。

关羽去往河北，要经过关卡，当时的守关武将之所以不让关羽过去是因为：

其一，关羽没有通关文凭，属于私行。如果守将放行的话，按照当时的法律，守将是要承担罪责的。

其二，东岭关守将孔秀跟关羽讲：关羽要等一段时间，等孔秀派人禀明丞相，得到曹操允许，方可放行。

关羽不同意孔秀的提议，为什么？关羽认为如果等孔秀派人禀明丞相，会耽误时间的。

其实守将孔秀阻拦关羽是有道理的，他们是在执行朝廷的法度，是在奉公执法。东汉末年一个严重的社会问题就是法度松弛，法律的执行力弱。曹操当政后执法严明，改革弊政，守将们不能违反法度。而且关羽杀守将孔秀的一个重要原因居然是不愿意多等一段时间，着急去找刘备。这个理由成立吗？明显不成立。为什么？

关羽着急去找刘备，要比朝廷的法度更重要吗？肯定不是。孔秀让关羽多等一段时间，等丞相回复，只是暂时不让关羽过关。难道孔秀暂时不让关羽过关，关羽就可以斩将吗？明显是没有道理的。

过五关斩六将中孔秀等四员守将是奉公执法，关羽因为着急过关，而杀了他们是不对的。六将中有两员守将即卞喜、王植想暗害关羽，被关羽所杀。卞喜、王植的暗害行为固然不合适，但是这与之前关羽的斩将过关多少有一定关系。

也不是所有不让关羽通行的武将都被关羽杀了，刘延是个例外。关羽向刘延借渡船过河。刘延向关羽解释：

刘延有船只，但不能借给关羽。因为如果借给关羽，夏侯惇知道了，会处罚刘延。

关羽听刘延这么说，就去想别的办法了。毛宗岗父子点评三国时在此处写道："若逢人便杀，便不成关公。"但是毛宗岗父子没写为什么关羽不杀刘延。那关羽为何不杀刘延呢？

关羽这个人吃软不吃硬。之前的守将跟关羽来硬的，关羽大怒，所以过关斩将。这次刘延跟关羽来软的，跟关羽解释原因，关羽觉得刘延说得也有道理，所以就没有难为刘延。

关羽去找渡口的守将秦琪要渡船，秦琪问关羽来者何人？关羽自称汉寿亭侯。关羽临走之前已经把汉寿亭侯之印还给曹操了。关羽为什么还自称汉寿亭侯呢？

关羽是要去寻找刘备的，而汉寿亭侯虽然是朝廷封的，但实际上是因为关羽斩颜良，曹操表奏朝廷，封给关羽。去寻找刘备，带着曹操的封赏，明显是不合适的。

可是关羽很想建功立业，很在乎曹操给他的封赏，只是因为曹操的新恩虽厚，刘备的旧义难忘。所以关羽要离开曹操，千里归刘。

过五关斩六将之后，关羽自叹：过关斩将实出无奈，曹公知之，必以我为负恩之人。这说明什么？

关羽虽然离开了曹操，但是关羽很在乎曹操对他的评价，也很在乎自己在曹操心目中的地位。

4．关羽去汝南寻找刘备，情况如何？

关公过了黄河后，碰到了孙乾。孙乾告知关羽：刘辟复夺了汝南，刘备已前往汝南会合刘辟。关羽带着车驾往汝南进发，沿途遇到夏侯惇。夏侯惇指责关羽：没有丞相通关文凭，沿途斩将杀人。关羽与夏侯惇战不到十回合，曹操派人传话要求给关羽放行。

关羽沿途碰到黄巾余部周仓等人，周仓一向崇拜关羽，关羽在征得二位嫂子的同意后，招收了周仓。问题是关羽为什么要招收周仓？

在许都的日子里，关羽发现曹操手下文臣、武将云集。这让关羽悟出了一个道理，干大事不能没有人才。所以关羽也开始招收人才，培养自己的亲信和帮手。

关羽到了古城，得知张飞在此招兵买马，于是去和张飞相会。张飞见到关羽，挥矛便同关羽大战。张飞的理由是：关羽背叛了刘备，投降了曹操，受了曹操的封赏，现在是来打古城的。关羽为了证明自己的清白，斩了蔡阳，打败了曹操的追兵。张飞这次相信关羽没有背叛刘备。问题是张飞为什么要挥矛大战关羽?

其一，张飞这个人原则性很强。他的原则是谁忠于刘备，谁就是他的朋友；谁反对或背叛刘备，谁就是他的敌人。张飞以为关羽投降了曹操，所以这个时候，关羽就是张飞的敌人；关羽斩杀了蔡阳，证明了自己的清白，张飞马上意识到原来关羽还忠于刘备，于是在张飞眼中，关羽还是他的二哥。

其二，张飞这个人自恃武艺高强，他不认为自己的武艺比关羽差。他认为自己可以替刘备清理门户，所以挥矛大战关羽。

张飞在大战关羽时讲了一句话："忠臣宁死而不辱，大丈夫岂有事二主之理！"这句话我们要怎么看?

张飞说："忠臣宁死而不辱，大丈夫岂有事二主之理！"但是有句话叫"良禽择木而栖，贤臣择主而事，识时务者为俊杰"。孔夫子尚且周游列国。其实张飞的理讲得有点儿偏。举例来讲，如果忠臣不事二主，荀彧、郭嘉就应该一直扶保袁绍，那最后荀彧、郭嘉的下场就是下一个田丰。

其一，其实择主是一门学问。换不换主公不是问题的关键，关键是要看主公带的路对不对，看主公所走的道路是不是符合历史发展，是不是真正地为国为民。主公是部下的带路人，主公的路要是带错了，作为部下来讲就应该及时地回头是岸。

其二，张飞的观点属于封建忠君思想，就是说无论君主是唐太宗还是隋炀帝，昏庸还是圣明，臣子都应该忠于君主。其实张飞的这种思想不是儒家思想真正的宗旨，因为以孔孟为代表的儒家思想不主张这样做。

"良禽择木而栖，贤臣择主而事，识时务者为俊杰"。孔夫子为什么周游列国?寻找明主，推行仁政。孟子领会了孔子思想的真谛，提出"民贵君轻"。说白了就是选择主公要"以民为本"，只要主公的事业是为国为民的，就可以跟随；如果不是为国为民的，就要"良禽择木而栖，贤臣择主而事，识时务者为俊杰”。

关羽辞别张飞，继续前往汝南去见刘备。到了汝南得知刘备已回河北。

5．古城相聚情况如何？

刘备来汝南后，发现这里兵少，回河北与袁绍商议。刘备到河北后，跟袁绍提出：刘备与刘表同宗，刘备可以去劝说刘表，与袁绍合力共攻曹操。袁绍同意了。刘备真的想去为袁绍联合刘表吗？不是。那刘备的真实意图是什么？

其一，刘备看准了，袁绍、曹操必有一战，谁胜谁负不好说。问题是如果袁绍胜了，袁绍就会控制朝廷，统一北方，刘备就会生存在袁绍的屋檐之下。现在袁绍、刘备联手对抗曹操，袁绍、刘备一方与曹操一方之间的矛盾是主要矛盾；袁绍要是胜了，袁绍和刘备的矛盾就会上升为主要矛盾。而刘备要是在袁绍手下，在乱世之中，刘备没有部队，没有地盘，是很难斗过袁绍的。

如果袁绍败了，当初劝袁绍出兵的是刘备，反对出兵的是田丰。无论是袁绍，还是袁绍的部下都会明白，原来田丰是正确的。就算袁绍不处罚刘备，袁绍的部下也会有意见，刘备是众怒难犯。如果袁绍被曹操彻底打败了，刘备也会跟着袁绍失败。

其二，刘备通过分析得出一个结论，袁绍之处不可久留，必须找机会脱身。但是刘备会去投奔刘表吗？暂时不会，为什么？对刘备来讲，投奔刘表相当于从原先的依附袁绍，变成依附刘表，自己还是不能独立创业，所以刘备要去汝南，开创一片自己的势力范围。

刘备走后，刘备的谋士简雍跟袁绍讲：刘备此去，必然不回来了，我愿意和刘备一起去，一则共同劝刘表相助；二则监督刘备。袁绍同意。简雍走后，郭图马上劝袁绍：上次刘备去汝南都没办成什么事，现在又派刘备和简雍去荆州，恐怕这两个人都不会回来了。袁绍说了一句话：简雍自有见识。袁绍为什么这么说？

其一，简雍年少时就认识刘备，跟随刘备多年。和刘备一起经历过许多挫折，可以说是刘备的铁杆追随者。

其二，袁绍对简雍和刘备的关系缺乏思考和了解，误以为简雍已经放弃刘备，投奔自己。郭嘉十论中说袁绍是非混淆，果然不假。

刘备和关羽重逢之后，刘备建议关羽收关平为义子。于是关平拜关公为义父。不过这是《三国演义》的记述，其实正史中关平是关羽的儿子，并没有说是义子。到现在为止，关羽手下已经有了两员大将，分别是关平、周仓。关羽在去曹营之前，从未招收过人才。看来许都之行让关羽在曹操身上学到了许多东西，关羽已经开始了人才储备，逐渐有了自己的一班人马。

刘备带关羽等人前往古城，中途又得到大将赵云，自此刘备手下的部将有：关羽、张飞、赵云、孙乾、麋竺、简雍、麋芳、关平、周仓。黄巾旧部刘辟等人也投其麾下。刘备现在的人才分为三类：

其一，桃园三结义的老弟兄。即关羽、张飞、关羽的儿子关平、关羽的亲信周仓，刘备的年少之交简雍。

其二，徐州派。即孙乾、麋竺、麋芳。刘备还是麋家的女婿。

其三，从他处投奔而来。即原公孙瓒的部将赵云、黄巾旧部刘辟等。关羽的亲信周仓也是黄巾旧部。

刘备在汝南招兵买马，准备大干一场。袁绍得知刘备未回，态度会如何呢？割据江东的孙策现在情况怎样呢？请看下集：壮志未酬。

第三十三集

壮志未酬

杜甫有句诗："出师未捷身先死，长使英雄泪满襟！"孙策既是一个杰出的政治家，又是一个出色的军事家，本可以驰骋中原，与曹操、袁绍争夺天下。可惜因轻而无备，英年早逝，留给后人无尽的惋惜和遗憾。

1．孙策割据江东，情况如何？

刘备留在汝南不回，袁绍大怒，要兴兵讨伐刘备。谋士郭图建议袁绍：

其一，刘备不足为虑，曹操现在是劲敌。

其二，要对付曹操现在就要去联合多方力量。刘表实力不行，而江东孙策现在实力雄厚，手下谋士武将众多，可以派人去联系。

郭图建议联络孙策是一步好棋吗？确实是一步好棋。

其一，之后的官渡之战中，曹操已经快没粮食了，如果不是许攸献策偷袭乌巢，曹操必败无疑。

其二，如果孙策不是英年早逝，他已经率兵偷袭许都了。如果在袁绍、曹操相持官渡的时候，孙策攻击许都，曹操必败。

只是郭图的这步好棋还可以再完美一些。如何完美？

为什么只联络孙策呢？其实刘表割据荆州，刘备现在汝南，都可以联系，这时候正需要团结一切可以团结的力量。不要说刘表、刘备，就是西凉的马腾、韩遂都可以派人去联系。

袁绍采纳了郭图的建议，派陈震去联络孙策。

话说孙策在江东，袭取庐江，豫章太守华歆归降孙策。华歆后来归附曹操，曹丕建魏后，官拜相国。孙策派谋士张纮到许都将战绩表奏朝廷，曹操看到后感叹："狮儿难与争锋也！"于是，曹操决定与孙策联姻，将自己的侄女嫁给孙策的弟弟孙匡。曹操为什么要与孙策联姻？

其一，孙策割据江东，实力雄厚。曹操还没有平定北方，难以有足够的实力去平定孙策。

其二，袁绍正与曹操对峙，刘表、刘备都是曹操的劲敌，曹操现在最需要的是盟友，不能让所有的诸侯都联合起来对付自己。

其三，曹操用联姻的方式笼络孙策，让孙策和刘表互相牵制。这样曹操就可以腾出力量来，集中精力对付袁绍。

但是曹操与孙策的关系很快就破裂了。孙策要求朝廷封自己为大司马，曹操不许，结果孙策怨恨曹操，有偷袭许都之心。这件事说明什么？

其一，孙策要当的大司马到底是个什么官？东汉末年，朝廷设置大司马一职，位在三公之上。《资治通鉴》记载权臣李傕当过大司马。曹操当时是什么官？三公之一，司空。也就是说孙策要当的这个官，位在三公之上，比曹操的官还大。

其二，曹操得知孙策要当大司马，会有什么反应呢？你孙策凭什么当大司马啊？

一是孙策当时只有二十多岁，是曹操的晚辈。曹操和孙坚是一个辈分的，而且当年曹操的背景不比孙坚低，孙策要的官居然比曹操还大，这孙策明显不知天高地厚。

二是孙策虽然虎踞江东，但是充其量就是个地方诸侯。孙策要是当大司马，曹操成孙策下属了。曹操感觉孙策太狂妄了。

其三，这件事说明：一是孙策的志向不仅仅局限在江东，孙策想像曹操一样，控制朝廷，奉天子以令不臣。二是孙策知道要求大司马一职，曹操会生气，但他也知道现在曹操需要他。为什么需要他？曹操忙于对付北方的袁绍、刘备，没有精力对付孙策，所以孙策不怕和曹操闹翻。

曹操拒绝了孙策的请求对吗？不合适。为什么？

其一，孙策要求大司马一职确实是狮子大开口，非常过分，但是曹操这个时候需要与孙策和平相处。如果孙策倒向袁绍，与袁绍南北夹击曹操，后果不堪设想。所以曹操可以不给孙策大司马一职，但是可以在三公之中找一个职位给孙策，同时给孙策封侯。然后可以派人告诉孙策，孙策还年轻，你的长辈们还在位，将来你对付刘表有了更大的战功，可以考虑大司马一职。

其二，说白了，就算孙策当了大司马，也是有职无权，他的地盘在江东。如果曹操利用大司马一职把孙策招到了许都，孙策就被曹操控制起来了。

所以曹操在这件事情上的做法有失偏颇。

2．孙策如何处理许贡事件？

吴郡太守许贡暗中派人给曹操上书，大意为：孙策的骁勇和楚霸王项羽相似。朝廷应该对孙策彰显荣宠，将孙策召到许都加以控制。不能让孙策割据一方，否则日久必为朝廷后患。问题是许贡分析得对吗？

许贡是站在朝廷和曹操的立场上对孙策进行分析，分析得很有道理。如果曹操能够以加官晋爵的方式将孙策召到京师，就没有以后的赤壁之战和东吴政权了。

许贡为什么心向朝廷和曹操呢？

其一，三国之前是秦汉两朝。秦始皇扫平六国统一中国，建立了中国历史上第一个统一的中央集权的封建国家。之后刘邦建立西汉，汉景帝平定了七国之乱，再到汉武帝时期的大一统。中国在秦汉两朝基本实现了将近四百年的统一局面，尽管期间出现过楚汉相争，以及王莽末年的乱世局面，但总的来讲国家是统一的。

秦汉四百年的统一局面对三国时期的知识分子在思想上的影响是巨大的，当时的知识界已经形成了“统一是主流，割据一方只是暂时现象”的普遍共识。所以许多知识分子尽管是孙策的部下，但是心向朝廷。而孙策也认识到割据江东本身不是目的，目的是以割据江东为基础统一天下。

其二，无论是秦汉时期，还是之前的夏商周时期，中国政治中心都在北方。控制中原的曹魏政权容易被当时的知识分子视为正统，《三国志》的作者陈寿就以曹魏为正统，称曹操为太祖。而割据江东的孙氏政权容易被视为偏安。

像王朗、华歆这些人是北方人，后来被朝廷派到江东当地方官。尽管后来王朗等人管理的地盘被孙策平定，但是王朗、华歆这些官员心中并不认为自己是孙策的臣子，而认为自己是朝廷的官员，所以他们后来都回到了北方，投奔了曹操。

其三，纵观中国历史，唐朝安史之乱以前，中国的经济重心基本在北方。在秦汉三国时期，北方相对来说人口众多，经济繁荣，而此时的江东地区还没有得到充分的开发。

许贡作为吴郡太守，他代表了江东地区的一批人，这批知识分子不相信孙策政权能够在江东维持长久。在许贡看来，孙策充其量也就是西汉初年的吴王刘濞，吴楚七国之乱一起，很快就会被朝廷平定。

赤壁之战之前，江东的文臣有很多都主张降曹，可惜曹操长期忽视对江东孙氏政权的研究，没有及时拉拢江东的文人，这也是曹操的一个失策。

许贡的书信被孙策截获，孙策以请许贡议事为名，将许贡杀死。这是孙策版的汉高祖出游云梦之计。许贡被杀之后，许贡的三个家客要为许贡报仇。

一日，孙策射猎时被许贡的三个家客击伤，程普率兵救援，杀死了三个家客，救了孙策。结果射伤孙策的箭头有毒。华佗此时去了中原，华佗的徒弟救治孙策。华佗徒弟告诉孙策需静养百日，方可恢复，如果怒气冲激，就难以治愈。问题是孙策为什么会被许贡的家客所伤？

其实孙策这次要是不受伤，在官渡之战时完全可以带兵进攻许都。这次受伤可谓因小失大。孙策受伤的原因还是那四个字“轻而无备”。孙策为什么会轻而无备呢？

那是因为孙策一直没有搞明白一个问题，什么问题？无论是英雄豪杰，还是凡夫俗子，在波涛汹涌的自然灾害面前，生命都是平等的，没有高低贵贱之分。在刀光剑影、血雨腥风的战场上，刀剑不会因为孙策是英雄豪杰而格外开恩。

3. 孙策如何处理于吉？

孙策休养了二十多天，张纮派人从许都回江东向孙策汇报。孙策接见了张纮的使者。使者说：曹操非常惧怕孙策，曹操帐下的谋士对孙策也很敬服，但是唯独郭嘉不服。孙策问：郭嘉怎么个不服？使者答：郭嘉说孙策不足惧，因为孙策轻而无备，性急少谋，属于匹夫之勇，他日必死于小人之手。孙策听之大怒，要出兵进攻许都。问题是郭嘉的评价准吗？基本准确。为什么？

其一，说孙策轻而无备，确实如此。孙策性急少谋，则不全对。因为孙策确实性急，但是并不少谋。孙策很有谋略，性急确实是孙策的一大缺点，也是因为年轻，血气方刚，虽然很有能力，但是性格上不是很完备。

其二，郭嘉根据什么判断孙策必死于小人之手？毛宗岗父子评三国时有一句话很有道理：“前孙坚以三十骑轻出而至于死，今孙策以单骑轻出而至于伤。”“万乘至重，壮者虑轻。坚与策之不得为帝王者在此。”就是孙坚和孙策都是轻而无备，郭嘉根据孙坚的情况分析出了孙策的结局。

其三，曹操的谋士除了郭嘉，都很敬服孙策，说明什么？说明荀彧、荀攸、贾诩、刘晔、程昱都很敬服孙策。可是郭嘉能看出孙策的缺点和弱点，为曹操指出孙策的实际情况。郭嘉是三国第一谋士，一个重要的原因是他经常能够提出独特而正确的见解。

袁绍的使者陈震来到江东，要与孙策联合共攻曹操，孙策大喜。孙策召集诸将在城楼上宴请陈震，这时有个叫于吉的道人从楼下经过，路旁的百姓都伏道而拜。孙策手下的诸将也要下楼去参拜于吉。孙策问这是何人。部下跟他讲：于吉在江东广施符水，治病救人，无不灵验，被称为神仙。孙策要杀于吉，张昭提出：于吉在江东数十年，没有犯过什么过错。陈震也劝孙策不要杀于吉。张昭的意见孙策可以不采纳，但是陈震的面子孙策不能不给，因为陈震是袁绍的特使，孙策需要和袁绍联合。于是孙策将于吉下狱。

孙策回家之后，孙策的母亲为于吉求情。于吉下狱后，狱吏都敬信于吉。张昭带领数十人联名保于吉。谋士吕范建议：方今天旱，可令于吉祈雨赎罪。孙策同意了。

结果于吉祈雨时，还真下了一场大雨，于是官员和百姓都在水中罗拜于吉。孙策大怒，要杀于吉。众官纷纷为于吉求情，孙策说了一句话：你们要跟着于吉造反吗？于是孙策令武士斩杀于吉。

问题是孙策为什么一定要杀于吉？

其一，于吉在江东的影响力太大了。孙策名义上割据江东，但是实际上于吉已经基本控制了江东官吏和百姓的思想。也就是说于吉与孙策的矛盾是江东控制权的问题。

其二，孙策发现自己面临统治危机。从这件事我们可以看出，在江东，上至孙策的文臣武将，下至基层的狱吏都信奉于吉；老百姓更是对于吉伏道而拜；包括孙策的母亲都在为于吉求情。这让孙策感到于吉的行为已经远远超出了治病救人的范畴，于吉已经控制了江东的人心。

其三，孙策在思考一个问题，如果孙策和于吉闹翻了，江东的文武官员、普通百姓是会听孙策的呢还是听于吉的呢？所以当众官员都在为于吉求情的时候，孙策说了一句：你们要跟着于吉造反吗？

当年吴王夫差率兵北上争霸，结果越王勾践趁机袭击吴国。最后在吴越的争霸中，夫差败亡。这就是卧薪尝胆的故事。孙策想到现在要联合袁绍，讨伐曹操。如果孙策率兵离开江东，偷袭许都，在孙策走后，万一于吉凭借在江东几十年的经营，振臂一呼，那么江东可能就是于吉的天下，孙策可能就是下一个吴王夫差。前车之鉴啊！

孙策杀于吉根本的原因是为了维护其在江东的统治。那孙策在处理于吉问题上有什么失策呢？

于吉在江东已经活动了数十年，官吏和平民都信奉于吉。作为割据江东的孙策居然不知道于吉是谁，这不能不说是孙策的失策。孙策忙于统一江东，忙于争夺天下，忽视了于吉的存在。

在于吉事件中，张昭等谋士的做法让孙策失望，为什么？

其一，张昭、吕范等谋士居然站在于吉一边，为于吉说话，让孙策非常生气。孙策认为这些谋士不是站在孙策的立场上看问题，他们关心于吉，却不关心孙策在部将和百姓心中的权威。

其二，张昭这个人缺乏担当精神。官员和百姓信奉于吉，大家都站在于吉一边，替于吉说话。张昭属于墙头草，随风倒，反正大家都拥护于吉，张昭就带头联名大家保于吉。张昭知道孙策不可能处罚所有人。

张昭是个“聪明人”，他很明白，如果这个时候，他倒向孙策，跟众多的官员和百姓唱反调，就等于站到了众多官员和百姓的对立面，这些人不敢得罪孙策，但是对张昭来讲是众怒难犯，张昭觉得：江东是孙策的地盘，又不是自己的地盘，自己没必要为了孙策这么做。

一路走来，张昭的表现令孙策很看重，但是这件事让孙策看到了张昭的另一面。他认为张昭没有担当，老于世故，人云亦云，缺乏独立思考的勇气和能力，不是一个真正为自己分忧的人。

4．孙策如何嘱托后事？

孙策本来身体有伤，在处理于吉事件之中，又怒又急又气，金疮迸裂，将不久于人世。于是孙策开始嘱托后事。

其一，明确接班人为其弟孙权。孙策称：吴越这个地方大有可为。如果争夺天下，孙权不如孙策；如果举贤任能，保住江东，孙策不如孙权。

其二，告知孙权：内事不决，可问张昭；外事不决，可问周瑜。

其三，明确孙氏的子弟必须辅佐孙权，不可生异心。

其四，大乔和小乔是亲姐妹。孙策娶了大乔，周瑜娶了小乔，所以孙策和周瑜是连桥。孙策告诉大乔，让其通过小乔跟周瑜讲，让周瑜尽心辅佐孙权。

孙策为什么说：内事不决，可问张昭；外事不决，可问周瑜？

于吉事件中，张昭不敢担当、老于世故的表现让孙策大失所望。所以孙策认为张昭不可以嘱托外事，就协助孙权处理一下内事吧。赤壁之战前，张昭主降的态度证明了孙策的这个布局是高明的，孙策看人是准确的。

孙策的死对三国历史有什么影响？

如果孙策不死，官渡之战时，孙策就偷袭许都了。孙策要是偷袭许都，官渡之战中曹操就输定了。可以说孙策的去世让孙氏家族失去了最后一次统一中国的机会。曹操打败袁绍，统一北方后，由北方的曹魏集团（司马懿来自曹魏集团）统一中国的趋势已不可阻挡。

5．孙权接班后，情况如何？

孙权问周瑜，现在镇守江东，他应该做些什么。周瑜提出：自古“得人者昌，失人者亡”，要有所作为必须要选拔重用人才。如何评价周瑜提出的得人者昌，失人者亡?

古往今来，许多人认为周瑜不如诸葛亮，其实周瑜有周瑜的长处。诸葛亮有一个问题，就是好唱独角戏。孔明很少像周瑜那样给主公推荐人才。在人才格局上，孔明不及公瑾远矣！赤壁之战时，孙权手下人才辈出。诸葛亮北伐时，蜀国人才凋零。二人在人才战略上的高下可见一斑。

周瑜为何要向孙权推荐鲁肃?

于吉事件发生的时候，周瑜在外带兵，不在孙策旁边。但是周瑜对于吉事件的情况还是了解的。周瑜意识到只有张昭等人在孙权旁边，对孙权的成长来讲是不够的，还需要派谋臣来辅助孙权。这个时候，有个叫鲁肃的人想要回到北方去，周瑜不让鲁肃走，把鲁肃推荐给孙权。那么鲁肃给孙权提出了哪些建议呢?

孙权跟鲁肃讲：现在汉室衰微，天下大乱，我孙权想学齐桓公和晋文公，成为辅佐周王室的春秋霸主。孙权这句话透露出两个意思：

其一，孙权要兴复汉室。

其二，孙权要成为三国时期各路诸侯的霸主。

鲁肃提出了自己的观点：

其一，楚汉相争的时候，汉高祖刘邦想辅佐义帝，但是没有成功。为什么？义帝被项羽控制，后来项羽杀了义帝。从现在的局势来看，曹操就好比楚汉相争中的项羽，孙权怎么可能像齐桓公、晋文公那样去扶保“义帝”呢？所以，鲁肃得出了一个结论：汉室不可复兴，曹操不可卒除。

其二，既然兴复汉室的路走不通，鲁肃就给孙权指了另一条路——向荆州发展。打败刘表，占据荆州，然后，以图天下。这是鲁肃版的东吴发展路线图。孙权虽然嘴上说现在自己只能尽力经营一方，辅佐汉室，还达不到鲁肃说的那个高度。但是孙权很赏识鲁肃。

如何评价鲁肃版的东吴发展路线图?

其实鲁肃的这个建议是有道理的。根据东吴当时的情况，孙权年少，又刚接手江东，所以重点是守卫江东。但是之后江东要向哪里发展呢？两条路，一条是北进，一条是西进。

其一，根据东吴的情况，北进很艰难。为什么？东吴擅长的是水战。东吴的水军很厉害，三国时期，东吴的水军到过夷州（台湾），到过辽东。如果北进，水军难以发挥很大作用，相比之下，北方骑兵的优势更明显。即使北进占领了徐州，能不能守住也是一个问题。

其二，如果西进，首先要进攻荆州，长江经过荆州，荆州河流湖泊纵横，东吴水军的优势就会发挥出来。而且对于东吴来讲守卫荆州要比守卫徐州容易很多。

所以先西进占领荆州，然后再考虑北伐，是个比较合适的选择。

鲁肃提出东吴发展路线图时多大年龄？二十八岁。张昭一想：鲁肃这个年轻人好大的口气，不谦虚。张昭越想越不对，到孙权那里去谈他对鲁肃的看法。说什么了呢？《资治通鉴》记载了四个字“年少粗疏”。年少隐含着说鲁肃不成熟，粗疏隐含着说鲁肃思考问题不周密。在张昭看来，鲁肃年少可以反衬出自己的老成，鲁肃的粗疏可以反衬出自己的严谨。可是孙权是什么态度呢？更加看重鲁肃，还赏赐了鲁肃。

鲁肃向孙权推荐了诸葛瑾。诸葛瑾是诸葛亮的哥哥。诸葛瑾向孙权建议，联合曹操。孙权采纳了诸葛瑾的建议。之后张纮向孙权推荐了顾雍。问题是周瑜推荐鲁肃、鲁肃推荐诸葛瑾、张纮推荐顾雍，说明了什么？

得到一个人才，就可以在互相推荐中得到一批人才。失去一个人才，也可能失去一批人才。

如何评价周瑜辅佐孙权？

三国之中著名的托孤其实有三个。一是刘备托孤诸葛亮。二是曹睿托孤司马懿。三是孙策托孤周瑜。问题是哪次托孤最成功？

司马懿最后夺取了曹魏的权力，所以曹睿的托孤肯定是不成功的。古往今来，人们总是赞扬刘备会托孤，因为诸葛亮鞠躬尽瘁，死而后已。但是我们不要忘了，在诸葛亮的教诲下，刘阿斗还是当了亡国之君。但是后人看到诸葛亮勤勤恳恳，就把阿斗不成器的原因归罪于阿斗一人。其实，与刘备相比，孙策的托孤是最成功的，周瑜是三国中最杰出的托孤大臣。为什么？

其一，孙权统领江东时十八岁，刘禅当皇帝时十六岁。两个人年龄差不多。但是周瑜对待孙权的做法和诸葛亮对待刘禅的做法有很大不同。周瑜辅佐孙权，只做三件事。带兵练兵，推荐人才，出主意。诸葛亮则全面掌管蜀国的国政。周瑜从来不替孙权拿主意，周瑜非常尊重孙权作为领导的最后决定权。比如赤壁之战前抗拒曹操，周瑜只是发表自己的意见，最后拍板的是孙权。诸葛亮经常把先帝抬出来，意思是你阿斗不尊重我，就是不尊重先帝。尽管诸葛亮对刘禅很忠心，但是时间长了，阿斗没有判断和决断事情的勇气和能力，对诸葛亮形成了严重的依赖感。

其二，周瑜教育孙权和诸葛亮教育刘禅相比，二者的方法相差很大。周瑜从来不告诉孙权，你要做什么，你要怎么做。除非孙权询问周瑜的意见，周瑜才说。但是周瑜并不是不教育孙权，周瑜教育孙权的方法很特别，就是推荐杰出的人才，在孙权周围，影响孙权。比如周瑜推荐鲁肃，鲁肃推荐诸葛瑾，张纮推荐顾雍。这些人教会了孙权很多东西，孙权成为一代英主。

诸葛亮不是这样，从诸葛亮的《出师表》中就可以看出，诸葛亮反复告诫刘禅要怎么做。试问哪一个领导愿意听下属这么和自己讲话？也就是诸葛亮威望高，资历老，又很忠诚，刘禅不得不听而已。

诸葛亮这个人有个特点，很少推荐人才，喜欢唱独角戏，事无巨细都喜欢自己干，觉得别人干的水平不如他。诸葛亮的优点是勤奋、谨慎，水平确实很高，但自己大包大揽，刘禅和其他人就缺少了锻炼的机会。诸葛亮也推荐了几个人给刘禅，比如董允、费祎等人，但是这些人都是刘备手下的老人，不是诸葛亮选拔的人才。而且董允这些人远远不能与鲁肃、诸葛瑾的水平相比。最重要的一点是，刘禅身边有什么样的大臣，诸葛亮说了算。而周瑜则花精力把优秀的人才推荐给孙权，至于孙权身边有什么样的人，自己说了算。而且除了周瑜之外，孙权手下别的人才也可以你推我荐。

古往今来，许多人责备阿斗扶不起来；实事求是地讲，诸葛亮这位托孤大臣很尽心，但并不是十全十美。多少年来，许多人误认为周瑜心胸狭小，其实是对周瑜缺乏了解。千百年来，多少人赞扬刘备托孤孔明，其实是忽视了孙策托孤周瑜这个真正成功的托孤事例。当然了，蜀汉的江山是刘备、刘禅的江山，诸葛亮能够做到这个程度已经很够意思了。

陈震回去见袁绍，汇报说孙权联合曹操。袁绍大怒，起兵讨伐曹操。请看下集：险胜官渡（上）。

第三十四集

险胜官渡（上）

官渡之战的胜利是一场险胜。这次主力决战的胜负既是一场政治、经济、军事、人才、后勤等综合实力的较量，也是天时、地利、人和、人谋等多重因素作用的结果。这场战役中，袁绍兵多粮足，曹操兵精将勇。面对强大对手，曹操能够采纳正确的意见，出奇制胜，以少胜多，彰显其正确的判断力，展现出其非凡的领导才能。

1．决战前夕，袁曹双方如何分析形势？

《三国演义》上说袁绍兴兵七十万，曹操的部队是七万，荀彧留守许都。这个数据准确吗？肯定不准确，为什么？因为这是罗贯中先生在小说创作中追求的一种气势磅礴的宏观效应。三国时期人口几百万，袁绍控制着冀、青、并、幽四州，不可能有七十万部队。那么双方部队大约有多少？袁绍的部队十多万人，曹操的部队有两万多人。

战前袁绍方的意见：

田丰在狱中向袁绍上书建议：现在需要采取守势，应该缓战，交战不一定能赢。

沮授提出：

其一，袁绍兵多，曹操兵精。

其二，袁绍粮多，曹操粮少。

其三，曹操粮少，急战对曹操有利。袁绍粮多，缓战对袁绍有利。因为袁绍有粮，应该采取缓守的战术，旷日持久，曹操会因无粮而不战自败。

沮授的分析完全正确，但是袁绍听不进去。为什么？

袁绍从心理上对曹操有一种优越感，总觉得自己样样都应该比曹操强。战略上要藐视敌人，战术上要重视敌人。而袁绍却因为这种优越感，听不进去己方不如曹操的地方。当沮授提出现在要缓战，不可急战的时候，袁绍的理解是沮授认为自己现在打不过曹操，袁绍的优越感受到伤害了。结果，袁绍把沮授监押在军中。

战前曹操方的意见：

荀攸提出：袁绍兵多，但曹操兵精。曹操应该速战，如果持续时间长了，曹操方无粮了，事情就不好办了。荀攸的分析与沮授不谋而合，曹操采纳了荀攸的意见。

毛宗岗父子在评三国时提出，袁绍错过了三次打败曹操的机会。哪三次？

第一次，曹操进攻徐州，讨伐吕布时，袁绍可以进攻许都。

第二次，曹操进攻徐州，讨伐刘备时，袁绍也可以偷袭许都。

第三次，官渡之战中，袁绍没有采纳许攸分兵偷袭许都的建议。

毛宗岗父子提出的后两次机会是正确的。第一次机会，即曹操征讨徐州吕布时，那时袁绍正在征讨公孙瓒，没有余力对付曹操。如果当时袁绍偷袭许都，那袁绍的冀州可能被公孙瓒偷袭。

2. 曹操与袁绍交锋，结果如何？

曹操与袁绍首先进行的是舆论上的交锋。

曹操提出：袁绍的大将军一职，是曹操保举的。袁绍现在打曹操，属于谋反。

袁绍提出：曹操名义上是汉相，实为汉贼。是王莽、董卓一类的人，真正造反的是曹操。

曹操又提出：自己是奉诏讨贼。

袁绍反驳道：自己是奉衣带诏讨贼。

这次舆论交锋，袁绍明显占据了上风。

接下来，张辽大战张郃，二人是五六十回合不分胜负。说明张辽和张郃的武艺应该差不多。许褚大战高览，二人也没分出胜负。看来高览的武艺应该不低，只可惜后来高览被赵云偷袭，过早地离开了三国舞台。

尽管曹操兵精将勇，但是第一局曹操还是败了，为什么？因为袁绍的弩手和弓箭手发挥了作用，袁绍以箭取胜。

3．刘晔献何计攻破土山阵，打赢地道战？

袁绍的谋士审配向袁绍献计：在曹操寨前筑土山，让军兵在土山上向曹营放箭。如果因此曹操放弃官渡，袁绍就可以趁势拿下许都。袁绍采纳了审配的建议。

袁绍建成土山之后，曹军只能顶着挡箭牌守御。曹操召集众谋士开会研究对策。刘晔建议曹操建造发石车。曹操命令根据刘晔提供的设计方案，建造了数百发石车。结果大破袁绍的土山阵。袁军称此车为“霹雳车”。“霹雳车”的使用凸显了科技在战争中的重要价值。

审配一计不成，又献一计。即地道战，把地道直接挖到曹营。曹操问刘晔怎么办。刘晔提出：围绕曹营，挖长堑。结果，袁军的地道挖到长堑，就不能再往前挖了。曹操打赢了地道战。

东汉末年的以品评人物著称的许劭先生评价刘晔有“佐世之才”。在曹操之后，刘晔又辅佐了曹丕、曹睿两代君主，是曹魏的三朝元老。

4．曹操坚守官渡，情况如何？

曹操与袁绍相持一段时间之后，粮草渐渐供应不上了。于是曹操有了放弃官渡退回许都的想法，但是还没拿定主意。曹操写信给留守许都的荀彧征求其意见。荀彧给曹操写了回信，大意为：

其一，现在袁绍强，曹操弱。曹操要是一撤退，袁绍肯定会跟进。局势就对曹操不利了。

其二，现在曹操镇守官渡，就好比楚汉相争的时候汉高祖刘邦镇守荥阳和成皋。当时汉高祖刘邦的形势还不如现在的曹操。但是最后刘邦还是胜利了。

其三，曹操已经在官渡把袁绍挡住了，在此危急关头，形势肯定要出现变化，正是出奇谋、用奇计的时机，千万不能撤退啊。

曹操看了荀彧的信，认为荀彧的话是有道理的。为什么？

因为如果曹操撤回了许都，袁绍就会进兵许都。刘表和刘备就会趁机从南边进攻曹操，而许都的拥汉派就会借机起事。到时候曹操就会面临南北夹击，陷于内忧外患之中。许都孤城难守，曹操会大势难保。

曹操继续坚守官渡。不久曹操得到消息，派兵袭击了袁绍部将韩猛的运粮队。袁绍吃了这次败仗之后，谋士审配建议袁绍：粮草非常重要，乌巢是屯粮之地，必须重兵把守。袁绍采纳了审配的建议，采取了两个措施。

其一，派审配回邺都，监督粮草。

其二，派淳于琼镇守乌巢。

问题是袁绍的这个人事安排合适吗？不合适。为什么？

其一，审配是个著名的谋士，自官渡之战以来，屡献奇策。尽管审配出的土山阵、地道战都被刘晔所破，但是也可以看出审配的谋略确实非同一般。监督粮草这项工作确实非常重要，但是一定要派审配去吗？换个人不可以吗？比如袁绍的大儿子袁谭也可以监督粮草啊。像审配这样优秀的谋士放在阵前出谋划策不是更好吗？所以派审配监督粮草是一个失策，让袁绍在关键时刻少了一个重要的谋士。

其二，派淳于琼镇守乌巢更是胡闹。淳于琼喜欢饮酒，很可能会喝酒误事。其实这时袁绍手下的谋士们也知道这一点，但是有了田丰、沮授的前车之鉴，还有谁敢提醒袁绍呢？

袁绍手下有一些人才，但是袁绍在用人之前没有正确分析这个人的长处和短处。说白了就是不会用人。用人是要花心思的，如果不用心分析就会成为“思想上的懒汉”，就难以取得好的用人效果。

话说曹操军队没粮了，曹操写信让人送给留守许都的荀彧，让荀彧火速筹办粮草，送往军前。结果送信的人被袁军捉住了，袁军把送信人交给了谋士许攸。许攸是曹操年少时的朋友，后来投奔了袁绍。许攸看到了曹操的催粮信后，向袁绍献计：

其一，曹操的主力在官渡，许都必然空虚。如果分兵偷袭许都，许都可破，曹操可擒。

其二，曹操现在没粮了，正好趁这个机会，兵分两路，一路进攻官渡，一路偷袭许都。

袁绍没有采纳许攸的建议，认为这是曹操的诱敌之计。袁绍的判断力确实不行。这时在邺城监督粮草的审配给袁绍来了一封信：信中先提监督粮草的情况。之后话锋一转，开始谈许攸的问题。说许攸在冀州时滥受民财，而且许攸放任自己子侄们多收税，钱粮归己。审配已经把许攸的子侄们关进监狱。

袁绍看了审配的信，大怒，对着许攸讲了三点：

其一，你许攸如此不廉洁，如此胡作非为，怎么还有脸在袁绍面前献计！

其二，你许攸和曹操是老相识，你是不是也收了曹操钱财，给曹操来当奸细，故意引诱袁绍上当？

其三，许攸所犯罪行，本当斩首，现在暂时留着许攸的性命，以后不许许攸来见。

问题是许攸献计分兵偷袭许都，审配报告说许攸有腐败行为，二者并不相关，袁绍为什么会否定许攸的计谋？

其一，袁绍年轻时，有清正的美名，而且好结交社会名流，所以袁绍看不上许攸的这种行为。

其二，袁绍这个人不是一个很理智的人，他很感性，也很好冲动。其实许攸献计是献计，许攸其人是其人。袁绍不能理智地分析出：即使许攸有腐败行为，但是许攸的分兵计谋是正确的，是可以让袁绍在全局上取得胜利的。所以袁绍的不理智在于他没有一分为二地看问题。

其实袁绍这一点不如秦始皇。战国后期，韩国派间谍郑国进入秦国，向秦国献策修建郑国渠，想以此耗费秦国的国力。后来郑国的间谍身份暴露了，当时的秦王嬴政要杀郑国。水工郑国说了一句话：一开始我郑国确实是间谍，可是修建郑国渠不过是延缓了韩国灭亡的时间，对秦国来讲是非常有利的。秦王嬴政认为郑国的话有理，重用郑国，全力修建郑国渠。郑国渠修建之后，增强了秦国国力，为统一六国奠定了实力基础。

5. 许攸投奔曹操后，情况如何？

许攸从袁绍那里出来之后，仰天长叹，心灰意冷，想拔剑自刎。可见许攸也是个很感性的人，山重水复疑无路，柳暗花明又一村。世界上哪有那么多“死胡同”？许攸的部下马上劝住许攸：袁绍这里不行，可以去投奔曹操嘛。干吗寻死呢？许攸一听也对，于是去投奔了曹操。

曹操正在休息，一听许攸来了，连鞋都顾不上穿，跑出来亲自迎接许攸。问题是曹操为什么不穿鞋，赤脚出迎许攸？是不是曹操过于兴奋，忘了穿鞋？

这个答案肯定是不对的。曹操不至于连鞋都忘了穿，他一定是故意不穿鞋。曹操为什么故意不穿鞋？两个字：诚意。许攸现在对曹操来讲非常重要，如果许攸不肯真心帮助曹操，曹操只有死路一条。所以曹操必须拿出诚意，让许攸真心实意地帮助曹操。

看到许攸后，曹操拊掌欢笑，携手共入，然后曹丞相参拜许攸。许攸忙把曹操扶起来，问曹操：您贵为当今丞相，许攸不过是一介布衣，哪有丞相拜我许攸的道理啊？曹操回答道：您是我曹操的老朋友，在老朋友面前，哪能分什么官职高低啊！许攸听到这句话，感慨万千，说道：我许攸不会择主啊，在袁绍那里，袁绍对我言不听，计不从。现在我许攸特来投奔老友，希望您收下我！这段对话说明了什么？

许攸后来的被杀，原因是居功自傲。许攸的居功自傲，与曹操的这段话有很深的关系。为什么？曹操说他和许攸是老朋友，在老朋友面前不分职位高低，这是曹操的真心话吗？肯定不是。曹操之所以这么说，是因为当时形势所迫，许攸不帮曹操的忙，曹操就要失败。所以曹操才不拘一格，礼敬许攸。许攸这个人虽然很有谋略，但是他也有很感性、很单纯的一面。曹操当时的话不过是为了拉拢许攸，许攸居然把曹操的话当真了，他真以为自己跟曹操还是年少时不分上下的时候。在以后的接触中，许攸真把曹操当成了老友，忽视了曹操还是丞相的因素，总是跟曹操没大没小，最后落了个悲催的结局。

曹操向许攸请教破袁绍之策。许攸讲他建议袁绍分兵偷袭许都，首尾相攻。曹操大惊，说如果袁绍采纳了许攸之计，自己就失败了。许攸为什么要先说这些？许攸要获得曹操的信任。怎么讲？许攸原先是袁绍的谋士，他知道曹操不一定信任他。所以许攸告诉曹操，如果袁绍用了他许攸的计策，你曹操就会失败了。所以袁绍要真是听我的话，就没有必要派我来骗你曹操。现在我许攸来，是真心帮你曹操的，你不要怀疑我。

但是曹操对许攸不可能没有警觉性。许攸接着问曹操：还有多少粮了？曹操讲：可用一年。许攸笑：未必。曹操讲：半年。许攸看到曹操没有诚意，拂袖要走。曹操忙说：够用三个月。许攸笑曹操是奸雄。曹操悄悄跟许攸说：兵不厌诈，只够这个月用。许攸说：你已经没粮了。曹操问：你怎么知道的？许攸将前事相告。问题是曹操为什么不跟许攸说实话？

其一，曹操军中没粮对曹操来讲属于军事机密，如果这个消息传了出去，曹军就会军心动摇。曹操的许多部下就会丧失战胜袁绍的信心，丧失信心就会开始打自己的小算盘。这个小算盘可能是临阵脱逃，也可能是投奔袁绍。一旦军心涣散，曹操军队的战斗力就会受到极大的影响，在敌强我弱的环境下，局面对曹操将更加不利。曹操不说实话，是因为曹操有大局观，想问题很全面。许攸因为曹操不说实话，就说曹操是奸雄，可见许攸虽然颇有谋略，但是不具有大局观。

其二，曹操这一点颇像楚汉战争中的刘邦。楚汉战争中，刘邦被箭射中胸部，但是刘邦说被射中的是脚。刘邦受伤后，接受张良的建议，巡营安定军心，不让楚军知道虚实，趁机进兵。所以刘邦和曹操的思维很像，他们都有大局观，想得很全面。

曹操问许攸有何良策。许攸讲：

其一，现在袁绍强，曹操弱。如果曹操不能速胜，就必然失败。

其二，如何速胜呢？袁绍的粮草、辎重都在乌巢，但是乌巢这么重要的地方袁绍却派了淳于琼把守。淳于琼这个人嗜酒无备。曹操可以选精兵，诈称袁绍部将蒋奇的护粮部队，偷袭乌巢，烧毁辎重。不久，袁军就会自乱。

曹操采纳了许攸的建议，并把许攸留在了营寨。曹操选精兵，准备去偷袭乌巢。为什么要把许攸留在营寨？

对曹操来讲，现在是生死存亡的时刻，成败在此一举。偷袭乌巢等于说曹操把一切都赌上了，他自然要试探许攸的真伪。如果许攸不同意留在曹营，就说明许攸有逃跑的可能，进而说明许攸很可能和袁绍一起设下了圈套，等着曹操进入圈套。如果许攸同意留在曹营，即使曹操中计，许攸也跑不了。一般来讲，许攸不至于把自己的性命搭上，来引曹操入套。

曹操偷袭乌巢会成功吗？请看下集：险胜官渡（下）。

第三十五集

险胜官渡（下）

从主帅的个人能力上看，官渡之战是袁绍与曹操二人判断力的对决。袁绍不听许攸分兵之策，错过了打败曹操的良机；曹操采纳许攸偷袭乌巢之计，以少胜多，以弱胜强。袁绍不采纳张郃之计，曹操早已料到袁军可能进攻官渡，所以做好了准备，打败了袁军。

1. 偷袭乌巢，情况如何？

曹操临行前，张辽提醒曹操：乌巢是袁绍屯粮之地，肯定有防备。丞相要是亲自去，恐怕会中了许攸的圈套。

曹操回答张辽：

其一，许攸此来，是打败袁绍的天赐良机。

其二，我军现在粮食不够，难以持久，要是不用许攸之计，等于坐等失败。

其三，许攸要是有诈，不会同意留在曹营。而且劫营的想法曹操已经考虑很久了。这次偷袭乌巢是不能不去，不要怀疑了。

张辽又提醒曹操：丞相偷袭乌巢，万一袁绍乘虚袭击官渡怎么办？

曹操回答张辽：他已经料到这一点了。于是，令曹洪、贾诩、许攸等守大寨，夏侯惇等伏于左，曹仁等伏于右。这说明什么？

其一，张辽的这次提醒让曹操发现：张辽是一个有大局观的武将，具备独当一面的能力。将来曹操让张辽负责镇守合肥，和这次张辽与曹操的对话有一定的关系。曹操作为一个领导者，他善于从一些事情中发现每个武将的特点。

其二，在危急时刻，曹操把留守大营的重任交给了自己的亲属，如曹洪、曹仁、夏侯惇。因为有着亲情或血缘纽带，在危急时刻把大营交给他们，曹操还是放心的。曹操唯才是举是为了招揽天下英才，但是曹操也相信亲情或血缘纽带。

曹操让张辽、许褚为前部，徐晃、于禁为后部，曹操自领诸将居中。曹操为什么这么安排？这叫会用人。怎么讲？

其一，许褚和颜良一样，有勇无谋，不可独任。如果曹操让许褚单独为前部，许褚就可能重蹈颜良的覆辙。但是许褚勇猛异常，这样的猛将不当前锋，实在太可惜了。于是曹操让张辽、许褚为前部，张辽在许褚之前。张辽有勇有谋，但是勇猛不及许褚。所以曹操这种安排既发挥了许褚的特长，又避免了许褚的不足。这叫用人之长。

其二，为什么让张辽、徐晃分别负责前部、后部？张辽和徐晃都具备独当一面的能力，既有勇，又有谋。用他们，说明了曹操的识人之明。曹操用人不是随随便便，也不是心血来潮，而是经过平时深入观察和一番慎重的思考才做出的决定。

曹操令军队打着袁绍的旗号，军士背着柴草，人衔枚，马勒口，黄昏时分，向乌巢进发。这说明什么？

曹操之前和张辽讲：自己很早就想劫营了。这说明曹操的劫营方案很早就开始构想了。曹操之所以让军队准备得这么周全，是因为这个方案已经思考得很成熟了，只是缺少许攸献计这个良机。

此时，袁营中被拘禁的谋士沮授来提醒袁绍：乌巢是屯粮之地，不可不防，应该派遣精兵猛将在间道和山路巡哨。袁绍看到沮授来献策，他的反应是：自己下令把沮授关起来了，谁敢违背自己的命令把沮授放出来了！于是袁绍下令杀了负责看守沮授的人。

其实这件事中，负责看守沮授的人也是很为难的。袁绍是主帅，沮授虽然被监禁，但是之前沮授是袁绍手下重要的谋士。等于说看守夹在袁绍和沮授之间，他谁也得罪不起。有人会问，沮授是被他看管的人，他有什么得罪不起的？

沮授被其看管不假，但是沮授之前是位高权重的谋士。看守要是得罪了沮授，万一哪天袁绍把沮授放出来了，沮授官复原职了，看守的日子也不好过。看守没得罪沮授，同意沮授去找袁绍，结果袁绍大怒，把看守杀了。

那看守该怎么做？其实他可以把沮授要见袁绍的要求转达给袁绍，袁绍见不见由袁绍自己决定，自然不会怪罪看守，沮授这边也有个交代。

曹军自称是蒋奇的部队，奉命前往乌巢护粮，所过之处，没有受到阻碍。四更的时候，曹军到达乌巢。此时乌巢守将淳于琼正醉卧帐中。曹军发起进攻，活捉淳于琼，火烧了军粮。曹操下令割去淳于琼耳鼻手指，放回去羞辱袁绍。后来淳于琼被袁绍所杀。《三国志》记载淳于琼是被乐进所杀。

其实偷袭乌巢的成功，很大程度上得益于淳于琼饮酒误事，但是深层次的原因是袁绍用人不当。没有许攸投降，就没有曹操偷袭乌巢；袁绍如果派得力干将镇守乌巢，就没有曹操火烧乌巢的成功，所以偷袭乌巢的成功是袁绍在用人上和情势判断上一连串的失误造成的。总的来讲，袁绍作为主帅是不称职的。

袁绍得知乌巢有失，立即召集部下研究对策。张郃提出：张郃与高览亲自率兵去援救乌巢。郭图反对张郃的意见，其理由是：

曹军劫粮，曹操必然亲自前往。曹操离开大营，大营必然空虚，应该趁机袭击曹营。曹操得知大营危机，必然率兵速回。这是围魏救赵之计。

张郃提出：曹操多谋，率兵外出，必然在大营有所防备，要是淳于琼被俘虏了，我们这些人也会被俘虏的。

张郃主张救乌巢，郭图主张攻官渡，说明什么问题？

郭图虽然是专业的谋士，但是这次他的分析是错误的。张郃虽然是一员武将，但是这次他的分析是正确的。这说明张郃这员将不但有勇也有谋。张郃分析对了，对他有好处吗？不见得。为什么？郭图担心袁绍会怪罪自己，所以郭图会陷害张郃。张郃现在身陷危机之中，但是长远来讲，张郃的命运马上就要出现转机了。后来他的才华在战场上得到了很好的发挥，打败了诸葛亮第一次北伐，成为曹魏的五子良将之一。

袁绍会采纳什么意见呢？袁绍既采纳张郃的意见，又采纳郭图的意见，派张郃、高览率五千军兵进攻曹操大营；派蒋奇率一万军兵去救乌巢。袁绍这个安排合理吗？不合理。为什么？

其一，曹操偷袭乌巢只带了五千兵，其他的部队留守大营。而且大营都已经做好防备。袁绍派张郃、高览只带五千兵去进攻曹操大营，兵力太少了。

其二，张郃、高览是袁绍手下一流的将领，蒋奇是二流的将领。袁绍派一流将领带五千兵打官渡，很明显没带够兵。蒋奇带一万兵救乌巢，兵力数还行，可惜派的将领太弱，不是曹操的对手。

所以袁绍这次调兵遣将足见其与曹操的差距。

曹操在乌巢获胜之后，让部下军兵换上淳于琼军队的衣甲旗帜，伪装成淳于琼的败军回寨。正好碰到了蒋奇的救援部队。曹军对蒋奇发动突然袭击，蒋奇被杀，袁军大败。曹操派人向袁绍伪报称蒋奇已经杀散乌巢的曹军。袁绍信以为真，不再派人增援乌巢，只派兵增援官渡。

且说官渡那边曹军早有准备，张郃、高览被打得大败。袁军的战败急坏了一个人，此人就是谋士郭图。郭图是主张进兵官渡的，他害怕袁绍怪罪他，所以郭图恶人先告状。郭图在袁绍面前状告张郃、高览久有降曹之心，所以作战不卖力，以致战败。袁绍大怒，要召张郃、高览回来问罪。郭图又暗中派人告诉张郃、高览，称袁绍要杀他们。于是，等袁绍的使者来了之后，高览杀了来使，要与张郃投奔曹操。张郃讲：自己有投奔曹操的想法已经很久了。张郃、高览的战败原因在于袁绍的指挥和郭图的献策，但是郭图有一句话说得很对，就是张郃、高览素有降曹之心。到底是因为什么导致他们有降曹之心呢？

其一，袁绍屡次不听田丰、沮授之言，不但错失了打败曹操的机会，还将田丰下狱，沮授监禁。田丰、沮授二人都是忠臣。

其二，颜良、文丑有勇无谋，不可独任。袁绍却派他们独任，结果颜良、文丑死在关羽刀下。

其三，关羽斩颜良、诛文丑，袁绍却说关羽若能来，胜颜良、文丑十倍。张郃、高览感到袁绍对老部下太无情无义了。

其四，袁绍派淳于琼守乌巢，明显用人不当。

其五，许攸分兵的计策是正确的，可袁绍并不采纳。

其六，曹操偷袭乌巢，本应派张郃、高览去救乌巢，可是袁绍偏派他们攻打官渡。

这类事情在袁绍这里实在太多了，难以一一列举。现在袁绍手下的人才死的死，关的关，走的走，袁绍这个时候要处罚张郃、高览，于是张郃、高览认为袁绍败局已定，投奔曹操去了。

张郃、高览为什么会被郭图陷害？

其一，郭图在军事上的智谋不如张郃，但是郭图在政治斗争中的计谋明显高于张郃、高览。郭图不懂军事，但非常精通如何搞政治斗争。比如建议袁绍撰写檄文，公布曹操罪状；建议袁绍联合孙策，南北夹击曹操。

其二，郭图作为谋士，离袁绍比较近，有话可以很容易跟袁绍讲。张郃、高览作为武将，离袁绍比较远，相比郭图来讲，和袁绍沟通起来相对困难。关键的问题是袁绍是一个判断力很差的人，郭图很容易就向袁绍进谗言，袁绍又不善于搞清郭图的话是真是假，张郃、高览想辩解就很困难。

2．袁绍如何被曹操击败？

张郃、高览来降。夏侯惇提醒曹操：此二人来降，不知道真的假的。曹操讲：我以恩遇之，即使他们有异心，也会归心于我。曹操对张郃、高览讲：袁绍要是听你们的话，不至于失败。二位来降好比微子去殷、韩信归汉。曹操为什么要这么比喻？

其一，曹操吸取了关羽进曹营的教训。怎么讲？当时关羽到了曹营之后，曹操一直表扬关羽的忠义，最后让关羽内心不安。为什么？表扬关羽忠义，关羽就会想自己跟着刘备才是真正忠义啊，跟着曹操不就是对刘备的不忠义吗？这是关羽离开曹营的一个很重要的原因。

其二，张郃、高览投降之后，曹操不再表扬他们忠义了，曹操把他们比喻成微子去殷、韩信归汉。微子是谁？微子是商纣王的哥哥，因商纣王不听劝谏，微子离开了商的国都殷。商朝灭亡以后，微子归附周武王。后来微子被周成王封于商丘，建立宋国。微子就是宋国的第一任国君。微子的弟弟微仲还是孔夫子的祖先。微仲也是商纣王的哥哥。韩信是项羽的部下，但是项羽不肯重用，于是投奔刘邦，成为汉初三杰之一。

曹操用“微子去殷、韩信归汉”的比喻，减轻了张郃、高览投降的思想负担，意在告诉张郃、高览，跟着曹操干，可以建功立业，有一个锦绣前程。曹操封张郃为偏将军、都亭侯，封高览为偏将军、东莱侯。

张郃、高览、许攸走了之后，袁绍手下的人才所剩无几了。许攸建议曹操迅速进兵，张郃、高览请求当先锋，曹操同意。一场激战，袁绍损失惨重。荀攸建议曹操：扬言分兵进攻邺城、黎阳，诱使袁绍分兵把守，然后进攻袁绍大营，袁绍可破。曹操采纳了荀攸的建议。袁绍果然中计，分兵把守鄴城、黎阳。曹操大军进击袁绍大营，袁绍大败，逃往河北。

曹操获胜后，在袁绍的营地发现了一些书信。这些书信都是曹操的部下暗通袁绍的信件。有人建议曹操将这些暗通袁绍之人全部斩杀。曹操说：当时袁绍很强大，我曹操可能连自己都保不住，怎么可能对别人要求那么高呢？于是，曹操把所有的书信都烧了，既往不咎。问题是曹操为什么这么做？

其一，曹操明白一点，在这个世界上，只有父母永远会爱自己，再就是同胞兄弟姐妹。曹操手下的大部分将领和曹操没有血缘关系，在生死存亡的时刻，这些人凭什么都跟曹操站在一条线上呢？曹操是一个宽宏大量的人，没有必要对这些人要求那么高。人情似纸张张薄，世事如棋局局新。在官三日人问我，离官三日我问人。

其二，曹操善于团结人。曹操明白，真正对自己忠心耿耿的只是一部分人，还有相当一部分人对待曹操的心态是摇摆的，态度是观望的。但是这些摇摆、观望的人也是一股不可轻视的力量。我们称之为“观望派”，这些人无非是想脚踩两只船。如果把这股观望派划到了对立面，那么这些人就会站到袁绍一边，站到汉献帝一边，等于增强了对手的力量，削弱了自己的力量。

曹操明白，打天下光靠对自己忠心耿耿的人是不行的。必须团结中间派，团结观望派，团结大多数，打击一小撮。这样才能做到曹操所说的“周公吐哺，天下归心”！

袁绍兵败之后，沮授被曹军俘虏。曹操厚待沮授，并把沮授留在军中，可是沮授想逃回河北，重归袁绍，结果沮授为曹操所杀。曹操感慨沮授是忠义之士，将其安葬。

3．曹操乘胜进兵，情况如何？

话说袁绍退到黎阳，沿途召集旧部，军势复振。此时军士纷纷议论：

要是当初听了田丰的话，何至于如此大败！袁绍一想也是这么回事。这说明什么？

当田丰反对出兵时，刘备是劝说袁绍出兵的。可是现在袁绍失败了，刘备早都走了。袁绍的部下对刘备普遍没有好印象。

袁绍跟谋士逢纪讲，自己没脸见田丰了。逢纪说：田丰在狱中，听说袁绍兵败，拊掌大笑，称："果不出吾所料！"袁绍一听，下令杀死田丰。

田丰临死前说：

其一，袁绍外宽内忌，不念忠诚。

其二，袁绍打了胜仗一高兴，能赦免自己；打了败仗，袁绍会因为羞愧，而杀了自己。

其三，自己不会择主，是没有智慧的表现。

曹操对田丰有句评价："向使绍用田别驾计，尚未可知也！"就是说假如袁绍当初听了田丰的话，还不知道谁胜谁败呢！的确，田丰是一个非常出色的谋士，也是袁绍手下的忠臣。在袁曹两大军事集团的交锋中，田丰的很多分析都是正确的。可惜田丰不像郭嘉、荀彧那样善于择主，在三国时期险恶的政治斗争中站错了队伍，跟错了主公，最后落得个被袁绍下令处死的下场。

曹操打赢官渡之战后，乘胜进兵冀州，陈兵河上，这时有几位百岁老人前来劳军。老人跟曹操讲：

其一，曹操是天命所归。

其二，袁绍重敛于民，百姓多怨袁绍。现在曹操在官渡一战把袁绍打败了，老百姓可以有太平日子过了。

曹操拿酒食绢帛赏赐给老人。于是曹操下令三军：如果有敢到乡下杀老百姓鸡犬的，等同于杀人之罪。于是军民震服。这件事说明什么？

其一，经历了大规模的战乱之后，盼望和平、渴望安居乐业是当时老百姓的普遍期望。

其二，曹操军纪严明，深得民心，北方地区的民心已经归附了曹操。

以上两点反映出一个问题，刘备要夺取天下已经不可能了，以后的诸葛亮北伐中原也不可能成功。为什么？

刘备兴复汉室和诸葛亮北伐中原不符合民心。经历了东汉末年的战乱，国家的人口从五千多万减少到大约几百万，可谓“白骨露于野，千里无鸡鸣”。老百姓不希望再打仗了。如果刘备兴复汉室或诸葛亮北伐中原成功了，就意味着还要重新来一次大规模的战乱，国家难以承受，老百姓不愿接受。再说，曹操改革东汉末年的弊政，安顿流民，实行屯田，恢复生产，统一北方（当时黄河流域是全国的中心地区），符合历史发展趋势，利国利民。就算刘备兴复汉室、诸葛亮北伐中原成功对老百姓来讲又能怎么样？其结果不就是刘阿斗当皇帝吗？为了刘阿斗当皇帝，为了刘备家族的荣华富贵，就能让刚刚经历了大规模战乱之苦的老百姓再经历一场大战乱吗？显然是没有道理的。刘阿斗当皇帝就比曹操治理国家好吗？不见得。诸葛亮“鞠躬尽瘁，死而后已”不假，问题是诸葛亮为谁鞠躬尽瘁？不过是为了刘备、刘禅鞠躬尽瘁。真正的鞠躬尽瘁是为了老百姓的鞠躬尽瘁，是为人民群众的鞠躬尽瘁，而不是为刘备家族的鞠躬尽瘁。天下是天下人之天下，非一家一姓之天下。

打赢了官渡之战的曹操下一步要怎么办呢？请看下集：战北征南。

第三十六集

战北征南

官渡之战奠定了曹操统一北方的基础，但是没有改变曹操集团南北受敌的局面。曹操集团仍然面对北有袁绍，南有刘表、刘备的形势。曹操将如何应对两面之敌呢？本集将为您分解。

1. 官渡之战后，曹操北征袁绍，情况如何？

袁绍败回冀州之后，无心理政。其妻刘氏劝袁绍立后嗣。在袁绍考虑范围内的儿子有：长子袁谭镇守青州，次子袁熙镇守幽州，三子袁尚是后妻刘氏所生。袁绍非常喜欢袁尚，一直将其带在身边。在袁绍看来，袁谭性刚好杀，袁熙柔弱难成，袁尚是个理想的人选。谋士们分为两派：郭图、辛评支持袁谭，审配、逢纪支持袁尚。双方“据理力争”，袁绍一时难以决断。此时，袁谭、袁熙、高干纷纷带兵来冀州助战，袁绍大喜，决定再战曹操，立嗣的事情就先放下来了。

袁曹两军相对，曹操阵前招降袁绍，袁绍大怒。袁尚出马射死曹操部将史涣。双方大战一场，各自还寨。曹操与部下商议对策，谋士程昱献十面埋伏之计。即曹操退军河上，伏兵十队。诱袁绍率兵追至河上，曹军无退路，必死战。然后出伏兵，胜袁绍。曹操采纳了程昱的建议。

袁绍果然中计，力战突出重围，损失惨重。突围后，袁绍与儿子、外甥抱头大哭。袁绍昏倒于地，吐血不止。袁绍感叹：自己历经数十战，没想到有今天这样的惨败，这是“天丧吾也”。于是袁绍命令袁谭、袁熙、高干各回本州镇守。问题是袁绍为什么这么说？

其实袁绍这句话和项羽乌江自刎前说的话很像。项羽自刎前说了一句话，大意为：我从江东起兵到现在已有八年，亲身经历了七十多场战斗，所当者破，所击者服，没有打过败仗，所以能称霸天下。现在被困在这里，此天之亡我，非战之罪也。

袁绍和项羽的出身、性格、经历真的很相似。二人都出身于贵族，又都在乱世之中声名显赫。袁绍割据河北，项羽称霸天下。两个人都经历过几十次战斗，也都是常胜将军，袁绍讨伐董卓，割据河北，平定公孙瓒，很少打败仗。项羽除了垓下之战外，就没打过败仗。两个人都没有受过多少挫折教育，所以在面临失败时，袁绍无颜见田丰，项羽无颜见江东父老。袁绍大败之后无心理政，抱头痛哭，吐血不止。项羽战败之后乌江自刎。这两个人还有一个共同的特点，就是在失败面前缺乏分析原因的能力，把一切归因于“天丧吾也”“此天之亡我，非战之罪也。”换句话说就是他们认为自己运气不好。

袁绍、项羽二人经不起挫折和失败，而他们的对手曹操、刘邦正好相反。刘邦和曹操的成功告诉我们，男儿有泪不轻弹，一个真正的英雄不能在困难面前哭哭啼啼。无论遇到什么样的逆境，都不要对未来失去信心，不要对前途失去信心。传说姜太公八十拜相，他之所以能八十拜相，一个重要的原因就是因为姜太公一直到八十岁还没有放弃追求，如果姜太公七十九岁时放弃了，那中国历史上就没有兴周八百年的吕望，《封神演义》中就少了姜子牙。

所以一个真正的英雄，在身处逆境之时，应该像曹操一样以乐观的心态负重前行，像刘备一样百折不挠，越挫越勇，像姜太公一样老骥伏枥，志在千里。天行健，君子以自强不息；地势坤，君子以厚德载物。读三国也好，读《封神演义》也好，我们可以在英雄身上学到一种“春蚕到死丝方尽，蜡炬成灰泪始干”的顽强斗志，这是中华民族伟大的民族精神，这是延续了五千年的浩然之气。

2. 汝南之战，情况如何?

曹操大胜之后，部下都劝曹操进兵。曹操认为：冀州粮食很多，审配又有智谋，不可能很快攻下来。现在正是农业生产的重要季节，等到秋收之后再进兵吧。曹操能够成大业的一个很重要的原因是他想问题很全面，他不是那种做一件事时，其他事就都不想的人。曹操在行军打仗时能想到农业生产，他既是一个军事家，又是一个善于治国的政治家。

此时，荀彧有书来报：刘备割据汝南，带兵袭击许都。于是，曹操回军进攻刘备。曹操与刘备两军对峙，曹操问刘备：我待你不薄，你为什么忘恩负义啊？刘备讲：你曹操是汉贼，我刘备是汉室宗亲，我奉衣带诏讨贼。曹操大怒，令许褚出战。许褚出战赵云，二人大战三十回合不分胜负。由此看来，赵云的武艺与许褚、张飞、马超应该是差不太多。

许褚与赵云激战，关羽、张飞各率一军助战，曹军远来疲惫，被打得大败。于是，曹操多日闭寨不出。刘备不明白，曹操的葫芦里到底卖的什么药。不多久，刘备得到报告，龚都的运粮队被曹军包围了，于是派张飞去解救。刘备又得到报告，夏侯惇进攻刘备的后方汝南。刘备大惊，这等于截断了刘备的归路。于是刘备派关羽去解救。不久，夏侯惇攻占汝南，关羽被夏侯惇围困，张飞也陷入重围。刘备在赵云等人的保护下大败而走。经此一战，刘辟、龚都战死。曹操手下的大将高览被赵云偷袭所杀。刘备带领部队突围逃走。逃到汉江时队伍只剩不到一千人。

刘备经常打败仗，被认为是三国中有名的常败将军。这次刘备又陷入重围了，又成功脱险，而且毫发无损。为什么刘备打了那么多次败仗，都能成功脱险，而且没有受伤？

其一，刘备明白一点，留得青山在，不愁没柴烧。保住性命，将来有所作为。

其二，刘备武艺高强。刘备凭借过硬的武艺，随机应变的能力，机敏的反应，得以在三国的战场上成功脱身。

其三，有人保护。刘备善于收揽人心，刘备身边有赵云这样忠于他的部下。

曹操打败刘备用的是何计策？

其实曹操攻占汝南的计策和孙策打败刘繇的计策是一样的。孙策与刘繇相持，派周瑜进攻刘繇的后方曲阿。曹操与刘备相持，但派一路部队进攻刘备的运粮队，一路部队进攻刘备的后方汝南，使刘备首尾不能相顾。这是三国战场上的一条常用的计谋，刘备不通兵法，没有看透。

刘备在陷入重围的时候说了一句话："天何使我受此窘极也！"这句话说明什么？

其实刘备的这句话和袁绍、项羽在战败时所说的话很相似。袁绍说："天丧吾也！"项羽说："此天之亡我，非战之罪也。"这三句话有一个共同的特点，就是打了败仗不是别的原因，是自己运气不好。刘备现在对失败的认识和袁绍、项羽是相似的。但是刘备最后能够割据一方，是因为刘备后来认识到自己的错误，认识到自己屡战屡败的一个重要原因是自己手下缺乏人才。这才有了三顾茅庐，诸葛亮出山，刘备建立蜀汉。刘备是一个英雄人物，一个真正的英雄不代表他的每一个认识都是对的，而在于他认识到自己的错误后，敢于正视自己的错误，能够去寻找解决问题的途径和方法。刘备比袁绍、项羽伟大的地方，就在于刘备在战败之后，不像袁绍那样羞于正视自己的不足，也不像项羽那样自以为是，而是认识到错了就及时改正。虽然刘备也失败了，但刘备没有像袁绍、项羽那样走向灭亡，而且在改进不足的基础上有了新的发展，这才有了后来的蜀汉基业。

刘备兵败退往汉江，跟部下讲：你们这些人都有王佐之才，很不幸，你们跟了我刘备。现在大家落魄成这个样子，是我刘备连累大家了。我刘备不想连累大家，你们愿意走就走吧，去投奔一个明主，也可以建功立业，取得功名。问题是刘备为什么要说这么一番话？

其一，刘备说他的部下有王佐之才，这是实话。关羽、张飞、赵云确实有王佐之才，凭他们的本事，无论是跟随刘备、孙权还是曹操，都可以建功立业，都可以成为一代开国功臣。这是没有问题的。

其二，刘备有一种担心，什么担心？关羽在曹操手下干过，赵云在公孙瓒手下干过。现在跟着刘备如此落魄，他们的心态是什么样呢？刘备拿不准。毕竟强扭的瓜不甜，如果有谁后悔跟着刘备，现在愿意走可以走。刘备很聪明，像关羽、赵云这样的人才，如果他们真的想走，硬留是留不住的。

关羽马上表态，他举了一个例子。楚汉相争的时候，刘邦屡次败给项羽，但是最后得天下的还是刘邦。所以胜败乃兵家常事，不可丧失信心。这说明什么？

关羽在曹营这段时间，视野开阔了，他已经把刘备比作汉高祖刘邦了。也就是说现在在关羽的心中，刘备就好比西汉的开国皇帝刘邦，自己和张飞、赵云就好比周勃、灌婴、樊哙。关羽的人生目标已经很明确了。

3. 刘表为什么收留刘备?

谋士孙乾建议刘备去投奔刘表，刘备派孙乾前往荆州游说。关于是否收留刘备的问题，刘表集团分为两种意见。

蔡瑁反对收留刘备，理由是：

其一，刘备人品不行。刘备先后跟随过吕布、曹操、袁绍，都是有始无终。

其二，如果收留刘备，曹操会率兵进攻荆州。不如将刘备的使者孙乾斩首，将孙乾首级献给曹操，曹操必然厚待刘表。

问题是蔡瑁反对收留刘备还有没有其他原因？

其一，刘表年事已高，他的两个儿子分别是长子刘琦和次子刘琮。刘表的后妻蔡氏和小舅子蔡瑁是支持刘琮的。如果刘备来到荆州，对于蔡氏集团来讲，等于说刘表的继承人又多了一个可能，这个可能就是刘备。如果刘备和刘琦联合起来，对荆州的蔡氏集团是不利的。所以蔡氏集团为了维护自己的利益，是反对刘备来荆州的。

其二，蔡瑁出身于荆州的名族，年轻时就和曹操关系不错。

尽管蔡瑁反对，刘表还是同意收留刘备。为什么？

其一，刘表现在并不想归降朝廷，仍然想继续在荆州做“土皇帝”。要继续割据荆州，就必须对抗来自北方的曹操。问题是对抗曹操需要帮手和人才，刘表手下虽然人才辈出，但是要对抗曹操还是不够的。

其二，张绣归降曹操后，刘表失去了北边对抗曹操的屏障。现在刘备表示要来投奔，刘表认为刘备正好可以成为下一个张绣，帮助刘表对抗曹操。

总的来讲，虽然刘表认为刘备的到来也可能危及其在荆州的统治，但是目前对荆州最大的威胁是曹操，从对抗曹操的目的出发，收留刘备还是利大于弊。

曹操听说刘表收留了刘备，打算兴兵进攻荆州。谋士程昱劝阻曹操道：

其一，现在袁绍还没有平定，如果进攻荆州，袁绍要是从北边打过来，胜负是难以预料的。

其二，不如回许都养精蓄锐，等到明年春天，起兵先破袁绍，后取荆州。

曹操采纳了程昱的意见。其实有时候，曹操一开始的想法是错误的，但是谋士们一提醒曹操，曹操会马上意识到自己的错误，采纳正确的意见。这是曹操的特点，也是曹操的过人之处。

5. 曹操讨伐袁绍，情况如何?

建安七年（202）春，曹操征讨袁绍，留夏侯惇、满宠守汝南防御刘表，留曹仁、荀彧守许都。曹操为什么要做出这样的人事安排?

其一，曹操北征袁绍最担心的是什么？后院起火。《三国志》记载，曹仁是曹操的从弟；《三国演义》中说夏侯惇是曹操同族兄弟。在中国的传统文化里，这层关系相对比较团结稳定。所以曹操认为派曹仁、夏侯惇留守后方，比较可靠。留曹仁、荀彧守许都，是什么道理？一是为曹操提供后勤补给。二是防范许都的拥汉派。

其二，曹仁和夏侯惇虽然都不是曹魏五子良将之一，但是这两个人具备一定独当一面的能力。当然曹操也知道，仅靠曹仁和夏侯惇守后方也是不够的，所以曹操给他们各配了一个得力的谋士，让满宠帮夏侯惇，荀彧帮曹仁，一文一武，从而避免曹仁、夏侯惇独任可能带来的问题。

《三国演义》之所以是名著，有其重要的原因：比如留夏侯惇、满宠守汝南防御刘表，留曹仁、荀彧守许都。这一段文字看似闲来之笔，但是如果认真分析，会发现这里蕴含了曹操高超的识人用人的领导艺术。

一直以来有一个争论，曹操到底是儒家还是法家?

其实说曹操是儒家或法家好像都有道理。

其一，如果说曹操是儒家，我们会看到曹操与从弟曹洪之间的兄弟感情，会想到那句“天下可以无洪，不可无公！”会想到曹操的儿子曹昂为了救父亲，把自己的马让给了曹操，自己却战死宛城。我们会发现曹操虽然重视人才，但也比较相信自己的亲属兄弟，如曹仁、曹洪、夏侯惇等。这比较贴近儒家所倡导的伦理道德。

其二，如果说曹操是法家，我们会看到，曹操割发代首，执法如山。正如《三国志》作者陈寿评价曹操道：揽申、商之法术，该韩、白之奇策，官方授才，各因其器，矫情任算，不念旧恶，终能总御皇基，克成洪业者，惟其明略最优也。抑可谓非常之人，超世之杰矣。

说曹操是儒家、法家、兵家，好像都有道理，所以曹操是杂家。曹操是一个什么样的杂家呢？

曹操是一个在诸子百家中博采众长的杂家，不拘泥于某一家、某一派的学说。面对众多的学说，曹操能够凭借其良好的判断力，取其精华，弃其糟粕，善于取舍，活学活用。

且说袁绍的病渐渐有了好转，便召集部下商议进攻许都。谋士审配马上提醒袁绍：袁绍已经经历了官渡和仓亭两次大败了，现在军心不振。最好的办法是深沟高垒，防御曹操，让袁绍一方得以休养生息，恢复军力和民力。

这时袁绍得到报告，曹操率大军进攻冀州。袁绍讲：要是曹操打到家门口了，我们再跟曹操打，那就晚了。袁绍要率军出迎。

其实审配提出的深沟高垒防御曹操的建议是对的。因为凭袁绍现在的实力，与曹操野战争锋，是打不过曹操的。都说吃一堑，长一智，为什么官渡、仓亭两次大败还是没有让袁绍清醒过来呢？因为袁绍缺乏自我反省的能力，他把失败的原因归纳为自己的运气不好。所以对袁绍来讲，吃一堑并不长一智。

袁绍令袁谭、袁熙、高干率兵增援冀州。袁尚因为上次射杀了曹操部将史涣，自负其勇，不等援军到来，便率兵出战。袁尚是个没有多少战斗经验的人，他不明白上次被他射杀的史涣只是曹操阵营中的二流将领，曹操的手下可不都是史涣这个水平的武将。结果袁尚与张辽战不到三个回合，就败回冀州。袁绍知道袁尚败回，吐血而亡。袁尚接任了袁绍的位置。

6. 袁尚继位后，情况如何？

袁尚继位之后，袁绍的后妻刘氏将袁绍的五个宠妾尽行杀害，袁尚担心这些宠妾的家属会害自己，将这五个宠妾的家属也予以杀害。袁谭不满袁尚继承袁绍的位置。这是为什么？

其实袁尚这一代人的行为多少受袁绍那一代人的影响。当年袁绍、袁术兄弟起兵讨伐董卓之时，他们的叔叔袁隗一家都在京都洛阳。二袁不知道这会对自己叔叔全家造成什么后果吗？他们一定是想到了。结果袁绍、袁术起兵，董卓杀了袁隗全家。后来各路诸侯争夺天下，袁绍、袁术两兄弟互相敌对，结果曹操坐收渔利。现在袁绍去世了，袁尚和袁谭又开始兄弟相争。其实袁氏家族也不都是这样，袁绍的次子袁熙没有卷入兄弟争斗，后来袁尚兵败之后，袁熙还收留了袁尚。

曹操出兵进攻，袁谭、袁尚、袁熙、高干都被曹操打败，曹操占领黎阳。袁谭、袁尚、袁熙、高干坚守冀州，曹操不能攻下。这时郭嘉建议曹操：

其一，袁氏兄弟内部不和，各自树党，如果曹操进攻他们，他们就会互相救援，很难攻下。如果不进攻他们，他们就会内部火并。

其二，不如南下进攻荆州，等到袁氏兄弟内部火并之时，再北上进攻袁氏，就可以一举平定河北。

曹操采纳了郭嘉的建议。这件事说明什么？

说明当初审配建议以深沟高垒来防御曹操的对策是对的。袁绍去世之后，袁氏兄弟内部不和，在被曹操打败之后，共同防守冀州，尚且能够防御曹操。如果袁绍活着的时候听了审配的话，防守冀州，休养军力、民力，等到袁绍恢复实力的时候，曹操南有刘表、刘备，北有袁绍，胜负未可知也。

可惜历史不能假设，下一步曹操的进展情况如何呢？请看下集：魏武挥鞭。

第三十七集

魏武挥鞭

曹操平定了冀、青、幽、并四州，并取得了北击乌桓的胜利，在现在的秦皇岛境内、渤海岸边写下了流传千古的伟大诗篇《步出夏门行·观沧海》。两千年以后，毛泽东主席在感慨这一历史时刻时写道：“往事越千年，魏武挥鞭，东临碣石有遗篇。”

1. 曹操撤兵之后，冀州的形势如何?

曹操撤兵之后，袁熙和高干各回本州。袁谭、袁尚二人在冀州开战，结果袁尚打败袁谭，袁谭退到平原。谋士郭图给袁谭出主意：

其一，现在袁谭的实力不如袁尚，袁谭应该投降曹操。

其二，让曹操率兵攻打冀州，袁尚必然回兵去救冀州。这时袁谭引兵攻击袁尚，就可以擒获袁尚。

其三，要是曹操打败了袁尚，袁谭可以获得袁尚的军队来抗拒曹操。曹操远来，粮食不够，必然退兵，袁谭就可以占据冀州。

于是袁谭派辛毗去向曹操请降。曹操此时正在攻打刘表，刘表让刘备为前锋，双方还没交战。面对袁谭的请降，曹操集团分为两种意见。

谋士程昱认为：袁谭被袁尚打急了，没有路走了，所以来请降，不能同意。

吕虔、满宠认为：曹操的大军已经在进攻荆州了，怎么能舍弃刘表，去援助袁谭呢？

谋士荀攸有不同看法：

其一，刘表割据荆州，没有夺取天下的远大志向。

其二，袁氏家族占据四州之地，军队众多，如果袁谭、袁尚两兄弟联手，天下还不知道是谁的呢！

其三，现在袁氏内讧，如果曹操先打败袁尚，再打败袁谭，就可以夺取天下。一句话：机不可失。

曹操认为荀攸的话有道理，于是接见辛毗。曹操问辛毗：袁谭投降是真是假？

辛毗讲：

其一，袁谭投降是真是假都不重要。为什么？关键是这个机会很重要。现在袁氏连年战败，兄弟内讧，加上当地又发生了自然灾害，这正是打败袁氏的好机会。

其二，如果曹操现在进攻冀州，袁尚要是不回军救冀州，曹操就可以攻占冀州；袁尚要是回军救冀州，袁谭就会尾随袭击袁尚。

其三，刘表这几年把荆州治理得不错，人民安居乐业，曹操难以轻易攻占荆州。

其四，现在最大的威胁来自河北，曹操要是能够占领河北，就可以成就霸业。

曹操非常认同辛毗的分析，于是率兵进攻河北。刘备经过汝南之战，发现自己在军事上不是曹操的对手，所以这次没敢追击曹操。

2. 曹操如何攻占冀州？

面对曹操大军压境，袁尚与审配商议：要先打败袁谭，后打败曹操。

于是袁尚率大军去进攻袁谭，留审配和陈琳镇守冀州。曹军抵达冀州，令军士筑起土山，暗挖地道。结果审配多谋，派精兵运石头击突闸门，将闸门关闭，破了曹操的地道之计。

曹军在城外与袁军交战，冀州城上箭如雨下，一箭射中了曹操的头盔，曹操差点儿丧命。曹操采纳了谋士许攸的建议水淹冀州，冀州城危在旦夕。看到辛毗在城外枪挑袁尚印绶衣服，招安城中之人，审配大怒，斩杀了辛毗家属八十余口。辛毗号哭不已。审配的侄子审荣献城投降。曹操规定：不得杀害袁氏一门老小，投降者免死。

活捉了审配之后，曹操问审配是否投降，审配不降，曹操杀了审配。曹操认为审配是一个忠义之士，将其安葬。问题是曹操为什么要杀审配？

其一，一个很重要的原因是审配不投降，因为曹操之前规定了投降者免死。如果审配肯投降，曹操是不会杀审配的。

其二，审配杀了辛毗家人八十余口，这个做法实在太残忍，太不人道了。按照审配的说法：审配忠于袁氏，辛毗背叛袁氏。但问题是审配忠于袁氏就可以杀害辛毗的家属吗？审配对袁氏的忠心要比辛毗家人的生命更重要吗？显然审配杀害辛毗家属的行为是没有道理的。

曹操如何处置陈琳？

陈琳被俘后，曹操问陈琳：你陈琳当初为袁绍写檄文，辱骂我曹操一个人就行了，为什么连我的祖父、父亲都骂了呢？陈琳讲：箭在弦上，不得不发耳。陈琳非常会说话，他话不多，但是能说到点子上。曹操爱惜陈琳的文才，赦免了陈琳，还给陈琳一个官当，让其当了个从事。

其实曹操赦免陈琳固然有其宽宏大量、爱惜人才的因素，但也是陈琳自己的语言艺术救了自己。因为曹操赦免陈琳面临的困难很多，比如：

在中国古代，包括三国时期，儒家思想的影响很大，一个重要的表现是崇尚孝道。一个骂了曹操爷爷和父亲的人，曹操想赦免他，也面临着道德的压力。所以陈琳说：箭在弦上，不得不发耳。实际上是在告诉曹操及其部下，他陈琳也不想那么做，只是形势所迫，不得不如此。也就是说陈琳的这句话，为曹操赦免陈琳减轻了许多阻力。

曹操封陈琳为从事，用意何在呢？

长期以来，曹操的势力主要在黄河以南，袁绍的势力主要在黄河以北。曹操挺进河北后，许多士人担心自己在曹操那里会是个什么位置。面对这一局面，郭嘉建议曹操征辟河北四州的名士为部属，使人心归附。曹操采纳了郭嘉的建议。

招揽哪些名士呢？曹操想到了陈琳。为什么选陈琳？陈琳写的檄文众人皆知，如果陈琳这样的人都能够有一个位置，许多名士也就放心了。

其实曹操这样做和刘邦封雍齿是一个道理。众人都知道刘邦最恨雍齿。刘邦当皇帝后，封雍齿为什邡侯，许多部属就放心了。为什么？大家看到雍齿这样的人尚且能够被封侯，自然认为自己有希望。

3．曹丕纳甄氏的故事如何解读？

曹丕是个什么样的人？用一个成语概括：文武双全。

曹丕是三国时期著名的文学家，也是一个武功高手。他有一定的政治才干，但还算不上大政治家。曹丕八岁时，善骑射，好击剑，博古通今，下笔成文。这一点和曹操很像，但是曹丕的文学才华跟曹操相比还差很远。曹操、曹丕、曹植父子三人都是文学家，建安文学就是以曹操父子为中心形成的。

曹操攻占冀州时，曹丕也在军中锻炼，当时他只有十七岁。十七岁的曹丕违抗了曹操的禁令，进入袁绍府中，见到了袁绍的后妻刘氏和袁熙的妻子甄氏。曹丕见甄氏有倾国倾城之貌，便心生爱慕。后来曹操也来到了袁绍府中，刘氏力主将甄氏献给曹丕。曹操同意了。这就是曹丕纳甄氏的故事。

问题是刘氏为什么将甄氏献给曹丕？

甄氏是刘氏的儿媳妇，但是刘氏是甄氏丈夫袁熙的后母，袁尚是刘氏亲生的。刘氏这个老婆，只能说是袁绍娶得不好。为什么？

其一，刘氏太残忍。袁绍死后，刘氏杀了袁绍五个宠妾。其子袁尚也学到了刘氏残忍的一面，杀害了五个宠妾的家属。

其二，刘氏献甄氏的目的只有一个——保命。为了保自己的命，不惜把袁熙的媳妇献给了曹丕。娶妻娶贤，所言非虚。

曹植真的很早就暗恋甄氏吗？这是不可能的。

长久以来，一直有一种说法，说：甄氏叫作甄宓，曹植的《洛神赋》是写给甄宓的。在毛宗岗父子点评三国时，在甄氏这一段居然提到了《洛神赋》。其实这个说法是不成立的。为什么？

曹丕纳甄氏的时候，曹丕多大？十七岁。甄氏多大？二十一岁。曹植多大？十二岁。曹植当时还是一个孩子，甄氏已经成年，怎么可能？

甄氏真的叫甄宓吗？不是。为什么？

《三国志·魏书·后妃传》中，对甄氏有专门的记载。该传记中没有提到甄氏有名。《洛神赋》中的宓妃指的也不是甄氏。为什么？

伏羲氏又叫宓羲氏，传说宓羲氏的女儿在洛水中溺亡，成为洛水之神，也就是洛神，洛神也叫宓妃。所以洛神和甄氏是两回事，甄氏根本不叫甄宓。

甄氏是皇后吗？

曹丕建魏，甄夫人并没有当上皇后。后来甄夫人失宠，有怨言，被曹丕赐死。曹丕去世后，甄夫人的儿子曹睿继位，母以子贵，曹睿追尊其母甄氏为文昭皇后。

4. 曹操占领冀州后，情况如何？

曹操拜祭袁绍，回忆与袁绍起兵时的早年经历，感慨万千，并赐给了袁绍妻子刘氏金帛粮米。曹操下令，河北居民深受战争之苦，免除今年赋税。曹操为什么这么做?

其一，这是曹操的一贯做法。当年曹操打败吕布时，就把吕布的家人接到许都，现在又拜祭袁绍，厚待袁绍的妻子，目的就是安抚投降人员的情绪，拉拢人心。

其二，袁氏家族四世三公，政治影响力很大，河北四州有许多袁氏的支持者。曹操的做法就是为了安抚这些人，拉拢河北的人心，提高民望。

袁绍的后代怎么样?

唐代有个宰相叫袁恕己，是袁绍的次子袁熙的后人。袁恕己的祖先袁谦，是袁熙和吴氏所生。在武则天时期，袁恕己参与了复辟李唐王朝的神龙政变，后来在政治斗争中被杀。袁恕己的祖父、父亲都身居官位，袁恕己的儿子袁建康官至淮阳太守，孙子袁高官至给事中，曾孙袁德文官至秘书省校书郎。看来袁绍家族不但在东汉时期世代为官，在唐代也不逊色。

袁绍和袁世凯有关系吗?

袁绍出身汝南袁氏，汝南汝阳人。袁绍的老家在今天的河南省周口市商水县。袁世凯是河南省周口市下属的项城市人。应该说袁绍老家和袁世凯的老家离得很近。但是袁绍为官，后来割据河北，已经从老家走出来了，所以没有足够证据说明袁世凯是袁绍的后代。袁世凯想当皇帝的时候，找人考证自己的祖先，部下经过“考证”认为袁绍是袁世凯的祖先，袁世凯很不满意。

曹操带领部将要进入冀州城门时，许攸指着城门对曹操讲：阿瞒，没有我许攸，你可是进不了这个门啊！曹操大笑，但曹操的部将都心怀不平。后来许褚在东门碰到许攸，许攸跟许褚讲：没有我，你们可进不了这个门啊！许褚说：是我们这些人舍生忘死、浴血奋战才夺得城池，你怎么能在这里夸口？许攸讲：你们这样的匹夫，何足称道？许褚大怒，杀了许攸。曹操知道许攸被杀，说道：许攸是我的老朋友，说的那些话，不过是玩笑话，你怎么能杀了他呢？于是曹操责备许褚，厚葬许攸。问题是许攸为什么会被杀？

其一，许攸为曹操立过大功，可以说没有许攸，曹操打不赢官渡之战。官渡之战后，许攸献计水淹冀州，帮助曹操拿下了冀州城。

其二，许攸有足智多谋的一面，也有其单纯、幼稚的一面。许攸来投奔曹操时，曹操参拜许攸，许攸说：您是丞相，我是布衣，哪能这样呢？曹操说了一句话：你许攸是我的老朋友，怎么能根据官职划定身份呢？曹操说这句话是因为当时是非常时期，许攸对曹操有特定的用途。但是许攸这个人把曹操的话当真了，认为曹操真的把自己当成老朋友了，他居然忽略曹操的身份是丞相了。

于是，许攸在曹操面前就有些没大没小了，而且许攸荒唐地认为自己跟曹操的关系不一般。也就是说，许攸认为：曹操跟自己的关系是多年故友，他们的关系要远远胜过曹操和其手下的谋士武将的关系。正是许攸对自己和曹操关系的判断有误，害了许攸自己。

曹操在冀州招揽贤士，得到名士崔琰的辅佐。崔琰是个什么样的人？

崔琰曾屡次向袁绍献计，袁绍不用。于是崔琰托病在家。曹操召崔琰来见自己，跟崔琰讲：昨日核查了户籍，人口有三十万之多，冀州真是一个大州啊！崔琰说道：现在天下分崩离析，生灵涂炭。真正的仁义之师应该先问风俗，救民水火，岂能先统计人口，这哪里是冀州百姓所希望的明公啊！曹操听了崔琰的话肃然起敬，奉为上宾。

其实不能说曹操核实人口户籍不对，因为曹操占领了冀州，他要对冀州的州情有个起码的了解。比如刘邦进入咸阳时，萧何就将秦朝有关的户籍、法令制度等图书资料收集整理，为楚汉战争中刘邦的决策提供了重要的参考。

有人会问，曹操唯才是举是不是就不注重道德？唯才是举如何保证官员选拔的公正和官场风气的清正？

曹操的办法是用对人，即：让合适的人负责官员的选举。《三国志》

记载，毛玠和崔琰一起主持过官员的选举，他们选拔出来的官员都是清廉正直的人。对于某些名声很高、名气很大的人，如果他们的行为不是真正地为国为民，不具备解决实际问题的才干，这样的人也不会被选拔出来。勤俭和廉洁成为当时的社会风气，即使是达官显贵，也不敢奢侈过度。

此时的官场风气非东汉末年桓帝、灵帝时期可比，由此可见，刘备要匡扶汉室就更困难了。

曹操对崔琰的评价是：有伯夷的风骨，史鱼的正派，贪婪的人会因为崇敬崔琰而走上清正的道路，壮士会因为崇尚崔琰的高风亮节而变得更加勤勉，崔琰是个能够引领时代新风的好干部。

且说袁尚、袁谭二人仍在厮杀，袁谭打败袁尚，收降了袁尚的队伍。袁尚逃往幽州，投奔袁熙。袁谭准备收复冀州，曹操亲征袁谭，袁谭向刘表求救。刘表接到袁谭的求救信后，征求刘备的意见。刘备反对救援袁谭，理由是：

其一，曹操已经占领了冀州，实力强盛，用不了多久就会抓获袁尚、袁谭，救他们也是白救。

其二，曹操有吞并荆州之心，刘表最好养兵自守，不可妄动。

刘表听了刘备的话，没有率兵救援袁谭。问题是刘备的分析对吗？不对。为什么？

其一，刘备要保存实力。汝南之战，刘备被曹操打得大败，可以说是死里逃生。所以刘备认识到，以自己现在的实力，是不能跟曹操打的。如果交战，只能是多一次汝南之战的教训。

其二，刘备不救援二袁的理由不成立。刘备说曹操现在实力强，二袁不是曹操的对手，而且曹操有吞并荆州之心。问题是如果曹操灭掉袁尚、袁谭，那曹操岂不是实力更强，荆州就更难保住了。

其三，现在救援袁谭，刘表和刘备联军，实力并不弱。如果因为刘表的救援，袁氏就可以得到休养的机会。有北方袁氏的存在，曹操是不敢轻易大举南下，长驱直进的。保袁氏就是保荆州。刘表和刘备都没有这个意识。等到曹操平定四州，大举南下就难以避免了。

刘备不主张救援袁谭其实还有一个很重要的原因，就是刘备不跟袁绍、袁谭讲交情。袁谭一向敬重刘备，当初刘备徐州兵败，逃往青州之时，镇守青州的袁谭迎接刘备。《三国志》记载，袁绍出邺城二百里去迎接刘备。《魏书》记载：“备归绍，绍父子倾心敬重。”但是在刘备看来，袁谭不属于自己圈子里的人，刘备不和袁谭讲这个交情。

曹操进攻袁谭，袁谭战败，被曹军所杀。曹操下令：将袁谭的人头挂于北门外，敢为袁谭而哭者斩。王修曾是袁谭的部下，因劝谏袁谭被袁谭排挤。可是此时王修偏偏为袁谭而哭。曹操问王修：你不怕死吗？王修答：袁谭是他的主公，主公被杀而不哭，太不仗义了。王修认为自己不能畏死忘义。曹操被王修的话感动了，给了王修一个官当。曹操说：河北义士如此之多，可惜袁氏不能用啊。

对比一下王允和曹操。蔡邕为董卓而哭，被王允处死。王修为袁谭而哭，曹操认为他是个义士，反而给了他一个官当。虽然蔡邕的做法是有些不对，但王允处死蔡邕，可以看出其胸怀不够，处理问题的政治技巧不足。

曹操给王修的这个官很有讲究，即：司金中郎将一职。有人会问，这是个什么官？负责管理冶铁的一个官职。曹操为什么给王修这个官？因为王修毕竟忠于袁氏，如果给予王修一个有兵权的职位，王修可能会用手中的权力反对曹操。所以曹操用人是很有讲究的。

5. 曹操继续北征，情况如何？

曹操乘胜进攻，平定了幽州、并州。曹操召集部下商议北征乌桓之事。

曹洪等人反对北击乌桓，理由是：袁尚、袁熙兄弟的实力已经很弱了。如果现在北击乌桓，刘表和刘备要是袭击许都，我军回师救援，恐怕来不及。如果许都有失，问题就严重了。

郭嘉支持北击乌桓，理由是：

其一，北击乌桓可以打赢。曹操虽然威震天下，乌桓地处沙漠附近，他们自以为离曹操距离很远。如果进攻他们，他们不会有防备。

其二，袁绍对乌桓有恩，袁尚、袁熙兄弟还存在。如果袁尚兄弟和乌桓联合，对曹操可以造成很大的威胁。

其三，刘表是一个坐谈客，他明白凭借自己的才能不足以驾驭刘备。刘表要是重用刘备，刘表会控制不了刘备。刘表不重用刘备，刘备的才能发挥不出来。

郭嘉的这个分析可以看出，郭嘉前期的研究工作是非常到位的，他了解袁绍集团，了解乌桓，也了解刘表和刘备。正是因为前期大量的分析工作，郭嘉能够推测出各种复杂的政治关系，得出可以北击乌桓的结论。曹操采纳了郭嘉的建议。

曹操率兵北击乌桓，因道路艰难，曹操有了撤兵的想法，于是询问郭嘉的意见。郭嘉指出：

其一，兵贵神速，千里进军袭击乌桓，带太多辎重是不合适的，不如部队轻装进发，加速赶路，给敌军来个出其不意，攻其不备。

其二，现在路途艰难，必须找一个能够为曹操引路的向导。

曹操采纳了郭嘉的建议，留郭嘉在易州养病，让袁绍旧将田畴担任向导，进兵打败了乌桓。袁尚、袁熙带领败兵去投奔辽东的公孙康。

北击乌桓胜利后，曹操率军回师，到了现在的河北省秦皇岛境内的渤海岸边，写下了大气磅礴的千古名篇《步出夏门行·观沧海》，奇文共赏：

东临碣石，以观沧海。水何澹澹，山岛竦峙。树木丛生，百草丰茂。秋风萧瑟，洪波涌起。日月之行，若出其中。星汉灿烂，若出其里。幸甚至哉，歌以咏志。

曹操北击乌桓成功之后，回到易州，重赏了那些建议他不要北击乌桓的人。曹操的理由是：这次远征实在太冒险了，能够胜利也属于侥幸。这次北击乌桓的行为不值得以后效仿，如果以后再遇到这样的事情，你们还要像以前一样劝谏我曹操。曹操为什么这么做？

曹操这个人有个特点，如果是真心给他提建议，即使后来的事情证明这个建议是错的，但是如果这个建议中有一定的合理成分，曹操也会奖励提建议的人。

曹操回到易州的时候，郭嘉已经去世好几天了。曹操去拜祭郭嘉，大哭一场。有人把郭嘉的亲笔书信交给曹操。此时，夏侯惇等建议曹操征讨辽东。曹操说：辽东公孙康会送二袁的首级给曹操。众将不信。果然，没过多久，公孙康便杀了袁尚、袁熙，派人将二人首级送给曹操。曹操拿郭嘉的书信给大家看。原来郭嘉早已建议曹操：

其一，袁熙、袁尚投奔辽东，曹操不可进兵。因为公孙康一直担心袁氏吞并他。现在二袁去投奔公孙康，公孙康必然怀疑二袁。

其二，如果曹操进兵辽东，公孙康就会与二袁联合起来迎战曹操。辽东难以在短时间内打下来。如果曹操按兵不动，公孙康就会与二袁内部火并。

曹操的部下都佩服郭嘉的神机妙算。郭嘉遗计定辽东见于《三国演义》，《三国志》没有记载郭嘉出过这个计策。

曹操领兵回冀州，令人将郭嘉葬于许都。郭嘉去世时年仅三十八岁，跟随曹操十一年。后来曹操上表朝廷，给郭嘉增加八百户封邑，和过去的封邑加在一起共一千户封邑；表赠郭嘉为贞侯，并由其子郭奕承嗣。曹操将郭奕养于府中。曹操为什么这么做？

其一，郭嘉为曹操屡出奇谋，曹操对郭嘉感情很深。

其二，通过奖励郭嘉的办法，鼓励部下多立功勋，并告诉其部下，真正为曹操立下功勋的人，曹操不会亏待，更不会忘记。

6．曹操为什么要建铜雀台？

曹操在冀州发现了铜雀，荀攸告诉曹操这是吉兆。曹操打算在漳河之上建造一座铜雀台，工期大约一年。曹操的儿子曹植向曹操建言：若要建台，应该建三座台，中间为铜雀台，左边为玉龙台，右边为金凤台。以玉龙台、金凤台配铜雀台。再建两座飞桥横空而上，蔚为壮观。曹操采纳了曹植的建议，让曹植和曹丕留下来建设铜雀台。

曹植的建议说明什么？

曹操本来打算建一座台，可是曹植建议建设三座台。当时北方战乱刚刚平息，如此大兴土木，说明曹植在这个时候没有想到民间疾苦。曹植不是一个理想的接班人。

曹操为什么留曹植和曹丕建铜雀台？

我们会发现曹操这次用人很有特点，曹丕是兄长，但是负责建铜雀台的排名居然在曹植之后。《三国志》记载，曹操结束北征回到邺城的时间是建安十三年（公元208年）春正月，曹植多大？十六岁。曹丕多大？二十一岁。曹操的年龄呢？五十三岁。这时离公元189年曹操起兵讨伐董卓已经将近二十年了。曹操开始为接班人的问题考虑了。

曹操为什么会同意曹植的意见？

曹操也知道北方的战乱刚刚平息，也知道这个时候不适合大兴土木，但是曹操还是同意了曹植的意见。为什么？曹操有更深层次的考虑。什么考虑？曹操要把铜雀台所在地邺城建设成曹魏集团的陪都。曹操为什么要建设陪都邺城？

平定河北之后，曹操基本上统一了黄河中下游地区，管辖的区域有了明显的扩展。这时曹操考虑到：

其一，许都过于接近荆州，离南方割据势力刘表、刘备、孙权相对较近，如果继续将政治中心全部放到许都，要花费很大的人力、物力、财力、兵力、精力防范南方割据势力偷袭许都。

相比之下，如果把曹魏的政治中心放在邺城，在防御上存在优势。因为许都在黄河以南，缺少险要的屏障；邺城在黄河以北，根据当时的交通条件，南方割据势力偷袭邺城的可能性不大。

其二，曹操刚刚平定河北，建设陪都邺城，使之成为政治中心，从地理上来讲有利于控制黄河以北地区。经历了多年的军事割据，在当时人们的心里有一种观念：黄河以南是曹操的地盘，黄河以北是袁绍的地盘。曹操征战河北时也意识到：许多河北地区的人才、名士把袁绍看成他们的主公，把曹操看成占领者。曹操非常重视这个问题。所以曹操下定决心要把邺城建成陪都，就是要告诉原来袁绍统治区的人，无论河南、河北在曹操心中都是一视同仁，不让河北地区的人有低人一等的感觉，不让他们有被征服、被占领的感觉。

其三，许都发生的衣带诏事件让曹操印象深刻，取代汉朝的时机还不成熟，汉献帝还是名义上的最高统治者。曹操在明处，拥汉派在暗处，而且力量不可忽视。将来一旦许都有变，拥汉派得势，对曹操来讲，后果是不堪设想的。所以曹操要把邺城建成政治中心，一方面可以减缓将来许都一旦发生政变给曹操集团带来的冲击。另一方面如果许都真的被拥汉派占领，曹操可以在邺城调动各地军队，镇压拥汉派政变。避免出现拥汉派政变并成功占领许都，曹魏集团全面失势的局面。也就是说曹操要防患于未然。

邺城成为曹魏的陪都，对后世有哪些政治影响？

有人会问，邺城在现在的什么地方？邺城的具体位置大约在现在的河北省临漳县和河南省安阳市北郊一带。有人又会问，临漳县为什么叫临漳呢？因为这里有一条河叫漳河，此县北临漳河，所以叫临漳。

陪都邺城的建设在三国两晋南北朝时期具有重要的政治意义。邺城先后成为曹魏、后赵、冉魏、前燕、东魏、北齐的都城，和南京一样，邺城也是名副其实的六朝古都。

北周时期，相州总管尉迟迥占据邺城，起兵讨伐权臣杨坚，兵败自杀。这次兵变让后来隋朝的开国皇帝杨坚意识到：邺城的战略地位非常重要，控制邺城，有利于控制陕西以东地区，这不利于以长安为中心的杨坚集团对陕西以东地区的统治。公元580年，杨坚下令焚毁邺城，一代古都的不幸结局留给后世无尽的遗憾。

7．曹操商议南征，情况如何？

平定河北后，南征提到了议事日程上。曹操开始就南征征求部下的意见。谋士程昱建议曹操早定下江南之策。谋士荀攸认为凭借曹操的实力和能力，肯定能获得南征的胜利。

谋士荀彧建议曹操：休息半年，养精蓄锐，刘表和孙权可一鼓作气拿下。曹操采纳了荀彧的建议，分兵屯田，以备调用。这说明什么问题？

目前的曹操集团还沉醉在征讨袁绍的胜利之中，对南征缺乏应有的重视，对刘表、孙权缺乏深刻全面的研究，轻敌思想和速胜情绪持续蔓延。

荀彧的这个建议是存在严重问题的，曹操全面采纳荀彧的建议是错误的。为什么？

曹操休整兵马，分兵屯田，积极备战。这是有道理的。关键在于荀彧认为刘表、孙权可一鼓而下是错误的。为什么？

原因很简单，与刘表、孙权、刘备同时开战是危险的，也是错误的。曹操的一贯风格是集中兵力先打较近、较弱的敌人，可是征讨北方的胜利让曹操、荀彧都冲昏了头脑，他们忘了这一点。如果郭嘉还活着，一定会提醒曹操不要这么做。可惜奉孝已去。所以曹操在没有彻底打败刘备的情况下，就和孙权开战了。这才有了孙刘联盟，赤壁之战，鼎足三分。

其实宋太祖赵匡胤平定江南就吸取了曹操的教训，采取了各个击破的方针。赵匡胤采取了先南后北的统一战略，对北方的辽国和北汉采取守势，对南方的割据势力采取攻势，但不是全面出击，而是各个击破。

第一步，进攻荆南、湖南，大致位置相当于三国时的荆州。

第二步，进攻后蜀，大致位置相当于三国时的益州。

第三步，进攻南汉，大致位置相当于三国时的交州。

第四步，进攻南唐，大致位置相当于赤壁之战前孙权统治的部分地区。

也就是说北宋平定南方，胜在各个击破。曹操征讨南方，败在向刘备、孙权同时进攻。司马氏平定蜀国之后，尚且用了十七年才平定东吴，曹操太轻视江东孙权的力量了。

（未完，待续）